HEYNE BÜCHER

Vom gleichen Autor erschienen außerdem
als Heyne-Taschenbücher

Chefarzt Dr. Carter · Band 01/446
Ein Arzt steht allein · Band 01/812
Die Frauen von Weston · Band 01/932
Ärzte und Frauen · Band 01/5003
Der Arzt von Guanamala · Band 01/5024
Zwischen Skalpell und Liebe · Band 01/5095
Halbgott in Weiß · Band 01/5116
Ein Mann allein · Band 01/5180
Die heilenden Hände · Band 01/5219
Dr. med Spencer Brade · Band 01/5265
Tagesanbruch · Band 01/5353
Göttliche Geliebte · Band 01/5642
Das Pestschiff · Band 01/5728
Sangaree · Band 01/5814
Passion des Herzens · Band 01/5963
In seinem Auftrag · Band 01/6073
Ärzte und Töchter · Band 01/6140
Keine Angst, Bruder · Band 01/6349
Intensivstation · Band 01/6403

FRANK G. SLAUGHTER

DR. HARRISONS VERSUCHUNG

Roman

WILHELM HEYNE VERLAG
MÜNCHEN

HEYNE ALLGEMEINE REIHE
Nr. 01/6652

Titel der amerikanischen Originalausgabe
DOCTORS AT RISK
Deutsche Übersetzung von L. D. Nieh

Printed in Germany 1986
Umschlagfoto: ZEFA / Fotomarket, Düsseldorf
Umschlaggestaltung: Atelier Ingrid Schütz, München
Gesamtherstellung: Elsnerdruck, Berlin

ISBN 3-453-02247-5

Inhalt

Erstes Buch
Lakeview
Seite 7

Zweites Buch
Gulf City
Seite 75

Drittes Buch
Canyonhead
Seite 155

viertes Buch
Peace River
Seite 279

Es gibt Männer und Berufe, die über der Masse stehen: die Soldaten, die Seefahrer und nicht selten die Hirten; kaum jemals ein Künstler, noch seltener der Priester, aber fast immer der Arzt ... Er ist großzügig wie nur einer sein kann, der eine Kunst ausübt und nicht ein Handwerk betreibt; er ist von tausendfach erprobter Verschwiegenheit und was noch schwerer wiegt – er hat die Unverzagtheit und den Mut des Herkules.

Robert Louis Stevenson
Vorwort zu »Underwoods«

Erstes Buch

Lakeview

I

Die alle zwei Jahre stattfindende Tagung der Chirurgischen Gesellschaft von Lakeview ging ihrem Ende zu. Ist auch höchste Zeit, dachte Mark Harrison, während er dem letzten Referenten lauschte, der über das Thema »Nicht weniger, sondern mehr Bypass-Operationen« sprach.

Die Tagung fand wie immer im großen Hörsaal der Universitätsklinik von Lakeview bei Baltimore im Staate Maryland statt, und in den Pausen konnten die Teilnehmer als Gäste der Veranstalter einen Drink nehmen. Nachdem der Redner geendet hatte, setzte auch gleich der Ansturm auf die Bar ein, doch da Mark Harrison, als er am Nachmittag in den Hörsaal gekommen war, einen Platz in einer der letzten Reihen eingenommen hatte, stand er nun als einer der ersten an der Theke.

Sie warteten auf ihre Drinks, und Jim Hall klopfte ihm freundschaftlich auf die Schulter. Die beiden hatten während ihres Studiums an der Universität von Lakeview ein Zimmer geteilt, waren dann als Assistenzärzte an der Klinik geblieben und hatten schließlich dort – wenn auch auf verschiedenen Gebieten – ihre Ausbildung zum Facharzt absolviert.

»Diese Tagungen ähneln von Jahr zu Jahr mehr einer Auktion«, sagte Jim, während sie sich durch die Menge wanden. »Hast du schon Angebote bekommen, seitdem gestern nachmittag dein Film über Hodenverpflanzungen bei Zwillingen solches Aufsehen erregt hat?«

»Einige aus Kliniken im Nordosten.«

»Laß die Finger davon. Die attraktivsten Gegenden für einen jungen Arzt sind heutzutage der Süden und der Südwesten – das, was man den Sonnenscheingürtel nennt.«

»Ich werde mir's überlegen, nachdem ich mich ein paar Wochen in Myrtle Beach erholt habe. Ein Freund, der Arzt in Charlotte ist, läßt mich in seinem Bungalow wohnen.« Mark Harrison war mehr als 1,80 Meter groß, hatte rötliches Haar, ebenmäßige Züge, einen englisch gestutzten Schnurrbart und war körperlich in bester Form, was er nicht zuletzt dem täglichen Joggen am frühen Morgen verdankte, von dem ihn selbst der rauhe Winter in Baltimore nicht abzuhalten vermochte.

»Ich habe geglaubt, du wirst an dem neuen öffentlichen Krankenhaus des Spitalserhalterverbandes von Sand Hills in North Carolina arbeiten«, sagte Hall.

»Das habe ich auch eine Zeitlang geglaubt. Das große Spital in Sand Hills, das bisher von der Kriegsopferverwaltung geführt wurde, sollte in ein öffentliches Krankenhaus umgewandelt werden.«

»Was heißt: ›Sollte‹ ...? Warum wird nichts daraus?«

»Der Abgeordnete des dortigen Wahlkreises hat geglaubt, er hat die Budgetmittel, die wir gebraucht hätten, um das Spital zu renovieren und umzubauen, bereits in der Tasche«, sagte Mark. »Aber dann ist einer von diesen Bibelpredigern gekommen, die für die Republikanische Partei auf Stimmenfang gehen und hat den Leuten gesagt, daß in einem solchen öffentlichen Krankenhaus auch Abtreibungen vorgenommen werden. Dort unten in dieser Gegend ist eine solche Behauptung ganz einfach tödlich, und der Abgeordnete ist bei der Wahl vernichtend geschlagen worden. Jetzt muß das ganze Projekt neuerlich beantragt werden, und bis zur Bewilligung kann es ein bis zwei Jahre dauern.«

»Pech«, sagte Jim. »Aber du wirst nicht lange ohne Job bleiben, nach dem Vortrag, den du gestern über Chirurgie mit dem Mikroskop gehalten hast, und dem Film, den du dabei gezeigt hast. Du wirst dir bald aussuchen können, was du machen willst.«

»Bisher hat mich noch niemand zum Tanz aufgefordert.«

»Kann dich Dr. Ramirez nicht bei einem seiner Freunde unterbringen?« Der Chef der Chirurgischen Klinik von Lakeview war einer der angesehensten Vertreter seines Faches im Lande. Er hatte Mark, der seine Studien an der Duke-Universität begonnen hatte, eingeladen, nach Lakeview zu kommen, und zwar zur gleichen Zeit, in der auch Ramirez von Duke nach Lakeview übersiedelt war, um den Lehrstuhl für Chirurgie an dieser berühmten Universität zu übernehmen. Im Laufe der Jahre hatte sich dann zwischen Lehrer und Schüler ein geradezu freundschaftliches Verhältnis entwickelt.

»Er hat mir angeboten, Dozent bei ihm zu werden«, sagte Mark. »Wahrscheinlich könnte ich einen Großteil meiner Schulden abzahlen, bevor ich in die Privatklinik eintreten kann.«

Die Privatklinik von Lakeview wurde von den Professoren der Universität geführt und bot ihnen die Möglichkeit, die eher bescheidenen Einkünfte aus ihrer Lehrtätigkeit durch die Honorare von Privatpatienten aufzubessern.

»Und wie lange kann das dauern?« fragte Jim Hall.

»Mindestens fünf Jahre, und außerdem muß ich außerordentlicher Professor sein. Und das kann, bei den erbitterten Kämpfen um die Vorrückung, auch länger dauern.«

»Soll das heißen, daß du Lakeview verlassen möchtest?«

»Ich glaube, ich habe keine andere Möglichkeit.«

»Zumindest die Krankenschwestern werden das sehr bedauern.«

»Nicht mehr. Ich war ja im letzten halben Jahr viel zu müde für so etwas«, sagte Mark. »Wenn ich nach der Abendvisite in mein Zimmer gekommen bin, habe ich mich mit einem Glas Whisky in der Hand in den Sessel vor dem Fernsehapparat fallen lassen. Meist bin ich vor dem Apparat eingeschlafen.«

»Das ist etwas, was deinen Freunden ebenfalls Sorge bereitet.« Jim Hall sprach nun mit ernstem Unterton. »Hast du wirklich die Abteilung für Mikrochirurgie leiten müssen, nachdem Dr. Peters plötzlich Prostatakrebs bekommen hat und ausgeschieden ist?«

»Mike Peters verdanke ich alles, was ich über das Operieren unter dem Mikroskop weiß. Er hat diese Abteilung in jahrelanger Arbeit aufgebaut, und ich wollte nicht, daß sie vor die Hunde geht, während sich die Fakultät auf die Suche nach einem Nachfolger macht.«

»Sie hätte sich die Suche ersparen können. Du wärest ja ein ausgezeichneter Nachfolger gewesen«, sagte Hall. »Sie haben sich dir gegenüber nicht sehr dankbar erwiesen. Dich haben sie im Regen stehen lassen, und auf den Platz von Peters haben sie diesen komischen Knaben aus St. Louis gesetzt.«

»Ich könnte ja noch immer Dozent bei ihm werden ...«

»Dozent unter einem Professor, der bestenfalls so gut wie du ist, wenn nicht schlechter?«

»So geht es eben in einer Klinik zu. Du bist lange genug hier, um das zu wissen.«

»Trotzdem ist und bleibt es eine Undankbarkeit gegenüber einem Mann, der sich fast zu Tode geschunden hat, um die Abteilung zu retten«, sagte Hall. »Übrigens, ich höre, du nimmst jetzt Aufputschmittel ...«

»Nicht mehr als alle jungen Ärzte hier«, sagte Mark.

»Benzedrin am frühen Morgen?«

»Ach, du weißt ja, wie es ist«, erwiderte Mark achselzuckend.

»Ja, und weil ich es weiß, mache ich mir Sorgen«, sagte Hall. »Ich habe viele hoffnungsvolle junge Ärzte gesehen, die zur Spritze gegriffen haben, weil ihnen die Kombination von Bourbon und Benzedrin nicht mehr genügt hat ...«

»Du solltest mich besser kennen«, erwiderte Mark erregt. »Es stimmt, daß ich in letzter Zeit viel gearbeitet und wahrscheinlich auch viel getrunken habe. Aber das machen andere Leute ja auch. Ich bin jedenfalls kein klinischer Fall und kann mit Whisky und Aufputschmitteln jederzeit aufhören, wenn ich will. Laß mich nur einmal hier herauskommen und einige Wochen in Myrtle Beach in der Sonne braten und ich bin so gut wie neu.«

»Hoffentlich.« Jim Hall blickte auf die Uhr. »Ich habe Mary versprochen, daß wir zum Schlußbankett gehen. Ein Gratisessen lasse ich mir nicht entgehen, auch wenn ich dafür tanzen muß.«

»Und ich nehme noch einen Drink«, sagte Mark. »Einen so guten Bourbon bekomme ich auch nicht alle Tage gratis. Ich sehe dich dann beim Essen.«

»Gut. Und sei so nett und tanze mit Mary. Sie freut sich schon darauf, mit dem Casanova von Lakeview beisammen zu sein.«

Als Mark nach dem zweiten Drink den Raum verlassen wollte, stieß er auf Dr. Aldo Ramirez.

»Ich wollte Sie heute noch anrufen, Mark.« Ramirez war ein weißhaariger gutaussehender Mann. »Kommen Sie mit, ich möchte Ihnen etwas sagen.«

»Ist etwas nicht in Ordnung, Sir?«

»Sie gehen doch heute abend zum Bankett – oder nicht?«

»Ich habe die Absicht.«

»Allein?«

»Ja, allein.«

»Das ist ja angesichts Ihres Rufs eher ungewöhnlich«, sagte Ramirez. »Leonora und ich haben einen Tisch zusammen mit Dick Barrett und seiner Begleitung. Dick und ich haben in Lakeview studiert, aber seine Facharztausbildung hat er in Massachusetts gemacht. An unserem Tisch ist ein Platz frei. Vielleicht wollen Sie zu uns kommen.«

»Das würde mich sehr freuen, Sir.«

»Dick wird Ihnen gefallen. Er ist ein sehr dynamischer

Mensch«, fuhr Ramirez fort. »Er hat seine eigene Klinik in Gulf City, und ist sehr erfolgreich, vor allem in letzter Zeit. Übrigens, seine Tochter kommt auch. Sie wird sich freuen, wenn sie sich mit jemandem unterhalten kann, der in ihrem Alter ist.«

Mark war sich darüber im klaren, daß er zu diesem Essen befohlen wurde, aber es machte ihm nichts aus. Ramirez hatte ihm stets sehr geholfen, und er war ihm dankbar dafür.

»Also wir treffen uns gegen sieben Uhr im Hotel«, sagte der Chirurg.

»Ich werde dort sein.« Und wahrscheinlich den Abend mit einem Gänschen verbringen, dachte Mark. Aber Ramirez hat so viel für mich getan, daß ich ihn nicht im Stich lassen kann.

II

Die Barretts erschienen mit einer Verspätung von zehn Minuten, was ihnen Mark nicht übel nahm, sobald er die Tochter gesehen hatte. Sie war groß, blond, aufregend attraktiv, bewegte sich mit sportlicher Eleganz, und der tiefe Ausschnitt ihres Kleides und die Sonnenbräune ihrer Haut ließen ihre Schönheit zu voller Geltung kommen. Sie war etwa 25 Jahre alt, also vermutlich drei Jahre jünger als Mark und trug einen mit Diamanten besetzten Ehering am rechten Mittelfinger, was als Zeichen dafür gelten konnte, daß sie geschieden war. Die Bestätigung dafür war, daß sie auf den Familiennamen Desmond hörte.

»Bitte, nennen Sie mich Claire, Dr. Harrison«, sagte sie, als er neben ihr am Tisch Platz nahm.

»Ich heiße Mark«, erwiderte er. Der Kellner erschien, um die Bestellungen für die Aperitifs entgegenzunehmen. Die älteren Herrschaften nahmen Scotch und Soda, Mark einen Bourbon und Claire Wodka mit Tonic.

»Ihrem Gesichtsausdruck nach zu schließen, als Sie mich gesehen haben, waren Sie offensichtlich darauf gefaßt gewesen, diesen Abend mit einem miesen Mädchen verbringen zu müssen«, sagte sie lächelnd.

»Sie scheinen den sechsten Sinn zu haben.«

»Wenn es um Männer geht, habe ich ihn einigermaßen. Aber das ist bei den meisten Frauen so.«

»Claire hat ihr eigenes Werbe- und Public-Relations-Unternehmen in Gulf City, Dr. Harrison«, informierte ihn Mrs. Barrett mit sichtlichem Stolz. »Sie ist sehr erfolgreich in allem was sie macht.«

»Nur in der Ehe nicht«, sagte die Tochter. »Zum großen Leidwesen meiner Eltern konnte ich es nicht ertragen, mit einem Dummkopf verheiratet zu sein.«

»Claire, ich bitte dich«, protestierte die Mutter sanft. »Abner Desmond stammte aus einer angesehenen, alten Südstaatenfamilie.«

»Und hat von mir erwartet, daß ich zu Hause bleibe und Babys bekomme.« Claire wandte sich an Mark. »Sind Sie verheiratet?«

»Nein, bis jetzt nicht. Wahrscheinlich habe ich bei Dr. Ramirez viel zu viel arbeiten müssen.«

»Sie sind Chirurg?«

»Ja, und was für einer«, warf nun Dr. Richard Barrett ein. »Der Film, den Dr. Harrison gestern gezeigt hat, war der Höhepunkt unserer Tagung.«

»Was haben Sie gemacht?« fragte Claire Desmond.

»Also ich habe ...« Er wußte, daß er errötete und wurde verlegen, aber ihr Vater sprach an seiner Stelle weiter.

»Er hat einem Zwilling einen Hoden entfernt und dem anderen Zwilling, der seit Geburt hodenlos war, eingesetzt. Die Frau dieses Mannes ist inzwischen schwanger geworden.«

»Wäre es nicht einfacher gewesen, sie künstlich zu befruchten?« fragte Claire.

»Vielleicht«, gab Mark zu. »Aber dann hätte das Baby nicht die Chromosomen seines Vaters gehabt. Bei eineiigen Zwillingen sind die Chromosomen nämlich identisch.«

»Mein Ex-Gatte hätte auch die Chromosomen von jemandem anderen gebraucht«, sagte Claire und lachte, aber es war ein brüchiges Lachen ohne rechte Fröhlichkeit. »Die Chromosomen, die er von seinen Eltern mitbekommen hat, waren die reinste Inzucht. Wenn sie sich mit meinen vermengt hätten, wäre wahrscheinlich ein Monster entstanden.«

»Sie haben eben eine interessante neue Vererbungstheorie aufgestellt«, sagte Mark. »Sie wird wahrscheinlich bald die Lehre von Mendel verdrängen.«

»Von wo stammen Sie, Dr. Harrison?« Mrs. Barrett war sichtlich bemüht, die Konversation auf ein anderes Thema zu lenken.

»Ich komme aus North Carolina, aber meine Vorfahren sind vor den Rundköpfen Cromwells an den Rhein entflohen und haben sich in der Pfalz niedergelassen«, sagte Mark. »Einer wollte dann nicht mehr Deutscher sein und ist nach Virginia ausgewandert, wo er sich in der Nähe von Culpeper angesiedelt hat. Ich weiß nicht genau, wie lange er dort geblieben ist. Er hat jedenfalls bald vom Earl of Granville ein Grundstück in der Gegend von Piedmont in North Carolina, knapp an der Grenze zu Virginia, erhalten. Ich bin dort auf einer Farm aufgewachsen.«

»Als man mich aus dem Queens College in Charlotte hinauswerfen wollte, weil ich für eine Nacht nicht nach Hause gekommen bin, habe ich mich verdrückt und bin an die East-Carolina-Universität gegangen«, sagte Claire. »Wo haben Sie studiert, Doktor?«

»Nennen Sie mich Mark! Ich war an der Duke-Universität.«

»Die er in drei Jahren als Bester seines Jahrganges absolviert hat«, sagte Dr. Ramirez.

»Ich habe ein Stipendium gehabt, weil ich ein guter Football-Spieler war«, fügte Mark hinzu. »Und wenn mir hier in Lakeview Dr. Ramirez nicht ebenfalls ein Stipendium verschafft und auch ansonsten viel geholfen hätte, wäre ich wahrscheinlich niemals Arzt geworden.«

»Aldo hat mir gesagt, daß Sie hier in Lakeview unterrichten könnten«, meinte Dr. Barrett. »Haben Sie sich schon entschieden, welche Laufbahn Sie einschlagen wollen, Dr. Harrison?«

»Ich weiß nicht recht, Sir«, gab Mark zu. »Ich habe einige Kredite aufgenommen, um mein Studium zu finanzieren und muß sie jetzt zurückzahlen. Bis vor kurzem habe ich geglaubt, daß ich in einem öffentlichen Krankenhaus in Sand Hills bei Pinehurst in North Carolina arbeiten werde, aber daraus scheint nichts zu werden.«

»Diese sogenannten öffentlichen Krankenhäuser der Spitalserhalterverbände sind fragwürdige Projekte.« Dr. Barretts Stimme drückte Mißbilligung aus. »Ich hoffe, die Regierung macht ihre Wahlversprechen wahr und schränkt sie drastisch ein.«

Das Essen wurde serviert, und die Konversation ruhte für einige Zeit. Als sie beim Dessert angelangt waren, begann die Kapelle zu spielen, und einige Paare begaben sich auf das Parkett.

»Möchten Sie tanzen?« fragte Mark zu Claire gewandt.

»Gerne.«

Mark nahm sie bei der Hand und führte sie zwischen den Tischen hindurch zum Tanzparkett. Wie er erwartet hatte, war sie eine ausgezeichnete Tänzerin.

»Wenn Sie im Bett so gut sind wie hier«, sagte sie, als die Kapelle eine Pause machte, »verdienen Sie Ihren Ruf als der Casanova von Lakeview.«

»Wie kommen Sie denn darauf?«

Bevor sie antworten konnte, setzte die Musik wieder

ein. Mark zog sie näher an sich heran, und die Berührung mit ihrem schlanken Körper in dem dünnen Sommerkleid versetzte ihn in körperliche Erregung.

»Sie sind wirklich ein Casanova.« Claire preßte sich ganz eng an ihn, warf den Kopf zurück und blickte ihn herausfordernd an.

»Hören Sie doch auf«, murmelte er. »Müssen Sie das tun?«

»Nein, aber es macht mir Spaß und Ihnen auch.« Sie lachte und preßte sich noch enger an ihn, so daß er sie schließlich von sich stieß.

»Wenn Sie das wollen«, sagte er brüsk, »können Sie es haben. Ich wohne nur zehn Minuten von hier.«

»Nein, danke.« Ihre Stimme war ohne jeden Spott. »Ich bin vierhundert Meilen gefahren, um rechtzeitig zu diesem Bankett zu kommen und viel zu müde, um gegen einen Sexchampion anzutreten.«

»Dann vielleicht ein andermal.«

»Ich werde wahrscheinlich darauf zurückkommen. In Gulf City ...«

»Glauben Sie, daß ich je nach Gulf City komme?«

»Natürlich. Deshalb sind wir ja heute hier.«

»Ich verstehe Sie nicht.«

»Sie sind einer der besten Ärzte von Lakeview und daher ein logischer Anwärter auf einen Platz in der Barrett-Klinik«, erklärte sie. »Mein Vater ist auf der Suche nach einem jungen Chirurgen, der eines Tages an seine Stelle treten kann, und hat Dr. Ramirez ersucht, ihm einen Kandidaten vorzuschlagen. Er hat Sie an erster Stelle genannt, und daraufhin hat mein Vater seine Oberschwester gebeten, eine ihr bekannte Kollegin in Lakeview anzurufen. Die Auskunft hat unter anderem ergeben, daß Sie von den Krankenschwestern, den Ärztinnen und sogar einigen jüngeren Professorinnen als Herzensbrecher geschätzt werden.«

»Und was geht das alles Ihren Vater an?«

»In die Barrett-Klinik werden nur wohlhabende und angesehene Patienten aufgenommen, und die Ärzte der Klinik zählen automatisch zur guten, ja zur allerbesten Gesellschaft. Sie müssen daher nicht nur gute Mediziner sein, sondern auch gesellschaftliche Qualitäten haben.«

Mark kam sich ein wenig wie ein Rassehengst vor, der auf einer Versteigerung begutachtet wird, doch bevor er etwas sagen konnte, fuhr Claire fort: »Bleiben Sie hart, wenn Ihnen mein Vater sein erstes Angebot macht, und handeln Sie ein wenig mit ihm. Das macht ihm Spaß.«

»Wie hoch sollte ich beginnen?«

»So bei fünfundsiebzig ...«

»... tausend?«

»Natürlich. Sie werden der Klinik schon im ersten Jahr an Honoraren viel mehr einbringen.«

»Reden Sie weiter. Das ist alles sehr aufregend.«

»Wenn er mit Ihnen zu handeln beginnt, lassen Sie ein wenig nach, aber schließen Sie nicht unter 65.000 ab.«

»Wieso wissen Sie, daß er mir ein Angebot machen wird?«

»Er hat mich gebeten, Ihnen zu sagen, daß er Sie morgen früh, gegen acht Uhr dreißig zum Frühstück treffen möchte. Geschäftsabschlüsse tätigt er am liebsten beim Frühstücken.«

»Ich kann mir aber noch immer nicht vorstellen, warum er mich haben will«, sagte Mark.

»Das ist ganz einfach. Seit Jahren träumt er davon, auf der Farm bei Birmingham, die ihm und den übrigen Besitzern der Klinik gehört, arabische Vollblutpferde zu züchten. Wenn Sie an die Klinik kommen und so gut sind, wie man nach allem, was man von Ihnen hört, erwarten kann, sind Sie sein logischer Nachfolger.« Das war alles geradezu atemberaubend, und Mark fragte sich, ob er recht höre.

»Ich werde mir alles gut überlegen, was Sie mir gesagt haben«, meinte er schließlich.

»Sie können den Vertrag ruhig unterschreiben. Außerdem ...« Ihre Stimme nahm auf einmal einen gutturalen Klang an, der unmißverständlich war und Mark in wohlige Erregung versetzte. »Es wird auch noch einige Extras geben. Dinge, die Ihnen Spaß machen werden.«

Das Bankett ging um 22 Uhr zu Ende, aber die Kapelle blieb, und es konnte weiter getanzt werden. Als Mark aber fragte, ob sie noch bleiben wolle, schüttelte Claire den Kopf. »Ich muß morgen früh nach New York zurück«, sagte sie. »Ich muß eine Werbekampagne präsentieren, die ich entwickelt habe. Für eine Kollektion von Unterwäsche und Bademoden mit dem Markennamen ›Nahezu nichts‹. Wenn ich den Werbeauftrag für den Südwesten bekomme, überträgt man mir wahrscheinlich später die Kampagne für ganz Amerika.«

»Kommen Sie auf dem Rückweg in Lakeview vorbei?«

»Wahrscheinlich. Übrigens, sagen Sie meinem Vater doch, er soll Sie auf seine Kosten nach Gulf City kommen lassen, weil Sie sich die Klinik ansehen wollen. Wann können Sie von hier weg?«

»Am 30. Juni.«

»Gut. Ich fahre am 1. Juli zurück, und wenn Sie wollen, nehme ich Sie im Wagen mit.«

»Wäre das eines der Extras, die Sie erwähnt haben?«

»Ja. Ein bescheidenes Extra. Für den Anfang ...«

III

Dr. Richard Barrett saß an einem Fenstertisch des Kaffeerestaurants seines Hotels und hatte seinen Morgenkaffee und eine Zeitung vor sich, als Mark den Raum betrat.

»Hoffentlich komme ich nicht zu spät«, sagte der junge Arzt und nahm sich einen Sessel. »Auf meiner Uhr ist es gerade acht Uhr dreißig.«

»Auf meiner auch«, erwiderte Barrett. »Ich bin so sehr daran gewöhnt, am frühen Morgen zu operieren, daß ich nach halb sieben nicht mehr schlafen kann. Deshalb bin ich heruntergekommen und habe begonnen die Zeitung zu lesen und meinen Kaffee zu trinken.«

Der Kellner brachte Mark eine Tasse Kaffee und nahm seine Bestellungen entgegen.

Nachdem die beiden Männer gefrühstückt hatten, die Teller weggeräumt und die Kaffeetassen noch einmal gefüllt worden waren, griff Dr. Barrett nach einer Mappe, die auf dem Tisch lag.

»Ich nehme an, Sie haben bereits erraten, warum ich Sie gebeten habe, heute mit mir zu frühstücken, Mark«, sagte er.

»Claire hat mich ein bißchen aufgeklärt.«

»Sie ist ein gutes Mädchen«, sagte Barrett. Dann setzte er eine geschäftliche Miene auf. »Vielleicht sollte ich Ihnen etwas über unsere Klinik erzählen.«

»Das wäre sehr fein.«

»Vor ungefähr fünfzehn Jahren habe ich mich mit zwei Kollegen zusammengetan, die ich im Zweiten Weltkrieg kennengelernt habe. Wir drei haben zusammen mit einem jungen Gynäkologen die heutige Barrett-Klinik gegründet. Aus finanztechnischen Gründen, die ich Ihnen noch erläutern werde, bringen wir die Mehrzahl unserer Patienten im Gulfside-Spital unter, das im Besitz einer eigenen Gesellschaft ist. Unsere Ärzte erhalten ein monatliches Gehalt und sind an der jährlichen Gewinnausschüttung beteiligt. Und wir haben«, sagte er mit einem Anflug von Stolz in der Stimme, »seit dem zweiten Jahr nach unserer Gründung immer einen Gewinn gehabt.«

»Wie vielen Personen gehört die Klinik?«

»Wir sind nach wie vor vier. Ich bin der Chirurg, und außer Jerry Thorpe, dem Gynäkologen, haben wir noch einen ausgezeichneten Internisten, der auf Kardiologie spezialisiert ist, und einen Orthopäden.«

»Na ja, damit decken Sie einen weiten Bereich ab«, meinte Mark.

»Bis vor einiger Zeit war das der Fall, aber die Mikrochirurgie, die Ihr Fach ist, nimmt immer mehr an Bedeutung zu. Derzeit gibt es in ganz Gulf City keinen Fachmann auf diesem Gebiet. Wenn Sie zu uns kommen, hätten wir einen großen Vorsprung gegenüber allen anderen.«

»Es gibt ja viele Leute, die Mikrochirurgie betreiben, ohne eigens dafür ausgebildet zu sein ...«

»Ein Grund mehr, daß Sie zu uns kommen sollten. Eine Klinik von unserer Klasse braucht einen Experten auf diesem Gebiet.«

»Was verstehen Sie unter einer ›Klinik Ihrer Klasse‹?«

»Die Barrett-Klinik nimmt nur sehr angesehene und sehr wohlhabende Privatpatienten auf.«

»Schränken Sie damit nicht das Feld Ihrer Aktivitäten wesentlich ein? Die meisten Leute sind doch heute schon bei der staatlichen Medicare oder bei irgendeiner privaten Krankenversicherung.«

»Da haben Sie recht«, gab Barrett zu. »Wir stellen uns auch darauf ein. In einigen Wochen werden wir in der Altstadt von Gulf City eine Dependance unserer Klinik eröffnen. Dort wohnen meist ältere Leute im Ruhestand, mit ganz gutem Einkommen, die Blue Cross, Blue Shield oder eine andere Krankenversicherung haben. Das bedeutet aber, daß wir eine zusätzliche Kraft an der Klinik brauchen. Und nach allem, was ich über Ihre Ausbildung und Ihr Können gehört habe, Mark, sind Sie der richtige Mann für uns.«

»Das ist sehr schmeichelhaft, Sir.«

»Meine Frau und ich sind in einem Alter, in dem wir es uns endlich ein wenig bequem machen möchten. Ich hoffe, daß Sie der Klinik jene Sorgfalt widmen werden, die sie braucht, wenn ich nicht da bin. Wenn Sie zu uns kommen, Mark, haben Sie die Chance, nicht nur einer der bekanntesten, sondern auch einer der wohlhabendsten Chirurgen im Süden der Vereinigten Staaten zu werden.«

»Mein jetziger Gehalt in Lakeview reicht kaum zum Leben aus, wenn ich alle meine Kredite zurückzahlen will«, gab Mark zu. »Ihr Angebot ist also sehr verlockend für mich.«

»Wenn Sie zu uns kommen, können Sie auch noch mit gewissen Benefizien rechnen.«

Mark mußte unwillkürlich an die Extras denken, die Claire gestern erwähnt hatte, nahm aber mit Recht an, daß Barrett etwas anderes meinte, was sich bewahrheitete, als der Chirurg fortfuhr. »Das Personal unserer Klinik wird zum Großteil von der Firma beigestellt, die das Gulfside-Spital betreibt. Das hat für uns steuerliche Vorteile, und vor allem partizipieren diese Leute nicht am Pensionsfonds unserer Klinik. Dieser Fonds ist nur für den Direktor der Klinik, die Ärzte und die Leiterin des Operationssaals Alexa McGillivray da.«

»Eine Ärztin?«

»Nein, eine Krankenschwester mit einem Diplom der Duke-Universität. Aber im OP ist sie so gut wie eine Chirurgin. Jedenfalls ist sie besser als die meisten praktischen Ärzte, die manchmal vorübergehend bei uns arbeiteten, weil sie uns einen Patienten gebracht haben.«

»Ich verstehe«, sagte Mark.

»Alexa ist bei allen Operationen dabei und hat die Aufsicht über die Intensivstation, in der die Patienten nach den Eingriffen liegen.« Barrett sah auf die Uhr. »Elaine und ich fliegen heute mittag nach West Virginia, um im Greenbrier-Club ein bißchen Golf zu spielen. Wir bleiben bis zum Feiertag am 4. Juli. Wann können Sie von Lakeview weg?«

»Am 30. Juni.«

»Und was sind Ihre Zukunftspläne?«

»Dr. Ramirez hat mir eine Dozentenstelle angeboten ...«

»Unter einem Professor, den man geholt hat, um die Abteilung zu übernehmen, die Sie geleitet haben, als Mike Peters seinen Prostatakrebs bekommen hat?«

»Nun, ja ...«

»Sie sind viel zu begabt, um hier in Lakeview jahrelang zu warten, bis Sie endlich eine Professur bekommen. Wenn Sie am 30. Juni weg können, warum kommen Sie nicht auf unsere Kosten nach Gulf City und sehen sich die Barrett-Klinik an? Ich nehme an, daß Sie auch noch andere Angebote haben ...«

»Einige.«

»Ich könnte Ihnen bereits jetzt einen konkreten Vorschlag machen, aber es wäre eigentlich nicht fair, wenn Sie eine Entscheidung treffen müßten, ohne gesehen zu haben, wie es an unserer Klinik zugeht«, sagte Barrett. »Sie sollen sich alles ansehen, und wenn Sie dann unser Angebot ausschlagen, werden wir es Ihnen nicht nachtragen.«

»Das ist sehr anständig«, gab Mark zu. »Andererseits muß ich Ihnen fairerweise sagen, daß ich gerne wissen möchte, wieviel ich bei Ihnen verdienen würde, ehe ich auf Ihre Kosten komme, um mir die Klinik anzusehen.«

»Ich kann Ihnen versichern, daß wir nicht kleinlich sein werden. Was stellen Sie sich vor?«

Mark holte tief Atem und nannte die Summe, die ihm Claire geraten hatte – 75.000 Dollar pro Jahr.

»Sie schätzen sich hoch ein, wenn man bedenkt, was Sie hier in Lakeview bekommen«, meinte Richard Barrett. »In Ihrem Alter habe ich nicht einmal zehntausend Dollar verdient.«

»Das waren auch andere Zeiten, Sir.«

»Ja, aber so sehr anders waren sie auch nicht. Trotzdem, wenn Sie auf meine Partner den gleichen Eindruck machen, den ich hatte, nachdem ich Ihren Film gesehen und Ihren Vortrag gehört habe, glaube ich, daß sie damit einverstanden sein werden, Ihnen im ersten Jahr fünfzigtausend Dollar zu zahlen.«

»Ich bin bereit auf 65.000 herunterzugehen«, erwiderte Mark und stellte befriedigt fest, daß sein Gesprächspartner nicht zurückzuckte.

»Also gut. 65.000 im ersten Jahr, aber ohne Gewinnbeteiligung und ohne Zugehörigkeit zum Pensionsfonds. Wenn wir nach einem Jahr mit Ihnen zufrieden sind und Sie mit uns, handeln wir einen neuen Vertrag aus. Mit Gewinnausschüttung und Anteil am Pensionsfonds.«

»Das klingt sehr fair.«

»Was klingt sehr fair?« Es war Claires Stimme. Mark war so sehr in das Gespräch mit ihrem Vater vertieft gewesen, daß er ihr Kommen nicht bemerkt hatte. Nun stand er auf und bot ihr einen Stuhl an.

»Ich habe geglaubt, du bist schon unterwegs nach New York«, sagte Barrett.

»Ich habe verschlafen. Und dann ist mir eingefallen, daß du mit Mark zum Frühstück verabredet bist, und ich habe mir gedacht, ich nehme noch einen Bissen mit euch, bevor ich fahre.«

In ihrem grünen Sommerkleid sah sie nun am frühen Morgen genauso gut aus wie am Abend zuvor. Sie nahm am Tisch Platz, und die Kellnerin brachte Kaffee und Toast, den sie offensichtlich bereits beim Betreten des Restaurants bestellt hatte.

»Habt ihr euch schon geeinigt?« fragte sie und biß in ihren Toast. »Dieses Frühstück ist ja wohl nur arrangiert worden, damit ihr ins Geschäft kommt.«

»Und du mußt dabei deine Finger im Spiel haben.« Barrett tätschelte liebevoll ihre nackte Schulter. »Was hast du denn Mark gestern abend vorgeschlagen, was er verlangen soll?«

»Er soll mit 75.000 beginnen und sich mit 65.000 zufrieden geben. Und du weißt, daß er das wert ist.«

»Wir haben uns bei 65.000 geeinigt«, sagte Mark zu ihr. »Das ist das erstemal, daß ich einen Vertrag mit Hilfe einer Frau ausgehandelt habe, und ich muß sagen, daß das Ergebnis sehr befriedigend ist.«

»Ich bin eine Expertin auf diesem Gebiet. Übrigens, wieviel hätten Sie denn verlangt, wenn ich Ihnen keine Ratschläge gegeben hätte?«

»So etwa 25.000 bis 30.000.«

»Das sollte Ihnen eine Lehre sein: Unterschätzen Sie sich niemals selbst.«

»Aber auch nicht, wozu eine skrupellose Frau fähig ist«, fügte Barrett logisch hinzu. »Mark kommt Anfang Juli nach Gulf City, um sich die Klinik anzusehen. Damit er entscheiden kann, ob er unser Angebot annimmt ...«

»Und damit die Partner Ihres Vaters entscheiden, ob sie mich haben wollen«, fügte Mark hinzu.

»Ihr werdet euch gegenseitig haben wollen.« Sie spülte den letzten Bissen Toast mit einem Schluck Kaffee hinunter und erhob sich. »Ich komme auf dem Rückweg am 1. Juli durch Baltimore«, sagte sie zu Mark. »Wenn es Ihnen recht ist, hole ich Sie um 11 Uhr vormittag ab. Sie können mit mir fahren.«

»Das klingt fantastisch.«

»Gut. Ich bin am ersten Juli gestellt, und den 4. Juli feiern wir in Gulf City.«

IV

Am 1. Juli, pünktlich um elf Uhr vormittag, läutete es an Mark Harrisons kleiner Wohnung in einem der Apartmenthäuser, in dem die Mehrzahl der jungen Ärzte von Lakeview untergebracht war. Er öffnete, und vor ihm stand Claire Desmond, die wie ein Mannequin aus »Vogue« aussah: Hellblaue Hose, dazu passende Bluse und gleichfarbiges Stirnband, das ihr schulterlanges blondes Haar zusammenfaßte.

»Haben Sie gepackt?« fragte sie.

»Ich bin fertig. Wann sind Sie von New York weggefahren?«

»Gegen sieben. Ich habe Ihnen versprochen, daß wir rechtzeitig zu den Festivitäten am 4. Juli in Gulf City sein werden. Und wenn ich etwas verspreche, dann halte ich es. Haben Sie Ihre Schwimm- und Tennissachen mit?«

»Alles eingepackt. Ich ziehe zwar Bourbon vor, aber da ich beim Bankett gesehen habe, daß Sie Wodka und Tonic trinken, habe ich zwei Flaschen mit.«

»Gut. Ich schätze aufmerksame Männer.«

Während er sein Gepäck im Kofferraum ihres Porsches verstaute, nahm sie auf dem rechten Sitz Platz und sagte: »Jetzt fahren einmal Sie.«

Als Mark am frühen Nachmittag von der Überlandstraße 29 in die Route I-64 einbog, die über Blue Ridge nach West Virginia und Kentucky führte, richtete sich Claire in ihrem Liegesitz auf.

»Sie sind gut gefahren«, meinte sie.

»Gut gefahren für jemanden, der einen solchen Sportwagen nicht gewöhnt ist«, räumte er ein. »Wir müssen tanken. Vielleicht wollen jetzt Sie ans Steuer.«

»Gut. Bei der Tankstelle können wir uns einen Sandwich und einen Becher Kaffee kaufen. Mit einem schnellen Mittagessen ersparen wir uns Zeit.«

»Nachdem Sie offensichtlich diese Reise sehr genau geplant haben, können Sie mir sicherlich sagen, wo wir übernachten werden.«

»Wie wäre es mit einem romantischen Motel auf einem Hügel an der I-81, etwa hundert Meilen südöstlich von Roanoke? Ein Restaurant ist auch dort, und die Aussicht ist fantastisch.«

»Klingt ideal. Wann werden wir in Gulf City ankommen?«

»Übermorgen mittag. Die Parade am 4. Juli und der Ball am Abend werden Ihnen gefallen. Es ist so eine Art von Karneval im Sommer. Vater und Mutter kommen am 5. Juli zurück, und er wird Ihnen die Klinik und das Spital zeigen wollen. Wann können Sie bei uns beginnen?«

»Um den Fünfzehnten herum, wenn mich die Partner Ihres Vaters akzeptieren.«

»Das werden sie.« Sie warf ihm einen schrägen Blick zu, als wolle sie ihn taxieren, bevor sie sich in ihren Sitz zurücklehnte. »So wie Sie aussehen, machen Sie den Eindruck, als hätten Sie fast alles, was zu einem Mann gehört.«

»Was heißt, ›fast alles‹? Was fehlt mir denn?«

»Vielleicht der Ehrgeiz, viel Geld zu verdienen und sich einen Platz an der Spitze zu erobern. Ohne diesen Ehrgeiz werden Sie auf die Dauer nicht mehr als einer unter Tausenden Chirurgen sein.«

»Bei Ihnen ist das wohl anders. Sie haben sichtlich den Ehrgeiz, die beste Werbeunternehmerin von ganz Amerika und jedem Mann ebenbürtig zu sein.«

»Nicht ebenbürtig! Überlegen!«

»Um jeden Preis?«

»Welchen Preis?«

»Zum Beispiel Kinder.«

»Oh, ich werde sicher eines Tages ein oder zwei Kinder haben, sobald ich den Mann getroffen habe, der meinen Ansprüchen genügt.«

Mark lachte. »Wissen Sie, mit der Liebe ist es so eine eigene Sache. Sie hält sich nicht an die Pläne, die Männer und Frauen schmieden. Sie hält sich nicht einmal an das, was die Mäuse wollen. Das habe ich im Labor gesehen.«

»Bei mir ist das anders. Es gibt ein Lied, das alles ausdrückt, was ich bin und was ich will –«

»Ein Lied? ›Chacun à son gout‹?«

»Nicht ganz. Mein Lied hat den Refrain: ›Ich will, was ich will und wann ich es will.‹«

»Das ist Ihr Leitmotiv ...«

»Absolut.« Sie blickte auf ihre mit Brillanten besetzte Armbanduhr. »Wir werden gegen sechs Uhr dreißig bei dem Motel sein, von dem ich Ihnen erzählt habe. Zeit genug, um vor dem Abendessen noch einen Drink zu nehmen.«

V

Als sie von der Straße in einen Seitenweg einbogen, der den Hügel hinaufführte, erblickte Mark das Motel. Claire hatte nicht zuviel versprochen. Es stand am Kamm eines sanften Abhanges von grünem Weideland und blickte ein Tal entlang, das am Fuß einer Bergwand endete. Die Straße war so weit weg, daß der Lärm des Fernverkehrs die Gäste nicht zu stören vermochte.

»Meine Cousine und ich hätten gern benachbarte Zimmer«, sagte Mark an der Rezeption.

»Gerne, Herr Doktor. Ich kann Ihnen zwei Zimmer mit Verbindungstür im Hintertrakt geben, wo es sehr ruhig ist.«

»Nur damit Sie wissen, hier im Motel sind Sie meine Cousine«, sagte er zu Claire, die im Auto gewartet hatte. »Ich hoffe die Verwandtschaft ist Ihnen nicht zu eng.«

»Das wird sich schon noch herausstellen«, sagte sie lachend.

Eine Viertelstunde später, nachdem er Eis besorgt und zwei Drinks bereitet hatte, klopfte er an der Verbindungstür und fragte: »Sind Sie ansprechbar?«

»Einigermaßen. Die Tür ist offen. Kommen Sie herein.«

Sie hatte ein Kissen gegen die Rückwand des Bettes gelehnt, lag ausgestreckt auf dem Rücken und starrte auf den Fernsehapparat.

Als er ihr den Drink reichte, rückte sie etwas zur Seite.

»Was gibt es Neues?« fragte er und ließ sich neben ihr nieder.

»Das übliche: Morde, Politik, ein paar Gauner mehr in Washington.«

Sie blickten schweigend auf den Bildschirm und tranken. Die Nähe ihres Körpers versetzte Mark in Erregung, aber sie schien seine Gegenwart gar nicht zur Kenntnis zu nehmen. Als die Gläser leer waren, ging er in sein Zimmer, um neue Drinks zu holen. Nachdem sie auch das zweite Glas geleert hatten, kam es ihm vor, als schwebe er ein wenig.

»Was halten Sie davon, wenn wir essen gingen?« fragte er. »In dieser Gegend gibt es herrlichen Virginia-Schinken.«

Arm in Arm gingen sie, einander liebevoll ein wenig stützend, um nicht zu schwanken, den schmalen Pfad hinunter, der zu dem Restaurant am Fuße des Hügels führte. Der Schinken war tatsächlich köstlich, das Gebäck hausgemacht und die Sauce ein Gedicht. Nach der langen Fahrt waren sie hungrig und aßen geradezu gierig. Die Nachspeise, Apfelspalten mit Vanilleeis, war über jedes Lob erhaben, und als sie wieder oben beim Motel angelangt waren, mußten sie nach Luft schnappen, weil der Weg so steil gewesen war und weil sie so viel gegessen hatten.

Mark sperrte sein Zimmer auf, und sie traten ein. »Im Fernsehen ist ein James-Bond-Film«, sagte er. »Wollen Sie ihn sehen?«

»Gerne. Aber ich bin so müde, daß ich wahrscheinlich mitten im Film einschlafen werde.«

»In diesem Fall werde ich Sie wie ein Gentleman in Ihr Zimmer tragen.«

»Versprechen Sie das?«

»Wenn ich die nötige Selbstbeherrschung dazu aufbringe ...«

»Sie sind nett, Mark Harrison«, sagte sie. »Viel zu nett für ein Mädchen wie mich.«

»Ich weiß nicht, was für ein Mädchen Sie sind«, erwiderte er und holte die beiden Kissen aus ihrem Zimmer, auf denen sie gelegen waren, als sie sich vor dem Essen das Fernsehprogramm angesehen hatten.

Er stellte den Apparat an, legte die Kissen auf das Bett und ließ sich neben Claire nieder. Der Film war recht spannend, und nach einiger Zeit sagte Claire: »Ich brauche noch etwas von diesem Wodka – Sean Connery habe ich am liebsten, wenn ich leicht betrunken bin.«

Nachdem der Film zu Ende war, nahmen sie noch drei weitere Drinks. »Ich glaube, ich gehe jetzt unter die Dusche und dann ins Bett«, sagte Claire schließlich. »Vielen Dank für einen bezaubernden Abend.«

Er kam gerade unter seiner Dusche hervor und begann sich bei geöffneter Badezimmertür abzutrocknen, als ihn Claires Stimme aufschreckte.

»Deine Anatomie ist wirklich bemerkenswert, mein Lieber.« Sie saß auf seinem Bett und hatte die Decke über ihre Beine gezogen. Ansonsten war sie, wie sie nun die Arme hob, um ihr Haar zurückzustreichen, völlig nackt.

VI

Mark wurde um etwa halb acht Uhr durch das Geräusch von fließendem Wasser im Nebenzimmer geweckt. Die Verbindungstür war offen, und er hörte Claire, die eine Schlagermelodie vor sich hin summte. Stöhnend erhob er sich, ging in das Badezimmer, nahm drei Aspirin aus seinem Reisenecessaire, schluckte sie und ließ ihnen zwei Antacidtabletten folgen. Nachdem er sich rasiert hatte, trat er unter die Dusche und drehte den Kaltwasserhahn auf.

Der Schock des eiskalten Wassers rüttelte ihn wach,

ohne seinen Katzenjammer vertreiben zu können. Er zog gerade ein frisches Sporthemd an, als die Kennmelodie der Frühnachrichten erklang. Als er sich umdrehte, fiel sein Blick auf Claire, die neben dem Fernsehapparat stand. Sie trug weiße Shorts, ein weißes T-Shirt, dazu Tennisschuhe und sah aus wie ein Werbefoto für eine Sportartikelfirma.

»Du bist nicht sehr gut beisammen«, sagte sie.

»Jemand hat einmal gesagt, wenn man einen Kater hat, dann hat man im Mund ein Gefühl, als ob einem die ganze Rote Armee bloßfüßig über die Zunge marschiert. So ungefähr bin ich jetzt beisammen.«

»Hast du ein Aspirin genommen?«

»Drei und außerdem zwei Maaloxtabletten. Und was machst du, daß du nach so einer Nacht so blendend aussiehst?«

»Ein Doktor sollte die Antwort auf diese Frage kennen«, sagte sie kühl. »Warte, bis ich meinen Kosmetikkoffer aufgesperrt habe. Vielleicht kann ich dir helfen.«

Sie ging in ihr Zimmer, und er hörte, wie sie das Köfferchen öffnete und wieder versperrte. Als sie in sein Zimmer zurückkam, schloß Mark gerade seinen Koffer und sie reichte ihm eine Tablette. »Nimm das. Das ist das beste Mittel gegen einen Kater.«

Er warf einen Blick auf die Pille und sah, daß es eine Benzedrintablette war, aber etwa zweimal so stark als die Dosis, die er selbst manchmal am Morgen nahm. Der spöttisch-herausfordernde Blick ihrer verdächtig glänzenden Augen ließ den Schluß zu, daß sie selbst bereits eine Tablette genommen hatte.

»Du weißt doch, daß diese Dinger gefährlich sind oder nicht?« sagte er.

»Natürlich. Ich bin ja in einer Arztfamilie aufgewachsen, in der die Bereitschaftstasche immer griffbereit auf dem Vorzimmertisch gelegen ist. Nimm eine. Du wirst dich blendend fühlen.«

»So wie du jetzt?«

»Natürlich.« Claire zuckte mit den Achseln. »Ich habe meine eine Minute nach dem Aufwachen genommen.«

Er schluckte die Tablette und spülte sie mit etwas Wasser hinunter. »Ich glaube, es ist besser, wenn du die ersten hundert Meilen fährst«, sagte er. »Du bist an so etwas gewöhnt – die Toleranzgrenze wächst ja mit dem Gebrauch.«

»Natürlich fahre ich«, sagte sie. »Los, bringen wir das Gepäck zum Wagen und frühstücken wir noch, ehe wir starten.«

Während Mark das Gepäck verstaute, besserten sich seine Kopfschmerzen, und auch das komische Gefühl im Magen verschwand. Nach neun Uhr hatten sie gefrühstückt und fuhren auf der I-81 nach Süden den Great Smokies entgegen. Mark fühlte sich blendend. Die zweite Nacht verbrachten sie in einem hübschen, rustikalen Motel im Nordosten von Alabama, dort wo die Appalachen nicht mehr Berge, sondern nur mehr Hügel sind. Als sie am Morgen danach aufbrachen, schluckte Mark die Benzedrintablette, die ihm Claire gab, und sobald sie die Überlandstraße erreichten, fühlte er keine Beschwerden mehr.

»Bevor ich aus New York abgefahren bin, habe ich das Holiday Inn am Strand von Gulf City angerufen und ein Zimmer für dich bestellt«, sagte sie.

»Du mußt aber dort sehr gut bekannt sein, wenn du an einem Feiertag wie dem 4. Juli ein Zimmer bekommst.«

»Meinem Vater und einigen anderen Ärzten gehört das Gebäude. Sie haben es verpachtet. Ich habe der Direktion gesagt, daß du sein Gast bist. Übrigens kann ich heute abend nicht mit dir essen, weil sich ein Kunde aus Montgomery angesagt hat. Aber ich hole dich morgen mittag ab und zeige dir die Stadt. Am Abend ist dann der Ball im Yacht-Club.«

Kurz nach drei Uhr hielt der Porsche mit Claire am Steuer vor dem Eingang des eleganten Holiday Inn, das nach Marks Schätzung mindestens zehn Stockwerke hoch war. Wie alle anderen Gebäude in der Phalanx von Wolkenkratzern, die sich entlang der Bucht erstreckte, erstrahlte es in blendendem Weiß. Davor auf dem Sandstrand, waren unzählige bunte Sonnenschirme aufgespannt, zwischen denen sich Badegäste in verschiedenen Abstufungen von Sonnenbräune tummelten.

»Es war eine sehr nette Reise, Liebling«, sagte Claire, als Mark mit Koffer und Kleidersack in der Hand an den Wagenschlag trat, um sich zu verabschieden. »Ich sehe dich morgen gegen zwölf zum Mittagessen.«

»Ich werde da sein«, sagte er. »Und mich inzwischen ausruhen.«

Das Apartment im zehnten Stock des Gebäudes, in das ihn der Hotelpage führte, war von bestechender Eleganz. Es bestand aus einem großen Wohnzimmer mit zwei Schlafsofas, einem Balkon und einem Badezimmer, das zugleich Ankleideraum war. Auf dem Tisch stand ein Korb mit Früchten und einer Karte, auf der stand: »Mit den Empfehlungen der Direktion.« Nachdem Mark dem Pagen ein Trinkgeld gegeben hatte, trat er auf den Balkon, um den Fernblick zu genießen.

In einer Entfernung von etwa einer Meile erhob sich eine Sandbank aus dem Wasser, die aber nicht hoch genug war, um den Blick auf den Golf von Mexiko zu beeinträchtigen. Das Wasser innerhalb der langgestreckten Bank war von Badenden mit Luftmatratzen und Gummiflößen und einigen kleinen Segelbooten belebt. Jenseits der Sanddünen durchfurchte eine große Sportyacht langsam das Meer. Weiter im Süden war ein Frachtschiff zu sehen. Wahrscheinlich ist es von New Orleans nach Tampa unterwegs, schätzte Mark; das ist der nächste größere Hafen im Süden der Bucht. In östlicher und westlicher Richtung war nichts zu sehen als ein Wall von

Hotel- und Wohnhausbauten. Der Anblick dieser Häuserfront war typisch; so sahen alle Städte entlang der Küste aus.

Es war so heiß und die Luftfeuchtigkeit so unerträglich, daß Mark beschloß, die Besichtigung der Stadt in der Hoffnung auf eine kühlende Brise bis zum Abend zu verschieben. Er ging in das Zimmer, machte es sich auf einem der beiden Sofas bequem und erwachte erst um sechs Uhr abend.

Auf der Suche nach einem Restaurant durchblätterte er das Telefonbuch, als sein Blick auf die Rubrik »Ärzte« fiel. Da erinnerte er sich daran, daß ein Studienkollege, der Pathologe geworden war, hier in Gulf City lebte. Seinen Namen fand er schnell: Patrick O'Meara. Als Adresse war lediglich das Gulfside-Spital angegeben, und so rief er dort auf gut Glück an.

»Kann ich Dr. Patrick O'Meara sprechen?« fragte er, als sich die Spitalsvermittlung meldete.

»Ich glaube, er ist hier. Wen darf ich melden?«

»Dr. Mark Harrison aus Baltimore.«

Kurz danach war Patrick O'Mearas Stimme zu vernehmen, unverkennbar dank ihres stark irischen Akzents.

»Mark, mein Junge. Wo bist du?«

»Hier in Gulf City!«

»Und was führt dich zu uns?«

»Ich bin auf der Suche nach einem Job. Hast du vielleicht Zeit für ein Abendessen mit mir?«

»Natürlich. Ich bin Pathologe am Gulfside-Spital und einer der amtlichen Leichenbeschauer des Distrikts. An diesem Wochenende habe ich Dienst. Wo bist du jetzt?«

»Im Holiday Inn. Kennst du ein gutes spanisches Restaurant?«

»Selbstverständlich. Das Habanera.«

»Können wir uns dort treffen?«

»Warum nicht. Es ist nur einige Häuserblocks vom Spital entfernt, so daß man mich mit dem Rufgerät erreichen kann. Ich bin in einer Viertelstunde dort.«

»Und ich gehe jetzt von hier weg.«

Die Häuserzeilen hinter dem Strand, in denen vorwiegend Geschäfte und Büros untergebracht waren, machten einen eher verlassenen Eindruck. Er fand das Restaurant ohne Schwierigkeiten und wurde zu einem Ecktisch geführt, ziemlich weit entfernt von der Bar, vor der ein alter Mann saß und liebevoll auf einer Gitarre zupfte. Nach einigen Minuten kam Pat O'Meara und begrüßte Mark herzlich.

»Ich verstehe nicht, warum du Chirurg in Gulf City werden willst«, sagte er, nachdem ihnen der Kellner zwei große kühle Rum Collins gebracht und ihre Bestellung entgegengenommen hatte: Spanische Bohnensuppe und Arroz con pollo, Huhn mit Reis auf die ausgezeichnete kubanische Art zubereitet. »Dr. Ramirez hat dich doch immer wie seinen eigenen Sohn behandelt und deine Arbeiten auf dem Gebiet der Mikroskopchirurgie sind so brillant, daß du eines Tages sicher Professor wirst.«

»Damit habe ich auch gerechnet. Aber ich habe ein Angebot bekommen, das ich schwer ausschlagen kann.«

»Ein Angebot hier in Gulf City?«

»Ja. Ich soll an der Barrett-Klinik arbeiten.«

Pat O'Mearas Lippen spitzten sich zu einem langen, leisen Pfiff der Anerkennung. »Da kommst du ja in eine Goldmine. Das ist natürlich ein ausgezeichnetes Angebot. Wie bist du dazu gekommen?«

»Dr. Richard Barrett und Dr. Ramirez sind Studienkollegen. Barrett sucht einen Chirurgen und Ramirez hat mich vorgeschlagen.«

»Einen besseren Vorschlag hätte er nicht machen können. Ich habe aber geglaubt, daß du eines Tages Professor wirst. Außerdem hast du doch von diesem Krankenhausprojekt in Sand Hills gesprochen.«

»Daraus wird wahrscheinlich nichts werden«, erklärte

Mark. »Ich würde ja auch gerne unterrichten, aber ich habe viele Schulden. Die kann ich loswerden, wenn ich einige Jahre hier arbeite. Danach kann ich ja immer noch an ein öffentliches Krankenhaus gehen oder Professor in Lakeview werden.«

»Das wirst du wahrscheinlich beides nicht tun. Solange wir studieren, haben wir alle unsere Ideale, aber sobald wir irgendwo an einem Futtertrog stehen, kommen wir nicht mehr weg von ihm. Selbst wenn wir wollten, könnten wir es gar nicht. Dazu ist der Existenzkampf in unserem Beruf viel zu hart.«

»Vielleicht hast du recht«, meinte Mark. »Wie geht es dir denn hier?«

»So, so«, antwortete O'Meara und beugte sich über seinen Teller mit dampfender Bohnensuppe. »Ich arbeite als Pathologe am Gulfside-Spital. Das ist kein sehr harter Job, aber manchmal muß ich Sachen machen, die mir nicht sehr gefallen.«

»Was für Sachen?«

»Laß das. Reden wir nicht darüber.«

»Doch, reden wir darüber. Ich kenne dich doch, Pat. Du hast dich verändert, seit wir zusammen in Lakeview waren, und ich möchte wissen, warum.«

»Also gut, wenn du es unbedingt wissen willst. Aber mache mir nachher nicht den Vorwurf, daß ich dich darüber aufgeklärt habe, wie es in privaten Spitälern und Kliniken in Gulf City zugeht.«

»Es wird hier auch nicht anders zugehen als überall.«

»Hast du Barrett gesagt, daß wir befreundet sind?« frage O'Meara.

»Ja.«

»Und was hat er gesagt?«

»Er hat gesagt, daß du ein brillanter Pathologe bist, aber manchmal Schwierigkeiten hast, mit den Ärzten in Gulf City auszukommen.«

»Da hat er sich sehr freundlich ausgedrückt. Die meisten Ärzte hier – vor allem die Chirurgen – halten mich für einen unerträglichen Querkopf, weil ich die Wahrheit über das sage, was ich unter dem Mikroskop sehe.«

»Das verstehe ich nicht. Die anderen Ärzte können ja auch nicht abstreiten, was deine Präparate zeigen.«

»Ich bin vor einigen Jahren voll Tatendrang hierher gekommen, um aus der Prosektur des Gulfside-Spitals eine vorbildliche Kopie der Pathologie von Lakeview zu machen. Es hat auch alles wunderbar geklappt – anfänglich. Meine Kollegen waren damit einverstanden, daß wir einmal in der Woche die Präparate besprachen, die von frisch operierten Fällen stammten. Ebenfalls einverstanden waren sie damit, daß ich einmal im Monat eine pathologisch-anatomische Diskussion veranstaltet habe. Dabei wurde jeweils ein bestimmter Todesfall ohne Nennung des behandelnden Arztes besprochen.«

»Das alles ist doch reine Routine an einem ordentlichen Spital.«

»Ja, aber mein Problem war, daß ich übereifrig wurde.«

»Was verstehst du darunter?«

»Hast du schon mit einem Mitarbeiter der Barrett-Klinik gesprochen?«

»Nur mit Dr. Barrett. Warum, was ist los mit ihnen?«

»Nichts. Sie sind sicher überdurchschnittlich gute Ärzte. Der Gynäkologe, Jerry Thorpe, ist geradezu ein Hexenmeister. Er entfernt Gebärmutter, Eileiter und Eierstöcke, per vaginam, macht alles so geschickt, daß sich nachher eine vierzigjährige Mutter mit ein bis zwei Kindern wie eine junge Braut fühlt, und ist in weniger als einer Stunde mit allem fertig.«

»Der Mann ist eben geschickt. Das sind Eingriffe, die doch andere auch machen.«

»Stimmt. Mein Problem war nur, daß ich bei meiner ersten Präparatsbesprechung ein halbes Dutzend von Gebärmuttern präsentiert habe, die Jerry im Laufe einer Woche herausgenommen hat, die alle völlig gesund waren.«

»Und warum ist das ein Problem gewesen?«

»Weil Jerry und die Barrett-Klinik gerne die Illusion aufrechterhalten, daß diese Eingriffe medizinisch notwendig sind. In Wirklichkeit dienen sie dazu, Damen der Gesellschaft die Möglichkeit zu geben, ohne Furcht vor Kindersegen, das zu tun, was ihnen Spaß macht.«

»Zum Beispiel sich eine Liebhaber zu halten.«

»So ist es. Es sei denn, ihre eigenen Männer haben genügend Verständnis dafür, daß Sex auch ohne Aussicht auf Nachkommen Spaß machen kann.«

»Und was ist mit dir geschehen?«

»Es ist geschehen, was unvermeidlich war. Die Barrett-Klinik bringt mehr Patienten im Gulfside-Spital unter als alle Ärzte der Stadt zusammengenommen. Kaum hatte sich daher Jerry Thorpe darüber beklagt, daß ich mich mit seinen Eingriffen befasse, hat Dick Barrett mit Jack Pryor, dem Chef unseres Spitals, gesprochen. Worauf mich Pryor kommen ließ und mir erklärte, als Pathologe möge ich mich doch mehr um kranke und nicht um gesunde Gewebe kümmern. Was ich jetzt tue.«

»Fällt es dir schwer?«

»Es geht. Mit meinem ärztlichen Gewissen kann ich es gerade noch vereinbaren. Wenn man lange genug an einer Gebärmutter herumschneidet, findet man schon etwas, das wie eine Geschwulst aussieht. Auch wenn der kleine Tumor an der Innenwand an einer Stelle sitzt, an der ihn Jerry bei seiner Untersuchung gar nicht gefunden haben könnte. Der pathologische Befund lautet jedenfalls Gebärmuttergeschwulst, und alles ist in bester Ordnung.«

»Hast du auch Probleme mit Obduktionen?«

»Eigentlich nicht. In Privatspitälern wie dem unseren wird nicht viel obduziert. Automatisch kommt nur jeder Patient auf den Obduktionstisch, der innerhalb von vierundzwanzig Stunden nach der Einlieferung gestorben ist. Ärger gibt es nur mit den Bestattungsfirmen, die sich immer beklagen, daß sie bei einem obduzierten Leichnam die doppelte Zeit fürs Herrichten brauchen.«

»Also im großen und ganzen hast du deine Probleme gelöst«, meinte Mark und bat den Kellner um die Weinkarte.

»Wie man es nimmt. Ich habe ja auch noch die Aufsicht über das gemeinsame Labor von Klinik und Spital. Du weißt ja, daß sie geschäftlich eng verknüpft sind.«

»Das hat mir Dr. Barrett gesagt.«

»Hat er dir auch gesagt, daß an jedem Patienten, der es sich leisten kann, mindestens fünfundzwanzig und auch noch mehr Laboruntersuchungen vorgenommen werden, ganz zu schweigen von Röntgenbildern, EKGs und anderen Sachen.«

»Nein.«

»Nun, du wirst schon lernen, wie man an einer Privatklinik arbeitet. Tests kosten Geld, das Geld fließt in die Kassen der Klinik und die Klinik gehört den Ärzten, die die Tests verschreiben.«

»Dafür werden die Patienten aber auch gründlich untersucht.«

»Sehr gründlich sogar. Manche werden sogar in den Scanner gesteckt, obwohl es völlig unnötig ist. Andererseits: Wenn du einmal irgendeine Untersuchung versäumst und dein Patient hat Beschwerden, die du ihm nicht gleich erklären kannst, dann läßt er sich alle Befunde geben und hetzt dir seinen Anwalt mit einer Klage wegen Vernachlässigung der ärztlichen Berufspflicht an den Hals.«

»Ein bißchen von alldem habe ich bereits in Lakeview kennengelernt.«

»Ja und das alles hat nicht mehr das geringste mit jener menschlichen Art von Medizin zu tun, die noch die Ärzte praktiziert haben, die uns einst zur Welt gebracht haben.«

»Das stimmt, aber es ist nicht fair von dir, daß du nur

die Privatspitäler kritisierst. Es ist ja auch nicht sehr positiv, wenn in einer Universitätsklinik die Patienten doppelt so lang als eigentlich notwendig wäre liegen bleiben müssen, damit die Herren Studenten in Ruhe lernen können, wie man eine Diagnose stellt.«

»Da hast du recht«, sagte O'Meara. »Und jetzt, schenke Wein nach und laß uns auf die Medizin und den guten Hippokrates trinken. Obwohl wir beide wissen, daß wir es mit seinen Prinzipien nicht so genau nehmen, wie wir eigentlich möchten.«

VII

In der klimatisierten Kühle des Hotelzimmers hatte Mark ausgezeichnet geschlafen, und als er aufwachte, fühlte er sich dementsprechend wohl. Er zog Badehose, T-Shirt und Laufschuhe an, warf ein Handtuch über die Schultern und fuhr mit dem Aufzug in das Kellergeschoß, von dem ein Tunnel unterhalb des belebten Gulf Boulevards zum Strand führte. Dort legte er das Handtuch auf eine Bank nahe dem Wasser und lief einige Meilen den Strand entlang, der nur von wenigen Badegästen bevölkert war. Nachdem er zu der Bank zurückgekehrt war, zog er Schuhe und T-Shirt aus und watete in das von der Morgenbrise leicht bewegte Meer.

Das Wasser war warm, und er mußte etwa dreißig Meter gehen, bevor es tief genug war, um bequem zu der etwa eine Meile entfernten Sandbank schwimmen zu können. Er kraulte zügig und sobald er an der Düne angelang war, watete er an Land. Auf das Meer hinausblikkend, hatte er das Gefühl völlig allein zu sein, und es war ihm, als existiere der weiße Wall von Gebäuden hinter ihm nicht. Das Knurren seines Magens erinnerte ihn zwar daran, daß er noch nicht gefrühstückt hatte, aber er blieb noch einige Zeit allein auf der Düne und fühlte sich frei wie schon lange nicht, nach all den Jahren ununterbrochener Arbeit in der großen, geschäftigen Klinik von Baltimore.

Die warme salzige Luft, die Sonne, das Wasser, all das wog, wie er sich sagte, die Zustände an einer Privatklinik, die Pat O'Meara am Abend zuvor geschildert hatte, bei weitem auf. Und dann gab es ja auch noch – und der Gedanke an sie stieg gleichsam aus seinem Unterbewußtsein empor – Claire, ihren herrlichen nackten Körper, die Umklammerung ihrer Glieder, das Stöhnen der Leidenschaft, mit dem sie sich in seinen Armen wand.

Der Gedanke an sie rief ihm in Erinnerung, daß er mit ihr zum Mittagessen verabredet war. Er sprang ins Wasser und schwamm zurück, bis er an Land waten konnte. In seinem Apartment angelangt, duschte er, zog Sporthemd und Hose an und ging nach unten in das Kaffeerestaurant, wo er ein großes Frühstück mit Eiern, gegrillten Würstchen und Haferbrei zu sich nahm. Das Frühstück war ein Genuß, den er nach so vielen Jahren hastig hinuntergeschlungener Mahlzeiten in der Cafeteria der Klinik als doppelt köstlich empfand.

Als er um die Mittagszeit nichts von Claire hörte, rief er in ihrem Büro an, wo man ihm sagte, daß sie eine Besprechung mit den Fotografen für die »Nahezu nichts«-Werbung habe, die wahrscheinlich bis zum frühen Nachmittag dauern werde.

Gegen Abend kam ein kühler Wind auf, und Mark machte einen Spaziergang durch Gulf City, um die Stadt kennenzulernen, in der er zumindest ein Jahr leben und arbeiten würde. Diesen Entschluß hatte er bereits gefaßt. Von Zeit zu Zeit rief er bei Claire an, die aber nicht zu sprechen war, so daß er schließlich ein einsames Abendessen einnahm, ehe er in sein Zimmer zurückkehrte. Als er die Tür öffnete, läutete das Telefon, und er beeilte sich, den Hörer abzunehmen. Es war Claire.

»Ich muß mich bei dir entschuldigen, Liebling«, sagte

sie. »Ich war den ganzen Tag mit den Fotografen festgehalten. Sie sollen die Bilder machen, über die ich in New York verhandelt habe. Und was hast du gemacht?«

»Ich bin gelaufen und geschwommen, und am Nachmittag habe ich mir die Stadt angesehen.«

»Hoffentlich hat sie dir gefallen.«

»Sehr sogar.«

»Hast du schon zu Abend gegessen?«

»Ich komme gerade aus dem Restaurant.«

»Und ich werde zu Hause einen Sandwich essen, bevor ich mich für den Ball im Club umziehe. Er beginnt um neun. Ich hole dich eine Viertelstunde vorher ab.«

Er stand am Eingang, als der weiße Porsche kurz vor neun Uhr angebraust kam. In einem blaßgrünen kurzen Sommerkleid mit bloßen Schultern wirkte Claire schön und elegant zugleich.

»Wer trifft sich denn so aller bei diesem Ball?« fragte er, als sie sich in den Verkehr auf dem Gulf Boulevard einreihte.

»Alles was in Gulf City Rang und Namen hat, mit Ausnahme der Leute, die über den Feiertag in die Berge gefahren sind. Ich fahre aber lieber im Winter Ski und bin immer einige Wochen in Aspen. Fährst du Ski?«

»Ja, aber Aspen ist nicht meine Preisklasse. Für mich genügen die Hänge von Canaan im Norden von West Virginia.«

»Nächstes Jahr kannst du dir schon zwei Wochen in der Schweiz leisten«, versicherte sie ihm und brachte den Porsche vor dem Eingang des Yacht-Clubs zum Halten. »Selbst Aspen ist nichts gegen St. Moritz.«

Der Yacht-Club von Gulf City war am Ufer eines Flusses untergebracht, der durch die Stadt floß und in die Bucht mündete. Das Gebäude im spanischen Stil war wie viele Bauten ähnlicher Art entlang der Küste im Gefolge der Konjunktur entstanden, die in den zwanziger Jahren von Florida nach Westen gewandert war. Das Klubhaus war von imposanten Dimensionen, und an den Landungsstegen davor waren Boote und Yachten aller Größen und Preislagen vertäut. Im Inneren des Gebäudes waren rund um das Tanzparkett Tische angeordnet, und weißgekleidete Kellner servierten.

Auf dem Weg zur Bar sagte Claire: »Jerry Thorpe und Alexa McGillivray sind auch da. Gehen wir zu ihnen.«

»Wie du willst.«

Sie näherten sich dem Tisch des Paares, und Mark taxierte Jerry Thorpe mit einem schnellen, prüfenden Blick. Der Gynäkologe war ein großer, gutaussehender Mann, etwa Ende Dreißig. Seine Haut war sonnengebräunt, und er machte einen sportlichen Eindruck. Seine Begleiterin fand Mark geradezu faszinierend.

Das weiße Kleid dieser bezaubernden jungen Frau kontrastierte mit der Sonnenbräune, die ihrer Haut einen Glanz von Gold verlieh. Sie war mehr als einen Meter siebzig groß. Ihr kohlschwarzes schulterlanges Haar wurde von einem Silberreifen gehalten, der in der Mitte eine Art von Wappen trug, und damit den Anschein erweckte, ihr Haupt sei von einem Diadem gekrönt. Die hohen Backenknochen, die dunklen Augen, die Ebenmäßigkeit ihrer Züge und ihrer Figur und die ruhige Selbstsicherheit, die sie ausstrahlte, verliehen ihr eine geradezu königliche Würde.

»Dr. Jerry Thorpe, Dr. Mark Harrison.« Claire machte zunächst die beiden Männer miteinander bekannt.

»Sie sind also der Wunderknabe, der die Chirurgie in Gulf City mit Hilfe des Mikroskops auf den Kopf stellen wird.« Aus Thorpes Stimme klang Verachtung, aber Mark ignorierte sie, denn der Mann war offensichtlich betrunken.

»Ein Operationsmikroskop ist ein Instrument wie jedes andere«, sagte Mark und schüttelte die Hand des Kollegen.

»Mein Spezialgebiet ist das weibliche Becken«, sagte

Jerry Thorpe in aggressivem Ton. »Ich möchte wissen, wie Sie dort ein Mikroskop hineinstecken wollen.«

»Ich habe es noch nicht versucht«, gab Mark zu.

Claire wandte sich dem Mädchen mit den dunklen Haaren zu. »Das ist Alexa McGillivray«, sagte sie, bevor sie Jerry Thorpes Arm ergriff. »Komm, Jerry, nehmen wir einen Drink an der Bar, und ich erzähle dir, was ich in New York gemacht habe. Und dir, Mark, lasse ich von der Bar einen doppelten Bourbon kommen. Kann ich für dich auch etwas bestellen, Alexa?«

»Nein, danke«, sagte das Mädchen mit der goldgetönten Haut. »Ich habe mein Pina Colada.«

»Es freut mich, Sie kennenzulernen, Dr. Harrison.« Der Händedruck der schlanken jungen Frau war kräftig.

»Die Freude ist meinerseits. Übrigens, Ihre Sonnenbräune ist wunderbar.«

»Das ist nicht nur Sonnenbräune. Ich bin zu einem Achtel eine Creekindianerin.«

»Und Sie heißen McGillivray?« Mark dachte nach. »Wo habe ich diesen Namen schon einmal gehört?«

»Sie haben wahrscheinlich den Roman ›Alabama Empire‹ gelesen, der vor einigen Jahren ein Bestseller war. Einer meiner Vorfahren, der Häuptling Alexander McGillivray, ist eine Hauptfigur des Buches.«

»Ja, ich erinnere mich an diesen Roman.«

»Alexander McGillivray wird oft der König der Creek genannt, weil er den Stamm während des amerikanischen Unabhängigkeitskrieges zusammengehalten hat. Einige Historiker meinen auch, er sei der ›Talleyrand von Alabama‹ gewesen.«

»Und Sie sind eine Art von Prinzessin.«

»Eine Indianerprinzessin. Man hat mich nach dem Häuptling McGillivray Alexa genannt, und ich glaube, ich sehe auch recht indianisch aus.«

»Sie sehen bezaubernd aus.«

»Danke schön. Aber den Yacht-Club von Gulf City darf

ich nur betreten, wenn mich ein Mitglied als Gast mitnimmt«, sagte sie lakonisch. »Nachdem General Andrew Jackson die Creeks in der Schlacht von Horseshoe Bend besiegt hat, wurden meine Leute wie Schlachtvieh nach Oklahoma getrieben.«

»Kommen Sie von dort?«

»Nein. Ich bin im sogenannten Upper Creek Country zur Welt gekommen. Einige Zeit nachdem die Indianer nach Oklahoma gebracht wurden, sind einige meiner Vorfahren zurückgekehrt. Sie haben sich in einer sehr schönen Gegend mit tiefen Tälern, bewaldeten Abhängen und rauschenden Wasserfällen im äußersten Nordosten von Alabama niedergelassen.«

»Wenn Ihnen die Gegend so gut gefällt, warum leben Sie dann hier an der Küste?«

»Die Regierung in Washington versucht spät aber doch, gutzumachen, was sie den Indianern angetan hat, indem sie uns Stipendien und Erziehungsbeihilfen gibt. So habe ich an der Duke-Universität mein Diplom als Krankenpflegerin gemacht und bin dann zwei Jahre zur Spezialausbildung als Operationsassistentin geblieben.«

»Und wie sind Sie nach Gulf City gekommen?«

»Als kleines Mädchen bin ich mit meiner Familie immer in den Ferien hier gewesen. Mir haben die Gegend und das Meer sehr gut gefallen, und so bin ich nach der Universität an das Gulfside-Spital als erste OP-Schwester gegangen. Vor etwa einem Jahr hat Dr. Barrett gemeint, ich hätte so viel Praxis, daß ich OP-Assistentin in seiner Klinik werden könnte.«

»Aber Assistenten in Operationssälen sind doch üblicherweise Ärzte.«

»Sie sind an die Verhältnisse in einem großen Universitätsspital gewöhnt. An eine kleine Klinik hier im Süden müssen Sie andere Maßstäbe anlegen«, sagte sie. »Es käme zu teuer, zwei Chirurgen am Operationstisch stehen zu haben. Ich assistiere nicht nur bei den Operationen, sondern mache auch Dienst in der Intensivstation, in der die Patienten nach den Eingriffen liegen. Übrigens, ich glaube, Sie kennen eine Freundin von mir in Lakeview. Sie heißt Margaret Fuller.«

»Ja, sie ist dort OP-Schwester.« Mark hielt plötzlich inne. »Claire hat mir erzählt, daß jemand von der Klinik mit einer Schwester in Lakeview über mich gesprochen hat.«

»Ich bekenne mich schuldig«, sagte Alexa lächelnd. »Meg Fuller hat mir erzählt, daß Dr. Ramirez Sie als Dozenten behalten wollte. Er konnte Ihnen aber nicht die viel geringere Bezahlung in Lakeview zumuten, wo Sie doch in einer Privatklinik viel mehr verdienen können.«

Die Musik setzte ein. »Möchten Sie tanzen?« fragte Mark.

»Ich liebe Walzer.« Sie erhob sich mit anmutiger Eleganz und glitt in seine Arme. Obwohl sie sehr groß war, spürte er ihren Körper kaum, und einige Zeit lang tanzten sie schweigend, ganz dem Rhythmus der Musik hingegeben.

»Sie sind ein guter Tänzer, Dr. Harrison«, sagte sie schließlich. »Ich verstehe, daß Meg Sie als den Casanova von Lakeview bezeichnet hat.«

»Das war nur ein Scherz«, protestierte er, aber sie schüttelte den Kopf, so daß eine Strähne ihres langen schwarzen Haares für einen flüchtigen Augenblick seine Wangen berührte.

»Ich glaube nicht. Sie sind eine sehr selbstbewußte Persönlichkeit, und solche Männer wirken auf Frauen immer anziehend.«

»Das gleiche könnte ich von Ihnen sagen. Sie sind anziehend, weil Sie selbstbewußt sind.« Er hielt sie nun in seinen ausgestreckten Armen und sah, daß am Gürtel ihres Kleides ein kleines elektronisches Rufgerät befestigt war.

»Jerry Thorpe und ich haben über das Wochenende Bereitschaftsdienst«, sgte sie. »Er hat sich eben von seiner zweiten Frau scheiden lassen und ist ein wenig einsam. Es war sein Vorschlag, zu diesem Ball zu gehen, statt im Spital vor dem Fernsehapparat zu sitzen und sich die Politikerreden zum Unabhängigkeitstag anzusehen.«

»Werden Sie seine dritte Frau sein?«

Sie lachte tief und herzlich. »Für Jerry bin ich keine präsumtive Gattin, nicht einmal ein möglicher Flirt. Für ihn bin ich nur die Hand, die den Wundhaken hält, die Fäden einer Naht abzwickt, die er gemacht hat, und vielleicht auch selbst einmal nähen darf, wenn er es eilig hat, sich auf den nächsten Eingriff vorzubereiten.«

»Ich kann mir das gar nicht vorstellen«, sagte Mark. »Sie sind eine wunderschöne junge Frau, sehr weiblich und außerdem eine Persönlichkeit.«

»Das können Sie genausogut von Claire sagen, wenn sie auch in manchem anders sein mag als ich.«

»Ganz anders. Haben Sie übrigens Dr. Barrett erzählt, was Margaret Fuller über mich gesagt hat?«

»Nicht alles. Wesentlich war, daß Sie in Lakeview bei allen Leuten, sowohl beim Klinikpersonal als auch bei den Patienten, beliebt sind und über alle Qualitäten verfügen, die ein erfolgreicher Arzt braucht. Ich habe nicht erwähnt, daß sie mir gesagt hat, Sie hätten im letzten halben Jahr doppelte Arbeit geleistet.«

»Was blieb mir übrig? Dr. Peters hat Prostatakrebs bekommen, und es war niemand da, der seine Arbeit machen hätte können.«

»Meg sagte auch, Ihre Freunde fürchten, daß Sie näher am Zusammenbrechen seien, als Sie zugeben wollen.«

»Sehe ich so aus?«» fragte er mit einem Anflug von Aggressivität.

»Nein. Sie haben sich ja auf der Fahrt mit Claire erholen können. Aber sobald Sie in der Barrett-Klinik anfangen, werden Sie wieder mit Hochdruck arbeiten müssen.«

»Ich muß sagen, Sie haben eine Menge über mich am Telefon erfahren.« Marks Stimme hatte noch immer einen aggressiven Unterton. »Anscheinend haben Sie Claire auch diese Casanovageschichte erzählt. Darf ich fragen, warum?«

»Sie war dabei, als mich Dr. Barrett gebeten hat, Meg anzurufen, und sie hat darauf bestanden, daß ich mich nach Ihrem diesbezüglichen Ruf erkundige.«

»Und warum hat sie das wohl getan?«

Die Musik setzte wieder ein, und sie gingen auf das Tanzparkett. Alexa McGillivray schmiegte sich an ihn, und einen Augenblick lang berührte ihn ihr Körper so eng, daß es ihn verwirrte.

»Entweder ist der Ruf, den Sie sich in Baltimore erworben haben, nicht gerechtfertigt oder Sie sind sehr naiv, Dr. Harrison«, sagte sie. »Sie sind ein gutaussehender Mann mit Sex-Appeal und sind daher eine Herausforderung für Claire. Eine Herausforderung, mit der Sie aber sicher fertig werden.«

»Danke«, sagte er. »Soll das ein Kompliment sein?«

»So wie es heutzutage in der Welt zugeht, ist es ein Kompliment. Jedenfalls werden Sie, soferne Sie sich entschließen nach Gulf City zu kommen, hier sehr viel Erfolg haben.«

»Warum nehmen Sie an, daß ich vielleicht nicht kommen werde?«

»Weil ich glaube, daß sich hinter Ihrer Oberfläche von Charme und Selbstbewußtsein ein sehr menschlicher, mitfühlender, hilfsbereiter Arzt verbirgt. Für Sie steht derzeit wahrscheinlich der finanzielle Erfolg im Vordergrund, aber es ist etwas ganz anderes, ein guter Arzt der alten Schule zu sein.«

»Gibt es die überhaupt noch?«

»Ich kenne zumindest zwei. Der eine ist mein Onkel, Dr. Homer McGillivray. Er leitet ein kleines Spital am Peace River in jener Gegend von Alabama, in der ich aufgewachsen bin. Als Absolvent von Lakeview würden Sie sein Spital wahrscheinlich geringschätzig als Dorfkrankenhaus bezeichnen, aber alle Leute in der kleinen Stadt haben Onkel Homer gern. Er hat die meisten von ihnen zur Welt gebracht und viele davor bewahrt, sie vorzeitig verlassen zu müssen.«

»Und wer ist der andere Arzt?«

»Mein Cousin John Carr. Er ist Psychiater und hat das Canyonhead Sanatorium gegründet. Ein kleines Haus nur, aber er hat fantastische Heilerfolge.«

»Ich möchte diese beiden Kollegen kennenlernen.«

»Ich bringe Sie einmal zu ihnen«, versprach sie. »Übrigens, Jerry und Claire sind wieder an unserem Tisch. Ich glaube, wir sollten sie nicht allein lassen.«

»Etwas möchte ich Sie noch fragen«, sagte er, als sie sich tanzend dem Tisch näherten, an dem Claire und Thorpe saßen. »Jerry Thorpe ist offensichtlich halb betrunken, aber er hat Bereitschaftsdienst. Falls er heute nacht einen Notfall operieren müßte, z.B. einen geplatzten Follikel des Eierstocks, der heftig blutet, wie bekommen Sie ihn da nüchtern?«

»Wenn ich den Eindruck habe, daß er es braucht, kriegt er einen starken Kaffee und dann eine Benzedrintablette. Als Arzt werden Sie wissen, wie schnell einen das munter macht. Wie ich noch an der Duke-Universität war, haben viele Studenten Benzedrin genommen und manche Ärzte auch.«

VIII

»Ich möchte gehen, Mark.« Claire gab sich keine Mühe, ihre schlechte Laune zu verbergen, als er mit Alexa an den Tisch trat.

»Gerne«, sagte er.

»Gute Nacht, Dr. Harrison.« Alexa griff nach Thorpes

Arm und tat so, als geleite er sie aus dem Saal, während sie ihn in Wirklichkeit stützte.

»Ist er oft so betrunken?« fragte Mark, als er mit Claire durch das Foyer des Yacht-Clubs zum Ausgang schritt.

»In letzter Zeit, ja. Hat dir Alexa gesagt, daß er sich soeben hat scheiden lassen?«

»Ja, von seiner zweiten Frau. Der ärztliche Beruf ist Ehen nicht sehr zuträglich, fürchte ich.«

»Das muß nicht sein. Meine Eltern sind der beste Beweis. Mein Vater arbeitet den ganzen Tag, und meine Mutter spielt Bridge und übt Wohltätigkeit. So leben sie ausgezeichnet zusammen.«

»Du bist wahrscheinlich deshalb ihr einziges Kind.«

»Vielleicht hast du recht. Jedenfalls wollten sie nach mir kein weiteres Kind.«

Vor dem Eingang zum Holiday Inn hielt sie den Porsche an. »Es tut mir leid, daß ich heute abend keine sehr angenehme Partnerin war«, sagte sie und gab ihm einen flüchtigen Kuß auf die Wange. »Jerry ist schuld. Er wollte sich unbedingt an meiner Schulter ausweinen.«

»Warum gerade bei dir?«

»Wir haben einmal ein sehr stürmisches Verhältnis miteinander gehabt. Vor einigen Jahren, als er an die Klinik kam. Wir haben uns sogar verlobt, aber dann sind wir zu der Erkenntnis gelangt, daß wir einander viel zu sehr ähneln, um ein gutes Ehepaar abzugeben. Aber wir sind Freunde geblieben.«

»Wirst du noch einmal heiraten?«

»Wahrscheinlich. Zumindest um meinen Vater mit einem Enkel für all das zu entschädigen, was ich ihm angetan habe. Ich fürchte, er hält mich manchmal für ein schlechtes Mädchen.«

»Und hat er recht?«

»Ich weiß es nicht. Es ist mir auch gleichgültig«, sagte sie mit einem Achselzucken und fuhr fort: »Übrigens solltest du morgen mit Alexa zum Flugplatz fahren und meine Eltern abholen. Mein Vater freut sich, wenn man ihn mit dem roten Teppich empfängt. Alexa steht im Telefonbuch, und ihre Wohnung ist in der Nähe des Hotels. Rufe sie in etwa einer halben Stunde an, dann wird sie Jerry bereits nach Hause gebracht haben.«

»Werde ich dich morgen sehen?«

»Ich weiß nicht. Ich bin noch immer mit dieser Werbekampagne beschäftigt, und das kann noch Tage dauern. Aber es wird dich ohnehin mein Vater den ganzen Tag in Beschlag nehmen. Hast du schon entschieden, ob du an die Klinik kommst?«

»Wenn man mir ihn anbietet, werde ich auf jeden Fall einen Jahresvertrag unterschreiben.«

»Gut. Ich glaube, daß ich mit meinen dringenden Arbeiten fertig sein werde, sobald du von Baltimore hierher übersiedelst. Dann habe ich mehr Zeit für dich.«

»Ist das ein Versprechen?«

»Du kannst mich beim Wort nehmen. Wann wirst du hier anfangen?«

»Nicht nach dem 15. Juli, falls dein Vater damit einverstanden ist. Ich möchte so bald wie möglich mit dem Geldverdienen beginnen.«

»Und ich möchte dich so bald wie möglich bei mir haben. Gute Nacht. Und auf Wiedersehen!«

IX

In seinem Apartment angelangt, legte Mark seine Kleider ab, zog einen Schlafanzug an und schlug im Telefonbuch nach. Nachdem er Alexas Nummer gefunden hatte, griff er zum Hörer, und nachdem er gewählt hatte, meldete sie sich mit atemlos klingender Stimme.

»Hier spricht Mark Harrison«, sagte er. »Ich hoffe, Sie sind gut nach Hause gekommen. Betrunkene machen manchmal Schwierigkeiten.«

»Jerry Thorpe wohnt am Gulf Boulevard, nicht weit entfernt vom Holiday Inn«, erklärte sie ihm. »Als wir bei seinem Haus ankamen, war er schon fast hinüber. Ich habe ihn in seine Wohnung geschleppt und auf eine Couch gelegt. Und wie ich jetzt nach Hause gekommen bin, habe ich an der Tür das Telefon läuten gehört.«

»Was wird Thorpe morgen früh machen, wenn Patienten kommen?«

»Ich werde ihn anrufen und wecken, bevor ich auf den Flugplatz fahre, um Dr. Barrett abzuholen. Mit viel Kaffee und Benzedrin wird er es schaffen. Um elf Uhr hat er eine Operation, und bis dahin wird er in Ordnung sein.«

»Claire hat gemeint, ich sollte mit Ihnen zum Flugplatz fahren, um Dr. Barrett und seine Frau abzuholen. Sind Sie damit einverstanden?«

»Natürlich. Wir können ein bißchen früher fahren und im Flughafenrestaurant frühstücken. Ich nehme den Kombiwagen der Klinik. Da haben wir alle samt dem Gepäck Platz.«

Mark stand am Eingang des Holiday Inn, als der Kombiwagen mit der Aufschrift »Barrett Klinik« vorfuhr.

»Guten Morgen«, sagte Alexa lächelnd, öffnete den Wagenschlag, und er nahm neben ihr Platz. Sie trug einen hellblauen Anzug. Ihr langes dunkles Haar hatte sie mit einem Perlmuttkamm aufgesteckt, und so wie am Abend zuvor beeindruckte ihn die Würde und Schönheit ihrer Erscheinung.

»In ein paar Wochen werden Sie sich an die Hitze im Sommer gewöhnt haben«, versicherte sie, als sich der Wagen in Bewegung setzte. »Der Sommer beginnt hier Anfang Mai, manchmal sogar schon im April. Mrs. Barrett macht ihren Garten immer schon Ende März für Besucher zugänglich. Sie beschäftigt einen eigenen Gärtner, und ihre Blumen sind wirklich fantastisch.«

»Die Klinik muß viel Geld einbringen.«

»Sehr viel. Sie ist mit Abstand die beste und frequentierteste Klinik in der ganzen Stadt.«

Der Gulf Boulevard war streckenweise eine Hochstraße, von der Mark einen guten Einblick in die westlichen Bezirke von Gulf City gewann. Die Straßen waren breit, die Vegetation subtropisch und die Häuser in Weiß oder in Pastellfarben gehalten. Entlang des Strandes erstreckten sich nur Wolkenkratzer.

In der Bucht, deren blaues Wasser in der Sonne glitzerte, bewegten sich einige Fischerboote, dic eine weiße Schaumspur hinter sich herzogen, auf das offene Meer hinaus.

»Die Altstadt auf der anderen Seite des Flusses wurde von spanischen Ansiedlern lange vor dem Unabhängigkeitskrieg gegründet«, sagte Alexa, als sie sich der Brücke näherten. »Man sieht den Unterschied sofort.«

Jenseits des Flusses, der hier in die Bucht mündete, waren die Straßen schmal und die Häuser klein. Fischerboote, an deren Auslegern große Netze hingen, lagen am Flußufer. Man konnte von der Brücke aus, die sie jetzt überquerten, das große Gebäude des Yacht-Clubs und die davor vertäuten Boote sehen. Etwas weiter im Landinneren erstreckte sich entlang des Flusses ein kleiner Park mit dunklen Bäumen und schattigen Wegen, eine Oase der Stille inmitten der Geschäftigkeit der Stadt.

»Ich nehme an, daß die Klinik nicht sehr viele Patienten aus der Altstadt hat«, sagte Mark, nachdem sie die Brücke überquert hatten. »Die Häuser sehen nicht so aus, als ob die Bewohner hier alle sehr wohlhabend wären.«

»Lassen Sie sich durch den äußeren Anschein nicht täuschen«, meinte Alexa. »Hier haben sich viele Leute niedergelassen, die im Ruhestand leben, und außerdem gibt es eine Künstlerkolonie. Der Karneval hier ist fast so bekannt wie der Mardi Gras von New Orleans, und es gibt Pläne, nächstes Jahr das Festival von Spoleto hierherzubringen, nachdem es in Charleston war.«

»Jedenfalls war es sehr klug, den Flugplatz so nahe an der Stadt anzulegen«, sagte Mark, als sie von der Autobahn abbogen. »Es gibt nicht viele Städte, wo er nur eine halbe Stunde vom Zentrum entfernt ist.«

»Hat Ihnen Dr. Barrett gesagt, daß wir in der Altstadt eine Dependance der Klinik eröffnen wollen?« fragte sie.

»Er hat es erwähnt.«

»Der Bürgermeister und die Handelskammer wollen die Eröffnung feierlich begehen.«

»Wobei der Bürgermeister eine Rede halten wird.«

»Natürlich. Das Gebäude gehört nämlich ihm.«

»Ich nehme Kaffee und Toast«, sagte Alexa, nachdem sie den Wagen geparkt und an einem Tisch des Flughafenrestaurants Platz genommen hatten.

»Seit ich hier bin, habe ich eine Vorliebe für die hiesigen gegrillten Würstchen«, gestand Mark, als der Kellner erschien, um die Bestellungen entgegenzunehmen. »Bitte zwei Portionen und Kaffee.«

»Ich hoffe, Sie haben gestern abend nach dem Ball nicht Streit mit Claire gehabt«, sagte Alexa. »Sie war offensichtlich müde, und Jerry hat sich wahrscheinlich bei ihr ausgeweint.«

»Haben Sie gewußt, daß die beiden einmal ein Verhältnis miteinander gehabt haben?«

»Das war, bevor ich an die Klinik kam. Die älteren Schwestern haben mir erzählt, daß es eine sehr stürmische Affäre gewesen sein soll.«

»Claire hat mir gesagt, sie hätten nicht geheiratet, weil sie einander viel zu ähnlich waren.«

»Nach allem, was ich an Medizinerehen gesehen habe, können die Partner gar nicht verschieden genug sein«, meinte sie. »Sozusagen positiv und negativ geladen, damit es genügend Spannung gibt, um die Ehe lebendig zu erhalten.«

»Das sind weise Beobachtungen«, lobte Mark. »Sie hätten Psychiatrie studieren sollen.«

»Ich bin gar nicht weise«, wehrte sie ab. »Sie kennen doch die Frauen gut genug, um zu wissen, daß Sie auf Claire anziehend wirken.«

»Und auf Sie nicht?«

»Das steht nicht zur Debatte«, sagte sie brüsk. »Sie sind sich jedenfalls darüber im klaren, Dr. Harrison, daß eine Frau aus Stein sein müßte, um nicht von Ihrem Charme und Ihrem Aussehen beeindruckt zu sein.«

»Jetzt klingen Sie wieder, als seien Sie ein Psychiater«, warnte er.

»Hat Ihnen Claire erzählt, daß Abner Desmond einen Monat nach der Scheidung einen Selbstmordversuch unternommen hat?«

»Nein. Warum hat er das getan?«

»Vielleicht sollten Sie sich diese Frage von Claire beantworten lasen.«

»Ich glaube, daß mich ein Außenstehender wie Sie objektiver informieren wird.«

»Claire und Abner Desmond kannten einander seit Kindesbeinen, und beide Familien haben erwartet, daß sie heiraten werden, sobald er sein Studium beendet hat.«

»War er auch Arzt?«

»Nein. Ein Medizinstudium hätte er nicht geschafft. Aber seine Familie hatte genügend Geld und Einfluß, um ihn Dentist werden zu lassen. Er wurde sogar ein sehr guter Dentist, aber er hielt sich immer für einen Versager.«

»Claire hat angedeutet, daß er auch als Ehemann im Bett nicht sehr tüchtig war.«

»Wahrscheinlich stimmt das. Vermutlich haben sie sich deswegen scheiden lassen, aber die Wurzeln des Konfliktes reichten wohl tiefer. Ich fürchte nur, daß ich schon wieder wie ein Psychiater doziere.«

»Nein, nein, reden Sie nur weiter, das ist alles sehr interessant.«

»Ich muß auch über Sie etwas sagen«, fuhr sie fort. »Sie sind in jeder Hinsicht so ganz anders als Desmond, daß Sie natürlich für Claire von großer Attraktivität sind.«

»Weiter.«

»Wissen Sie, ich habe die Ärzte wirklich gründlich kennengelernt. Sie sind eine ganz eigene Sorte von Menschen.«

»Sie meinen, daß sie sich als ›Götter in Weiß‹ fühlen, wie es so schön heißt. Aber das kommt doch davon, daß sie den ganzen Tag nichts anderes tun, als anderen Menschen zu sagen, was sie tun und lassen dürfen.«

»Das erklärt nicht alles, vor allem nicht bei Chirurgen. Menschen, die mit einem einzigen Schnitt des Skalpells, das sie in der Hand halten, über Leben oder Tod entscheiden können, pflegen nicht an Minderwertigkeitskomplexen zu leiden.«

»Ich glaube, Sie überschätzen diesen Aspekt, aber darüber wollen wir nicht argumentieren. Erzählen Sie, was ist mit Abner Desmond geschehen?«

»Er hat sich eine Kugel in den Kopf gejagt, war aber nur vorübergehend gelähmt. Er arbeitet jetzt in einer Kleinstadt an der Küste und ist sehr glücklich.«

»Sie sind sichtlich in Verbindung mit ihm. Darf ich fragen, wieso?«

»Freundschaft, Mitleid, vielleicht eine angeborene Neigung, den guten Samariter zu spielen. Die Ärzte in der Klinik sagen immer, ich sei zu gefühlsselig. Nachdem er aus dem Spital entlassen wurde, heiratete Abner Desmond eine Krankenschwester, und sie haben jetzt alles, was sie brauchen, um glücklich zu sein: eine gutgehende Praxis und Ansehen in der kleinen Stadt, in der sie leben.«

»Das klingt ja fast so, als ob ihm Claire mit der Scheidung eine Wohltat erwiesen hätte«, meinte Mark.

»Möglich, aber gewollt hat sie es sicher nicht.«

»Trotzdem glaube ich nicht, daß man ihr allein die

Schuld geben kann«, warf Mark ein. »Im ganzen Land ist die Selbstmordrate für Dentisten genauso hoch wie für Ärzte, und das heißt, daß sie dreimal so hoch ist wie die durchschnittliche Selbstmordrate der Bevölkerung. Zwei Kollegen von mir haben sich umgebracht. Einer noch auf der Universität und der andere im ersten Praxisjahr.«

»Ich kenne diese Statistiken. Und ich weiß auch, wieviele Ärzte sich mit Alkohol, Benzedrin und Drogen bis zum Zusammenbrechen ruinieren. Das kommt bei Doktoren hundertmal häufiger vor als beim Durchschnitt.«

»Mich interessiert eines«, sagte Mark. »Warum haben Sie mir das alles erzählt?«

»Damit Sie wissen, woran Sie sind, wenn Sie sich mit Claire auseinandersetzen müssen.«

»Vielleicht wird es keine Auseinandersetzung geben.«

»Sie wissen, daß sie unvermeidlich ist. Dazu sind Sie beide viel zu starke Persönlichkeiten.«

»Auch nicht stärker als Sie.«

»Bei mir ist das etwas anderes. Ich habe indianisches Blut, bei mir dominieren die mütterlichen Instinkte«, sagte sie mit einem schelmischen Lächeln. »Aber vielleicht täusche ich mich.«

X

»Es freut mich, daß Sie gut in Gulf City angekommen sind.« Dr. Richard Barrett schüttelte herzlich die Hand seines jungen Kollegen, nachdem er mit seiner Frau aus dem Flugzeug gestiegen war, mit dem sie aus Atlanta gekommen waren. »Du kennst ja Dr. Harrison, meine Liebe«, sagte er dann zu seiner Frau.

»Natürlich.« Mrs. Barrett hatte das Aussehen einer etwas verwelkten Schönheit aus dem Süden. »Es freut mich, Sie zu sehen. Dr. Harrison. Und dich auch, Alexa.«

»Bitte setzen Sie Mark und mich an der Klinik ab«,

sagte Barret, als sie den Parkplatz verließen. »Und können Sie meine Frau nach Hause bringen?«

»Ja, ich habe Zeit. Dr. Thorpe operiert erst um elf Uhr.«

»Haben Sie sich schon die Klinik angesehen?« fragte Barrett nun zu Mark gewandt.

»Nein. Ich bin vorgestern erst am Abend angekommen, und gestern am Feiertag war kein richtiger Betrieb. Ich habe mir aber die Stadt angesehen.«

»Haben Sie sich schon entschieden?«

»Ich werde gerne den Jahresvertrag unterschreiben, den Sie mir in Baltimore angeboten haben.«

»Gut. Ich war überzeugt, daß Sie einschlagen werden, sobald Sie unsere Stadt gesehen haben. Wir sehen uns jetzt die Klinik an, und nachher zeigt Ihnen Jack Pryor, der Direktor, das Gulfside-Spital. Am Nachmittag können wir zu Paul Martenson gehen. Er ist unser Rechts-, Finanz- und Steuerberater, und bei ihm können Sie den Vertrag unterschreiben.«

»Gerne«, sagte Mark. »Übrigens war Claire so freundlich, gestern abend mit mir zum Ball im Yacht-Club zu gehen. Ich habe dort Dr. Thorpe und Miß McGillivray kennengelernt.«

»Ich hoffe, Jerry hat sich anständig benommen«, sagte Dr. Barrett streng. »Seit seiner zweiten Scheidung trinkt er ein bißchen viel. Außerdem ist er der Jüngste in unserem Team und war nicht sehr begeistert, daß noch ein Arzt an die Klinik kommt.«

»Miß McGillivray hat mir erzählt, daß Sie eine Außenstelle der Klinik in der Altstadt eröffnen werden«, sagte Mark. »Ich habe einige Zeit an der Dependance der Lakeview-Klinik in einer kleinen Stadt zwischen Baltimore und Washington gearbeitet.«

»Das hat auch Aldo Ramirez erwähnt. Deshalb wollte ich ja auch, daß Sie zu uns kommen, abgesehen von Ihren Kenntnissen in Mikrochirurgie. Ambulatorische Behandlungen nehmen immer mehr an Bedeutung zu. Ich sehe nicht ein, warum ein Patient einen teuren Spitalsaufenthalt bezahlen soll, wenn es doch zahlreiche Arten von kleinen Eingriffen gibt, die in der Ambulanz vorgenommen werden können.«

»Bei uns in Maryland hat das sehr gut funktioniert«, stimmte Mark zu. »Im letzten halben Jahr waren wir so weit, daß wir sogar Patienten nach einer Bruchoperation nur für eine Nacht im Spital belassen haben. Der Aufwand an Personal war dementsprechend gering.«

»Genauso wollen wir auch hier vorgehen.« Dr. Barretts Stimme klang jetzt sehr enthusiastisch. »Sie müssen Jack Pryor erzählen, was Sie mir gerade gesagt haben. Jack war anfänglich gegen die Dependance, weil er befürchtet hat, daß wir damit Patienten vom Gulfside-Spital wegziehen. Ich habe ihn aber davon überzeugen können, daß wir mit einem guten Chirurgen in der Dependance zusätzliche Patienten aus der Umgebung gewinnen können. Das Gulfside-Spital ist ohnehin immer ausgebucht.«

»Wird die Dependance von der gleichen Gesellschaft geführt werden, der auch das Spital gehört?«

»Natürlich«, sagte Barrett. »Je größer wir sind, desto kostengünstiger können wir alles einkaufen, was wir brauchen, und desto rationeller arbeiten wir auch.«

Als sie vor der Barrett-Klinik, einem eleganten Gebäude gleich neben dem Gulfside-Spital, hielten, verließen Mark und Barrett den Wagen, und Alexa fuhr mit Frau Barrett weiter.

XI

»Guten Morgen, Dr. Barrett.« Die Dame am Empfangsschalter grüßte freundlich, als sie die klimatisierte Eingangshalle der Klinik betraten. »Ich hoffe, Sie hatten eine angenehme Reise.«

»Ausgezeichnet, Mrs. Porter. Und das Golfspielen war

auch sehr angenehm. Das ist Dr. Mark Harrison. Er wird an der Klinik arbeiten.«

»Sie werden sich bei uns sicher wohl fühlen. Es gefällt uns allen hier sehr gut.« Die Empfangsdame stammte sichtlich aus der Gegend und sprach mit einem leichten Südstaatenakzent.

»Sind Dr. Harkness und Dr. Peterson schon hier?« fragte Barrett, ohne Mark Gelegenheit zu geben, die freundliche Begrüßung zu erwidern.

»Ja. Sie sind seit acht Uhr hier und untersuchen. Nach dem gestrigen Feiertag ist heute sehr viel zu tun.«

»Gut. Kommen Sie mit, Mark. Jerry Thorpe kennen Sie bereits, aber ich möchte Sie mit den beiden anderen Herren bekanntmachen.«

»Willkommen an Bord, Harrison.« Dr. Elmer Peterson, der Orthopäde der Klinik, war ein riesiger Bär von einem Mann, der mit seinem Händedruck Mark fast die Finger zerquetschte. »In meinem Fachgebiet wird zwar kaum mit dem Mikroskop operiert, aber es ist gut, einen Experten an der Hand zu haben, falls ich einmal bei einer Hüftgelenksoperation eine Oberschenkelschlagader durchschneide. Sind Sie vielleicht Segler?«

»Eigentlich nicht«, gestand Mark. »In Piedmont, in North Carolina, wo ich aufgewachsen bin, sind die Teiche nicht sehr groß.«

»Wenn Sie wollen, nehme ich Sie einmal mit und zeige Ihnen, wie schön Segeln ist. Ich habe mit meinem Boot vor drei Jahren die Mobile-Nassau-Regatta gewonnen.«

»Und seitdem erzählt er ununterbrochen davon«, sagte Barret. »Weißt du, wo Andy steckt, Elmer?«

»Ich glaube, er macht ein Echokardiogramm«, antwortete Peterson. »Ich habe an einer jungen Frau ein Tietze-Syndrom festgestellt. Sie klagt über starke Schmerzen in der Brust, nachdem sie ein schweres Baby gehoben hat. Die Diagnose dürfte zwar stimmen, aber wir möchten doch wissen, ob sie nicht eine schlecht schließende Herzklappe hat, bevor wir an der Schmerzstelle Hydrocortison injizieren.«

Für Mark waren Petersons Worte vertraute Fachausdrücke. Tietze-Syndrom war die Bezeichnung für Brustschmerzen, die sich einstellen, wenn der Knorpel, der die Rippe mit dem Brustbein verbindet, einreißt. Die überaus heftigen Schmerzen, die dabei entstehen, können allerdings leicht mit einem Anfall von Angina pectoris verwechselt werden. Eine schlecht schließende Herzklappe ist eine anatomische Anormalität, die zwar bei annähernd zwanzig Prozent der Bevölkerung zu finden ist, üblicherweise aber keine Beschwerden verursacht. Nur in wenigen Fällen hat sie Brustschmerzen, unregelmäßigen Herzschlag und manchmal sogar Ohnmacht zur Folge; Symptome, die dazu führen können, daß fälschlicherweise eine Erkrankung der Herzkranzgefäße diagnostiziert wird.

»Kommen Sie, Mark.« Barrett ging einen Korridor entlang, klopfte an eine Tür mit dem Schild »Eintritt verboten«, öffnete sie und gab den Blick in einen verdunkelten Raum frei.

»Zum Teufel, wer kommt denn da herein?« Die lauthals protestierende Stimme hatte einen unverkennbaren New England-Akzent. »Ach, du bist es, Dick. Das hätte ich mir denken können. Du mußt ja überall deine Nase hineinstecken.«

»Ich möchte dich mit Mark Harrison bekanntmachen«, sagte Barrett, ohne auf den scherzhaften Ton des anderen Mannes einzugehen. »Das ist Andrew Harkness. Er kommt auch aus Lakeview, aber er hat dort schon studiert, als Sie noch gar nicht auf der Welt waren. Trotzdem ist es ihm irgendwie gelungen, ein ganz guter Kardiologe zu werden.«

»Freut mich, Sie kennenzulernen, Harrison.« Marks Augen hatten sich inzwischen genügend an die Dunkelheit gewöhnt, um einen großen, knochigen Mann im weißen Mantel zu erkennen, der mit einer Patientin beschäftigt war, die auf dem Untersuchungstisch lag. »Aldo Ramirez hat Sie sehr gepriesen, als ich vor einigen Wochen mit ihm am Telefon über die Möglichkeit gesprochen habe, daß Sie zu uns kommen. Wir waren Jahrgangskollegen in Lakeview.«

»Sie stammen offensichtlich aus New England, Sir«, sagte Mark.

»Ja, ich bin in Bangor im Staat Maine aufgewachsen. Sehen Sie sich das an.«

Harkness beugte sich wieder über die Patientin und schaltete das Ultraschallgerät ein, das auf ihrem Brustkorb ruhte. Auf dem kleinen Bildschirm des Monitors neben dem Untersuchungstisch wurden die Zacken des Wellenechos sichtbar. »Einer der schönsten Fälle von Herzklappenvorfall, den ich je gesehen habe«, bemerkte er.

»Ohne Zweifel«, stimmte Mark nach einem Blick auf den Bildschirm zu.

»Aber das ist irrelevant«, sagte Harkness. »Nachdem ihr Peterson ein paar Injektionen von Hydrocortison gegeben hat, werden die Schmerzen verschwunden sein, und die junge Dame ist wieder völlig in Ordnung.« Er drehte das Licht an und wandte sich an die Patientin. »Sie brauchen sich wegen des kleinen Herzfehlers nicht die geringsten Sorgen zu machen. Er ist angeboren. Etwa jeder fünfte Mensch hat das, was wir eine vorgefallene Mitralklappe nennen, aber die meisten wissen es gar nicht.«

»Danke vielmals, Herr Doktor«, sagte die junge Frau.

»Machen Sie ein paar Aufnahmen vom Herzen, und lassen Sie davon Dias anfertigen«, sagte Harkness zu der technischen Assistentin, die während der Untersuchung neben der Patientin gesessen war. Dann wandte er sich an Mark. »Was halten Sie von einer Tasse Kaffee, Harrison? Und du, Dick?«

»Nein, danke«, antwortete Barrett. »Ich muß Paul Martenson anrufen und ihm sagen, daß er den Vertrag für Mark ausfertigen soll. Außerdem möchte ich mit ihm über ein Grundstück sprechen, das in West Virginia zum Verkauf angeboten ist. Ich lasse Dr. Harrison jetzt für einige Zeit bei dir, Andy, und dann zeige ich ihm den Rest der Klinik, bevor ihn Jack Pryor noch vor dem Mittagessen durch das Spital führt.«

»Kommen Sie, Harrison«, sagte Harkness. »Ich zeige Ihnen die einzige Insel des Friedens, die es hier gibt.«

Sie betraten einen kleinen Raum am Ende des Ganges, in dem Tische, Sessel, ein Getränkeautomat und eine Kaffeemaschine standen und dessen großes Fenster den Blick auf die Bucht freigab.

»Eine herrliche Aussicht, wenn das Wetter so wie heute schön ist, aber schrecklich, wenn ein Hurrikan tobt«, sagte Harkness und füllte zwei Papierbecher mit Kaffee. »Wollen Sie auch etwas essen?«

»Miß McGillivray und ich haben schon auf dem Flugplatz gefrühstückt, als wir Dr. Barrett und seine Frau abgeholt haben«, erklärte Mark. »Ich bin nicht hungrig.«

»Also haben Sie unsere Alexa schon kennengelernt. Sie ist ein hübsches Mädchen.«

»Und auch klug, Sir.«

»Sagen Sie nicht Sir zu mir. Ich bin zwar alt genug, um Ihr Vater sein zu können, aber Sie sind ein hochqualifizierter Arzt, und so sind wir gleichberechtigt.« Der Internist nahm einen Schluck Kaffee. »Sie werden also zu uns kommen?«

»Ich soll heute nachmittag den Vertrag unterschreiben.«

»Glauben Sie, daß es Ihnen hier besser gefallen wird als in Lakeview, wo Sie unterrichten könnten?«

»Ich weiß nicht«, gestand Mark, »aber ich mußte Kredite aufnehmen, um mein Studium zu finanzieren, und so kann ich sie am schnellsten zurückzahlen.«

»Was haben Sie mit Dick Barrett für das erste Jahr ausgehandelt?«

»65.000.«

»Sie scheinen ein tüchtiger Geschäftsmann zu sein«, meinte der Internist. »Das ist die Obergrenze dessen, was wir Dick als Gehalt für den neuen Internisten zugestanden haben.«

»Ich bin gut beraten worden – von Mrs. Desmond. Sie hat mir empfohlen, 75.000 zu verlangen und dann zu handeln.«

»Claire ist eine tüchtige junge Frau. Sie hat eine der größten Werbeagenturen in der Stadt. Hat sich ganz allein in einer Branche durchgesetzt, in der die Männer dominieren.« Harkness seufzte unvermittelt. »Ich wünschte, ich wäre so alt und sähe so aus wie Sie. Wollen Sie etwas über die Klinik wissen?«

»Nein, danke. Sie wird offensichtlich sehr rationell geführt und ist dementsprechend profitabel.«

»Für meinen Geschmack wird sie zu rationell geführt.«

»Wie meinen Sie das?«

»Nehmen Sie die Patientin, die wir eben gesehen haben«, sagte der Internist. »In der guten alten Zeit hätte ich sie mit dem Stethoskop abgehört, ein systolisches Geräusch mit einem Klicken konstatiert und ihr gesagt, nicht übermäßig Sport zu betreiben und bei schwerer Arbeit vorsichtig zu sein. Sie hätte sich daran gehalten, hätte maßvoll gelebt und wäre von Zeit zu Zeit zu mir gekommen, um sich zum üblichen Honorar kontrollieren zu lassen. Statt dessen hat diese Maschine präzise aufgezeichnet, wie ihr Herz funktioniert, ich gab ihr eine beruhigende Auskunft und werde sie nie wieder sehen.«

»Und was ziehen Sie vor? Altmodische Medizin, wo man sich auf Krankengeschichte, Untersuchung und klinischen Hausverstand verließ, um eine Diagnose zu stellen, oder moderne Medizin, bei der einem die Maschine viel Arbeit abnimmt?«

»Idealerweise sollte ein guter Arzt Medizin der alten Art mit den Maschinen und Methoden der modernen Medizin betreiben«, sagte Harkness. »Doch wenn man fünfundzwanzig bis dreißig Patienten im Tag untersucht, kann man nicht lange mit dem Stethoskop herumhorchen. Aber das ist nicht zuletzt deswegen bedauerlich, weil sich diese Maschinen manchmal ja auch irren.«

XII

Jack Pryor war ein vierschrötiger, energischer und selbstbewußter Mann Anfang der Vierzig. Er führte Mark mehr als eine Stunde lang durch das Spital. In einem der Operationssäle konnte er Alexa bei der Arbeit beobachten und feststellen, daß Dr. Barrett recht hatte: Sie war offensichtlich eine ausgezeichnete OP-Assistentin. Im übrigen hatte ihm der Rundgang gezeigt, daß das Spital hervorragend eingerichtet war.

»Wie gefällt Ihnen unser Haus?« fragte Pryor, nachdem sie sich mit ihren Eßtabletts an einem der Tische des für Ärzte und leitende Krankenschwestern bestimmten kleinen Speisesaals niedergelassen hatten.

»Ich bin sehr beeindruckt.«

Mark zog es vor, über das, was ihm nicht gefallen hatte, zu schweigen. Das Spital mit seinen vierhundert Betten war modern und makellos sauber, aber es strahlte eine bedrückend sterile Atmosphäre aus, es war fast so unpersönlich wie das Ultraschallgerät, das in wenigen Minuten eine Diagnose stellte, zu der selbst ein so erfahrener Spezialist wie Dr. Harkness eine langwierige Untersuchung benötigt hätte. Es war, so dachte Mark bei sich, ein Spital, in dem der Patient auf jede nur erdenkliche medizinische Betreuung, aber kaum auf menschliches Mitgefühl rechnen konnte. Dabei wußte er aus seiner Arbeit in Lakeview, daß dieses menschliche Fühlen ebenso wichtig war wie ein gelungener Eingriff und ein richtig dosiertes Medikament.

»Wir sind geschäftlich sehr erfolgreich«, sagte Pryor mit sichtlichem Stolz und begann herzhaft zu essen. »Gulfside schneidet unter allen Spitälern, die von unserer Gesellschaft geführt werden, bei den Pro-Bett-Einnahmen am besten ab.«

»Ist es eigentlich zulässig, ein Spital nach solchen kommerziellen Kriterien zu beurteilen?«

»Warum nicht, wenn zugleich die medizinische Versorgung gut ist«, erklärte Pryor mit Nachdruck. »Viele Spitäler sind nur deshalb defizitär, weil sie nicht wie ein ordentliches Unternehmen geführt werden.«

»Sie sind jedenfalls ausgezeichnet eingerichtet«, meinte Mark ausweichend. »Und ich nehme an, daß Ihre Ärzte genausogut sind.«

»Alles ausgezeichnete Fachleute.«

»Ich habe gesehen, daß Sie auch eine Unfallambulanz im Spital haben.«

»Ja. Wir arbeiten eng mit der Stadtfeuerwehr zusammen, die sehr gute Erste-Hilfe-Einrichtungen hat.« Pryor schob den leeren Teller beiseite. »Fahren wir jetzt in die Altstadt?«

»Gerne.«

Als sie im Auto durch die engen Straßen fuhren, sah Mark, wieviel Charme dieses Viertel auszeichnete. Das Gebäude, in dem die Außenstelle der Klinik untergebracht werden sollte, machte einen guten Eindruck und bot neben den nötigen Verwaltungsräumen Platz für zwei kleine Operationssäle und einige Krankenzimmer, in denen Patienten über Nacht bleiben konnten.

»Sobald wir dieses Haus eingerichtet haben, zeige ich es den leitenden Herren unserer Gesellschaft«, verkündete Pryor. »Wir sind in der angenehmen Lage, daß mehr Leute zu uns kommen wollen, als wir unterbringen können.«

»Wie machen Sie das? Der Bettenbelag in den Spitälern geht doch eher zurück, weil sich die Leute die hohen Kosten nicht mehr leisten können.«

»Die Barrett-Klinik hat einen ausgezeichneten Ruf und zieht ständig neue Patienten an, die keine armen Leute sind. Außerdem ziehen viele Pensionisten in diese Gegend, die nicht unbemittelt sind und Medicare und private Krankenversicherungen haben, die für ihre Spitalskosten aufkommen. Übrigens, werden Sie hier ein vollständig eingerichtetes Labor brauchen?«

»Kaum. Wir könnten es so wie in der Dependance in Baltimore machen, wo alle komplizierten Untersuchungen in der Zentrale in Lakeview vorgenommen wurden«, erklärte Mark. »Hier könnten wir uns auf Blutproben, Harnanalysen und andere kleine Dinge beschränken.«

»Ihre Erfahrung ist sehr wertvoll für uns, Mark, ganz zu schweigen davon, daß es gut sein wird, einen Chirurgen zu haben, der unter dem Mikroskop operieren kann.« Pryor sah auf die Uhr. »Es tut mir leid, ich muß jetzt fahren. Um halb drei habe ich eine Verabredung.«

»Wenn Sie nichts dagegen haben, gehe ich zu Fuß zurück«, meinte Mark. »Ich möchte mir ein wenig die Stadt ansehen.«

»Bis zum Holiday Inn und der Klinik sind es mehr als drei Meilen«, sagte Pryor zweifelnd.

»Das macht nichts. Ich laufe mindestens viermal in der Woche sechs Meilen. Aber zum Laufen sind mir um diese Tageszeit die Temperaturen zu hoch.«

»Gut«, sagte Pryor. »Und wann fliegen Sie nach Baltimore?«

»Wahrscheinlich heute abend. Jetzt, da ich meinen Entschluß gefaßt habe, möchte ich so bald wie möglich hier anfangen.«

XIII

Das große Thermometer auf dem Bürogebäude der Savings and Loan Association zeigte 93 Grad Fahrenheit, als Mark den Fußweg der Brücke betrat, die diese beiden so verschiedenen Stadtteile miteinander verband, aber eine frische Brise, die vom Meer kam, milderte ein wenig die Hitze. In der Mitte der Brücke erweiterte sich der Gehsteig zu einer kleinen Aussichtsplattform, auf der er nun, gegen das eiserne Geländer gestützt, ein wenig innehielt.

Die Flußufer waren auf beiden Seiten mit Wällen aus großen Felsstücken bewehrt, an denen kleine Boote vertäut waren, in denen Angler saßen, während sich andere auf den Felsbrocken niedergelassen hatten. Weiter draußen, in der Flußmündung, dümpelte ein Boot, von dem mehrere Angelleinen ins Wasser hingen.

Im Süden der Bucht waren einige Fischkutter zu sehen und dahinter Frachter, die entweder durch die Straße von Florida in den Atlantik oder durch den Kanal von Yucatan in die Karibik laufen wollten.

Zur Linken lagen die vorwiegend zweistöckigen Häuser der Altstadt, die fast alle einen Balkon mit schmiedeeisernem Geländer aufwiesen und mit bunten Keramikziegeln gedeckt waren, was dem Stil der zwanziger Jahre in den Küstengegenden von Florida bis zum Golf von Mexiko entsprach. Im Westen lag der neue Stadtteil mit seinen großen Hotels und Geschäftshäusern, und auf dem Strand davor suchten die Badenden unter einer Unzahl von bunten Sonnenschirmen Schutz vor der Junihitze.

Die beiden Stadtteile, kam es Mark plötzlich in den Sinn, ähnelten eigentlich den zwei Frauen, denen er hier begegnet war. Alexa McGillivray – das war die Altstadt in ihrer schlichten Würde und charmanten Anmut. Claire dagegen glich dem modernen Zentrum der Stadt, unbekümmert, dynamisch und zukunftsgläubig. Und so wie er nun die Altstadt hinter sich ließ, um ins Zentrum zu gehen, so verdrängte Claire in seinen Gedanken das Bild Alexas.

XIV

Das Bürohaus, in dem Paul Martenson seine Kanzlei hatte, war ein dreißigstöckiges Gebäude, was eine beachtliche Höhe für diese Gegend war. Es lag nur zwei Häuserblocks vom Holiday Inn in der Nähe der Flußmündung und bot einen herrlichen Blick auf die Bucht. Der Anwalt war ein großer, energischer, gutaussehender Mann mit den ersten grauen Haaren an den Schläfen.

»Freut mich, Sie kennenzulernen, Dr. Harrison«, sagte er mit einem gepflegten Bostoner Akzent. »Dr. Barrett wird gleich hier sein, aber wir können inzwischen einige Kleinigkeiten erledigen. Vor allem müssen wir um die Arbeitsgenehmigung bei der hiesigen Gesundheitsbehörde einkommen. Haben Sie die Unterlagen mit, die Ihnen Dr. Barrett genannt hat?«

»Hier sind sie«, sagte Mark und überreichte ihm eine Mappe.

»Gut.« Martenson drückte auf einen Klingelknopf, und eine attraktive Sekretärin erschien.

»Bitte machen Sie davon eine Fotokopie, Agnes«, sagte er.

»Hier haben Sie ein Exemplar des Vertrages zwischen Ihnen und der Barrett-Klinik.« Der Anwalt gab Mark ein Papier, das auf dem Schreibtisch gelegen war. »Sie sehen, er lautet auf ein Jahr, verlängert sich aber auf gegenseitigen Wunsch nach Ablauf dieser Frist.«

Der Vertrag war übersichtlich abgefaßt, und Mark fand nichts, was ihm nicht akzeptabel erschien, bis er beim letzten Absatz angelangt war, der lautete:

»Sollten aus irgendeinem Grund Dr. Harrison oder die Ärzte der Klinik eine Fortsetzung seiner Tätigkeit nach dem ersten Jahr nicht wünschen, verpflichtet er sich, in den darauffolgenden fünf Jahren in diesem Distrikt nicht als Arzt tätig zu sein.«

»Was soll das heißen?« fragte Mark, indem er auf diese Bestimmung deutete.

»Die bloße Tatsache, daß Sie für ein Jahr an die Barrett-Klinik verpflichtet sind, verleiht Ihnen ein beachtliches Prestige in Fachkreisen von Gulf City und Umgebung«, erklärte Martenson. »Wenn Sie nach einem Jahr hier eine Praxis eröffnen können, würde das zum Nachteil der übrigen Ärzte der Klinik sein. Sie würden wahrscheinlich Patienten von der Klinik abziehen und dank der Kontakte, die Sie in diesem Jahr knüpfen konnten, neue Patienten gewinnen, und das alles würde die Einkommen Ihrer Kollegen schmälern. Mit einem Wort, es wäre unfair gegenüber der Barrett-Klinik.«

»Sie müssen verstehen, daß mir meine Interessen mehr am Herzen liegen als die der Barrett-Klinik. Nehmen wir an, sie beschließen, mich nach einem Jahr hinauszuwerfen. Was geschieht dann mit mir?«

»Nun, Sie werden auf keinen Fall schlechter dastehen als jetzt. Immerhin bekommen Sie ja ein Jahr lang eine ausgezeichnete Bezahlung.«

»Und was ist mit der Rufschädigung, die ich erleide, wenn man mich nach einem Jahr hinauswirft?«

»Das ist ein zutreffendes Argument«, räumte der Anwalt ein. »Offengestanden, wenn Sie zu Gericht gingen und diesen Passus einklagten, würden Sie wahrscheinlich gewinnen, soferne Sie sicher nachweisen können, daß man Sie ungerechtfertigterweise hinausgeworfen hat.«

»Warum scheint dann dieser Passus überhaupt im Vertrag auf?« Martenson zögerte einen Augenblick. »Einer der Teilhaber hat es verlangt.«

»Jerry Thorpe!«

»Ich bin nicht befugt, den Namen zu nennen, aber Sie kommen mit so ausgezeichneten Empfehlungen und genießen so offensichtlich das Vertrauen von Dr. Barrett, daß ich Ihnen rate, der Klausel nicht allzu viel Bedeutung beizumessen.«

»Kann ich Sie mir als Anwalt nehmen, wenn Thorpe die anderen so weit bringt, daß sie mich hinauswerfen?«

»Ich vertrete die Klinik und kann daher nicht Ihr Anwalt sein.« Martenson lächelte leicht. »Ich könnte Ihnen allerdings einen Kollegen empfehlen ...«

Das Gespräch wurde durch das Eintreten Dr. Barretts unterbrochen. »Es tut mir leid, daß ich mich verspätet habe, Herrschaften. Jack Pryor hat mich aufgehalten«, sagte er.

»Übrigens war er sehr angetan von dem Eindruck, den die künftige Altstadtklinik auf Sie gemacht hat.«

»Ich war auch angetan«, sagte Mark. »Daraus kann etwas werden.«

»Sind Sie mit dem Vertrag einverstanden?«

»Der letzte Absatz gefällt mir nicht recht. Man könnte daraus schließen, ich komme nur an die Klinik, um mir günstige Voraussetzungen für die Eröffnung einer eigenen Praxis zu schaffen.«

»Ich verstehe Sie, mein Junge.« Barretts Stimme klang väterlich. »Wir haben diese Klausel aufgenommen, weil es einer von uns verlangt hat, aber ich kann Ihnen versichern, daß niemand etwas gegen Sie hat. Außerdem bin ich nicht ganz ohne Einfluß in der Klinik, und mein Vertrauen in Ihre menschlichen und medizinischen Qualitäten ist unbegrenzt.«

»Wenn das so ist, unterschreibe ich.«

»Gut.« Barrett griff nach dem Vertragsformular. »Zum äußeren Zeichen meines Vertrauens unterschreibe ich als erster.«

Nachdem er seinen Namen unter den Vertrag gesetzt

hatte, erhob sich Barrett. »Wann fliegen Sie nach Baltimore?« fragte er.

»Wenn ich einen Platz bekomme, heute abend. Sofern alles klappt, bin ich spätestens in einer Woche hier und beginne zu arbeiten.«

»Ausgezeichnet. Kann ich Sie jetzt ins Hotel bringen?«

»Danke, Sir, aber Claire hat mir geraten, ich soll meine finanziellen Angelegenheiten mit Mr. Martenson besprechen. Ich möchte also noch ein wenig bleiben, wenn er Zeit für mich hat.«

»Ich bin zu Ihrer Verfügung«, sagte Martenson.

»Ich möchte gerne ein Abendessen geben, bei dem Sie einige wichtige Leute kennenlernen können«, sagte Barret. »Glauben Sie, daß Sie heute in einer Woche schon hier sein werden?«

»Ich werde es so einrichten.«

»Ich hoffe, Sie und Regina kommen auch, Paul«, sagte Barrett zu dem Anwalt und schickte sich zum Gehen an.

»Wir kommen gerne«, versicherte Martenson und begleitete den Arzt zur Tür. Nachdem er an seinen Schreibtisch zurückgekehrt war, griff er nach einem Notizblock.

»Am besten beginnen wir mit einer Aufstellung Ihrer Vermögenswerte«, sagte er.

»Das ist einfach. Fünfhundert Dollar in bar, ein fünf Jahre alter Buick Skylark, meine Anzüge, ein Fernsehapparat und die Fachbücher, die ich für Studium und Praxis gebraucht habe.«

»Also fünfhundert Dollar, plus noch einmal tausend Dollar, wenn man den Verkaufswert des Wagens berücksichtigt«, sagte der Anwalt und machte sich Notizen. »Dazu kommt eine ausgezeichnete Ausbildung als Chirurg. Wir können sie zwar in die Vermögensaufstellung nicht einsetzen, aber im Laufe Ihres Lebens wird sich erweisen, daß sie mindestens eine Million Dollar wert ist.«

»Mir wird schwindlig«, scherzte Mark.

»Und welche Verpflichtungen haben Sie?« fragte Martenson.

»Drei Kredite zu je zehntausend Dollar mit sechs Prozent Zinsen, gedeckt durch ausbezahlte Lebensversicherungspolicen, die mein Vater vor seinem Tode abgeschlossen hat«, sagte Mark. »Er war Versicherungsagent und hielt viel von Policen. Ich weniger.«

»Da haben Sie recht. Zumindest derzeit«, meinte Martenson. »Später, wenn Sie Familie haben, können Sie Versicherungen für Ihre Kinder abschließen. Aber auch nur so lange, bis Ihr Vermögen groß genug ist, um Sie daraus zu versorgen. Wozu sollen Sie die Versicherungen verdienen lassen?«

»Aber sollte ich nicht beginnen, meine Kredite zurückzuzahlen?«

»Meiner Meinung nach nicht. Wenn Sie diese Kredite heute aufnehmen würden, müßten Sie achtzehn Prozent zahlen. Das Geld, mit dem Sie die Kredite zurückzahlen wollen, kann Ihnen bis zu fünfzehn Prozent bringen, wenn Sie es vernünftig anlegen. Außerdem sind die Zinsen, die Sie zahlen, von der Steuer absetzbar. Wieviel werden Sie im Monat zum Leben brauchen?«

Mark zuckte mit den Achseln. »Vielleicht tausend Dollar.«

»Sagen wir zweitausend. Als Chirurg der Barrett-Klinik können Sie nicht in einer Dachkammer hausen. Ganz abgesehen davon, daß es kaum mehr Dachkammern gibt. Geben Sie mir monatlich einen Scheck über die Hälfte Ihres Gehaltes, und ich werde das Geld so anlegen, daß Sie praktisch keine Steuern zahlen müssen.«

»Ich habe gehört, daß es so etwas wie eine Null-Steuer geben soll, aber ich habe es nie für möglich gehalten.«

»Es gibt sie aber, glauben Sie mir.«

»Und wann soll ich meine Schulden zurückzahlen?«

»Das überlassen Sie am besten Ihrem Testamentsvollstrecker. Sie zahlen nur sechs Prozent im Jahr, und das werden sich Ihre Kinder auch noch leisten können«, riet Martenson. »Keiner von uns beiden wird jemals noch einmal so billiges Geld sehen.«

»Ich fürchte, daß ich in Geldfragen ein blutiger Laie bin«, gestand Mark.

»Das sind die meisten Ärzte. Darum werden sie von den Spekulanten auch so ausgenommen. Übrigens, im ersten Monat werden Sie Ihr Gehalt brauchen, um sich einzurichten. Außerdem müssen Sie sich einen neuen Wagen kaufen. Als angesehener Chirurg können Sie nicht in einem alten Buick fahren. Also fangen wir erst mit dem zweiten Monatsgehalt an.«

»Wir haben noch nicht über Ihr Honorar gesprochen.«

»Um meinen Anteil machen Sie sich keine Sorgen. Den bezahlen die Leute, bei denen ich Ihre Gelder veranlage.« Martenson erhob sich und beendete die Unterredung. »In zwei Monaten bringen Sie mir einen Scheck über die Hälfte Ihres Gehalts, und von da an kümmere ich mich um Ihre Finanzen.«

»Gut. Ich gebe mich vertrauensvoll in Ihre Hand«, sagte Mark. »Kann ich von hier aus anrufen, um mir eine Flugkarte zu reservieren?«

»Das erledigt meine Sekretärin für Sie. Ich sehe Sie also heute in einer Woche bei dem Abendessen von Dr. Barrett. Ich warne Sie. Es wird unbeschreiblich langweilig, aber für die Zukunft können solche Zusammenkünfte sehr lohnend sein.«

Zwei Stunden später, nachdem er in Claires Büro die Nachricht hinterlassen hatte, daß er in einer Woche zurück sein werde, war er zum Flugplatz unterwegs, um mit der Nachtmaschine nach Baltimore zu fliegen und wahrscheinlich für immer von Lakeview Abschied zu nehmen.

ZWEITES BUCH

Gulf City

I

Sechs Tage später, um neun Uhr abends, während es draußen in Strömen regnete, klopfte Mark an Alexa McGillivrays Wohnung in Gulf City. Als sie öffnete, sah er, daß sie einen langen Hausmantel aus Nylon und Pantoffeln trug. Ihr langes schwarzes Haar war nicht aufgesteckt und fiel bis auf die Schultern. Einmal mehr war er von ihrer anmutigen Erscheinung zutiefst beeindruckt.

»Hallo«, sagte sie. »Sie sind einen Tag zu früh dran.«

»Der alte Buick ist schneller gewesen als ich dachte, obwohl ich in einem gemieteten Anhänger meine gesamte Habe mitgeschleppt habe. Ab morgen abend habe ich ein Zimmer im Holiday Inn, aber heute scheint es in dieser Stadt keine Bleibe für mich zu geben.«

»Das ist in der Ferienzeit immer so.«

»Können Sie mir sagen, wo ich unterkommen könnte?«

»Ich habe ein Gästezimmer. Sie können es gerne benützen. Sind Sie hungrig?«

»Ich habe in einer Raststätte an der I-65 gegen fünf Uhr einen Sandwich gegessen. Ich habe mir gedacht, wenn ich heute noch in Gulf City ankomme, kann ich den morgigen Tag benützen, um eine Wohnung zu suchen.«

»Ich wollte mir gerade einen Rum Collins machen und dann ein TV-Dinner in den Ofen stellen. Ich kann auch zwei hineinstellen«, sagte sie. »Während wir auf das Essen warten, können wir unsere Drinks nehmen.«

»Bei Ihnen klappt immer alles perfekt und mühelos. Wie machen Sie das?« fragte er sie, nachdem er ihr in die kleine Küche gefolgt war.

»Ich nehme mir zu allem die nötige Zeit und lasse mich nicht hetzen.« Sie holte eine Flasche Rum aus dem Wandschrank und fragte: »Einen Jigger oder zwei?«

»Zwei. Ich bin heute mehr als fünfhundert Meilen gefahren.«

Sie schüttete den Rum in die Gläser, fügte die Collinsessenz hinzu, rührte um und reichte ihm sein Glas. Es war ihm nicht entgangen, daß sie selbst nur einen Jigger Rum genommen hatte.

»Warum gehen Sie nicht mit Ihrem Drink in das Wohnzimmer, während das Essen fertig wird?« fragte sie. »Es wird eine halbe Stunde dauern, und ich kann inzwischen hier den Tisch decken und Kaffee machen.«

»Ich möchte aber lieber bei Ihnen in der Küche sitzen.«

Es war ein Vergnügen, ihr beim Decken des Tisches zuzusehen. Ihre Bewegungen dabei waren genauso graziös und anmutig wie im Operationssaal.

»Haben Sie gewußt, daß Jerry Thorpe auf einer Klausel in meinem Vertrag bestanden hat, daß ich in dieser Gegend keine Praxis aufmachen darf, falls ich nach einem Jahr die Klinik verlasse?« fragte er.

»Nein, aber es überrascht mich nicht.«

»Warum?«

»Zunächst einmal, weil Sie jünger sind als er.«

»Als ich mit Jack Pryor durch das Gulfside-Spital gegangen bin, habe ich gesehen, wie Jerry Thorpe eine Gebärmutterentfernung macht. Er ist sehr geschickt. Sie übrigens auch.«

»Wenn Sie wüßten, wie oft ich bei Operationen an der Duke-Universität assistiert habe. Mit brennenden Füßen und schmerzendem Rücken ...«

»Haben Sie auch bei Operationen mit Mikroskop assistiert?«

»Bei einigen. Ein bißchen kenne ich mich aus.«

»Das ist fein! Jerry Thorpe wollte mich offensichtlich mit dieser Klausel davon abhalten, den Vertrag zu unterzeichnen. Glauben Sie, daß er das wirklich nur macht, weil ich jünger bin als er?«

»Sie sind nicht nur jünger, sondern auch sehr tüchtig.«

»Aber ich könnte eine vaginale Gebärmutterentfernung nicht einmal halb so schnell machen wie er.«

»Jerry fühlt sich aber gerade deshalb unterlegen, weil er ein Spezialist ist.«

»Warum?«

»Sein Können ist limitiert, während Sie das Gesamtgebiet der Chirurgie beherrschen.«

»Sie scheinen sich sehr für alle Fragen unseres Berufes zu interessieren.«

Während sie den Ofen öffnete, um die Speisen zu entnehmen, sagte sie: »Immerhin habe ich an der Duke-Universität Anatomiekurse für die Schwesternschülerinnen des ersten Jahrganges gehalten.«

»Sie waren sicher eine gute Lehrerin.«

»Man hat mich jedenfalls nicht gefeuert«, sagte sie lakonisch und stellte die beiden Fertiggerichte auf den kleinen Küchentisch. »Das ist nicht so üppig wie das Essen, das Dr. Barrett morgen für Sie geben wird, aber so plötzlich kann ich nichts Besseres herzaubern.«

»Werden Sie bei dem Essen dabei sein?«

»Ich? Um Himmels willen, nein. Wer bin ich denn?«

»Sie sind eine ausgezeichnete OP-Assistentin und viel tüchtiger als die Gattinnen der Ärzte, die voraussichtlich dort sein werden und einmal Krankenschwestern waren wie Sie eine sind. Ich frage mich, ob ich nicht morgen früh darüber mit Dr. Barrett reden sollte.«

»Bitte nicht. Es würde mich nur in Verlegenheit bringen. Ich bin mit meiner Stellung, so wie sie ist, völlig zufrieden.«

»Wir werden ein sehr gutes OP-Team sein«, sagte er. »So gut wie das Team, das Sie bereits mit Jerry Thorpe bilden.«

»Wenn Sie damit am Ende andeuten wollen, daß Dr. Jeremy Thorpe und ich mehr sind als nur Operateur und Assistentin, so irren Sie sich«, sagte sie mit einer gewissen Schärfe in der Stimme. »Ich vermenge meinen

Beruf nicht mit meinem Gefühls- und Gesellschaftsleben.«

»Ich nehme das zur Kenntnis, auch was uns beide betrifft. Aber warum mich Jerry Thorpe nicht mag, haben Sie mir noch immer nicht ausreichend erklärt«, sagte er.

»Ich kann nur sagen, daß Jerry ein brillanter Gynäkologe ist. Über sein Gefühlsleben vermag ich nichts zu sagen, denn damit habe ich mich nicht beschäftigt.«

»Wie steht er zu Claire Desmond?«

»Warum fragen Sie mich?«

»Weil Sie beide sehr gut kennen. Und weil Sie viel zu intelligent sind, um meine Frage nicht beantworten zu können.«

»Wenn Sie mich fragen, ob die beiden ein Verhältnis miteinander gehabt haben, so kennen Sie ja die Antwort bereits. Und sonst kann ich nicht viel sagen.«

»Warum?«

»Weil ich mich selbst nicht recht auskenne.«

»Sie sind doch eine sehr gute Menschenkennerin. Auf Ihr Urteil würde ich mich verlassen.«

Sie zuckte mit den Achseln und selbst diese kleine Geste war voll Anmut und Liebreiz.

»Was halten denn Sie von Claire?« fragte sie. »Abgesehen davon, daß sie sexuell sehr attraktiv ist.«

»Ich weiß gar nicht, ob sie in dieser Hinsicht so anziehend ist«, sagte er zögernd. »Wenn wir beisammen sind, bin ich ihr allerdings so verfallen – ich glaube, das ist das richtige Wort –, daß ich meine Gefühle gar nicht analysieren kann. Ich glaube aber, daß ich mit ihr nie so befreundet sein könnte, wie ich zum Beispiel gerne mit Ihnen befreundet wäre.«

»Das ist eine nette Art zu sagen, daß ich keinen Sex-Appeal habe.«

»Absolut nicht. Sie sind eine sehr schöne und anziehende junge Frau.«

»Danke. Zu gütig.«

»Jetzt sind Sie gekränkt. Das tut mir leid. Wie kann ich mich entschuldigen?«

»Wozu entschuldigen? Ich glaube, mein Problem ist meine Abstammung. Die Creeks standen zwar im Ruf, sehr leichtlebig zu sein, aber in Wahrheit hatten sie recht strenge Auffassungen von der Ehe. Ein Mann durfte zwar mehrere Frauen haben, aber Untreue der Frau wurde mit dem Tode bestraft. Vielleicht lebt die Erinnerung daran in mir fort und ich bin deshalb eher daran interessiert, ein anständiges Mädchen zu sein als eine Sexbombe.«

»Halten Sie Claire für eine Sexbombe?«

»Sie haben zumindest einmal mit ihr geschlafen. Was meinen Sie?«

Er zog es vor, nicht zu antworten und fragte lieber: »Hat Claire mit Jerry Thorpe die gleichen Probleme gehabt wie mit dem Mann, mit dem sie verheiratet war. Ich meine, war er ihr zu wenig männlich?«

Sie erhob sich vom Küchentisch und begann die Teller wegzuräumen. »Sie verlangen von mir, daß ich über andere Leute Urteile abgebe, Dr. Harrison, und das mache ich prinzipiell nicht. Im übrigen muß ich morgen arbeiten und Sie müssen sich eine Wohnung suchen, bevor Sie dann am Abend mit Claire bei dem Essen zusammentreffen. Ich glaube, es ist besser, wir gehen ins Bett.«

Er nahm die Belehrung gebührend zur Kenntnis. »Danke für das Essen. Ich werde mich sobald wie möglich revanchieren, wenn ich Sie einladen darf.«

»Ich gehe oft zum Abendessen aus.« Plötzlich war in ihren dunklen Augen ein spitzbübisches Leuchten, das er zuvor noch nie an ihr bemerkt hatte. »Manchmal sogar mit Männern.«

II

Mark bezog am nächsten Tag sein Zimmer im Holiday Inn und gegen vier Uhr nachmittag erhielt er einen Anruf von Claire. »Wann bist du zurückgekommen?« fragte sie.

»Gestern abend«, antwortete er und zog es vor, nicht zu erwähnen, daß er die Nacht im Gästezimmer von Alexa McGillivrays Wohnung verbracht hatte. »Ich war sehr müde von der Fahrt und heute habe ich mich vergeblich um eine Wohnung umgesehen.«

»Überlaß das mir. Ich hole dich um Viertel vor sieben ab, um dich zum Abendessen zu bringen. Das heißt, nein, ich komme schon früher.«

»Du kannst gar nicht früh genug kommen.«

Sie lachte herzlich. »Du scheinst wirklich so sinnlich zu sein, wie die Krankenschwester in Baltimore behauptet hat, mit der Alexa gesprochen hat. Damit du weißt: Mein Vater hat Dr. Anson Drew, den Präsidenten der hiesigen Gesellschaft der Ärzte, und seine Frau eingeladen. Beide sind strikte Abstinenzler, und wegen ihnen wird es keine alkoholischen Getränke geben. Hast du Wodka bei dir?«

»Nein. Aber ich kann welchen besorgen.«

»Bitte, tu das. Wir müssen uns mit einigen Drinks für diesen Abend stärken. Der alte Anson weiß nicht einmal wie Wodka riecht, also kann uns nichts passieren. Wir sehen uns um sechs.«

Mark kaufte im Drugstore des Hotels je eine Flasche Wodka und Tonicwasser und kehrte in sein Zimmer zurück, um zu duschen. Als er danach gerade dabei war, seine Krawatte zu binden, klopfte es an der Tür, und nachdem er geöffnet hatte, stand Claire vor ihm und war schön wie immer anzusehen. Sie begrüßte ihn mit einem leidenschaftlichen Kuß, doch als seine Hände ihren Körper entlangglitten, schob sie ihn von sich.

»Keine Sexspiele am frühen Abend«, sagte sie. »Mit zwei so alten Langweilern wie Anson Drew und seiner

Frau wird das Essen nicht lange dauern und wir haben nachher Zeit genug. Schenk mir einen Wodka mit Tonic ein und ich sehe mir die Abendnachrichten an. Ich habe den ganzen Tag im Büro gearbeitet und konnte mich zu Haus nur schnell duschen und umziehen, bevor ich herkam.«

»Du siehst aber blendend aus«, sagte er und reichte ihr ein Glas.

»Und du bist ein netter junger Mann«, erwiderte sie, als sie sich auf dem Sofa niederließ und den Fernsehapparat anstellte. »Hast du mit Paul Martenson über deine Finanzen gesprochen?«

»Ja. Er sagt, daß ich heuer keine Steuern zahlen werde.«

»Auf Paul kannst du dich verlassen. Er regelt auch meine finanziellen Angelegenheiten, seit ich die Firma gegründet habe.«

»Wie bist du eigentlich in das Werbegeschäft geraten?« Mark nahm neben Claire auf dem Sofa Platz und warf einen bewundernden Blick auf ihr blondes Haar, das gebräunte Gesicht und den schlanken Körper im weißen Sommerkleid.

»Ich habe an der Universität in East Carolina einen jungen Professor gekannt, der mir einen Sommerjob bei einer Werbefirma in New York verschafft hat. Nach der Universität bin ich dann noch einmal nach New York gegangen, um ein Jahr bei einer Firma in der Werbebranche zu arbeiten.« Während sie sprach, blickte sie auf den Fernsehschirm, auf dem ein junges Mädchen zu sehen war, das sich in einem Nichts von Nachthemd räkelte.

»Das ist einer meiner Werbespots. Wir haben ihn in einem Studio in der Altstadt gemacht. Ich habe es gekauft, nachdem der Vorbesitzer Pleite machte.«

»Sieht toll aus.«

»Warte, bis du meine Werbung für die ›Nahezu nichts‹-Wäsche siehst. Verglichen mit dem, was die

Mannequins da anhaben, trägt dieses Mädchen Großmütterchens Flanellnachthemd.«

»Eines finde ich erheiternd: Du wirbst für Nachthemden und trägst keine.«

»Ich trete ja auch nicht in den Spots auf. Obwohl ich es könnte.«

»Da hast du recht«, meinte Mark anerkennend.

»Meine Spots kommen im Nachtprogramm des Kabelfernsehens zwischen Horror-, Kriminal- und Sexfilmen.«

»Aber das Kabelfernsehen bringt doch keine Werbung.«

»Offiziell nicht. Aber wir entwickeln jetzt ein neues Verfahren. Meine Mädchen werden an passenden Stellen nur ganz kurz, für Bruchteile eines Augenblicks, eingeblendet, so daß die Zuschauer gar nicht merken, daß sie nicht zum Film gehören. Eine Art von unterbewußter Werbung, die das Kabelfernsehen revolutionieren wird.«

»Deine Idee?«

»Mehr oder minder. Jedenfalls habe ich die Patentrechte.« Sie reichte ihm das leere Glas. »Sei ein Engel und gib mir noch einen Drink. Ich werde ihn brauchen, um dieses fade Dinner zu deinen Ehren durchzustehen.«

»Warum gehen wir überhaupt hin?«

»Weil es gut für dich ist. Ich war es, der meinem Vater gesagt hat, er soll dich so rasch wie möglich mit den hiesigen Medizinbonzen zusammenbringen. Du wirst einen guten Eindruck auf sie machen und sie werden dir blitzschnell eine Arbeitsgenehmigung geben, statt dein Ansuchen wochenlang liegen zu lassen.«

»Da ich weiß, wie es im Medizinerdschungel zugeht, bin ich dir dankbar.«

»Man ist hier nicht sehr begeistert, wenn sich ein neuer Arzt niederlassen will. Aber bei deinen Referenzen können sie praktisch nichts gegen dich tun. So, und jetzt verschwinde ich für einen Augenblick, während du deine

Jacke anziehst, und dann fahren wir. Den Präsidenten der Ärztegesellschaft und meinen Vater darfst du nicht warten lassen.«

III

Die Furcht vor einem langweiligen Abendessen legte sich, nachdem Mark mit Paul Martensons Frau Regina bekanntgemacht worden war. Gina, wie sie genannt wurde, war klein, quicklebendig, rothaarig und hatte eine blendende Figur. Unter den übrigen Gästen befand sich eine auffallende Brünette, die Mark bekannt vorkam, obwohl sie kühle Distanz bewahrte, als sie und ihr Mann als Edward und Helene McIntosh vorgestellt wurden. Er war ein gut aussehender Mann von etwa sechzig Jahren und sie wesentlich jünger.

»Ed McIntoshs Frau ist im Vorjahr an Brustkrebs gestorben«, sagte Gina mit gedämpfter Stimme, als sie in das Speisezimmer gingen. »Helene hat Ed ein halbes Jahr danach geheiratet, aber sie haben schon ein Jahr lang miteinander geschlafen, während die Frau noch in Behandlung stand.«

»Was ist das Fachgebiet von Dr. McIntosh?«

»Er ist Psychiater und außerdem Vorsitzender des staatlichen Komitees für berufsbehinderte Ärzte. Seine Couch ist sehr gefragt.«

»Sind Sie schon darauf gelegen?«

»Weder wörtlich noch bildlich. Ed McIntosh kennt selbst die düstersten Geheimnisse der guten Gesellschaft von Gulf City besser als sonst irgend jemand in der Stadt. Übrigens – wie Sie Helene vorgestellt wurden, habe ich den Eindruck gehabt, Sie kennen sie von früher.«

»Das stimmt nicht«, log Mark tapfer, obwohl jetzt die Erinnerung an ein bewegtes Wochenende in einem kleinen Hotel irgendwo im Norden von West Virginia in ihm wach wurde. »Ich habe Mrs. McIntosh nie zuvor gesehen.«

»Sie lügen nicht schlecht, mein Schatz, aber die kleine Gina können Sie nicht hinters Licht führen.«

»Es ist uns eine Ehre, Sie in der Gemeinschaft der Ärzte von Gulf City aufzunehmen, Dr. Harrison«, sagte McIntosh, als die Gäste am Eßtisch Platz nahmen. »Es wird Ihnen bei uns sicher gefallen.«

»Sie müssen mit Ihrer Frau zum nächsten Clubabend der Gesellschaft kommen«, fügte Helene McIntosh hinzu.

»Es tut mir leid, ich bin nicht verheiratet«, sagte Mark.

»Das wird schon noch kommen, Helene«, meinte Gina Martenson. »Niemand wird ihn lange frei herumlaufen lassen.«

»Bitte, vergiß nicht, daß ich ihn zuerst gesehen habe«, sagte Claire, die gegenüber von Mark und Gina Martenson Platz genommen hatte. »In Baltimore.«

»Manche Leute haben eben wirklich Glück, Claire. Aber paß gut auf, daß er dir nicht entwischt.« Sie wandte sich an Mark und sagte: »Paul hat mir erzählt, daß er sich um Ihre Finanzen kümmert.«

»Viel ist es ja nicht.«

»Stimmt es, daß Sie Jerry Thorpe bereits haßt?«

»Ich hoffe nicht. Immerhin sollen wir zumindest ein Jahr miteinander arbeiten.«

»Alle Patientinnen sind in Jerry verliebt«, vertraute ihm Gina an. »Einige meiner Freundinnen, die bereits in den Wechseljahren sind, erzählen mir, daß ihnen Jerry mit zwei Fingern und einem Spekulum auf dem Untersuchungstisch mehr Spaß bereitet als ihre Männer in einer Samstagnacht im Bett.«

Mark blickte verlegen vor sich hin und Claire lachte. »Jetzt hast du ihn aber schockiert, Gina. So kannst du nur reden, wenn wir Mädchen unter uns sind.«

»Oder auf einem Bierabend von Studenten«, meinte Mark.

»Sagen Sie der Gastgeberin etwas Nettes, damit sich Dr. Barrett freut und Ihre Gage erhöht«, forderte ihn Gina jetzt auf. »Dann kriegt auch Paul mehr Geld und ich kann mehr ausgeben.«

Gehorsam wandte sich Mark Mrs. Barrett zu, die aber gerade Dr. Anson Drew erzählte, wie schlecht das Wetter auf dem Rückflug vom Greenbrier Club in West Virginia gewesen war, so daß er sich weiterhin mit Gina Martenson unterhielt.

»Ich höre, daß Sie an der Duke-Universität begonnen haben«, sagte sie. »Ich war an der Universität von Georgia und Mitglied vom Delta Delta Delta-Club, kurz Tri-Delta genannt. Da muß man dabei sein, wenn man hier im Süden zur guten Gesellschaft gezählt werden will.«

»Aber liebe Gina«, sagte Claire jetzt quer über den Tisch mit ihrem süßesten Lächeln, »das ist doch so lange her, daß du dich doch kaum mehr daran erinnern kannst.«

»Du mußt es wissen«, gab Gina zurück. »Wir haben ja zusammen studiert.«

»Haben Sie jemals zwei Katzen gesehen, die sich anpfauchen?« fragte Paul Martenson, der neben Claire saß. »Es ist ein Schauspiel, das sein Geld wert ist.«

»Hören Sie nicht auf ihn«, sagte Gina. »Mein Mann ist ein so stockkonservativer Bostoner, daß er vor dem Schlafengehen nachsieht, ob der Hosenlatz seines Pyjamas zugeknöpft ist. Immerhin hat er aber Haare auf der Brust. Und Sie, Mark?«

»Einige.«

»Die möchte ich sehen.«

»Das können Sie. Jeden Morgen um sieben. Da jogge ich.«

»Paul auch. Paß auf, ob du ihn morgen triffst«, sagte sie zu ihrem Mann. »Und schau nach, ob er so viele Haare hat wie du. Ich hasse unbehaarte Männer.«

Mark wandte sich wieder der Gastgeberin zu; nicht

nur, um höflich zu sein, sondern weil ihn Ginas Reden nervös machten.

»Miß McGillvray hat mir erzählt, daß Sie Kamelien züchten.«

»Ja, ich bin sogar im Vorstand der amerikanischen Kamelienzüchtervereinigung«, sagte Mrs. Barrett ein wenig von oben herab.

»Mark kommt aus einer sehr alten Familie, Mama«, warf Claire ein. »Er hat mir in Baltimore erzählt, daß er in North Carolina auf einer Farm aufgewachsen ist, die seine Vorfahren vor dem Unabhängigkeitskrieg vom Earl of Granville bekommen haben. Wir Barretts sind dagegen eine schottisch-irische Familie, die erst im späten achtzehnten Jahrhundert nach Philadelphia gekommen ist. Glücklicherweise war einer unserer Vorfahren klug genug, sich in der Gegend niederzulassen, die Andrew Jackson den Creek-Indianern weggenommen hat, und er hat sich dort ein Vermögen im Holzhandel erworben.«

»Paul ist an der Farm beteiligt, die den Ärzten der Klinik gehört«, vertraute Gina Martenson nun Mark an. »Sie züchten dort arabische Vollblutpferde und setzen sie von der Steuer ab.«

»Damit ihnen möglichst viel vom Gewinn der Klinik bleibt«, sagte Claire.

»Gewinn!« Dr. Anson Drew war ein wenig schwerhörig und hatte nur dieses Wort verstanden. »Wer als Arzt nur an Gewinn denkt, schädigt das Ansehen unseres Berufes«, sagte er laut. »Alle Leute glauben, daß die Ärzte in Geld schwimmen und klagen Sie nach Belieben auf Schadenersatz.«

»Dr. Drew hat gerade einen Schadenersatzprozeß hinter sich gebracht«, informierte Gina Mark mit gedämpfter Stimme. »Erwähnen Sie ja dieses Thema nicht, sonst hört er nicht auf, davon zu reden.«

»Ich werde mich daran halten«, versprach er. »Und jetzt erzählen Sie mir etwas von Ihnen.«

»Da ist nicht viel zu erzählen. Ich bin in Clayton in Georgia auf die Welt gekommen und bin dort auch auf die Universität gegangen. Paul war auch dort, hat Jus studiert und ich war von Anfang an fest entschlossen, ihn zu heiraten. Wie er nach Harvard gegangen ist, habe ich mich in die Katherine-Gibbs-Sekretärinnenschule in Boston einschreiben lassen, damit ich in seiner Nähe blieb. Viele Mädchen aus der guten Gesellschaft gehen in diese Schule, um als Sekretärinnen zu arbeiten, bis sie einen Geschäftsmann heiraten.«

»Ich war einmal mit einem Mädchen aus dieser Schule beisammen, aber nicht lange. Sie hat einen Direktor von IBM geheiratet, nachdem seine Frau gestorben ist.«

»Ja, das ist typisch«, meinte Gina. »Paul und ich haben geheiratet, nachdem er die Universität absolviert hat, und solange er noch Konzipient war, habe ich als Sekretärin gearbeitet.«

»Und jetzt sind Sie beide reich.«

Sie zuckte die Achseln. »Was hat man schon vom Geld, wenn der Mann so viel arbeitet, daß man sich in seinen Terminkalender eintragen lassen muß, wenn man mit ihm schlafen will.«

»Ich habe gehört, daß Frauen von Ärzten ähnliche Klagen haben.«

»Mag sein. Aber in einem Krankenhaus und an einer Universitätsklinik gibt es eine Menge junger Ärzte, die nicht so viel zu tun haben wie ein Geschäftsmann. Da kann es vergnügte Nachmittage geben.« Sie warf ihm einen schnellen Blick zu. »Wissen Sie das nicht?«

»O ja, davon ist in Lakeview gesprochen worden.«

»Dr. Barrett hat Sie offensichtlich geholt, damit ihm Claire endlich den Enkel schenkt, den er sich seit langem wünscht.« Gina sah ihn abschätzend an und ihm war auf einmal fast, als sitze er nackt am Tisch. »Er ist ein Zuchtexperte. Sie sollten einmal seine arabischen Vollblüter sehen.«

»Aber ich habe nur Bauernblut«, versuchte Mark zu scherzen.

»Das macht nichts. Bauernblut frischt den Adel auf. Ich glaube, Sie sind zur Aufzucht geeignet.«

»Sprecht ihr über Pferde?« fragte Claire auf einmal.

»Ja, von einem Hengst, den ich gerne einmal haben möchte, nachdem du ihn zugeritten hast«, antwortete Gina.

»Ich glaube, ich unterhalte mich jetzt lieber wieder mit der Gastgeberin«, sagte Mark verzweifelt und wandte sich Mrs. Barrett zu, die mit ihrer Schokoladecreme beschäftigt war. »Wie hat Ihnen der Greenbrier Club gefallen?« fragte er.

»Man kann dort genauso gut Bridge spielen wie überall«, sagte sie achselzuckend. »Richard hat jeden Tag Golf gespielt, aber mir war es im Freien zu heiß.«

»Ich war einmal bei einem Kongreß in dieser Gegend«, erzählte er. »Habe einen Vortrag über Bypassoperationen am Darm zur Gewichtsreduktion gehalten.«

»Ich habe über solche Operationen gelesen.« Zu seiner Überraschung zeigte sie auf einmal ehrliches Interesse am Gespräch. »Kann man nach solchen Operationen tatsächlich Süßigkeiten essen, ohne zuzunehmen?«

»Ja, aber der Preis dafür sind manchmal recht unangenehme Nebenerscheinungen. Doch Sie haben es ja kaum nötig, Diät zu halten.«

»Das stimmt, aber Andy Harkness sagt, wenn ich zunehme, muß ich Insulin nehmen. Und das hasse ich.«

»Kurz bevor ich von Lakeview weggegangen bin, haben wir recht erfolgreiche Verpflanzungen von Teilen der Bauchspeicheldrüse durchgeführt. Die Patienten haben danach kein Insulin mehr gebraucht.«

Mrs. Barrett wandte sich an Dr. Anson Drew. »Haben Sie gehört, Anson? Dr. Harrison hat sich mit der operativen Behandlung der Zuckerkrankheit beschäftigt.«

»Das sind Experimente!« Der Präsident der Gesellschaft der Ärzte schien permanent schlechter Laune zu sein. »Gefährliche Experimente! Sie provozieren ja geradezu Schadenersatzprozesse!«

»Jetzt haben Sie es, Mark«, sagte Gina. »Reden wir lieber von etwas anderem. Ich höre, Sie sind ein Spezialist im Verpflanzen von Eiern samt Säcken ...«

»Sie meinen wohl Hoden ...«

»Also gut, Hoden. Waren die Burschen, denen Sie einen eingepflanzt haben, genauso potent wie der Spender? Oder nur halb so tüchtig?«

»Ich weiß es nicht«, gab Mark lachend zu. »Aber immerhin ist in zwei Fällen die Ehefrau schwanger geworden.«

»Auch schon was. Das hätte ihnen der Tankwart um die Ecke auch besorgen können und die Männer hätten sich eine Operation erspart.«

»Ich glaube, so kann man das nicht sehen. Immerhin ist es für einen Mann ja nicht sehr schön, ohne Hoden zu leben.«

»Und damit auch ohne Sex.«

»Das stimmt nicht ganz. Selbst Eunuchen im Harem haben ein gewisses Sexualleben.«

»Aber die werden doch bereits als Kinder kastriert.«

»Gewiß. Aber Sie dürfen nicht vergessen, daß sie für den Rest ihres Lebens an ihrem Arbeitsplatz viel Gelegenheit zum Üben haben.«

Gina lachte. »Sie gefallen mir, Mark. Sie werden sich in Gulf City gut einleben und dank Pauls Ratschlägen werden Sie auch bald reich sein. Haben Sie zu Hause ein Mädchen?«

»Nein, ich bin noch zu haben.«

»Aber nicht mehr lange.«

»Vielleicht«, sagte Paul und warf einen langen Blick auf Claire, die sich mit Paul Martenson unterhielt.

»Claire ist eine tolle Frau. Vielleicht auf die Dauer zu toll für einen Mann.« Gina wurde auf einmal ganz ernst.

»Aber ich glaube, Sie passen zusammen. Zumindest für einige Zeit.«

»Warum nur für einige Zeit?«

»Claire und mein Mann sind einander eigentlich sehr ähnlich. Vor allem sind beide sehr, sehr tüchtig. Wenn Sie ihr Mann werden, dann werden Sie derjenige sein, der am Abend zu Hause sitzt und auf sie wartet, und ich fürchte, das wird Ihnen genauso wenig gefallen wie mir.«

Dr. Barrett stand auf, schob seinen Sessel zurück und gab damit das Zeichen, daß das Abendessen zu Ende war. Mark verließ an der Seite Ginas das Speisezimmer.

»Es war sehr nett neben Ihnen zu sitzen, Mark«, sagte sie. »Paul und ich werden Sie bald einmal einladen. Ich freue mich schon darauf. Gute Nacht.«

IV

»Du hast dich mit Gina sichtlich gut unterhalten«, sagte Claire auf dem Weg in ihre Wohnung.

»Sie ist sehr lustig. Vor allem, wenn sie über Sex schwätzt.«

»Laß dich nicht täuschen und versuche nicht, Paul zu betrügen. Er und Gina sind ein glückliches Paar, auch wenn sie immer so tut, als sei sie zu haben.«

»Um Himmels willen«, rief er. »Ich bin kein professioneller Verführer von verheirateten Frauen.«

»Ich habe dich nur gewarnt«, sagte sie achselzuckend. »Bei Gina würdest du abblitzen und Paul war der Kapitän der Boxmannschaft seiner Universität. Es wäre schade um deine schöne Nase.«

»Danke«, sagte Mark lachend. »Ich werde mich darauf beschränken, dich zu verführen.«

»Das klingt sehr vernünftig«, sagte sie und ihre Stimme

klang jetzt wieder so erregend kehlig wie schon einmal auf der Fahrt von Baltimore.

Claires Wohnung in einem Hochhaus am Strand, etwa eine Meile vom Holiday Inn entfernt, war ein getreues Ebenbild ihrer Besitzerin – elegant und modern. An den Wänden des Wohnzimmers hingen impressionistische Druckgraphiken und ein großer Balkon, der auf beiden Seiten durch hochgezogene Wände vor neugierigen Blikken geschützt war, bot eine herrliche Fernsicht.

»Wodka und Tonic findest du in der Küche«, sagte Claire, als sie die Wohnungstür schloß. »Schenke uns einen Doppelten ein, während ich verschwinde.«

Während sie sprach, öffnete sie die Tür zum Schlafzimmer, griff mit einer Hand nach hinten, zog den Reißverschluß herab und schlüpfte aus ihrem Kleid. Sie trug darunter nur einen Büstenhalter und einen Slip und sie ließ die Schlafzimmertür lange genug offen, daß er sehen konnte, wie sie auch diese beiden Wäschestücke ablegte.

Mark brachte gerade die Drinks, als Claire in einem bodenlangen durchsichtigen Überwurf ins Zimmer trat.

»Ist das aus deiner ›Nahezu-nichts‹-Kollektion?« fragte er, gab ihr ein Glas und folgte ihr zu der breiten Glastür, die das Wohnzimmer vom Balkon trennte.

»Ich habe dir versprochen, daß ich dir einmal etwas vorführe«, sagte sie, öffnete die Balkontür und stand nun im gleißenden Mondlicht, das die Umrisse ihres Körpers unter dem hauchdünnen Stoff hervortreten ließ.

»Du bist wunderbar«, sagte er, schloß sie in die Arme und fügte hinzu: »Und hast erfreulich wenig an.«

»Was man von dir nicht sagen kann.«

Mark beeilte sich, seine Kleider abzulegen, die er achtlos auf den Boden warf. Als er nackt vor ihr stand, streifte sie das hauchdünne Wäschestück ab und hielt ihm die ausgestreckten Arme entgegen.

»Hier draußen?« fragte er.

»Warum nicht?«

Er hob sie empor und legte sie auf die Couch, die vor dem Balkongeländer stand. Ihre Vereinigung war stürmisch und der Höhepunkt ekstatisch. Nachher trug er sie ins Schlafzimmer und legte sie auf das breite Bett.

»Du bist großartig«, sagte er. »Wirklich großartig!«

»Ich weiß. Wie wäre es, wenn du uns noch einen Drink machen würdest? Und schließe bitte die Balkontüre. Es war heiß da draußen.«

»In mehr als einer Hinsicht.«

Nachdem er ihr den Drink gebracht hatte, warf sie ihm einen langen Blick zu. »Ich sage dir jetzt etwas, was ich noch nie einem Mann gesagt habe, Mark. Mit dir macht es wirklich Spaß und glaube mir, ich kann das beurteilen.«

Er schwieg, denn es gefiel ihm nicht, wenn sie so redete.

»Komm zu mir ins Bett und decke dich zu«, sagte Claire und hielt ihm das leere Glas entgegen. »Ich möchte schlafen.«

»Wenn ich neben dir liege, kann ich aber nicht schlafen.«

Sie lachte. »Ich habe einen Spitznamen für dich: ›Allzeit bereit.‹ Du bist wirklich ganz anders als Abner.«

»Als wer?«

»Abner. Mein ehemaliger Mann. Hast du vergessen, daß ich einmal verheiratet war?«

»Vielleicht will ich es vergessen.«

»Eigentlich war es gar keine richtige Ehe. Hier unten im Süden wird so etwas oft noch von der Familie arrangiert. Wie in der guten alten Zeit, die aber längst vergangen ist. Abner und ich haben nicht einmal miteinander geschlafen, bevor wir geheiratet haben. Die Hochzeitsnacht war dann auch prompt eine Katastrophe.«

»Warst du noch eine Jungfrau?«

»Ich?« Sie lachte. »Ich habe es schon mit Knaben getrieben, wie ich vierzehn Jahre alt war. Meinen ersten

Orgasmus habe ich mit sechzehn gehabt. Der Knabe war achtzehn und passiert ist es auf dem Rücksitz eines Cadillacs in einem Autokino. Es war ein Film mit Errol Flynn und ich war so wild, daß ich Tom machen ließ, was er wollte. Du weißt ja, wie ich bin, wenn ich einen Orgasmus habe. Aber damals war ich noch unerfahren und habe so geschrien, daß Tom gefürchtet hat, wir werden hinausgeschmissen. So ist er davongefahren, samt dem kleinen Lautsprecher, den sie einem im Autokino an den Wagenschlag klemmen. Nach etwa drei Häuserblocks habe ich mich einigermaßen beruhigt, aber der arme Tom hat für den Abend genug gehabt. Er hat mich nach Hause gebracht und wir haben uns einen Monat lang nicht gesehen. Als er endlich wieder aufgetaucht ist, war ich schon mit einem Studenten liiert, der gewußt hat, wie man es mit einem Mädchen macht.«

V

Es war zwei Uhr früh, als Mark begann, sich anzuziehen.

»Ich hoffe, du hast nichts dagegen, wenn du zu Fuß nach Hause gehst«, murmelte Claire schlaftrunken. »Es ist nur eine Meile.«

»Nach all dem, was wir in den letzten drei Stunden getan haben, werde ich nach Hause schweben. Im Ernst: Ich werde den Strand entlang laufen, um ein wenig von dem vielen Alkohol zu verbrennen.«

»Morgen, das heißt heute, ist dein erster Arbeitstag in der Klinik«, ermahnte sie ihn. »Ich möchte nicht, daß du mit einem Kater beginnst. Geh in das Badezimmer und nimm dir aus dem Medizinkasten einige Benzedrintabletten.«

Er fand das Fläschchen ohne Mühe und nahm sich zwei Tabletten. Erst als er es bereits in den Kasten zurückstellte, fiel ihm der aufgeklebte Zettel mit dem Namen des Arztes auf, der die Tabletten verschrieben hatte: »Dr. J. Thorpe.«

Claire schlief bereits wieder, als Mark aus dem Badezimmer kam. Er wollte sie nicht wecken, schloß behutsam die Wohnungstür und vergewisserte sich, daß das Schloß eingeschnappt war. Im Korridor war niemand zu sehen und auch der Aufzug war menschenleer. Der Portier, der im Vestibül döste, warf Mark nur einen kurzen Blick zu, obwohl er barfuß war. Die Socken hatte er in die Taschen seiner Jacke gesteckt, und die Schuhe baumelten an den zusammengebundenen Schnürsenkeln über seiner Schulter.

Er überquerte den Gulf Boulevard, auf dem nur wenige Autos unterwegs waren, ging über eine kleine Stiege zum Strand hinunter und begann entlang des Wassers zu laufen.

Hie und da stieß er auf ein Paar, das eng umschlungen auf einer Decke im Sand lag oder er sah einen einsamen Schwimmer im seichten Wasser nahe dem Strand. Es wehte eine frische Brise und allmählich begannen sich seine benebelten Sinne zu klären. In einiger Entfernung konnte er den riesigen, von Scheinwerfern angestrahlten Block des Holiday Inn und die Grünanlage davor erkennen.

Gleichmäßig laufend erreichte er das Hotel nach etwa fünfzehn Minuten. Er wollte nicht barfuß durch die Eingangshalle gehen, war aber auch zu faul, die Schuhe anzuziehen und beschloß daher, das Hotel durch den Tunnel zu betreten, der unter dem Boulevard hindurch in die Kellerräume führte. Kaum hatte er den Tunneleingang, der einer dunklen Höhle glich, hinter sich, als er ein verdächtiges Geräusch wahrnahm, aber er kam nicht mehr dazu, zu reagieren. Müde und betrunken wie er war, erkannte er gerade noch, daß er überfallen wurde, als ihn an der linken Schläfe ein heftiger Schlag traf, der ihn fällte wie ein Stück Schlachtvieh.

VI

Mark erwachte mit fürchterlichen Kopfschmerzen in der unpersönlichen Atmosphäre eines Spitalszimmers. Er lag in einem Bett, dessen Seitengitter hochgeklappt war, um zu verhindern, daß er zu Boden fallen konnte. Das Öffnen der Augen verursachte so furchtbare Schmerzen im Kopf, daß er sie sofort wieder schloß. Als er sie nach einiger Zeit vorsichtig wieder aufschlug, sah er vor sich die Umrisse eines großgewachsenen Mannes, der den Puls an seinem linken Handgelenk fühlte, während zu seiner Rechten eine Krankenschwester mit einem Blutdruckmesser beschäftigt war.

»Wer – was ist geschehen?« Er versuchte zu sprechen, aber seine Zunge war so trocken, daß die Worte kaum verständlich waren.

»Das möchte ich auch wissen«, sagte der Mann. »Ich bin Dr. Charles Minot, ein Neurochirurg.«

Die Krankenschwester hielt eine Schnabelflasche an Marks Lippen. Nachdem er einen Schluck Wasser genommen hatte, fühlte sich die Zunge besser an, und er konnte deutlicher sprechen.

»Wozu brauche ich einen Neurochirurgen?«

»Jemand hat Sie mit einem Totschläger attackiert«, sagte der großgewachsene Arzt. »Sie wären die ganze Nacht in dem dunklen Tunnel zwischen dem Strand und dem Hotelkeller gelegen, wenn Sie nicht von ein paar jungen Leuten gefunden worden wären. Die haben die Rettung verständigt, und man hat Sie in die Unfallstation des Gulfside-Spitals gebracht.«

»Aber das ist doch nicht die Unfallstation.«

»Da haben Sie recht«, sagte Minot. »Sie wären aber heute nacht mindestens ein oder zwei Stunden im Aufnahmezimmer der Station gelegen, wenn nicht Miß McGillivray auf dem Nachhauseweg an Ihnen vorbeigekommen wäre. Sie war mit einer Patientin von Jerry

Thorpe beschäftigt, die einen Erstickungsanfall wegen eines Schleimklumpens in der Bronchie gehabt hat. Etwa zur gleichen Zeit, in der Sie überfallen worden sind, hat es auf der I-10 einen bösen Verkehrsunfall gegeben, und die Unfallstation war voll mit Verletzten. Einer der Ärzte hat Sie kurz angesehen, aber nachdem Sie gerochen haben, als wären Sie gerade aus einer Schnapskneipe gekommen, hat er geglaubt, Sie sind ein Betrunkener, der am Strand gestürzt ist und sich an einer Muschel die Stirn aufgeschnitten hat. Man hätte Sie natürlich nach einiger Zeit auf den Untersuchungstisch gebracht, aber bis dahin hätte das Blut aus einem Riß in Ihrer mittleren Gehirnarterie wahrscheinlich bereits ein Hämatom gebildet, das groß genug gewesen wäre, um lebenswichtige Gehirnzentren zu quetschen und Sie wären noch auf der Station gestorben.«

»Haben Sie gesagt, daß mich Miß McGillivray gefunden hat?«

»Ja, auf einer Bahre im Aufnahmeraum, in dem man Sie gelassen hat, bis die Unfallverletzten versorgt waren. Sie hat Sie glücklicherweise erkannt und hat Ihre Augen mit einer Taschenlampe angeleuchtet. Wie sie gesehen hat, daß eine Pupille größer war als die andere, hat sie mich holen lassen.«

»Also verdanke ich ihr mein Leben.«

»Das kann man wohl sagen. Wir haben Sie auf den Operationstisch gelegt und ich habe die bereits vorhandene Platzwunde an Ihrer Schläfe geöffnet und erweitert und dann ein Loch in Ihre Schädeldecke gebohrt. Zwischen Gehirnhaut und Schädeldecke hatte sich bereits ein Hämatom gebildet. Ich habe deshalb die Öffnung vergrößert und das geronnene Blut entfernt, bis ich den Riß in der mittleren Gehirnhautschlagader, aus der die Blutung kam, mit zwei Nähten schließen konnte. Es war eine Entlastungsoperation klassischer Art zur Beseitigung eines Blutergusses.«

»Und was wird im Operationsbericht stehen?«

»Miß McGillivray hat im Aufnahmeformular die Tatsache, daß Sie im Augenblick des Überfalls offensichtlich betrunken waren, nicht vermerkt. Und da es sich ja um keinen Autounfall handelt, bestand auch nicht die Notwendigkeit einer Blutabnahme.«

Mark war sehr müde und das Gespräch hatte seine Schmerzen verstärkt. »Mein Kopf ist am Zerspringen. Kann ich etwas dagegen haben?«

»Gerne. Sind Sie gegen etwas allergisch?«

»Nein. Nur gegen Überfälle.«

»Fünfzig Milligram Demerol«, sagte Minot zu der Krankenschwester.

»Ich verdanke auch Ihnen mein Leben, Doktor ...«

»Ich heiße Minot. Aber mir brauchen Sie nicht zu danken. Jeder Anfänger hätte das Loch in Ihren Schädel bohren und den Bluterguß beseitigen können. Ich habe ein wenig die Gehirnhaut geöffnet, um nachzusehen, ob nicht auch aus dem Gehirn selbst Blut kommt. Das war jedoch nicht der Fall. Sie haben aber eine schwere Gehirnerschütterung und werden noch einige Zeit Kopfschmerzen haben.«

»Wie lange?«

»Das weiß man nie. Vielleicht ein paar Wochen, vielleicht länger als einen Monat.«

»Danke, Dr. Minot. Bei Miß McGillivray werde ich mich später bedanken.«

Die Krankenschwester erschien mit einer Injektionsspritze und der Arzt verabschiedete sich mit den Worten: »Ich komme bald wieder.« Die Nadel, geschickt in sein Gesäß placiert, versetzte ihm einen heftigen Stich, aber noch ehe sie wieder herausgezogen wurde, spürte Mark bereits ein köstliches Gefühl von Mattigkeit und Schmerzlosigkeit, das seinen ganzen Körper erfaßte. Augenblicke danach schlief er.

VII

Als Mark erwachte, stand Alexa McGillivray in Schwesterntracht an seinem Bett.

»Hallo«, sagte sie lächelnd. »Es freut mich, daß Sie sich entschlossen haben, in die Reihen der Lebenden zurückzukehren.«

»Dr. Minot sagt, daß ich das Ihnen zu verdanken habe.«

»In einem gewissen Sinne vielleicht. Zugleich mit Ihnen sind sechs Personen nach einem Verkehrsunfall eingeliefert worden. In einem solchen Fall werden natürlich die Leute mit den schwersten Verletzungen zuerst drangenommen.«

»Während ich als Betrunkener galt, der gestürzt ist und sich den Schädel angeschlagen hat«, sagte er mit einiger Bitterkeit.

»Wie ich Sie röchelnd liegen gesehen habe, hielt ich Sie auch für einen Betrunkenen. Man kann daher dem Aufnahmearzt, der Sie untersucht hat, keinen Vorwurf machen. Schließlich waren Sie barfuß und hatten Sand zwischen den Zehen, so daß Sie offensichtlich am Strand unterwegs gewesen waren.«

»Was um diese Nachtzeit eine ziemliche Dummheit war.«

»Das stimmt. Aber Sie sind noch nicht lange genug in Gulf City um zu wissen, daß sich in der Nacht immer Räuber am Strand herumtreiben und Ausschau nach Opfern halten.«

»Ich habe einige Leute gesehen, die am Strand gelegen oder geschwommen sind.«

»Manchmal gibt es sogar Tote bei solchen Überfällen. Da ich wußte, daß Sie zum Abendessen eingeladen waren, habe ich angenommen, daß Sie nachher einen Spaziergang gemacht haben.«

»Ich bin von Claires Wohnung bis zum Hotel gelaufen

und war betrunken wie ein Huhn. Versuchen Sie nicht, den Vorfall in ein besseres Licht zu stellen als er verdient. Aber dafür, daß mein betrunkener Zustand im Aufnahmeprotokoll nicht aufscheint, bin ich Ihnen dankbar.«

»Es war nicht nötig, ihn zu erwähnen. Sie haben ja niemandem einen Schaden zugefügt.«

»Außer mir selbst. Heute hätte ich den ersten Tag in der Klinik arbeiten sollen. Was wird Dr. Barrett von mir denken?«

»Daß Sie noch nicht wissen, welche Gefahren Gulf City birgt und überfallen worden sind. Was Ihnen passiert ist, hätte in Baltimore oder New York genauso geschehen können, oder nicht?«

»Um zwei Uhr fünfzehn früh? Wie soll ich das erklären?«

»Jogger sind oft mitten in der Nacht unterwegs, wenn sie nicht schlafen können. Sie entspannen sich auf diese Weise.«

Trotz seiner Schmerzen versuchte er zu lächeln. »Wissen Sie, daß Sie wirklich großartig sind?«

»Warum sagen Sie das?«

»Sie haben mich in einem offensichtlichen Vollrausch vorgefunden, aber statt mich liegen zu lassen, bis ich ausgenüchtert bin, haben Sie mich untersucht ...«

»Ich habe meine Pflicht getan. Als Krankenschwester und als gute Freundin.«

»Als gute Samariterin wäre der passendere Ausdruck. Sie waren tüchtig genug, etwas zu entdecken, was dem Aufnahmearzt, der mich nur flüchtig angesehen hat, entgangen ist: die erweiterte Pupille, die auf einen Bluterguß an der Gehirnhaut schließen ließ. Und statt die Leute in der Unfallstation darauf aufmerksam zu machen, die wahrscheinlich eine Stunde gebraucht hätten, um mich zu röntgenisieren oder gar zu punktieren, haben Sie Dr. Minot angerufen und in weniger als einer Stunde ...«

»Dreißig Minuten, nachdem ich die erweiterte Pupille gesehen habe, sind Sie auf dem Operationstisch gelegen.«

»Was ich sage. Ohne Sie wäre ich wahrscheinlich als Toter aufgewacht.«

Sie lachte. »Ihren Humor haben Sie also nicht verloren.«

»Aber manches andere.«

»Was denn zum Beispiel?«

»Jerry Thorpe haßt mich, und Dr. Barrett wird mir kaum gewogen sein. Ich habe also bereits die halbe Klinik gegen mich. Und da soll ich Erfolg haben? Wenn Barrett will, kann er mich jetzt hinauswerfen.«

»Nicht, wenn Sie sich zur Wehr setzen. Auch Meg Fuller hat mir erzählt, daß Sie sehr früh am Morgen joggen und es gibt keinen Beweis dafür, daß Sie alkoholisiert waren ...«

»Und warum ist das Ganze um zwei Uhr fünfzehn früh passiert?«

»Warum soll es nicht mitten in der Nacht passiert sein. Außerdem braucht die Klinik Sie dringend, um die Dependance in der Altstadt eröffnen zu können, und weil Sie auf Mikrochirurgie spezialisiert sind. Dr. Barrett hat ja bereits im Vorjahr einen jungen Chirurgen geholt, aber mit dem hat es nicht geklappt.«

Sie griff nach seiner Hand und drückte sie ermunternd. »Wenn Sie so gut sind, wie alle Berichte über Sie sagen, werden Sie diesen Rückschlag schnell überwinden. Brauchen Sie noch etwas?«

»Ich hätte gern noch eine Demerolinjektion. Mein Kopf schmerzt fürchterlich und Dr. Minot sagt, daß das noch einige Zeit der Fall sein wird.«

»Ich sage der Schwester Bescheid«, versprach sie. »Auf Wiedersehen bis morgen.«

VIII

Kurz nach fünf Uhr nachmittag kam Dr. Barrett mit grimmigem Gesicht in Marks Zimmer und sagte: »Dr. Minot hat mich heute früh angerufen und gesagt, daß er Ihnen einen Bluterguß in der Stirnhöhle entfernt hat, Dr. Harrison.«

»Ich war bewußtlos, aber man hat mir nachher über den Eingriff erzählt.«

»Darf ich fragen, was Sie mitten in der Nacht am Strand gemacht haben?«

»Ich bin gelaufen.«

»Gelaufen? Wirklich? Wer wird das schon glauben?«

»Wenn es jemand nicht glaubt, kann ich ihm alles erzählen, Vater.« Es war Claire, die auf der Türschwelle stand und sagte: »Dieses dumme Dinner, das du gestern abend gegeben hast, war so langweilig, daß Mark und ich in meine Wohnung gegangen sind, um noch einen Drink zu nehmen. Wir haben uns dann im Fernsehen einen Film angesehen und haben nicht gemerkt, wie spät es ist.«

»Aber ...«

»Ich darf wohl annehmen, daß du und Mama in eurer Brautzeit auch einmal bis zwei Uhr früh aufgeblieben seid. Also, warum regst du dich über Mark auf?«

»Hier im Spital sagen sie, er hat getrunken«, murrte Barrett.

»Na und? Jerry Thorpe läßt sich sehr oft bis an den Rand vollaufen. Alexa hat ihn mehr als einmal heimgeschleppt und ins Bett gelegt.«

»Also meinetwegen«, sagte Barrett. »Jack Pryor und ich haben geplant, die Außenstelle der Klinik in etwa zehn Tagen zu eröffnen, Mark, aber wir können den Termin ja verschieben.«

»Das wird nicht notwendig sein, Sir. Dr. Minot will, daß ich morgen schon aufstehe. Ich werde noch vor der Eröffnung wieder arbeiten können.«

»Mit einem geschorenen Schädel.«

»Jack Pryor hat mir gestern versprochen, daß ich in den Yacht Club aufgenommen werde. Ich kann eine schicke Regattamütze tragen und niemand wird bemerken, daß ich keine Haare habe.«

»In Ordnung«, sagte Barrett, den Claires Eintreten für Mark sichtlich umgestimmt hatte. »Ich bin froh, daß Sie nicht ernstlich verletzt sind, aber fangen Sie nicht zu früh zu arbeiten an. Die Symptome einer Gehirnerschütterung können sehr hartnäckig sein.« Barrett ging zur Tür und drehte sich noch einmal um. »Brauchen Sie irgend etwas?«

»Ich hatte fünfhundert Dollar in Travellerschecks bei mir, als ich überfallen wurde«, sagte Mark. »Man sollte die Nummern sperren lassen.«

»Ich werde Alexa sagen, daß sie sich darum kümmern soll«, beruhigte ihn Claire. »Auf Wiedersehen, Papa.«

»Auf Wiedersehen.« Barrett war offensichtlich froh, den Raum verlassen zu können.

»Danke, daß du mir beigestanden bist«, sagte Mark, nachdem sie sich über ihn gebeugt und ihn geküßt hatte. »Er ist offensichtlich gekommen, um mich hinauszuwerfen.«

»Ich habe nur meine Pflicht getan, mein Schatz. Du wärest ja nicht mitten in der Nacht am Strand gewesen, wenn ich dich nicht verführt hätte.«

Mark lächelte, obwohl ihm noch immer jede Bewegung der Gesichtsmuskeln stechende Schmerzen in der Schläfe verursachte. »Es war Verführung auf Gegenseitigkeit«, sagte er. »Sehr gegenseitig sogar.«

»Aber alles, was dabei für dich herausgeschaut hat, ist ein Loch im Kopf.« Sie zog einen Sessel an das Bett heran und setzte sich. »Schmerzt es sehr?«

»Dr. Minot sagt, daß die Kopfschmerzen noch einige Zeit andauern werden.«

»Du kannst von Glück reden, daß du Charlie Minot in

die Hände gefallen bist. Er ist der beste Neurochirurg weit und breit.«

»Ich bin nicht zufällig in seine Hände geraten. Alexa hat mich auf einer Bahre im Aufnahmezimmer gefunden und gesehen, was mit mir los ist. Darauf hat sie ihn angerufen.«

»Das hat sie mir gar nicht gesagt, wie sie mich heute früh angerufen hat«, sagte Claire. »Das ist typisch für sie.«

»Ich verdanke ihr mein Leben.«

»Ich werde mich bei ihr bedanken, wenn ich sie sehe. Ich wäre schon früher zu dir gekommen, aber wie ich gegen neun Uhr im Spital angerufen habe, hat man mir gesagt, daß du noch schläfst. Ich habe dann während des ganzen Tages mit den Werbeleuten in New York telefoniert.«

»Wenn alle Modelle so sind wie das Nachthemd, das du gestern angehabt hast, muß die Kollektion ein Riesenerfolg werden.«

»Darf ich dich als Referenz anführen?«

»Gerne.«

Sie ging zu einem anderen Thema über, indem sie sagte: »Möchtest du für ein halbes Jahr oder ein Jahr eine Wohnung in meinem Haus mieten?«

»Klingt ideal – wenn ich es mir leisten kann.«

»Du kannst. Ein Ehepaar, das ich gut kenne, zieht aus geschäftlichen Gründen vorübergehend nach Chicago. Die Wohnung ist vier Stockwerke unter mir und sieht aus wie meine. Ich habe sie auf sechshundert Dollar monatlich heruntergehandelt, weil ich ihnen versprochen habe, daß du auf die Möbel aufpassen wirst. Etwas Billigeres findest du nicht, außer in einem Slum.«

»Lieber vier Stockwerke unter dir als in einem Slum. Wann kann ich einziehen?«

»Sobald du aus dem Spital entlassen wirst. Jim ist bereits seit dem 1. Juli fort und Mary, seine Frau ist nur noch geblieben, weil sie jemanden für die Wohnung gesucht hat. Ich habe ihr die Miete für den ersten Monat schon bezahlt.«

»Du bist ein Schatz«, sagte er. »Ich zahle sie dir zurück, sobald ...«

»Das hat keine Eile. Warte, bis du ein paar Monatsgehälter beisammen hast. Übrigens werde ich nicht da sein, wenn du einziehst. Den ›Nahezu nichts‹-Leuten hat die Werbung für die Südregion, die ich ihnen in New York vorgeführt habe, so gut gefallen, daß ich sie jetzt auch bei der Kampagne für ganz Amerika beraten soll. Ich werde mindestens einen Monat lang in Los Angeles sein.«

»Du wirst mir abgehen.«

»Um so schöner wird es sein, wenn ich zurückkomme.« Sie küßte ihn zum Abschied. »Alles Liebe und auf Wiedersehen!«

Nachdem Claire gegangen war, versuchte Mark zu lesen, aber die Sehkraft des linken Auges war beeinträchtigt, was eine verständliche Folge der Kopfverletzung war. Er ließ das Buch sinken und betätigte die Klingel.

»Was kann ich für Sie tun?« fragte eine unpersönlich klingende Stimme aus dem kleinen Lautsprecher.

»Ich habe starke Schmerzen. Könnte ich wieder das Mittel haben, das Dr. Minot verordnet hat?«

»Gerne. Einen Augenblick bitte.«

Nach etwa einer Minute erschien die Schwester mit der Spritze. »Drehen Sie sich bitte um«, sagte sie fröhlich, »damit ich Sie ins Traumland schicken kann.«

»Verläßlich?« fragte er, während sie ihm die Nadel ins Gesäß stieß.

»Zumindest für einige Zeit. Wenn Sie allzu oft Demerol bekommen, werden Sie sich allerdings daran gewöhnen und man wird die Dosis verstärken müssen. Dr. Minot hat gemeint, Sie könnten heute nachmittag schon aufstehen. Wollen Sie das Abendessen bereits am Tisch nehmen?«

»Ich werde mir's überlegen.«

»Gut. Sagen Sie mir bitte Bescheid.«

Diesmal dauerte es etwas länger, bis sich im Gefolge der Injektion jenes Gefühl der Entspannung einstellte, das ihn vom Schmerz befreite und schlafen ließ. Als er wieder erwachte, arrangierte Alexa McGillivray Blumen in einer Vase auf dem Tisch neben seinem Bett. Sie war in Schwesterntracht und ihr langes schwarzes Haar war hochgesteckt.

»Was machen die Kopfschmerzen?« fragte sie.

»Sie kommen und gehen. Meistens kommen sie.«

»Das ist kein Wunder bei dem Schlag, den Sie bekommen haben. Er muß sehr heftig gewesen sein, wenn er einen Ast der Hirnhautarterie verletzt hat.«

»Einen großen Ast?«

»Groß genug, um eine Blutung zu verursachen, die sehr gefährlich geworden wäre, wenn sie nicht rechtzeitig gestoppt worden wäre. An dieser Stelle ist ja nicht viel Platz zwischen Gehirn und Schädeldecke.« Sie war mit dem Arrangieren der Blumen fertig, trat ein wenig zurück, betrachtete die Vase, schüttelte mißbilligend den Kopf und sagte: »Mit Blumen bin ich nicht sehr geschickt.«

»Sie sehen aber hübsch aus.«

»Danke. Übrigens, wo ist der Schlüssel zu Ihrem Hotelzimmer? Claire hat mir Ihre Wohnungsschlüssel gegeben und Dr. Minot meint, Sie können bald aus dem Spital entlassen werden. Ich kann morgen in der Mittagspause Ihre Sachen aus dem Holiday Inn in die neue Wohnung bringen. Warum sollen Sie weiterhin Hotelmiete bezahlen, wenn Sie umziehen können?«

»Kennen Sie die Wohnung?«

»Nein. Aber sie sehen ja alle gleich aus. Vielleicht sehe ich sie mir heute nach dem Abendessen an.«

»Haben Sie gewußt, daß Dr. Barrett heute früh hier war, um mich hinauszuwerfen?«

»Das überrascht mich nicht. Er ist sehr moralisch und sehr dickköpfig.«

»Offengestanden, ich war bereit, freiwillig zu gehen, statt mich hinauswerfen zu lassen. Aber dann kam glücklicherweise Claire und sagte, daß wir beisammen waren und ein wenig getrunken haben.«

»Dr. Barrett hat mir gesagt, daß die Dependance der Klinik wie vorgesehen in zehn Tagen eröffnet wird«, sagte sie, ohne auf seine Geständnisse einzugehen. »Glauben Sie, daß Sie das mit Ihrer Kopfverletzung schaffen werden?«

»Ich darf mich jetzt nicht gehenlassen«, sagte er mit Nachdruck. »Was macht übrigens Jerry Thorpe?«

»Er trinkt noch immer zuviel und bemitleidet sich selbst, aber das wird sich wieder ändern, wie schon einmal. Er geht für einige Wochen in eine Klinik, die darauf spezialisiert ist, vermögende Geschäftsleute, Ärzte und Dentisten zu entwöhnen.«

»Ich habe von solchen Anstalten gehört. Es gibt ja viele Ärzte, die in der ›Ausübung ihres Berufes behindert‹ sind, wie die offizielle Bezeichnung dafür verschämt lautet.«

»Ich muß jetzt gehen«, sagte sie. »Hat Ihnen der Schläger, der Sie überfallen hat, die Hotelschlüssel abgenommen?«

»Offengestanden, das weiß ich nicht, aber die Kleider, die ich beim Überfall angehabt habe, hängen hier im Schrank. Wenn er den Schlüssel nicht genommen hat, steckt er in einer der Taschen.«

Sie begann zu suchen und fand aber nicht nur den Hotelzimmerschlüssel, sondern auch die Benzedrintabletten.

»Davon sollten Sie Dr. Minot lieber nichts sagen«, meinte sie. »Er würde sehr aufgebracht sein, wenn er erfährt, daß Sie eine so starke Dosis nehmen. Ich werde Ihren Anzug am Heimweg zum Reinigen bringen, und morgen transportiere ich Ihre Sachen in die neue Wohnung.«

»Denken Sie eigentlich immer an alles?«

»So gut ich kann. Gute Nacht!«

IX

Gegen sechs Uhr abends, etwa eine halbe Stunde, nachdem Mark ohne nennenswerte Wirkung eine schmerzstillende Injektion erhalten hatte, erschien Dr. Charles Minot in seinem Zimmer.

»Wir werden die Demeroldosierung auf hundert Milligramm steigern«, sagte der Neurochirurg. »Die Schwester sagt mir, daß fünfzig nicht mehr wirken.«

»Ich fürchte, ich habe eine sehr niedrige Schmerzgrenze.«

»Die haben fast alle Ärzte. Aber nach dem schweren Schlag auf den Kopf kann man Ihnen keinen Vorwurf machen, wenn Sie einige Zeit über Schmerzen klagen.«

»Ich habe heute früh Dr. Barrett versprochen, daß ich dabei sein werde, wenn er in zehn Tagen die Dependance seiner Klinik in der Altstadt eröffnet.«

»Das können Sie auch, wenn es Ihnen nichts ausmacht, mit Kopfschmerzen zu arbeiten. Kann ich sonst noch etwas für Sie tun?«

»Nein, danke. Miß McGillivray ist so freundlich, meine Sachen in die Wohnung zu bringen, die ich eben gemietet habe.«

»Ich hatte noch nie mit ihr operiert«, sagte Minot, »aber nach dem, was ich gestern gesehen habe, nehme ich sie jederzeit, wenn sie einmal die Barrett-Klinik verlassen will.«

X

Mark hatte bereits gefrühstückt und war wieder eingeschlafen, als Alexa bei ihm erschien.

»Es tut mir leid, Sie zu wecken, aber ich muß meine Runde bei den Patienten im Spital machen, bevor ich vor dem Mittagessen hinüber in die Klinik gehe«, sagte sie und warf einen Blick auf die Tafel am Kopfende seines Bettes. »Sie haben heute nacht zweimal je hundert Milligramm Demerol bekommen. Das ist sehr viel. Vielleicht sollten Sie heute doch noch im Bett bleiben.«

»Die Schmerzen waren so stark, daß ich ein kräftiges Mittel gebraucht habe. Trotzdem werde ich versuchen, heute aufzustehen.«

»Ich habe aus Ihrem Gepäck im Holiday Inn einen Pyjama, einen Schlafrock und Hausschuhe gebracht. Und Ihren Toilettensack samt Elektrorasierer.« Sie legte den Schlafrock quer über das Fußende des Bettes, hielt ihm die Pyjamahose hin und sagte: »Ziehen Sie das unter der Decke an, während ich die Kopfstütze am Bett verstelle. Dann ziehen Sie die Jacke an, und nachher lassen Sie die Beine über die Bettkante hängen.«

Mit geschickten Bewegungen half sie ihm beim Anziehen und streifte ihm die Hausschuhe über. »Stellen Sie die Füße ganz vorsichtig auf den Boden«, warnte sie. »Sie werden zunächst einmal sehr schwindlig sein.«

Als seine Füße den Boden berührten, glaubte Mark zunächst, er werde in Ohnmacht fallen, so heftig drehte sich der Raum um ihn. Er stützte sich aber fest auf Alexa, und das Schwindelgefühl ebbte allmählich ab. Noch immer auf sie gestützt, schritt er langsam auf den Lehnstuhl in der Zimmerecke zu und ließ sich mit einem Seufzer der Erleichterung nieder.

»Ich fürchte, ich bin schwächer, als ich zugeben möchte«, sagte er. »Ein Glück, daß Sie so stark sind.«

»Ich schwimme auch acht Monate im Jahr im Meer und

die übrige Zeit in dem gedeckten Swimming-pool des Hauses, in dem ich wohne. Außerdem jogge ich jeden zweiten Tag. Und Sie? Fühlen Sie sich schon besser?«

»Ja. Was gibt es Neues in der Klinik?«

»Dr. Peterson hat heute bei einer Gelenksspiegelung aus dem Knie eines Knaben einen abgerissenen Knorpel entfernt. Er macht das sehr geschickt.«

»Übrigens, Dr. Minot hat mir gesagt, Sie seien gestern um zwei Uhr nacht, als ich gerade eingeliefert wurde, im Spital gewesen, weil einer von Jerrys Patienten einen Erstickungsanfall wegen eines verstopften Bronchus bekommen hat. Was hat er denn mit ihr gemacht?«

»Nichts hat er gemacht. Ich habe mir gedacht, daß es nicht viel Sinn hätte, ihn zu holen, da er wieder einmal im Yacht Club heftig getrunken hatte. Also habe ich dem Patienten durch die Nase ein Bronchoskop eingeführt und den Schleimklumpen abgesaugt.«

»Was haben Sie gemacht?« fragte er ungläubig. Sie lachte. »Sie scheinen mir nicht zuzutrauen, daß ich eine Bronchoskopie mache.«

»Ja, aber Sie sind doch nur eine Krankenschwester.«

»Ich habe ein Diplom als Assistenz-Schwester und da kann ich so etwas machen. Eine Bronchoskopie mit einer der neuen Nasensonden ist auch nicht viel anders als das Einführen einer Magensonde nach der Operation.«

»Ich fürchte, ich muß noch viel lernen, um zu wissen, wie es in einem Spital zugeht, das keine Universitätsklinik wie Lakeview ist.«

»Es gibt noch nicht sehr viele Schwestern, die diese Art von Diplom haben. In den meisten Spitälern werden sie auch gar nicht entsprechend ihren Kenntnissen eingesetzt. Ich habe da mehr Glück gehabt.«

»Dem Diplom allein verdanken Sie Ihre Stellung hier aber wohl kaum. Dr. Barrett hätte Ihnen sicher nicht so viel Verantwortung übertragen, wenn er nicht gesehen hätte, wie hervorragend Sie arbeiten.«

»Ich bemühe mich jedenfalls.« Sie blickte auf die Uhr und fragte: »Soll ich Sie in das Bett zurückbringen?«

»Ich möchte noch ein wenig sitzenbleiben.«

»Aber Sie müssen versprechen, daß Sie nicht aufstehen, ohne daß Ihnen jemand hilft. Vorhin habe ich schon für einen Augenblick geglaubt, ich muß Sie vom Boden aufheben.«

»Mir ist es auch so ergangen«, sagte er. »Ich bin nur nicht hingefallen, weil ich mich vor Ihnen zu Tode geschämt hätte.«

XI

»Wo haben Sie denn Ihre Haare gelassen?« Mark blickte von der Zeitung auf, die er gerade las, und sah Jerry Thorpe in der Tür des Spitalzimmers stehen.

»Kommen Sie herein«, sagte er. »Freut mich, Sie zu sehen.«

»Nach allem was ich von Charlie Minot höre, wird es noch einige Zeit dauern, bis Sie Ihren Beitrag zur medizinischen Kunst in dieser Gegend leisten werden«, sagte der Gynäkologe und warf sich in den Lehnstuhl. Trotz der Entfernung war unschwer festzustellen, daß er nach Bourbon roch.

»Ich werde bald in Aktion treten«, sagte Mark. »Und dann hoffentlich auf meinem Gebiet so tüchtig sein wie Sie auf dem Ihren. Jeder preist Sie.«

»Das weibliche Becken ist eine kleine Bühne. Gerade das richtige für einen Künstler mit beschränktem Talent.«

»Wie ich das erstemal durch die Barrett-Klinik und das Gulfside-Spital gegangen bin, habe ich aber ganz andere Urteile über Sie gehört. Noch etwas: Da wir nun einmal in der Klinik zusammenarbeiten werden, bitte ich Sie um Ihre Freundschaft.«

»Es ist aber nicht immer leicht mit mir auszukommen. Vor allem, wenn ich unter Streß bin.«

»Wer ist das nicht? Das gehört zu unserem Beruf.«

»Alexa meint, ich sollte mich für mein Benehmen im Club entschuldigen.«

»Das ist nicht nötig.«

»Alexa ist ein bemerkenswertes Mädchen und überdies die beste OP-Assistentin, die man sich wünschen kann.«

»Ich weiß.«

»Haben Sie etwas von Claire gehört, seit sie in Los Angeles ist?« Thorpe sprach betont nonchalant, aber Mark entging die Nervosität des Gynäkologen nicht.

»Nein, aber Alexa hilft mir, in die Wohnung zu übersiedeln, die mir Claire verschafft hat. Sie ist in dem Haus, in dem auch sie wohnt, und gehört Freunden von ihr, die für ungefähr ein Jahr geschäftlich nach Chicago müssen.«

»Das ist ja sehr angenehm für Sie.«

»Ich bin Claire auch sehr dankbar.«

»Die gute Claire.« Thorpe klopfte eine Zigarette auf dem Etui aus, das er aus seiner Rocktasche genommen hatte und entzündete sie. »Sie ist sehr geschickt im Arrangieren und sehr wählerisch, wenn es um Männer geht.«

»Jedenfalls ist sie ganz anders als alle Frauen, die ich bisher gekannt habe«, gab Mark zu.

»Sie ist schlechthin einzigartig – vor allem im Bett.«

Die unverblümte Feststellung traf Mark so überraschend, daß er nicht gleich Worte des Protestes fand und Thorpe fuhr unbekümmert fort: »Es hat ja keinen Sinn, Verstecken zu spielen. Wie ich hierher kam, war ich schwer in Claire verknallt, aber was sie brauchte, konnte ich auf die Dauer einfach nicht liefern. Ich hoffe, Sie sind leistungsfähiger.«

»Wir sind gute Freunde.«

»Ich nehme an, daß sie sehr gute Freunde sind. Schließlich geht Ihnen ein Ruf voraus, der Sie verpflichtet. Gina Martenson war heute bei mir und hat mir vorgeschwärmt, wie sexy Sie sind.«

»Sie ist eine sehr amüsante Person.« Mark wählte seine Worte sorgfältig, denn er war überzeugt, daß Jerry Thorpe alles weitererzählen würde. »Es war ein großes Vergnügen bei dem Abendessen, das Dr. Barrett nach meiner Ankunft gegeben hat, neben ihr zu sitzen, aber ich fürchte, daß ich in der nächsten Zeit meine gesellschaftlichen Aktivitäten einschränken muß. Dr. Minot meint, daß ich eine starke Gehirnerschütterung habe.«

»Charlic ist ein ausgezeichneter Neurochirurg.« Thorpe stand auf und drückte die Zigarette in dem Aschenbecher aus, der neben Marks Bett stand. »Ich spiele heute abend Tennis mit Ted Moran, dem Trainer des Yacht Clubs, also muß ich aufbrechen. Wir treten nächste Woche im Doppel gegen ein Team von der Marinefliegerstation Pensacola an, und das sind sehr tüchtige Burschen. Spielen Sie Tennis?«

»Seit meiner Studentenzeit nicht mehr. Joggen ist weniger zeitraubend.«

»Aber man kann sich dabei ein Loch im Kopf holen. Da spiele ich lieber Tennis. Wissen Sie schon, wann Sie wieder arbeiten können?«

»Ich habe Dr. Barrett versprochen, daß ich zur Stelle bin, wenn in der nächsten Woche die Dependance der Klinik in der Altstadt eröffnet wird.«

»Dick hat mir erzählt, daß Sie Erfahrungen mit solchen Dependancen haben, weil Sie in Baltimore schon in einer gearbeitet haben. Also werden Sie für uns ja vielleicht doch noch von Nutzen sein.« Trotz des offensichtlichen Sarkasmus hatte Mark das Empfinden, daß diese Worte freundlich gemeint waren.

»Ich werde mich bemühen«, sagte er nun. »Danke für den Besuch, Jerry.«

XII

Kurz nach neun Uhr klingelte das Telefon neben Marks Bett. Es war Claire.

»Hallo, Liebster«, sagte sie. »Wie geht es dir?«

»Lausig! Ich habe fürchterliche Kopfschmerzen, und du bist nicht bei mir. Allerdings – wenn du hier wärest, hättest du nicht viel Spaß mit mir.«

»Bevor ich von Gulf City abgeflogen bin, habe ich mit Charlie Minot gesprochen. Er hat gemeint, daß du noch einige Zeit Kopfschmerzen haben wirst.«

»Und außerdem werde ich verrückt, wenn ich noch lange in diesem Zimmer eingesperrt bleibe.«

»Das Spital hat eine große Dachterrasse. Warum treibst du dich nicht dort mit einer hübschen jungen Krankenschwester herum?«

»Dazu ist es viel zu heiß. Ich glaube, wir kommen jetzt in die Hundstage. Die Temperatur steigt auf hundert Grad, und die Luftfeuchtigkeit liegt bei fünfundneunzig.«

»Hier in Los Angeles ist es auch sehr heiß und es bläst dieser Santa-Ana-Wind, den die Leute hier so fürchten. Aber ich arbeite so fleißig an meiner Werbekampagne, daß ich gar nicht merke, wie heiß es ist.«

»Wo wohnst du?«

»Im Beverly-Hills-Hotel. Ein herrliches Haus. Sobald ich einmal Zeit habe, gehe ich am Abend hinunter und nehme in der berühmten Polo Lounge einen Drink. Vielleicht kommt ein Filmstar vorbei und spricht mich an.«

»Unterstehe dich! Er stellt dich womöglich einem Produzenten vor, der dann Probeaufnahmen mit dir macht.«

»Auf einer Couch in seiner Villa im Cold Water Cañon?« Claire lachte. »Liebling, du könntest wissen, daß ich im Umgang mit Männern nicht ganz unerfahren bin.«

»Der Schlag auf den Kopf scheint mein Erinnerungsvermögen getrübt zu haben. Du mußt so schnell wie möglich zurückkommen, damit ich wieder weiß, wie süß du bist. Wann kommst du wirklich?«

»Ich fürchte, ich muß noch etwa sechs Wochen bleiben.«

»Zuerst hat es geheißen, du bleibst nur einen Monat, und mir kommt es jetzt schon vor, als seist du bereits so lange weg.«

»Erst die Arbeit, dann das Spiel, selbst dann, wenn das Spiel so großen Spaß macht wie mit dir«, sagte sie. »Du wirst jetzt sehr viel mit der Eröffnung der Klinikdependance zu tun haben, und ehe du denkst, werde ich wieder bei dir sein. Warst du schon einmal in New Orleans?«

»Nein.«

»Wir werden dort ein Wochenende verbringen. Die Stadt wird dir gefallen.«

»Mit dir gefällt es mir überall.«

»Ich muß jetzt aufhören und mich für das Abendessen umziehen ...«

»Aber es ist bereits neun Uhr vorbei!«

»Bei uns hier ist es erst sechs. Einige Freunde führen mich zum Abendessen in ein Restaurant draußen im Cañon. Zurück fahren wir über den Berg, auf dem berühmten Mullholland Drive. Es wird sehr romantisch sein, und ich werde die ganze Zeit an dich denken. Gute Nacht, Liebster!«

Sie hatte aufgelegt, bevor Mark noch etwas antworten konnte.

Nachdem auch er den Hörer aus der Hand gelegt hatte, lehnte er sich zurück und sah sie in Gedanken vor sich, wie sie sich zum Abendessen umkleidete, aber die Sehnsucht nach ihr bereitete ihm nur Schmerzen, so daß er schließlich nach der Krankenschwester und der erlösenden Injektionsspritze läutete.

XIII

Am sechsten Tag nach dem Überfall entfernte Dr. Minot die Fäden aus der vernarbten Kopfwunde und erklärte Mark als geheilt.

»Sie werden in der nächsten Zeit noch ein bißchen auf Ihren Kopf aufpassen müssen«, warnte er, »bis die Knochenhaut, die ich abgeschoben habe, als ich das Loch in Ihren Kopf bohrte, wieder nachgewachsen ist.«

»Soll das heißen, daß Sie das Loch nicht mit einem Silberdollar verschlossen haben?« scherzte Mark.

»Bei den heutigen Silberpreisen? Miß McGillivray hat mir gesagt, daß Sie eine Wohnung gefunden haben. Sie können dort jederzeit einziehen, wenn Sie wollen.«

»Wie wäre es heute abend?«

»Dagegen ist nichts einzuwenden, aber Sie werden in den nächsten Wochen noch gelegentlich eine Dosis Demerol brauchen.«

»Das ist kein Problem. Als Arzt habe ich eine Bezugsberechtigung für Medikamente.«

»Ja, aber die Pharmazeuten nehmen nicht gerne Rezepte entgegen, die sich Ärzte selber ausstellen, vor allem wenn sie aus einer anderen Gegend zugezogen sind. Es gibt zu viele sogenannte ›in der Berufsausübung behinderte Ärzte‹, die sich so ihre Drogen beschaffen wollen. Ich stelle Ihnen ein Rezept auf ein Dutzend Ampullen Demerol aus, und sterile Plastik-Injektionsspritzen können Sie in jedem Drugstore kaufen. Brauchen Sie sonst noch etwas?«

»Nein, ich glaube nicht. Miß McGillivray hat mir gesagt, daß sie mich in meine neue Wohnung bringt, sobald Sie mich entlassen. Ich würde gerne heute abend weggehen, damit sie sich nicht eigens frei nehmen muß.«

»Vollkommen einverstanden.«

»Vielen Dank, Dr. Minot, für alles.«

»Nennen Sie mich Charlie. Schließlich werden wir ja

im gleichen Spital arbeiten. Und kommen Sie demnächst einmal in meiner Ordination vorbei.«

»Gerne.«

Alexa kam, als Mark gerade sein Mittagessen beendete. »Ich höre, daß Sie entlassen werden«, sagte sie. »Sehnen Sie sich nach Ihrer neuen Wohnung?«

»Ich sehne mich vor allem danach, dieses Spital zu verlassen.«

»Ich muß am Nachmittag einen Anatomiekurs für die Schwesternschülerinnen des Community College halten. Ist es Ihnen recht, wenn ich Sie um fünf Uhr abhole?«

»Das wäre sehr fein.«

»Gut, ich werde der Oberschwester sagen, daß Sie um fünf Uhr beim Eingang sein sollen.«

»Dr. Minot hat mir gesagt, daß er mir ein Rezept mitgeben wird.«

»Es steckt bereits auf Ihrer Krankentabelle. Aber Sie brauchen damit nicht in eine Pharmazie zu gehen. Ich kann das Demerol aus der Spitalsapotheke nehmen und auf Ihre Rechnung setzen lassen.«

»Sie denken wirklich an alles, nicht wahr?«

»Es ist meine Aufgabe, mich um die Kranken zu kümmern, und solange Sie diese Kopfschmerzen haben, sind Sie krank. Wir sehen uns um fünf.«

Mark saß in einem Krankenstuhl in der klimatisierten Halle des Spitals, als Alexa mit ihrem VW-Rabbit vor der Eingangstür hielt. Ein Krankenwärter führte ihn zum Auto, Alexa öffnete den Wagenschlag, und er legte seine Habseligkeiten auf die hintere Sitzbank.

»Ich habe mir gedacht, daß Sie sich vielleicht über ein Einstandsessen in Ihrer neuen Wohnung freuen würden«, sagte Alexa, als sie sich mit dem kleinen Wagen geschickt in den starken Spätnachmittagsverkehr auf dem Gulf Boulevard einreihte.

»Klingt wunderbar! Sollen wir irgendwo stehen bleiben und ein paar Tiefkühlsachen kaufen?«

»Was wäre das für ein Begrüßungsessen? Ich habe einen irdenen Topf mit einem Fischgericht nach einem alten Creek-Rezept auf den Herd in Ihrer Wohnung gestellt und köcheln lassen. Das ist der Vorzug dieser alten Tontöpfe, man kann sie bei kleiner Flamme den ganzen Tag auf dem Herd stehen lassen.«

»Da sollte ich mir unbedingt einen kaufen. Ich bin nämlich ein sehr schlechter Koch.«

»Onkel Homer schickt mir jedes Jahr Kräuter und Gewürze, die er im Garten seines kleinen Spitals in Peace River anbaut und trocknet, nachdem er sie geerntet hat. Sie ahnen nicht, wie köstlich ein Fischgericht mit solchen Zutaten schmeckt.«

»Ich freue mich schon darauf.«

Nachdem sie die Tür der Wohnung aufgesperrt hatte, schlug ihnen tatsächlich ein würziger Geruch entgegen.

»Das Begrüßungsessen scheint fertig zu sein«, sagte sie. »Ich habe in Ihrem Hotelzimmer eine halbe Flasche Bourbon und eine Flasche Wodka gefunden und zusammen mit Ihren anderen Sachen hierher gebracht. Wenn Sie wollen, können Sie einen Drink nehmen, während ich mich um das Essen kümmere.«

»Und was ist mit Ihnen? Bourbon oder Wodka?«

»Bourbon, aber einen kleinen. Ich trinke nur bei gesellschaftlichen Anlässen und auch da nur wenig.«

»Der Einzug in eine neue Wohnung ist ja ein gesellschaftliches Ereignis, auch wenn die Party nur aus zwei Personen besteht.«

»Sehen Sie sich Ihre neue Wohnung an, während Sie Ihren Drink genießen. Ich komme dann in einigen Minuten ins Wohnzimmer.«

Die Wohnung war nüchtern und zweckmäßig eingerichtet; das Mobiliar war nicht so elegant und modern wie bei Claire. Es war auch genügend Platz für die wenigen

Möbelstücke vorhanden, die er aus Baltimore mitgebracht hatte. Als er in das Wohnzimmer kam, in dem Alexa mit ihrem Glas in der Hand vor dem Fernsehgerät auf dem Sofa saß und sich die Sechs-Uhr-Nachrichten ansah, wußte er, daß er sich in seinem neuen Heim wohl fühlen werde.

»Wie gefällt Ihnen die Wohnung?« fragte sie.

»Ganz gut, nur ein wenig nüchtern ist sie. Das Schönste ist der Blick auf die Bucht.«

»Das Meer sieht immer anders aus. Ich sitze manchmal am Abend auf einer Bank am Strand, warte bis der Mond aufgeht und frage mich, was sich wohl meine indianischen Vorfahren gedacht haben, als sie vor mehr als vierhundert Jahren das erste spanische Schiff vor dieser Küste auftauchen sahen.«

»Und wie lange haben wohl Ihre Leute schon vorher hier gelebt?«

»Mindestens tausend Jahre. Das geht aus den Begräbnisstätten hervor, die Archäologen der Staatsuniversität von Florida ausgegraben haben. Vielleicht sogar länger.«

»Das heißt, daß selbst die frühesten spanischen Entdecker geradezu Neuankömmlinge waren.«

Aus der Küche drang das Schnarren einer Weckuhr, und Alexa stand auf. »Das heißt, daß die Brötchen, die ich in den Ofen gestellt habe, fertig sind. Ich werde jetzt den Tisch decken.«

»Kann ich Ihnen dabei helfen?«

»Nein, trinken Sie ruhig zu Ende.«

Das Fischgericht, der Salat und die warmen Brötchen waren köstlich. »Claire hat mich vor einigen Tagen angerufen«, sagte Mark, als sie mit dem Essen fertig waren. »Sie hat mir erzählt, daß es ihr in Kalifornien blendend geht, obwohl sie sehr hart arbeitet.«

»Wenn sie arbeitet, geht es ihr immer blendend.«

»Jerry Thorpe hat mich im Spital besucht. Er hat sich entschuldigt, daß er im Yacht Club so aggressiv war, aber ich glaube, daß er noch immer etwas gegen mich hat.«

»Das glaube ich auch.«

»Aber warum?«

»Neid.«

»Warum sollte mich Jerry beneiden? Nach allem, was ich höre, ist er der Liebling der Damen im allgemeinen und der Patientinnen im besonderen.«

»Aber Sie sind ein Konkurrent.«

»Wieso?«

»Sie sind klug und attraktiv genug, um auf Frauen zu wirken, besonders, wenn sie, so wie Claire, eine unglückliche Ehe hinter sich haben.«

»Sie haben keine unglückliche Ehe hinter sich. Wirke ich trotzdem auf Sie?«

»Natürlich, aber ich weiß, daß ich nicht auf Sie wirke.«

»Was soll das heißen?«

Sie lachte. »Sie waren der Don Juan von Lakeview und haben gute Chancen, sich den gleichen Ruf in Gulf City zu erwerben. Sie sind ein gutaussehender Arzt, der tüchtig ist, viel Geld verdienen und alles haben wird, was man sich wünschen kann: ein Haus am Strand, einen Jaguar und einen Mercedes in der Garage, Mitgliedschaft bei den besten Clubs. Mit einem Wort – eine blendende Partie. Viel zu blendend für ein Mädchen wie mich.«

»Im Augenblick fühle ich mich aber gar nicht blendend. Meine Kopfschmerzen sind wieder da.«

»Entschuldigen Sie«, sagte sie sofort. »Ich glaube, dieses Begrüßungsessen war zu viel für Sie.«

»Es wird schon werden. Ich brauche nur das Demerol zu nehmen, das Sie mir besorgt haben.«

»Im Küchenschrank sind Cornflakes und im Eiskasten Milch und Orangenjuice«, sagte sie und griff nach ihrer Handtasche, um zu gehen. »Wenn Sie nicht zu Hause frühstücken wollen, können Sie in einen sehr netten kleinen Coffeeshop gleich um die Ecke gehen.«

»Wann sehe ich Sie wieder?«

»Sobald Sie in die Klinik kommen. Und jetzt, gute Nacht!«

»Gute Nacht«, sagte er, »und danke für alles!«

Nachdem Alexa gegangen war, legte er die Kleider ab und schlüpfte in den Schlafanzug. Der pochende Schmerz in der Schläfe rief nun wieder die Erinnerung an den Überfall und die Gehirnerschütterung in seinem Gefolge wach. Er öffnete die Medikamentenpackung aus der Spitalsapotheke, riß die Papierhülle von der sterilen Injektionsspritze und griff nach einer Hundert-Milligramm-Ampulle mit Demerol. Er füllte die Spritze, säuberte mit einem beigepackten, in Alkohol getränkten Wattebausch eine Hautstelle an seiner rechten Hüfte und stieß die Nadel tief in den Muskel. Als er mit dem Zähneputzen fertig war, umfing ihn bereits das vertraute Gefühl des Schwebens, der Schmerz verließ ihn, und in dem Augenblick, in dem er den Kopf auf das Kissen legte, schlief er bereits ein.

XIV

Die Eröffnung der Dependance der Klinik in der Altstadt war für Samstag vorgesehen, eine Woche nachdem Mark das Spital verlassen hatte. Seit er in seiner neuen Wohnung lebte, war er wiederholt über die Brücke gefahren, um sich vom Fortschritt der Adaptierungsarbeiten an dem Gebäude zu überzeugen, das von der gleichen Gesellschaft verwaltet werden würde, die auch das Gulfside-Spital betreute. Der Besitzer des Hauses war der Bürgermeister der Stadt, und da er mitten im Wahlkampf um seine Wiederbestellung stand, war er entschlossen, aus der Eröffnung der Klinik ein Volksfest zu machen.

Marks Kopfschmerzen hatten sich im Laufe der Woche gebessert, und meist genügten kleine Mengen von Aspirin und Kodein, um sie unter Kontrolle zu halten. Als er am Samstag nachmittag zur Eröffnung der Klinik, deren Inneneinrichtung noch nicht völlig fertiggestellt war, erschien, hatte sich bereits eine beträchtliche Menschenmenge versammelt. Im Inneren des Gebäudes waren noch Handwerker beschäftigt, und aus dem geöffneten Hintereingang war das laute Kreischen einer Motorsäge zu vernehmen. Mark stellte seinen Wagen auf den für Gäste reservierten Parkplatz hinter der Klinik und ging nach vorne, wo sich die Festgäste rund um die Rednertribüne versammelt hatten. Neben der Tribüne stand ein Ambulanzfahrzeug der städtischen Rettungsgesellschaft, und ein Erste-Hilfe-Team gab eine Demonstration von Mund-zu-Mund-Beatmung. Als Mark in der Menge Alexa entdeckte, zog er sie in den Schatten eines Palmbaumes, der sie ein wenig vor der Hitze des Sommernachmittages schützte.

»Was machen Ihre Kopfschmerzen?« fragte sie.

»Sie sind viel besser. Dr. Barrett möchte, daß ich ihm am Montag bei einer Whipple-Operation assistiere, und solche Eingriffe am Gallenausführungsgang können sehr langwierig sein. Dr. Barrett meint, wir werden vielleicht das Mikroskop brauchen.«

»Das ist eine Operation, bei der ich Ihnen gerne die Assistentenstelle überlasse«, sagte sie. »So einen Eingriff habe ich seit meiner Studienzeit nicht gesehen.«

»Sie sind nicht sehr häufig.«

»Beginnen Sie am Montag nachmittag mit der Arbeit in der Dependance?« fragte sie.

»Ja, obwohl die Handwerker noch nicht ganz fertig sind.«

Die Vorführungen des Erste-Hilfe-Teams waren beendet, und nun betrat der Bürgermeister, ein dicklicher Mann in weißem Anzug und Panamahut, gefolgt von Jack Pryor und Dr. Barrett, die Rednertribüne. Während die Ehrengäste Platz nahmen, verstummte das Kreischen der Säge im Inneren des Gebäudes. Einige Handwerker kamen durch den Hintereingang ins Freie und gesellten sich zu den Zuhörern, und auf dem Parkplatz an der Rückseite spielten einige Kinder, während sich der Bürgermeister erhob und zum Mikrophon trat.

»Ich heiße Sie alle herzlich zur Eröffnung der Außenstelle der berühmten Barrett-Klinik in der Altstadt willkommen«, begann er. »Wir, die Bewohner von Gulf City, sind sehr stolz darauf, daß wir eine medizinische Institution von gesamtstaatlichem Rang in unseren Mauern haben. Dank der Eröffnung dieser Außenstelle werden noch mehr Mitbürger als bisher in den Genuß einer der besten ärztlichen Versorgungseinrichtungen im Süden der Vereinigten Staaten, ja vielleicht des ganzen Landes schlechthin kommen.«

Diesen Worten folgte Applaus, und Dr. Barrett blickte ein wenig verlegen vor sich hin, während Jack Pryor über die kostenlose Werbung strahlte.

»Als vor fünf Jahren die Gesundheitsbehörde des Distrikts meinem Vorschlag zugestimmt hat, die Führung des Gulfside-Spitals einer auf solche Aufgaben spezialisierten Firma zu übertragen, hat es einige Bedenken gegeben«, fuhr der Bürgermeister fort. »Der Erfolg hat uns aber recht gegeben. Diese Firma wird nun auch die Außenstelle der Klinik in der Altstadt verwalten, und ich bin überzeugt ...« Die Rede des Bürgermeisters wurde durch das plötzliche Kreischen der Motorsäge unterbrochen, das die Stille des heißen Sommernachmittages wie ein Skalpell durchschnitt.

»Mein Gott!« hörte Mark einen der Handwerker rufen. »Ich habe dieses verdammte Ding eingeschaltet gelassen.«

»Kann man diesen Lärm nicht abstellen?« rief der Bürgermeister mit zorngerötetem Gesicht.

»Sofort, Sir.«

Der Handwerker lief zum Hintereingang des Gebäudes, aber bevor er ihn noch erreicht hatte, übertönte der markerschütternde Schmerzensschrei eines Kindes das Geräusch der Säge. Mark, der instinktiv erfaßt hatte, was geschehen war, eilte, gefolgt von Alexa, zum Eingang des Gebäudes, während die Gäste auf der Tribüne und dem Platz davor vor Schreck wie erstarrt waren.

Bevor Mark den Eingang erreicht hatte, erschien in der Türöffnung ein etwa zehnjähriger Knabe, der mit einem vor Schmerz und Schreck verzerrten Gesicht auf die Fontänen von Blut starrte, die aus seinem linken Armstumpf spritzten, dort wo die Säge einige Zentimeter oberhalb des Handgelenks Haut, Fleisch, Sehnen und Knochen durchtrennt hatte. Mark fing das ohnmächtig zusammenbrechende Kind auf und preßte seine rechte Hand auf den blutenden Stumpf. Der Druck auf die durchtrennten Arterien dämmte das hervorströmende Blut ein, aber der Knabe wäre zusammengestürzt, hätte Alexa nicht seinen anderen Arm ergriffen und den bewußtlosen Körper sorgfältig auf die Erde gebettet.

»Er muß in das Gebäude geschlüpft sein und die Säge angestellt haben«, sagte der Handwerker, der als erster zum Hintereingang gelaufen war, mit bleichem Gesicht und Schrecken in den Augen.

»Die Blutung habe ich vorübergehend eingedämmt«, sagte Mark zu Alexa. »Gibt es irgendwo Eis in dem Gebäude?«

»Wie ich gestern hier war, habe ich gesehen, daß die Arbeiter einen Eiskasten haben, voll mit Bierdosen.«

»Sehen Sie zu, daß Sie die abgetrennte Hand finden und stecken Sie sie in einen Behälter mit viel Eis«, wies er sie an. »Wenn wir das Kind rasch ins Spital bringen und die Hand kühl halten, können wir sie vielleicht retten.«

»Ich werde sie suchen und der Ambulanz nachfahren.« Alexa wandte sich zu dem Erste-Hilfe-Team, das neben dem Ambulanzwagen stand und rief: »Kommen Sie mit einer Tragbahre her!«

Zwei Krankenwärter, die mit solchen Vorfällen vertrauter waren als die vor Schreck hilflos erstarrte Menge, eilten mit einer Bahre herbei.

»Ich bin Dr. Mark Harrison«, sagte er zu ihnen. »Wir fahren sofort mit dem Kind ins Gulfside-Spital, und Miß McGillivray folgt uns, sobald sie die Hand gefunden hat.«

»In Ordnung«, erwiderte einer der beiden Unfallhelfer. »Sagen Sie uns nur, was wir zu tun haben.«

»Legen Sie das Kind in die Ambulanz und binden Sie den Armstumpf ab«, wies er sie an. »Ich weiß nicht, wie lange ich noch die Arterien mit der bloßen Hand zusammenpressen kann.«

»Geht in Ordnung, Dr. Harrison«, sagte der Erste-Hilfe-Mann. »Wir werden den Arm gleich abbinden.«

Während sie durch die Menge zu der Ambulanz eilten, stießen sie auf eine dickliche Frau, die schrie: »Das ist Jimmy! Er ist tot!«

»Er ist nur ohnmächtig«, versicherte Mark. »Sind Sie seine Mutter?«

»Ja, aber ...«

»Wir bringen ihn ins Gulfside-Spital und brauchen Ihre Zustimmung zu einer Operation.«

In der allgemeinen Aufregung hatte Mark gar nicht bemerkt, daß ihm der Kameramann eines Fernsehteams auf den Fersen folgte, bis das gleißende Licht eines tragbaren Scheinwerfers auf den blutigen Armstumpf fiel, aus dem zwei Knochenenden hervorragten.

»Glauben Sie, daß Sie die Hand wieder annähen können?« fragte der Reporter, der an der Seite des Kameramannes ging, und hielt Mark das Mikrofon vors Gesicht.

»Ich kann es versuchen, vor allem, wenn Sie mit diesem verdammten Ding verschwinden«, schrie ihn Mark an.

»Haben Sie schon eine solche Operation gemacht?« fragte der Reporter ungerührt und wich Mark, der an der

Seite der Tragbahre zu der Ambulanz eilte, nicht von der Seite.

»Natürlich. Ich bin Mikrochirurg.«

»Was werden Sie tun, Herr Doktor?« Die Mutter hatte einigermaßen ihre Fassung wiedererlangt, nachdem ihr Mark versichert hatte, daß das Kind nur ohnmächtig sei.

»Wir bringen ihn zum Gulfside-Spital. Meine Assistentin ist gerade dabei, die Hand zu suchen und in ein Gefäß mit Eis zu stecken. Bitte, fahren Sie direkt zum Spital. Wir brauchen Ihre Einwilligung ...«

»Aber wie kann ich ...«

»Hören Sie, dieser Arzt ist ein Spezialist«, sagte der Fernsehreporter. »Er wird die Adern und die Nerven unter dem Mikroskop wieder zusammennähen.«

»Mein Gott, ein Glück, daß Sie da waren, Doktor ...«

»Er heißt Mark Harrison«, sagte der Reporter. »Er arbeitet an der Barrett-Klinik.«

Die beiden Krankenwärter schoben die Bahre in den Wagen, während Mark den Armstumpf noch immer mit seiner Hand umklammert hielt.

»Miß McGillivray ist im Gebäude, um die Hand in ein Gefäß mit Eis zu geben«, sagte er nun zu dem Reporter, der einen erstaunlich beherrschten Eindruck machte. »Können Sie bitte dafür sorgen, daß sie so schnell wie möglich nachkommt?«

»Sie kann in unserem Wagen fahren«, sagte der Reporter und lief mit dem Kameramann und seinem Team zu dem Gebäude zurück, wobei er rief: »Mein Gott, das werden Aufnahmen!«

Dem Fahrer der Ambulanz gab Mark die Anweisung: »Fahren Sie so schnell wie möglich zum Gulfside-Spital.«

Als der Wagen mit heulender Sirene losfuhr, sah Mark gerade noch, wie Alexa mit einem kleinen Eimer in der Hand aus der Klinik kam. Sie hielt das Gefäß empor, und er wußte, daß sie seinen Anordnungen gefolgt war. Die einzige Chance, die abgetrennte Hand wieder annähen zu können, bestand darin, durch den Einfluß von Kälte den Bedarf ihrer Zellen an Sauerstoff so lange zu senken, bis die natürliche Blutzirkulation nach dem Zusammennähen der Venen und Arterien wieder einsetzte.

XV

Wie Mark später erfuhr, hatte Dr. Barrett die Geistesgegenwart besessen, das Spital anzurufen und die Anweisung zu geben, alles für den Eingriff vorzubereiten, so daß der Knabe ohne Verzögerung in den Operationssaal gebracht werden konnte. Weniger als eine Stunde, nachdem sich die Säge durch Knochen, Muskeln, Sehnen, Arterien, Venen und Nerven des Kindes gefressen hatte, stand Mark mit Alexa in dem kleinen Waschraum zwischen den Operationssälen Eins und Zwei. Der Patient war bereits unter Narkose, und die Blutung hatte aufgehört, nachdem das Erste-Hilfe-Team den Arm abgebunden hatte.

»Wie weit oberhalb des Handgelenks ist eigentlich die Abtrennung erfolgt?« fragte Mark, während er und Alexa sich die Hände wuschen.

»Etwa fünf Zentimeter. Die Hand war noch warm, wie ich sie in den Behälter mit Eis gelegt habe.«

»Gut.«

»Aber was ist mit dem Stumpf unterhalb der Abbindung, der nicht gekühlt worden ist?« Alexa hatte die Frage gestellt, die auch Mark zutiefst beschäftigte.

»Auf der Fahrt in der Ambulanz habe ich von Zeit zu Zeit die Abbindung ein wenig gelockert, damit der Arm bluten konnte«, sagte er. »Das verlorene Blut können wir durch Transfusion ersetzen, aber das Absterben von Gewebe durch mangelnde Blutzufuhr wäre irreparabel. Wir haben jedenfalls getan, was wir konnten. Schneller hätten wir nur reagieren können, wenn der Unfall gleich hier im Spital passiert wäre. Und wie sind Sie so rasch hierhergekommen?«

»Der Wagen des Fernsehteams hatte eine Sirene. Wir sind direkt hinter der Ambulanz gefahren, und der Reporter hat die ganze Zeit davon geredet, welch herrliche Aufnahmen er gemacht hat. Er hat sogar mit dem Autotelefon Jack Pryor angerufen und hat ihn gefragt, ob er das Videoband von der Operation bekommen kann.«

Mark warf ihr einen verdutzten Blick zu. »Welches Videoband?«

»Angeblich soll Gulf City demnächst eine Universität bekommen, und Jack Pryor hofft, daß das Gulfside-Spital dann die Klinik der medizinischen Fakultät wird. Jedenfalls hat er alle nötigen Voraussetzungen dafür geschaffen. So sind in die OP-Säle Fernsehkameras eingebaut worden, damit Aufnahmen für Lehrzwecke gemacht werden können.« Sie maß ihn mit einem prüfenden Blick. »Haben Sie ethische Bedenken dagegen, daß die Operation vor laufender Kamera stattfindet?«

»Nein, vorausgesetzt, daß ich nicht bei der Arbeit gestört werde.« Mark ließ die Bürste in das Waschbecken fallen und tauchte die Arme bis zu den Ellbogen in das Becken mit antiseptischer Lösung. »Gehen wir. Je länger es dauert, bis wir die Speichen- und die Ellenarterien zusammengenäht haben, desto geringer sind die Chancen dieses Kleinen, eine brauchbare Hand zu haben.«

XVI

Etwa drei Stunden später machte Mark den letzten Knoten in den hauchdünnen Nylonfaden, mit dem er die durchtrennten Enden der Ellenvene zusammengenäht hatte, und Alexa schnitt die hervorstehenden Enden ab.

»Sie können jetzt die Klammer von der Vene nehmen«, sagte er, ohne die Augen vom Mikroskop zu heben.

Als an der Nahtstelle, nachdem sie die Klammer entfernt hatte, kein Blut austrat, richtete er sich auf und blickte Alexa an, die ihm gegenüber auf einem Operationsstuhl saß.

Ihre Augen leuchteten, als sie sagte: »Fantastisch, wie Sie diese Blutgefäße, die kaum dicker sind als ein Streichholz, mit Nähten zusammenflicken, die man mit freiem Auge kaum sieht.«

»Das Schwierigste ist vorbei, abgesehen vom Zusammennähen der Nerven. Das ist aber meist kein Problem.«

»Und die Knochen?«

»Wir werden sie mit kleinen Vitalliumplatten zusammenhalten. Das Dringlichste war, die Adern zu nähen.«

»Die Hand wird auch schon rosiger und ein wenig wärmer. Wann wird er sie bewegen können?«

»Ein wenig schon morgen. Die Säge hat den Beugemuskel und den Streckmuskel oberhalb der Stelle durchgetrennt, wo sie zu den einzelnen Fingern ausstrahlen, und da die Nervenversorgung dieser beiden Muskeln ebenfalls oberhalb der Amputationsstelle liegt, sind sie jetzt wieder beweglich. Die Funktionsfähigkeit der kleinen Muskeln in der Hand selbst hängt von der Regeneration des Ellen- und des Speichennervs ab, die wir natürlich regelmäßig elektrisch stimulieren können, um zu verhindern, daß sie atrophisch werden.«

»Es war jedenfalls ein perfekter Eingriff«, sagte sie jetzt.

Er wußte, das das nicht stimmte. Natürlich war es ihm gelungen, die Blutzirkulation zwischen der abgetrennten Hand und dem Arm wiederherzustellen, und obwohl dies für einen Mikrochirurgen eigentlich nur Routine war, durfte er mit dem Ergebnis des Eingriffes zufrieden sein. Er hatte aber im Verlaufe der Operation eine beunruhigende Entdeckung gemacht. In den eineinhalb Stunden, die seit der ersten Naht vergangen waren, hatte er viermal wegen eines Krampfes in den Fingern der rechten Hand einhalten müssen. Er hatte so etwas während einer Operation noch nie erlebt, und auch jetzt, nachdem der Eingriff hinter ihm lag, waren die Finger etwas gefühllos und bewegten sich schwerfällig, als gehorchten sie nur widerwillig den vom Gehirn ausgesandten Impulsen.

Daraus konnte nur ein Schluß gezogen werden: Die ständigen Kopfschmerzen, an denen er litt, waren ein Zeichen dafür, daß sein Hirn bei dem Überfall eine Schädigung erlitten hatte. Die partiellen Lähmungserscheinungen an den Fingern seiner rechten Hand zeigten nun, daß diese Schädigung wohl mehr war als eine bloße Gehirnerschütterung.

XVII

Das Zusammenfügen der Knochen mit Hilfe der Metallplatten dauerte länger, als Mark angenommen hatte. Insgesamt waren fünf Stunden seit dem Beginn des Eingriffs vergangen, als er die schwere Gipsschiene anlegte, auf die der Unterarm des Patienten gebettet wurde.

»Warum kein Gipsverband?« fragte der Narkosearzt.

»Die Physiotherapeuten müssen jederzeit Zugang zu seinem Arm haben, um die Muskeln zu stimulieren und verhindern zu können, daß sie atrophisch werden«, erklärte Mark. »Andernfalls würde er eine Krallenhand bekommen, mit der er nichts anfangen kann.«

Solange die Anspannung der Operation angehalten hatte, war sich Mark keiner Müdigkeit bewußt gewesen. Nun aber, als er im Umkleideraum der Ärzte unter der Dusche stand, befiel ihn bleierne Mattigkeit, und auch die Kopfschmerzen setzten wieder ein.

Vor dem OP-Saal wartete die Familie des Knaben auf ihn. Er versicherte, daß der kleine Patient aller Voraussicht nach eine gebrauchsfähige Hand behalten werde, und als er sich zum Gehen anschickte, kam Alexa aus dem Umkleideraum des OP-Personals.

»Jimmys Finger werden zusehends rosiger«, berichtete sie. »Wissen Sie schon, daß Sie in den Sechs-Uhr-Nachrichten des Fernsehens waren?«

»Wie soll ich das wissen? Wir haben ja operiert.«

»Das Fernsehen hatte ein Kamerateam bei der Eröffnung der Klinik ...«

»Ja, ich erinnere mich an den Reporter, der mir nicht von der Seite gegangen ist, während ich den Armstumpf abgepreßt habe.«

»Die Kamera hat das festgehalten. Sie haben gezeigt, wie Jimmy mit blutender Wunde aus der Klinik gelaufen ist und wie Sie die Hand auf den Armstumpf gepreßt haben. Und dann haben sie auch das Videoband vom ersten Teil der Operation gezeigt. Die Kamera ist fix in der Operationsleuchte über dem Tisch eingebaut. Die Schwestern im Aufenthaltsraum haben alles im Fernsehen gesehen und sagen, es war sehr dramatisch. Und Sie sind ein Held.«

»Ein durstiger Held, der gern einen Schluck Bourbon hätte.«

Sie lachte. »Den kann ich Ihnen nicht anbieten, aber in der Intensivstation steht ein Kühlschrank, in dem wir immer Lebensmittel haben, falls uns nicht genug Zeit bleibt, in die Cafeteria zu gehen. Wollen Sie ein Schinkenbrot und ein Coca Cola?«

»Gerne. Einen Bourbon kann ich später trinken.«

Er folgte ihr und nahm an dem kleinen Tisch im Schwesternraum der Intensivstation Platz. Während sie die Brote herrichtete, schluckte er drei Aspirin.

»Ich glaube, nach fünf Stunden intensiven Operierens würde jeder Mensch Kopfschmerzen haben«, meinte sie. »Vor allem, wenn er eben eine schwere Gehirnerschütterung erlitten hat. Aber Sie haben mich kein einzigesmal angeschrien und mich nicht mit Instrumenten beworfen.«

»Warum sollte ich? Sie sind eine perfekte Assistentin.«

»Danke. Aber ich werde mich erst daran gewöhnen müssen, mit dem Mikroskop zu arbeiten.«

»Dazu hätte ich einen Vorschlag.«

»Und der wäre?«

»Haben Sie bemerkt, daß ich beim Operieren einigemale unterbrechen habe müssen, weil zwei Finger nicht richtig funktioniert haben? Noch dazu die beiden wichtigsten, Daumen und Zeigefinger.«

»Das kann doch vorkommen.«

»Mir ist es noch nie passiert, und ich habe in Lakeview viel Mikrochirurgie betrieben. Wahrscheinlich habe ich nicht nur eine Gehirnerschütterung erlitten, sondern es sind auch einige Zellen im motorischen Zentrum der linken Gehirnhälfte zerstört worden.«

»Selbst wenn das der Fall sein sollte, könnten vielleicht andere Zellen ihre Funktion übernehmen.«

»Vielleicht. Vielleicht auch nicht. Und wenn ja, wann?« sagte er resigniert.

»Sie können nichts machen als warten.«

»Warten ist das letzte, was ich tun werde«, erklärte er. »Noch vor der nächsten Operation unter dem Mikroskop muß ich wissen, ob ich tatsächlich eine Gehirnschädigung davongetragen habe.«

»Wie wollen Sie das herausfinden?«

»Durch Übungsoperationen. Was machen Sie eigentlich meistens am Abend?«

Sie blickte ihn erstaunt an. »Nichts besonderes. Warum?«

»Würden Sie einige Abende opfern, um mit mir Mikrochirurgie zu betreiben?«

»Gerne. Das wäre auch eine gute Übung für mich als Assistentin. Aber was werden wir unter dem Mikroskop machen?«

»Bevor ich von Lakeview weg bin, habe ich an einem Versuchsprojekt gearbeitet, das besonders feine Nähte erforderte. Wir können die Versuche hier fortsetzen, um herauszubekommen, ob mein rechter Daumen und der Zeigefinger noch einmal so werden wie sie waren.«

»Könnte es nicht nur ein temporärer Muskelkrampf gewesen sein?«

»Das war kein Krampf. Jedesmal, wenn es passiert ist, war mir, als ob die beiden Finger für einen Augenblick nicht meinem Willen gehorchten. Einmal habe ich fast den Nadelhalter fallen lassen.«

»Das habe ich bemerkt.«

»Dann werden Sie auch verstehen, warum ich die Wahrheit wissen muß. Ein Mikrochirurg, der nicht genau weiß, ob er im Vollbesitz der motorischen Funktion seiner beiden wichtigsten Finger ist, tut gut daran, sich einen anderen Beruf zu suchen.«

XVIII

Mark trank in seiner Wohnung gerade in düsterer Stimmung seinen ersten doppelten Bourbon, als das Telefon läutete.

»Hallo, Liebster. Was machst du?« Es war Claire, und ihrer Stimme war anzumerken, daß sie getrunken hatte.

»Ich betrinke mich langsam und sehne mich dabei nach dir. Wann kommst du zurück?«

»Ich fürchte, erst in einigen Wochen. Die Leute hier wollen unbedingt, daß ich die Werbekampagne für ganz Amerika mache.«

»Für eine Wäsche, in der sich die Frauen zu Tode frieren werden, weil sie so dünn ist.«

»Was willst du, wenn wir beisammen sind, haben wir überhaupt nichts an.«

»Wir sind aber leider nicht beisammen.«

»Dafür habe ich dich in den Fernsehnachrichten gesehen. Das war eine sensationelle Aufnahme, wie du den

Armstumpf abgepreßt und dem Kind das Leben gerettet hast. Etwas Grausigeres habe ich noch nie gesehen.«

»Ich habe Glück gehabt.«

»Vor allem das Kind hat Glück gehabt. Ist die Operation erfolgreich gewesen? Das letzte, was ich gehört habe, waren deine Worte: ›Wir müssen so rasch wie möglich in das Spital!‹«

»Alexa und ich haben fünf Stunden gebraucht, um die Hand anzunähen, aber wie ich fertig war, haben die Finger schon wieder rosige Farbe gehabt.«

»Fein. Ich nehme an, du betrinkst dich, um zu feiern. Ich wollte, ich wäre bei dir!«

»Du scheinst dich aber dort, wo du bist, auch gut zu unterhalten.« Mark hatte, während Claire sprach, im Hintergrund Stimmen, Gelächter und Musik gehört.

»Der Chef der Firma hier gibt eine Party. Hier findet fast jeden Abend eine Party statt, und heute ist er dran. Dabei geht es immer toll zu.«

»Das kann ich mir vorstellen. Aber es muntert mich nicht sehr auf, daß du dort drüben deinen Spaß hast, während ich hier allein sitze, Sehnsucht nach dir habe und mich betrinke.«

»Sei doch nicht so griesgrämig. Du bist berühmt, und bald wirst du auch reich sein. Ich werde früher in Gulf City sein, als du glaubst, und dann fahren wir über ein Wochenende nach New Orleans, wie ich es dir versprochen habe. Es tut mir leid, ich muß jetzt auflegen. Sei nicht traurig. Morgen, nachdem die Zeitungen erschienen sind, spricht die ganze Stadt von dir.«

Sie hatte den Hörer aufgelegt, und als sich Mark den zweiten doppelten Bourbon einschenkte, fragte er sich, was Claire wohl sagen würde, falls sich herausstellen sollte, daß es als Folge des Überfalls mit seiner Karriere als Mikrochirurg vorbei war.

XIX

Als Mark am Sonntagmorgen gegen neun Uhr dreißig erwachte, schien draußen die Sonne am blauen Himmel. Noch vor dem Frühstück unternahm er einen Morgenlauf, mußte aber feststellen, daß der Strand mit Badenden überfüllt war. Auf der Suche nach einer einsameren Gegend lief er in die Stadt, in der die Straßen kaum belebt waren, und stieß auf den Park, den er schon einmal kurz von der Autostraße aus gesehen hatte und der eine wahre Oase der Ruhe war.

Er lag unter den hohen Stahlpfeilern der Zufahrtsstraße, die im Westteil der Stadt zu der hohen Brücke führte, die sich hier über den Fluß spannte, und obwohl er nur wenige Morgen Land umfaßte, war er offensichtlich mit liebevoller Hand entworfen worden und wurde ebenso liebevoll gepflegt. Beete von Ringelblumen, rotem Salbei, Springkraut und anderen Sommerblumen, umrahmt von blühendem Eibisch, säumten die Wege, die durch den Park führten.

Kleine Rastplätze, auf denen man grillen und seinen Durst aus Trinkwasserbrunnen stillen konnte, trugen dazu bei, daß der Park ein Paradies der Stille und Erholung inmitten der Hektik der Stadt war; nicht zuletzt deshalb, weil die auf Pfeilern ruhende Fahrbahn der Hochstraße den kleinen Park weitgehend vor dem grellen Sonnenlicht schützte und kühlen Schatten gewährleistete.

Nachdem Mark einige Meilen gelaufen war, hielt er keuchend bei einem der Trinkwasserbrunnen an. Der leichte Schwefelgeschmack des Wassers war typisch für die Flachwasserquellen im mittleren Florida und entlang der Golfküste. Einige Minuten genoß Mark die frische Brise, die durch die breiten Blätter der schattenspendenden Palmen strich, und träumte vor sich hin, bevor er zu seinem Wohnhaus zurückkehrte. In seinem Apartment angekommen, duschte er und bereitete sich dann aus den Beständen, die Alexa im Küchenschrank und Eiskasten bereitgestellt hatte, ein Frühstück mit Kaffee und Toast.

Das Sonntagsmorgenprogramm des Fernsehens wurde hier im Süden, wie er zu seinem Leidwesen feststellen mußte, vor allem von Bibelpredigern bestritten, die ihre Zuhörer mit der Aussicht auf ewige Verdammung in Angst und Schrecken versetzten. Der einzige Ausweg, den sie wiesen, bestand in tätiger Reue durch sofortigen Beitritt zu einer der zahlreichen Gebetsvereinigungen, die dem jeweiligen Prediger beträchtliche Einnahmen aus Mitgliederspenden sicherte. Als Mark des Zusehens schließlich überdrüssig war, rief er Pat O'Meara an.

»Oh, der Held der Chirurgie persönlich«, sagte der Pathologe. »Wie hast du es denn geschafft, daß Fernsehen und Fotografen zur Stelle waren, als das Unglück passierte?«

»Das ist dem Bürgermeister zu danken und nicht mir.«

»Wahrscheinlich hast du recht«, sagte Pat. »Immerhin gehören ihm nicht nur die Fernsehstation und die Zeitung, sondern auch das Gebäude, in dem die Klinikdependance untergebracht ist, und außerdem bemüht er sich um seine Wiederwahl. Und wie geht es dem Kind?«

»Gut. Ich habe heute früh mit dem Spital telefoniert. Die Färbung der Finger ist gut, und er kann sie auch schon ein wenig bewegen.«

»Du bist wirklich ein Hexenmeister.«

»Nicht ganz. Ich muß mit dir sprechen, Pat. Privat!«

»Gleich?«

»Je früher, desto besser.«

»Warte. Ich habe jetzt Bereitschaftsdienst, aber ich treffe Lara und die Kinder um zwölf Uhr fünfzehn im Yacht Club zum Essen. Das Sonntagsbuffet dort ist nicht schlecht, und Lara hat dich ohnehin noch nicht gesehen, seit du in Gulf City bist. Warum ißt du nicht mit uns, und nachher können wir miteinander reden.«

»Ich möchte mich aber allein mit dir unterhalten.«

»Wir können in meinem Wagen in das Spital zurückfahren.«

»Einverstanden.«

»Wir treffen uns also um zwölf Uhr fünfzehn im Foyer des Clubs. Oder soll ich bei dir vorbeikommen und dich mitnehmen?«

»Nicht nötig. Ich gehe zu Fuß und sehe mir die Badeschönheiten an.«

Pat O'Meara lachte. »Bei den heutigen Badeanzügen gibt es viel anzuschen. Selbst für einen alten Ehemann wie mich. Also, wir treffen uns um zwölf Uhr fünfzehn!«

XX

Zum Sonntagsbuffet im Yacht Club kamen die Mitglieder mit ihren Familien, und Mark genoß die gemütliche Atmosphäre. Viele Leute, die ihn im Fernsehen gesehen oder den mit vielen Fotos illustrierten Bericht in der Lokalzeitung gelesen hatten, erkannten ihn. Lara war Krankenschwester an der Duke-Universität gewesen, bevor Mark nach Lakeview gegangen war, und er freute sich über das Wiedersehen. Im ersten Augenblick konnte er sich allerdings gar nicht vorstellen, daß die behäbige, offensichtlich glückliche Mutter von zwei schulpflichtigen Kindern einmal eine schlanke Schwesternschülerin gewesen war.

Als er mit Pat nach dem Essen zum Parkplatz ging, begegneten sie Jerry Thorpe und einem schlanken, rothaarigen jungen Mann. Beide trugen Tenniskleidung und in der Hand ein Racket.

»Da ist ja unser Wunderdoktor!« Jerrys Stimme klang freundlich. »Blendende Arbeit, Mark!«

»Danke. Aber die Publizität rundherum stammt nicht von mir.«

»Das hat mir Alexa auch gesagt, als ich sie heute früh im Spital traf«, antwortete der Gynäkologe.

»Sie war heute früh im Spital?« fragte Mark erstaunt.

»Alexa sieht sich jeden Morgen alle Patienten der Barrett-Klinik an. Das ist sehr angenehm für die Ärzte, weil sie uns immer über den letzten Stand informieren kann. Sie hat mir gesagt, daß es dem Kind ausgezeichnet geht.« Thorpe wandte sich seinem Begleiter zu. »Ich bitte um Entschuldigung. Ich glaube, Sie kennen Ted Moran noch nicht. Er ist Australier und der Tennistrainer des Clubs.«

»Es freut mich, Sie kennenzulernen, Dr. Harrison.« Der Trainer sprach mit ausgeprägt englischem Akzent. »Ich habe viel über Sie in der Morgenzeitung gelesen.«

»Nur eines haben Sie nicht gelesen«, sagte Mark. »Ich bin ein schlechter Tennisspieler.«

»Das läßt sich ändern, falls Sie an dem Sport interessiert sind.«

»Wir werden sehen«, meinte Mark. »Ich werde jedenfalls nie so gut werden wie Jerry. Er hat mir erzählt, daß Sie nächste Woche bei einem Turnier in Pensacola antreten.«

»Das wir gewinnen werden«, sagte Jerry mit Nachdruck. »Ted und ich sind ein unschlagbares Team. Auf Wiedersehen, morgen in der Klinik.«

»Ich weiß nicht, was ich von den beiden halten soll«, sagte O'Meara, als er mit Mark zu seinem Mercedes ging. »Moran ist zwar schwul, aber ein großartiger Spieler. Er trainiert auch junge Leute und hat dabei so fantastische Erfolge, daß ihm die Clubleitung sein Privatleben nachsieht.«

»Ist das nicht auch am besten?«

»Wahrscheinlich, zumindest solange er sich nicht an einem seiner Schüler vergreift, und das hat er bisher nicht getan. Er und Jerry treten bei vielen Turnieren an, und dabei ist Thorpe doch nicht ein Mann, den man für einen Homosexuellen halten würde.«

»Kaum.«

»Die Gerüchte wollen wissen, daß er mit etwa fünfzig Prozent der Damen der guten Gesellschaft von Gulf City geschlafen hat; Verheiratete und Unverheiratete. Lara behauptet, sie unterhalten sich sogar beim Bridgespiel über seine Potenz im Bett.«

»Das will nicht viel besagen. Es gibt nicht wenige Menschen, Männer wie Frauen, die bisexuell sind.«

»Das habe ich auch gehört, aber begegnet bin ich einem Bisexuellen noch nie. Nicht einmal in Lakeview, und da war gewiß allerhand los.«

Mark wechselte das Thema. »Pat«, sagte er, »ich möchte einige Versuchseingriffe machen.«

»Wozu denn? Du bist doch ein perfekter Chirurg!«

»Die Operation gestern hat mir vor Augen geführt, daß ich in Übung bleiben muß. Es wird ja hier nicht so viele Fälle für mich geben wie in Lakeview.«

»Da hast du recht«, sagte Pat und stellte seinen Mercedes auf dem mit seinem Namen gekennzeichneten Parkplatz neben dem Spitalsgebäude ab. »Und was kann ich für dich tun?«

»Ich brauche einen kleinen improvisierten OP-Raum, in dem ich mit Miß McGillivray Eingriffe unter dem Mikroskop vornehmen kann.«

»Ist sie bereit, am Abend für dich zu arbeiten? Aber du brauchst nicht zu antworten. Jede Schwester wäre aus ganz bestimmten Gründen daran interessiert, daß du in ihrer Schuld stehst.«

»Das gilt aber nicht für Alexa.«

»Vielleicht«, gab der Pathologe zu. »Außerdem will Dick Barrett ja offensichtlich, daß du eines Tages nicht nur seinen Platz in der Klinik einnimmst, sondern auch seine Tochter heiratest. Jede Frau, die diesen Plänen in die Quere kommt, wird es schwer haben. Wo ist denn Claire übrigens?«

»In Los Angeles, wo sie an einer Werbekampagne für

Unterwäsche arbeitet.« Dann kehrte Mark abermals zu dem Thema zurück, das ihn so sehr beschäftigte. »Siehst du eine Möglichkeit, daß ich mir irgendwo im Spital einen kleinen Raum einrichten kann, in dem ich mit dem Mikroskop experimentiere?«

»Warum nicht? Jack Pryor muß nur die Ausgaben dafür bewilligen, aber die werden nicht groß sein.«

»Nach der kostenlosen Werbung, die ich gestern für das Gulfside-Spital betrieben habe, dürfte mir Jack eigentlich nichts abschlagen, was halbwegs tragbar ist.«

»Das finde ich auch. Und was brauchst du an Versuchstieren? Hunde?«

»Nein, das wäre in jeder Hinsicht zu aufwendig. Wir haben sie auch in Lakeview nicht mehr verwendet. Ratten wären für mich viel geeigneter.«

»Ratten sind kein Problem. Wir halten uns einige in den Käfigen im Keller für Versuchszwecke.«

»Es sollten aber Tiere aus einer möglichst intensiven Inzucht sein, damit ihre Gewebe fast so identisch sind wie bei Zwillingen. Auf diese Weise haben wir weniger Probleme bei Transplantationen ...«

»Du willst Transplantationen machen?«

»Ja, aber bitte rede nicht darüber«, beschwor ihn Mark. »Wenn Jack Pryor davon erfährt, erzählt er es in der ganzen Stadt herum.«

»Von mir wird er es nicht erfahren«, versicherte Pat O'Meara. »Offengestanden, ich möchte gar nicht wissen, was du machst. So habe ich wenigstens keine Mitverantwortung, wenn etwas schiefgeht.«

»Was kannst du mir anbieten?«

»Einen kleinen OP-Raum im Pathologischen Labor, eine Kammer, die wir derzeit als eine Art von Abstellraum benützen.«

»Ist sie groß genug, um ein Operationsmikroskop und die sonstigen Geräte unterzubringen?«

»Natürlich.«

»Dann spreche ich morgen mit Jack Pryor, und gegen Ende der Woche können wir anfangen.«

Mark hatte dem Freund nicht verraten, weshalb er den Raum eigentlich brauchte. Er war fest entschlossen, herauszufinden, ob die Beweglichkeit von Daumen und Zeigefinger der rechten Hand permanent beeinträchtigt war und ob es ihm, falls es so war, gelingen würde, eine Operationstechnik zu entwickeln, die es ihm trotz dieser Behinderung erlaubte, Mikrochirurg zu bleiben.

XXI

Die Operation mit Dr. Barrett am Montag verlief reibungslos. Mark assistierte, und Alexa überwachte die Instrumente. Bei der letzten Phase des Eingriffs, der Verbindung des gemeinsamen Ganges, durch den Galle und Sekret der Bauchspeicheldrüse in den Verdauungstrakt gelangen, tauschte Barrett mit seinem Assistenten Platz. Das Gewebe war aber so kräftig ausgebildet, daß Mark kein Mikroskop brauchte und die Herstellung der Verbindung verhältnismäßig einfach war.

Dr. Barret ließ Mark und Alexa zum Schließen der Wunde zurück und begab sich in die Klinik. Es war bereits um die Mittagszeit, als sie mit der Arbeit fertig waren und gemeinsam in die Spitals-Cafeteria gingen. Nachdem sie ihre Eßtabletts gefüllt hatten, sagte sie: »Es gibt einen eigenen kleinen Eßraum für Ärzte. Sie müssen nicht hier mit den Schwestern essen, wenn Sie nicht wollen.«

»Ich möchte aber etwas mit Ihnen besprechen. Erinnern Sie sich an die Schwierigkeiten, die ich hatte, als wir Jimmys Hand angenäht haben?«

»Ja, aber ich glaube, daß sie nicht viel bedeuten.«

»Doch, denn ich habe sie gefühlt, und Sie haben sie bemerkt. Das ist bedeutend genug. Bei einer wirklich diffizilen Operation könnten die Kommunikationsschwierigkeiten zwischen meinem Hirn und meiner Hand einem Patienten das Leben kosten. Darum muß ich wissen, woran ich bin.«

»Und wie wollen Sie das herausbekommen?«

»Pat O'Meara stellt mir eine Kammer in der Pathologie als Versuchs-OP Raum zur Verfügung. Wären Sie bereit, mir in Ihrer Freizeit bei komplizierten mikrochirurgischen Eingriffen zu assistieren?«

»Gerne, aber mit welchen Patienten denn?«

»Pat hat sie. In Käfigen. Wir werden an Ratten operieren.«

Sie zögerte. »An Ratten? Die haben ja so kleine Organe und ein so zartes Gewebe, daß Sie sich sehr viel zumuten. Welche Art von Eingriffen wollen Sie vornehmen?«

»Wenn ich länger in Lakeview geblieben wäre, hätte ich meine Versuche der Pankreasverpflanzung bei Ratten fortgesetzt.«

»Als mögliche Therapie bei Zuckerkrankheit?«

»Ja.«

»Das wäre revolutionär.«

»Wir haben bereits einige erfolgversprechende Versuche bei Tieren und auch bei Menschen gemacht, aber es müssen noch viele Schwierigkeiten überwunden werden, vor allem bei der Operationstechnik. Wenn es mir aber gelingt, eine Technik zu entwickeln, mit deren Hilfe es möglich ist, eine Bauchspeicheldrüse zu verpflanzen und in das Kreislaufsystem des Empfängers ohne Beschädigung der Drüse zu integrieren, habe ich es geschafft.«

»Aber was machen Sie mit dem Problem der Abwehrreaktionen bei den Organ-Empfängern?«

»Ratten vermehren sich sehr schnell, im Durchschnitt alle drei Monate. Und da die Ratten, die für Versuche verwendet werden, üblicherweise in Kolonien gehalten werden, liegt bei ihnen eine sehr starke Inzucht mit isogenetischen Zügen vor.«

»Das ist ein Ausdruck, den ich nicht kenne.«

»Er besagt, daß diese Ratten praktisch Zwillinge sind und ihre Organe ohne Gefahr des Abstoßens übertragen werden können«, erklärte er. »Es ist ungefähr so wie die Transplantation von Nieren bei Zwillingen.«

»Das klingt alles sehr faszinierend und ist vor allem für zuckerkranke Kinder von großer Bedeutung!«

»Jedenfalls ist es einen Versuch wert, aber vor allem möchte ich mit Daumen und Zeigefinger üben, bis ich die Gewißheit habe, daß sie wieder unbeschränkt gebrauchsfähig sind.«

XXII

Eine Woche nach den auf so dramatische Weise unterbrochenen Eröffnungsfeierlichkeiten wurden die ersten Patienten in der Außenstelle der Klinik aufgenommen. Dr. Julio Montez, einer der Assistenzärzte des Gulfside-Spitals, zog in eine kleine Wohnung über der Garage im Hintertrakt des Gebäudes ein. Er hatte die Universität von Guadalajara in Mexiko absolviert, und Mark fand, daß er zwar diensteifrig und hilfsbereit, aber in Diagnose und Therapie noch nicht so erfahren war, wie es wünschenswert gewesen wäre. Dr. Montez sprach aber fließend spanisch, und da in der Altstadt viele Kubaner lebten, bewährte er sich als Dolmetsch.

Am Abend des ersten Tages war Mark reichlich müde. Er und Montez hatten etwa zwei Dutzend Patienten behandelt, darunter zwei Fälle, die für einen Eingriff vorgesehen waren, sobald der kleine OP-Raum der Dependance vollständig eingerichtet war. Mark war gerade im Begriff zu gehen, als Jack Pryor sein Zimmer betrat.

»Ich habe mir die Bücher angesehen«, sagte der Spitalsdirektor. »Ihr habt heute 250 Dollar eingenommen, das deckt fast die Ausgaben.«

»Wir werden hier bald mehr als das Doppelte einnehmen«, meinte Mark. »In zwei Wochen, sobald der OP-Raum eingerichtet ist, machen wir eine Bruchoperation und eine Hämorrhoidenentfernung.«

»Kommen Sie in den Club, und nehmen wir einen Drink vor dem Abendessen?« fragte Pryor. »Sie sehen aus, als könnten Sie einen vertragen.«

»Da haben Sie recht. Außerdem möchte ich etwas mit Ihnen besprechen.«

»Gut. Wir treffen uns in fünfzehn Minuten im Club.«

»Sagen wir in einer halben Stunde. Mein Skylark ist nicht so schnell wie Ihr Mercedes, und den hiesigen Verkehr bin ich auch noch nicht gewöhnt.«

Im Club, als sie beide bei einem Glas Bourbon saßen, begann Mark über sein Projekt zu sprechen.

»Für einen Mann, der vor drei Wochen bei einem Überfall einen Schlag auf den Kopf bekommen hat, nehmen Sie sich aber viel Arbeit vor«, sagte Pryor ein wenig zweifelnd. »Werden Sie das schaffen?«

»Ich bin in Ordnung, von gelegentlichen Kopfschmerzen abgesehen. Charlie Minot ist mit mir zufrieden.«

»Überanstrengen Sie sich nicht. Wird Alexa mit Ihnen arbeiten?«

»Ja, sie möchte sich gerne mit der Assistenz bei Eingriffen unter dem Mikroskop vertraut machen. Da wir die Ratten verwenden können, die Pat O'Meara in der Pathologie hat, werden wir nicht viel Kosten verursachen.«

»Ich kann das irgendwie unterbringen. Brauchen Sie noch etwas für Ihre Arbeit? Sterilisationseinrichtung und ähnliches?«

»An Ratten arbeiten wir nicht mit steriler Technik, und eine Injektion von Phenobarbital in die Schwanzvene ist die beste Narkose. Miß McGillivray und ich können in der Cafeteria ein frühes Abendessen nehmen, etwa nach sechs Uhr beginnen und jeweils um neun Uhr fertig sein.«

»Sie brauchen nachher nicht aufzuräumen«, sagte Pryor. »Max Steyer, der Diener im Pathologischen Labor, hat nicht viel zu tun. Er kann das besorgen.«

»Danke«, sagte Mark. »Damit ersparen wir uns eine halbe Stunde Arbeit.«

»Nur einen Rat gebe ich Ihnen noch, Mark. Arbeiten Sie sich nicht zu Tode. Die Zukunft hier in Gulf City ist so vielversprechend für Sie, daß Sie das wirklich nicht nötig haben.«

XXIII

Mark sah bald, welch ausgezeichnete Assistentin Alexa McGillivray war, selbst dann, wenn es sich um einen so komplizierten mikrochirurgischen Eingriff handelte wie die Verpflanzung der Bauchspeicheldrüse bei Ratten. Bei Arterien und Venen, die kaum die Stärke eines Streichholzes hatten, war die Vergrößerung durch das Mikroskop unerläßlich. Die Nylonfäden, die benützt wurden, waren dünner als ein menschliches Haar und selbst unter dem Mikroskop kaum sichtbar, aber Alexa ging nach einigen Versuchen mit ihnen fast so geschickt um wie Mark.

Anfänglich hatte er keine Schwierigkeiten beim Gebrauch seiner Finger, die Nadeln handhaben mußten, die so klein waren, daß sie mit Pinzetten geführt werden mußten. Vor allem kam es darauf an, eine absolut sichere Verbindung zwischen dem Ausführungsgang der Bauchspeicheldrüse und dem Zwölffingerdarm der Empfängerratte herzustellen. Ein noch so geringes Ausfließen der vom Pankreas produzierten Verdauungssäfte konnte die Nähte angreifen, und wenn das Sekret darauf auf das Bauchfell gelangte, mußte dies den sofortigen Tod zur Folge haben.

Alexa war nach einem so heiklen Eingriff stets so frisch

und gelassen wie am Beginn, was für Mark nicht zutraf. Seine Vormittage waren ausgefüllt mit der Verrichtung mühseliger, aber verhältnismäßig unbedeutender Arbeiten in der Barrett-Klinik, wo sich für einen Mikrochirurgen bisher kaum lohnende Aufgaben gestellt hatten. Die Nachmittage verbrachte er in der Altstadt-Dependance, in der sich bereits viele Patienten einfanden und wo er die zusätzliche Verpflichtung hatte, Dr. Julio Montez in seine Aufgaben einzuweisen. Nach einem derart erfüllten Arbeitstag war Mark um fünf Uhr nachmittag meist völlig erschöpft.

Dazu kam, daß sich die Kopfschmerzen, die schon fast verschwunden gewesen waren, nun, da er an dem Projekt zu arbeiten begonnen hatte, wieder einstellten. Glücklicherweise verschafften ihm einige Gläser Bourbon, die er hinunterstürzte, sobald er in seine Wohnung kam, Erholung und Schlaf, aber die Alkoholmenge, die er benötigte, um sich in dieses erlösende Nirwana zu versetzen, wuchs ständig.

Je mehr er am Abend trank, desto schlechter fühlte er sich am Morgen nach dem Erwachen. Meist nahm er dann ein oder zwei Benzedrintabletten, für die er sich die Rezepte selbst ausgestellt hatte, und wenn er gegen acht Uhr in der Klinik erschien, war er, zumindest in seinen Augen, ausgeruht und frisch.

Mark ahnte nicht, wie sehr eine andere Person wußte, in welch gefährlichem Maße er von Alkohol und Aufputschmitteln abhängig war, bis es ihm Alexa etwa eine Woche nach Beginn der gemeinsamen Arbeit offenbarte. Wieder einmal waren sie dabei, einen Ausführungsgang der Bauchspeicheldrüse mit dem Zwölffingerdarm der Empfängerratte zu verbinden, als er zum erstenmal seit Beginn der Versuchsreihe wieder jene Lähmung in den beiden Fingern der rechten Hand verspürte, die ihn bewogen hatte, diese Experimente zu unternehmen. Nachdem sie ihre Operationshandschuhe abgelegt hatten und bei den Waschbecken standen, sagte Alexa: »Ich habe gestern abend eine Schokoladetorte gemacht. Haben Sie Lust, zu mir zu kommen, eine Tasse Kaffee zu trinken und die Torte zu probieren?«

Er sehnte sich mit allen Fasern seines Körpers nach einem doppelten Bourbon, aber er wollte Alexa nicht kränken. Sie opferte ihre Abende für ein Vorhaben, das er eine Versuchsreihe nannte, das ihm aber eigentlich nur dazu diente, die Gebrauchsfähigkeit seiner Finger zu erproben.

»Sie müssen natürlich nicht, wenn Sie müde sind«, fügte sie hinzu.

»Nein, ich komme gerne«, log er tapfer.

»Möchten Sie vor der Torte einen Drink nehmen?« fragte sie, als sie die Tür zu ihrer Wohnung aufsperrte.

»Ja, bitte.«

»Ich habe ein wenig Bourbon. Machen Sie sich einen Drink, während ich die Torte aus dem Kühlschrank nehme und Kaffee koche.«

Mark ging zu dem Kasten, in dem eine halbvolle Flasche stand, und leerte mit zitternder Hand rasch hintereinander drei Gläser.

»Jetzt kann ich gut schlafen, wenn ich nach Hause komme«, sagte er, als sie mit einem Tablett, auf dem die köstlich aussehende Torte und zwei Schalen mit dampfendem Kaffee standen, das Wohnzimmer betrat.

»Und morgen früh brauchen Sie dann Benzedrin, um aufstehen zu können!«

»Wer sagt Ihnen das?«

»Ich habe Jerry Thorpe oft genug nach einem Abend mit Alkohol an einem Morgen mit Benzedrin gesehen, um die Symptome zu kennen.«

»Jerry ist ein Trinker.«

»Nicht ganz, obwohl er bisweilen zu viel trinkt. Er geht aber immer rechtzeitig nach New Orleans zur Entwöhnung.«

»Ich weiß nicht, warum Jerry so viel trinkt«, sagte Mark. »Seit ich an die Klinik gekommen bin, schiebt er mir alle möglichen Routinearbeiten – wie Untersuchungen von Becken und Darm – zu.«

»Das macht man mit neuen Ärzten immer so. Aber das ist eine Sache, und eine völlig andere Sache ist, daß immer mehr Ärzte alkohol- und drogensüchtig werden. Selbst die Amerikanische Ärztevereinigung sagt, daß es zehn Prozent sind, und in einem Artikel habe ich gelesen, daß angeblich jeder siebente Arzt süchtig ist.«

»Warum lesen Sie solche Artikel?« Seine Hände zitterten jetzt nicht mehr, und er fühlte sich besser, wenn man davon absah, daß er sich darüber ärgerte, von ihr mit Jerry Thorpe in einem Atemzug genannt zu werden.

»Warum ich mich für dieses Thema interessiere? Weil zwei Menschen, die ich schätze, mit diesem Problem zu kämpfen haben – Sie und Jerry!«

»Ich bin kein Trinker!« schrie er entrüstet. »Und drogensüchtig erst recht nicht!«

»Vielleicht noch nicht, aber viele Ärzte erkennen es erst, wenn es zu spät ist. Mein Cousin John Carr, der Psychiater, von dem ich Ihnen erzählt habe, sagt, daß sich viele sogenannte berufsbehinderte Ärzte auf eine Verschwörung des Schweigens innerhalb ihrer Familie und ihrer Freunde stützen können. Die Süchtigkeit wird geheimgehalten, statt daß offen über sie geredet wird, damit sie bekämpft werden kann, ehe es zu spät ist.«

»Jeder Mensch hat das Recht zu bestimmen, wie er leben will«, erklärte er erregt.

»Gewiß. Aber ein Arzt hat nicht das Recht, das Leben anderer Menschen zu gefährden.«

»Mit diesem Problem bin ich hier nicht konfrontiert«, sagte Mark bitter. »Was habe ich denn schon gemacht bisher? Ich habe Jimmys Hand angenäht, und ich verpflanze Bauchspeicheldrüsen von Ratten.«

»Ich habe Jimmy heute auf der Rehabilitationsstation

gesehen«, sagte sie begütigend. »Die elektrischen Stimulierungen, die Sie für seine Muskeln angeordnet haben, wirken wahre Wunder. Er bewegt seine Finger schon fast unbehindert.«

»Mit Mikrochirurgie hat dieser Eingriff aber nicht viel zu tun gehabt.«

»Aber es war eine brillante Operation. Heute abend haben Sie allerdings eine Naht zweimal machen müssen.«

Plötzlich und unkontrollierbar flammte der Ärger in ihm hoch, und daran waren nicht nur der Alkohol und seine Erschöpfung schuld. Es ärgerte ihn vor allem, daß sie erkannt hatte, was auch ihm bewußt geworden war. Trotz der ständigen Übung hatten die beiden Finger seiner rechten Hand vorübergehend genauso versagt, wie an jenem Nachmittag, als er Jimmys Hand angenäht hatte.

»Ich brauche keine Belehrungen über Operationstechnik«, sagte er brüsk und erhob sich. »Vielen Dank für alles. Ich gehe jetzt. Sie haben sich als eine perfekte Assistentin erwiesen, und weitere Versuchsoperationen sind nicht mehr nötig.«

XXIV

Mark erwachte am nächsten Morgen in jämmerlichem Zustand. Obwohl er zwei Tassen starken Kaffee getrunken hatte, mußte er noch zwei Benzedrintabletten nehmen, ehe er sich fähig fühlte, in die Klinik zu fahren.

Um die Mittagszeit saß er in der Cafeteria das Spitals, starrte in seine leere Tasse und überlegte, ob er noch eine trinken sollte, als Pat O'Meara an seinem Tisch stehenblieb und sagte: »Es tut mir leid, daß ich eine schlechte Nachricht habe. Ich war bei den Käfigen im Keller. Die

Ratte, die du gestern abend operiert hast – ich nehme zumindest an, daß es gestern abend war –, ist tot.«

»Tot? Weißt du warum?«

»Keine Ahnung. Du solltest sie sezieren.«

»Kannst du dabei sein?«

Pat blickte auf seine Uhr. »Es ist Freitag, und am Nachmittag fahre ich mit Lara und den Kindern in meinem Boot den Fluß hinauf. Wir wollen über das Wochenende schwimmen und fischen. Aber wenn wir gleich beginnen, schaffe ich es.«

»Ich möchte dir dein Wochenende nicht verderben, aber länger als zehn Minuten werden wir bei einer Ratte nicht brauchen.«

So war es auch. Der Befund war eindeutig, denn sobald Pat O'Meara die kleine Bauchhöhle geöffnet hatte, sahen sie, daß sie mit einer trüben Flüssigkeit gefüllt war.

»Da hast du es«, sagte der Pathologe. »Eine der Nähte, die den Ausgangskanal mit dem Duodenum verbunden hat, hat durchgeschnitten, und die Bauchspeichelflüssigkeit ist in die Bauchhöhle getreten. Das Sekret der Pankreas ist einer der stärksten Verdauungssäfte, die der Körper hervorbringt. Es ist durch die Naht gedrungen und hat die Organe in der Bauchhöhle zerstört.«

»Ich muß mir die defekte Stelle genau ansehen«, sagte Mark.

Die beiden Männer arbeiteten weiter, bis sie an der Nahtstelle zwischen Pankreasgang und Duodenum waren. An verschiedenen Stellen war die Nadel, statt nur die äußere Wand zu durchstechen, in den Kanal eingedrungen und hatte damit einen Weg für das Sekret geschaffen.

»Die Grundregel der Mikrochirurgie bei dieser Art von Operationen lautet, daß die Nadel das Gewebe niemals zur Gänze durchstechen darf«, sagte Mark. Durch ein Vergrößerungsglas blickend, erfaßte er mit einer Pinzette das Duodenum an der Nahtstelle. Mit der Spitze eines

Skalpells durchschnitt er sodann den Knoten auf jeder Seite der Naht. »Hier, du kannst sehen, daß die Naht schlecht gemacht ist.«

Der Pathologe ergriff das Vergrößerungsglas, das ihm Mark reichte, und sagte: »Ja, sie hat durchgeschnitten.«

»Wenn ich sie richtig gemacht hätte, wäre Gewebe auf Gewebe gelegen, und es hätte keinen Durchstich gegeben, durch den das Trypsin entkommen konnte.«

»Hat diese eine Naht den Tod verursacht?«

»Sie hat genügt, obwohl es auch noch andere schlechte Nähte gegeben hat. Hätte ich zwei Arterien zusammengenäht, wäre es ohne Bedeutung gewesen, wenn ich eine durchstochen hätte. Es wäre ein wenig Blut ausgetreten, aber es wäre geronnen, hätte den Durchstich geschlossen, und nichts wäre geschehen. Aber mit einem so intensiven Enzym wie dem Trypsin ist es etwas anderes.«

Mark warf die Pinzette in eine Schale und wandte sich dem bekümmert dreinblickenden Freund zu. »Ich habe fast zwei Jahre lang Mikrochirurgie gelernt, Pat ...«

»Ja, aber jetzt bist du eben ein wenig aus der Übung.«

»Nein, die Situation ist viel ernster, als du glaubst. Als ich vor einigen Tagen die Hand dieses Kindes angenäht habe, ist es einigemale vorgekommen, daß Daumen und Zeigefinger meiner rechten Hand wie gelähmt waren. Verstehst du: Rechter Daumen und rechter Zeigefinger, das sind die beiden wichtigsten Instrumente eines Mikrochirurgen. Und diese tote Ratte beweist, daß die Lähmung jederzeit wieder auftreten kann.«

»Du ziehst voreilige Schlüsse«, protestierte Pat O'Meara. »Das ist doch das erste, was wir an der Universität gelernt haben: Man soll aus einem Einzelfall keine generellen Schlußfolgerungen ziehen.«

»Ich habe drei perfekte Anastomosen gemacht; dreimal hat die Herstellung der Verbindung zwischen Pankreasgang und Duodenum geklappt, Pat. Das war das viertemal, und das heißt, daß ich nie sicher sein kann, ob meine

Finger vollkommen gehorchen. In diesem Fall haben sie versagt, und hier ist das Ergebnis.«

»Niemand ist vollkommen ...«

»Vor allem niemand, der jeden Abend zwei bis drei Glas Bourbon trinken muß, um einschlafen zu können. Und der dann am Morgen mit einem so elenden Gefühl aufwacht, daß er Benzedrin nehmen muß, um in die Klinik fahren zu können.«

»Du arbeitest zu viel. Warum nimmst du dir nicht dieses Wochenende frei und kommst mit uns aufs Boot. Wir haben genug Platz.«

»Ich habe Bereitschaftsdienst in der Klinik. Jerry Thorpe spielt morgen in Pensacola ...«

»Mit Ted Moran als Partner?«

»Ja. Warum?«

»Weil manche Leute bereits sagen, Moran sei nicht nur beim Tennis sein Partner.« Der Pathologe ergriff die tote Ratte beim Schwanz und warf sie in einen Abfalleimer. »Der Pathologiediener wird den Kadaver entfernen. Hast du jemand von deinen Lähmungserscheinungen erzählt?«

»Nur Alexa McGillivray.«

»Du kannst dich darauf verlassen, daß sie schweigen wird, und auf mich kannst du dich auch verlassen. Die Behinderung, die übrigens meiner Ansicht nach nicht so schwerwiegend ist, wie du tust, kann also ein Geheimnis zwischen uns dreien bleiben.«

»Darum geht es nicht, denn keiner von uns kann die Tatsache aus der Welt schaffen, daß ein Fehler dieser Art im Ernstfall einem Patienten das Leben gekostet hätte.«

»Leute, die Kopfverletzungen gehabt haben, sind es gewohnt, mit vorübergehenden Lähmungserscheinungen fertig zu werden. Dr. Barrett solltest du jedenfalls nicht mit diesem Problem belasten. Er ist sehr großzügig, wenn es darum geht, einen Patienten zu operieren, auch wenn es medizinisch gar nicht gerechtfertigt ist. Aber er ist sehr streng, wenn es um die Sterblichkeitsrate in der Klinik geht. Bei jedem Todesfall nach einer unvorhergesehenen Komplikation veranlaßt er eine große Untersuchung, und bei der pathologischen Besprechung tobt er, wenn ich keine andere Ursache angeben kann, als einen Fehler des Operateurs.«

XXV

Mark hatte Dr. Julio Montez gestattet, die Klinik früher zu verlassen; er blieb allein zurück und arbeitete bis nach sechs Uhr. Bald nachdem ihn Pat O'Meara die entzündete Bauchhöhle der verendeten Ratte gezeigt hatte, waren die Kopfschmerzen wieder aufgetreten. Sie wurden im Laufe des Nachmittages immer ärger, und nun, als Mark über die hohe Brücke seiner Wohnung entgegenfuhr, glich sein Kopf einer schmerzenden Kugel.

Er sehnte sich nach Hause zu kommen und sich eine Demerolinjektion zu geben und blieb deshalb unterwegs nur kurz bei einem Drugstore stehen, um einen Sandwich zu essen. Als er schließlich seine Wohnung erreichte, zitterten seine Hände so stark, daß er kaum den Schlüssel ins Schloß zu stecken vermochte. In dem Bestreben, so rasch wie möglich zum Kühlschrank zu gelangen, in dem er seinen Vorrat an Demerol aufbewahrte, ließ er den Schlüssel außen stecken.

Einen Augenblick lang erwog Mark, ob er sich nicht zwei Ampullen injizieren sollte, denn die Wirkung einer Ampulle war im Lauf der Zeit immer schwächer geworden. Er schob den Gedanken aber wieder von sich, denn er hatte keine Ahnung, welche Wirkung die Verdoppelung der ohnehin bereits starken Dosierung haben würde. Seine Hände zitterten, als er die Spritze mit dem Inhalt der Demerolampulle füllte, und als sein Blick dabei auf eine hervortretende Vene an seiner linken Hand fiel, kam ihm ein Gedanke, wie er der Droge ein Maximum an Wirkung verleihen könnte. Ohne lange über den Effekt einer intravenösen Injektion nachzudenken, stach er die Nadel in die aus dem Handrücken hervortretende Vene. Als ein Tropfen Blut im Sichtteil der Spritze anzeigte, daß die Nadel eingedrungen war, jagte er mit einem Stoß das Narkotikum in den Blutstrom.

Da er noch nie zuvor eine intravenöse Injektion mit Demerol gemacht hatte, fehlte ihm jede Möglichkeit zu beurteilen, wie schnell und wie stark die Droge wirken würde. Er verspürte aber sofort ein kaum jemals erlebtes Hochgefühl, annähernd vergleichbar mit dem Rausch, der ihn erfaßt hatte, als er Claire in der gleißenden Mondnacht auf dem Balkon ihrer Wohnung umarmt hatte.

Sein Kopf begann zu schwanken, als die Flutwelle des Narkotikums sein Gehirn erreichte, und er stolperte zum Bett, ohne sich seiner Kleider zu entledigen. Der Raum drehte sich bereits um ihn, als er die Nadel aus der Vene zog, die Spritze fiel aus seiner zitternden Hand auf die Erde, und bevor er sie aufheben konnte, stürzte ihn die Droge in völliges Vergessen.

Drittes Buch

Canyonhead

I

Als Mark erwachte, fielen die Sonnenstrahlen durch die Glastür des Balkons, und aus der Küche drang das Klappern von Geschirr und der köstliche Geruch von gebratenem Speck. Mark fühlte keine Schmerzen, und sein Kopf war klar, was ihm nach einem Blick auf die Uhr verständlich erschien, war es doch bereits halb acht Uhr, und seit der Demerolinjektion waren mehr als zwölf Stunden vergangen.

Er erinnerte sich, daß er sich in den letzten Sekunden, in denen er noch bei Bewußtsein gewesen war, auf das Bett geworfen hatte, und wunderte sich, daß er nun ohne Schuhe, Jacke und Krawatte, wohl aber in Hose und Hemd dalag.

»Wer ist da?« rief er und traute seinen Augen nicht, als Alexa McGillivray in der geöffneten Küchentür erschien.

»Haben Sie sich entschlossen aufzustehen?« Sie trug einen weißen Hosenanzug, der zerknittert wirkte.

»Was machen Sie hier?«

»Das ist eine lange Geschichte. Sie haben gerade noch Zeit, sich vor dem Frühstück die Zähne zu putzen, und dann werde ich sie Ihnen erzählen. Wie möchten Sie Ihren Speck?«

»Gut durchgebraten, bitte.«

Als Mark aus dem Badezimmer kam, sah er, daß Alexa den Frühstückstisch auf dem Balkon gedeckt hatte.

»Trinken Sie Ihren Orangensaft, während ich das Frühstück bringe«, sagte sie.

Er gehorchte ohne Widerrede, ließ sich in einen der beiden Stühle fallen und griff nach dem Glas. Bald darauf erschien sie mit einer Tasse dampfendem Kaffee und einem Teller mit Speck und Eiern.

»Jetzt sehen Sie schon menschlicher aus«, sagte sie.

»Als ich Sie gestern abend gegen halb acht Uhr quer über dem Bett liegen sah, haben Sie kaum geatmet, und man hätte Sie für tot halten können.«

»Wie sind Sie hereingekommen?«

»Ihr Schlüssel steckte im Schloß.« Sie ging in die Küche und kehrte mit Kaffee und Speck mit Ei für sich zurück. »Diese Brise vom Meer ist köstlich. Wenn ich eine Wohnung mit Blick auf die Bucht und einen Balkon hätte, würde ich immer draußen essen.«

»Sie haben mir noch nicht erzählt, wie Sie hereingekommen sind.«

»Ich war am Abend noch im Spital wegen eines Patienten mit Gallenbeschwerden. Wie ich zum Parkplatz gegangen bin, habe ich Max, den Pathologiediener, getroffen, der mir gesagt hat, daß die Ratte, an der wir am Tag zuvor operiert haben, tot ist. Ich bin in den Keller gegangen, und Max hat mir gezeigt ...«

»... wo die Naht durchgeschnitten hat.«

»Wie ist das wohl passiert?«

»Ich weiß es«, sagte er bitter. »Während der Operation ist wieder einmal, nur für einen Augenblick, die Verbindung zwischen meinem Gehirn und meinen Fingern unterbrochen gewesen, lange genug, um die Nadel zu tief hineinzustechen und meine Karriere als Chirurg zu beenden.«

»Sie haben einen Rückschlag erlitten, aber das ist noch kein Grund zum Verzweifeln.«

»Ich wollte, ich könnte Ihren Optimismus teilen. Aber wieso haben Sie gewußt, wie es um mich steht, nachdem Sie die tote Ratte gesehen haben?«

»Vielleicht war es der sechste Sinn. Ich habe bei Ihnen angerufen, aber es hat sich niemand gemeldet. Also bin ich auf dem Heimweg an Ihrem Haus vorbeigefahren und habe gesehen, wie Ihr Wagen quer auf dem Parkplatz gestanden ist, als wäre Ihnen schlecht geworden, und Sie wären nach Hause geeilt und hätten ihn achtlos stehen lassen. Daraufhin bin ich ausgestiegen und zu Ihrer Wohnung gegangen. Der Schlüssel steckte außen.«

Sie griff nach der Kaffeekanne und schenkte seine Tasse neuerlich voll. »Auf dem Boden lagen eine leere Ampulle Demerol, eine Injektionsspritze und ein blutbeflecktes Taschentuch. Daraus habe ich geschlossen, daß Sie sich eine Injektion in die Vene gegeben haben.«

»Haben Sie geglaubt, daß ich mich umbringen wollte?«

»Nein. Dazu hätte eine Ampulle Demerol nicht genügt, auch intravenös nicht. Ich habe angenommen, daß Sie wegen der toten Ratte deprimiert waren und sich mit Demerol betäuben wollten.«

»Es ist besser als Alkohol«, sagte er. »Wenn ich mich betrunken hätte, wäre ich jetzt vollkommen fertig. So aber fühle ich mich ganz in Ordnung.«

»Das sagen viele Demerolsüchtige, die Dr. Hirschberg in der Drogenstation behandelt«, meinte sie lakonisch. »Ich habe Ihnen jedenfalls Jackett und Schuhe ausgezogen und darauf gewartet, daß Sie am Morgen erwachen.«

»Warum sind Sie nicht heimgefahren, nachdem Sie sich davon überzeugt hatten, daß ich nicht an einer Überdosis sterben werde?«

»Sie hatten doch Bereitschaftsdienst, wissen Sie das nicht mehr? Sie hätten weder das Telefon noch das elektronische Rufgerät gehört, und dann hätte es am Montagmorgen einen großen Krach mit Dr. Barrett gegeben.«

»Und wie hätten Sie mich wach gekriegt, wenn man mich tatsächlich gebraucht hätte?«

»Ich habe einige solche Situationen mit Jerry Thorpe erlebt, also trage ich in meiner Bereitschaftstasche immer Ampullen mit Gegenmitteln bei mir. Eines davon hätte Sie schnell munter gemacht.«

»Ich stehe tief in Ihrer Schuld. Wie kann ich mich bei Ihnen bedanken?«

»Im Augenblick fällt mir nichts ein, aber ich werde es

Ihnen schon einmal sagen. Zunächst einmal sollten Sie mir versprechen, daß Sie sich nicht jedesmal mit Alkohol und Demerol betäuben, wenn Sie Pech haben.«

II

Es war Samstag nachmittag, als Mark bei der Lektüre einer medizinischen Fachzeitschrift durch das Läuten des Telefons gestört wurde. Es war Gina Martenson.

»Hallo, schöner Fremder«, sagte sie. »Was machen Sie, während sich Claire in Hollywood mit Filmstars herumtreibt?«

»Ich arbeite. Vor allem muß ich mich um die Klinik in der Altstadt kümmern.«

»Die nach allem, was ich höre, floriert, weil Sie ein ausgezeichneter Arzt sind.«

»Man tut, was man kann. Wie geht es Paul?«

»Gut. Er ist in seinem geliebten Boston bei einer Tagung. Einer seiner Freunde hätte heute abend mit mir zu einer Gesellschaft im Yacht-Club gehen sollen, aber er ist plötzlich krank geworden. Wollen Sie nicht für ihn einspringen?«

»Ich möchte gerne, aber ich habe Bereitschaftsdienst.«

»Das macht nichts, man kann Sie ja mit dem Rufgerät erreichen.«

»Außerdem darf ich nicht viel trinken.«

»Es ist kein Besäufnis, sondern bloß eine gemütliche Gesellschaft. Alle Männer müssen so wie Sie am Montag früh wieder arbeiten.«

»Also gut, wann soll ich Sie abholen?«

»Wir wohnen am Stadtrand in der Nähe des Flusses, aber Sie müssen nicht herauskommen. Irgend jemand wird mich schon in die Stadt bringen. Wir treffen uns um neun Uhr im Club, und dann gibt es Drinks, Tanzen und vielleicht sonst noch was – in dieser Reihenfolge.«

»Ich weiß nicht genau, was Sie unter ›sonst noch was‹ verstehen.«

»Was uns eben Spaß macht. Wir sehen uns um neun«, sagte sie munter und legte auf.

Nachdem er mit Gina gesprochen hatte, beschloß Mark, seinen üblichen Fünf-Meilen-Lauf zu machen, um sich das Demerol aus dem Leibe zu schwitzen. Als er danach unter der Dusche hervorkam, läutete abermals das Telefon. Diesmal war es Alexa.

»Ich wollte schon auflegen und die Vermittlung bitten, Sie über das Rufgerät zu erreichen«, sagte sie.

»Ich bin gelaufen und habe nachher geduscht. Deshalb habe ich das Telefon nicht gehört. Was ist los?«

»Mir gefällt eine Patientin nicht, an der Jerry Thorpe heute einen Wertheim vorgenommen hat. Können Sie einen Blick auf sie werfen?«

»Natürlich. Wo sind Sie jetzt?«

»Im Spital. Ich mache meine Kontrollgänge am Samstag und Sonntag in der Regel früher, aber heute bin ich spät dran, weil ich nach Hause gehen, duschen und die Kleider wechseln mußte, bevor ich ins Spital fuhr.«

»Ich bin in einer Viertelstunde bei Ihnen!«

III

Alexa wartete in der Frauenstation auf ihn und sah in ihrer sommerlichen Schwesterntracht frisch und ausgeruht aus.

Die Patientin, eine Mrs. Thomas, war eine Frau am Beginn der Sechziger und klagte über Schmerzen an der rechten Seite. Das war insoferne ungewöhnlich, als eine Krebsoperation nach Wertheim, wie sie bei ihr vorgenommen worden war, in der radikalen Entfernung von Gebärmutter, Eierstöcken und Eileitern, also praktisch einer Ausräumung des Beckens bestand. Der Blutdruck der Patientin war trotz einer Transfusion in den letzten zwölf Stunden ständig gefallen.

Mark stellte bei der Untersuchung fest, daß die Bauchdecke weich und nur oberhalb der Operationsnarbe druckempfindlich war. Sobald er aber die rechte Hälfte der Patientin abtastete, schrie sie vor Schmerz auf, doch waren ihre Muskeln so verkrampft, daß er nicht feststellen konnte, ob eine Verhärtung vorhanden war.

»Wie ist die Harnausscheidung?« fragte er.

»Viel geringer, als sie sein sollte.«

»Es sieht so aus, als ob die rechte Niere nicht in Ordnung wäre«, sagte Mark, nachdem sie den Raum verlassen hatten und von der Patientin nicht mehr gehört werden konnten. »Hatte Jerry Probleme bei der Operation?«

»Ja. Er war nicht ganz sicher, ob das Karzinom nicht bereits über die Gebärmutter hinausgewachsen war, und ging daher so weit er nur konnte. Dabei hatte er dann Schwierigkeiten mit einer anomalen Arterie.«

»Auf der rechten Seite?« fragte Mark alarmiert.

»Ja. Es war ein Ast der Eileiter- oder Gebärmutterarterie, aber eigentlich größer, als man sie dort erwartet.«

»Ich finde auf der Krankentabelle keinen Bericht über den Operationsverlauf.«

»Jerry hatte es eilig, weil er zu irgendeinem Tennisturnier mußte. Er hat gesagt, daß er den Bericht am Montag diktieren wird.«

»Macht er das immer so?«

»Wenn er es eilig hat, macht er es so wie viele Chirurgen. Manche diktieren ihre Berichte erst nach ein, zwei Tagen.«

»Ein Glück, daß Sie bei dem Eingriff anwesend waren, sonst würde ich völlig im Dunkeln tappen«, fuhr Mark fort.

»Was ist Ihre Meinung?«

»Es könnten verschiedene Sachen sein. Die Schmerzen, aber auch die Verkrampfung könnten von einem

Bluterguß stammen, der vielleicht von der Arterie kommt, mit der Jerry Probleme hatte. Es könnte aber auch eine Entzündung der rechten Niere sein.«

»Ihre Temperatur ist aber nur leicht erhöht.«

»Das spricht gegen eine Infektion. Ein beschädigter Harnleiter zwischen rechter Niere und Blase hätte bereits früher Symptome zeigen müssen. Hat sie schon eine Bluttransfusion bekommen?«

»Ja, eine während der Operation.«

»Wir werden ihr noch eine geben und die Demeroldosis auf hundert Milligramm erhöhen. Wenn die Schmerzen trotzdem anhalten, werden wir sie morgen wohl aufmachen müssen. Übrigens: Ich bin heute abend im Yacht-Club, aber Sie können mich ja mit dem Rufgerät erreichen.«

IV

Als Mark in den Club kam, fand er Gina Martenson an einem Tisch nahe des Tanzparketts inmitten einer großen, lärmenden Gesellschaft.

»Mark«, rief sie bei seinem Anblick, stand auf, kam ihm entgegen und führte ihn zu ihrem Tisch. »Mit geschorenem Kopf sehen Sie aus wie der göttliche Kojak.«

»Ich hoffe, nicht mehr lange. Komme ich zu spät?«

»Nein. Das Ehepaar McIntosh ist noch nicht da. Sie kommen immer als letzte, damit Helene einen großen Auftritt hat.«

Es war eine Gesellschaft von Ärzten, Anwälten und Bankiers. Die Frauen waren sehr gepflegt und elegant, und die Männer machten durchwegs einen wohlhabenden und selbstbewußten Eindruck. Sie hatten alle schon mehrere Drinks gehabt, aber Mark bestellte nur eine Flasche Bier und gab als Begründung an, daß er Bereitschaftsdienst habe und sich eine Patientin nicht wohl fühle.

»Eine Ihrer Patientinnen?« fragte einer der anwesenden Ärzte.

»Nein«, antwortete Mark. »Aber der Bereitschaftsdienst kümmert sich um alle Patienten der Klinik.«

»Da hat er wahrscheinlich viel zu tun», sagte ein anderer Arzt. »Wann immer ich versuche, einen Patienten im Gulfside-Spital unterzubringen, habe ich den Eindruck, daß es zur Gänze von Patienten der Barrett-Klinik belegt ist.«

»Das ist nur gerecht«, meinte sein Kollege. »Wenn unter Dick Barretts Patienten nicht einige prominente Politiker in Washington gewesen wären, hätte die Stadt nie die Steuergelder für den Bau des Spitals bekommen.«

»Vor allem dann nicht, wenn die Behörden in Washington gewußt hätten, daß die Stadt das Spital gleich nach der Fertigstellung an eine Privatfirma verpachten wird«, sagte ein anderer Arzt.

In diesem Augenblick traf das Ehepaar McIntosh ein, und Helene machte tatsächlich, wie Gina vorhergesagt hatte, einen großen Auftritt. Edward McIntosh begrüßte Mark herzlich, während sich seine Frau reservierter verhielt, bis Mark sie zum Tanz aufforderte.

»Danke, daß Sie mich nicht verraten haben«, sagte sie, als sie außerhalb der Hörweite der am Tisch zurückgebliebenen Gesellschaft waren. »Ich hoffe, Sie haben das charmante kleine Hotel in Berkeley Springs in West Virginia nicht vergessen.«

Ihre Worte ließen die Erinnerung in ihm wach werden, und ohne lügen zu müssen, sagte er: »Wie könnte ich!«

»Ich habe etwa einen Monat nach diesem Wochenende in Berkeley Springs Baltimore verlassen.«

»Sie haben mir gefehlt.«

»Vielleicht, aber Sie hatten sicher genügend andere Zerstreuungen. Ich gebe dagegen gerne zu, daß ich mich damals fast in Sie verliebt hätte.«

»Das beruht auf Gegenseitigkeit«, log er tapfer.

»Danke schön, auch wenn es nicht stimmt. Sie hatten eben erst Ihr Studium beendet, und ich hatte keine Lust, weitere fünf Jahre als Krankenschwester zu arbeiten, um einen fast mittellosen Assistenzarzt zu unterstützen.«

»Bei mir hätten Sie sogar sieben Jahre arbeiten müssen.«

»Um so schlimmer. Ich habe zu viele Kolleginnen gesehen, die diesen Weg gegangen sind. Sie haben ein oder zwei Kinder bekommen, sobald ihr Mann soviel verdiente, daß sie selbst nicht mehr arbeiten mußten. Und sobald dann der Mann seine eigene Praxis eröffnete, ließ er sich scheiden, und sie stand mit den Kindern da und konnte sehen, wo sie blieb.«

»Es muß nicht immer so sein.«

»Aber es ist meistens so. Wenn Sie länger hier sind, werden Sie unschwer die Opfer solcher Ehen erkennen, die im Spital arbeiten müssen, um sich und die Kinder zu erhalten. Sie sehen vorzeitig gealtert aus und müssen auf die Minute genau den Dienst beenden, um den kleinen Joe und die kleine Jill aus dem Kindergarten zu holen. Sie sehen immer ein bißchen unordentlich aus, weil sie Kleider tragen, die nicht gebügelt werden müssen, und sie sind, nachdem sie die Kinder gefüttert und zu Bett gebracht haben, viel zu müde, um auszugehen.«

»Mein Gott, das ist aber ein sehr tristes Bild, das Sie von Medizinerehen malen.«

»Von gescheiterten Medizinerehen! Von Ehen von jungen Krankenschwestern, die sich nach ein paar Wochenenden in romantischen Landhotels in junge Assistenzärzte verlieben. Wenn ich noch mehr Ausflüge wie den nach Berkeley Springs gemacht hätte, wäre ich vielleicht den gleichen Weg gegangen, aber letzten Endes wußte ich, daß das nichts für mich war.«

»Sie haben offensichtlich etwas Besseres gefunden!«

»Warum auch nicht?« Sie zuckte mit den Achseln. »Ich bin etwa ein Jahr, bevor Edwards Frau an Brustkrebs starb, als Krankenschwester an das Gulfside Spital gekommen. Edward ist zwanzig Jahre älter als ich, aber noch sehr agil, auch im Bett. Natürlich ist er nicht mit Ihnen zu vergleichen, aber es gibt andere Annehmlichkeiten: meinen Cadillac Cimarron, ein Haus am Meer, ein Dienstmädchen und hin und wieder einen kleinen Seitensprung, wenn mein Mann nicht da ist.« Sie warf ihm einen lauernden Blick zu. »In einigen Wochen zum Beispiel hat die Amerikanische Psychiatrische Gesellschaft ihre Jahrestagung in Chicago, und Edward hält dort einen Vortrag über berufsbehinderte Ärzte. Sie wissen ja, daß er der Vorsitzende des Komitees für berufsbehinderte Ärzte ist.«

»Ja, ich habe davon gehört, aber ich hoffe, daß ich nie behindert sein werde.«

»In Berkeley Springs waren Sie es jedenfalls nicht. Edward will, daß ich mit ihm nach Chicago fahre, aber das geht nicht. Am Tag seiner Abreise ist Generalversammlung meines Frauenklubs, und ich soll zur Vizepräsidentin gewählt werden.«

»Könnten Sie ihm nicht nachreisen?«

»Wozu? Er ist fast eine Woche weg, und in dieser Zeit könnten wir ein schönes Wochenende verbringen wie damals in Berkeley Springs. Aber wir müssen vorsichtig sein. Sie können sich nicht vorstellen, wie eifersüchtig Edward sein kann, selbst auf Männer, die ich schon vor meiner Ehe gekannt habe.«

Bevor Mark auf die unverblümte Einladung zu einem Ehebruch antworten konnte, erschien Gina auf dem Parkett und berührte Helene am Arm.

»Mark gehört mir, meine Liebe. Geh hin und kümmere dich um deinen Mann. Dazu hast du ihn ja geheiratet. Um ihn zu lieben und zu ehren und ihm zu folgen, bis daß der Tod euch scheidet. Was, wenn es nach dir geht, möglichst bald geschehen sollte.«

»Du bist wirklich eine Hexe, Gina.« Helene McIntosh

zeigte aber keine sonderliche Gemütserregung, als sie sich nun aus Marks Armen löste und Gina ihren Platz überließ. »Ich danke Ihnen für den Tanz, Dr. Harrison. Auf bald.«

»Eines möchte ich wissen: Was habt ihr beide in Lakeview getrieben«, sagte Gina, während sie zu tanzen begannen.

»Nichts, ich schwöre es Ihnen. Ich habe sie bei Dr. Barretts Abendessen das erstemal gesehen.«

»Sie sind ein schlechter Lügner, aber dafür sind Sie diskret. Viele Männer haben die unangenehme Eigenschaft, sich mit ihren Affären zu brüsten. Falls Edward McIntosh jemals erfährt, daß sie etwas mit Helene gehabt haben, mischt er Ihnen Zyankali in Ihr Schlafmittel.«

Mark lachte. »Ich hoffe, ich werde nie etwas mit einem Psychiater zu tun haben, vor allem nicht mit Dr. McIntosh.«

»Sie werden nie einen brauchen, und ich auch nicht«, versicherte sie.

»Wieso wissen Sie das?«

»Weil wir einander sehr ähnlich sind. Sie sind ein Bauernjunge aus North Carolina, und ich bin ein altmodisches Mädchen mit einem Sinn für altmodische Werte: ein hübsches Haus, viel Geld, ein Dienstmädchen und einen Mann, der seine ehelichen Pflichten treulich erfüllt, was bei Paul der Fall ist.«

Ein schnarrendes Geräusch schreckte sie beide auf.

»Was ist das?« fragte Gina.

»Mein Rufgerät. Wo ist das nächste Telefon?«

»Im Büro des Geschäftsführers.«

Mark rief die Klinik an, und die Vermittlung sagte ihm, Alexa McGillivray sei im Gulfside-Spital und wolle ihn sprechen.

»Miß McGillivray, bitte«, sagte er, als sich die Spitalsvermittlung meldete. »Hier spricht Dr. Harrison!«

Alexa meldete sich sofort. »Die Schmerzen von

Mrs. Thomas sind ärger geworden, und die Harntätigkeit hat fast aufgehört. Ich fürchte, daß sie bald in einen Schock verfällt.«

»Rufen Sie Dr. Barrett an und fragen Sie ihn, ob er sich mit uns im Spital treffen kann«, befahl er ihr. »Ich glaube, man wird einen Eingriff vornehmen müssen, und ich möchte sein Einverständnis haben.«

»In Ordnung.« Alexa hatte den Hörer aufgelegt.

»Es tut mir leid, Gina«, sagte Mark. »Der Zustand einer Patientin von Jerry Thorpe hat sich verschlechtert. Wir werden operieren müssen. Können Sie allein nach Hause fahren?«

»Natürlich«, sagte sie. »Aber das sind die Augenblicke, in denen ich froh bin, keinen Arzt geheiratet zu haben.«

V

Alexa erwartete Mark in der Intensivstation und hielt ihm die Krankentabelle entgegen, deren Eintragungen für sich sprachen. Die Temperaturkurve war noch immer normal, was mit größter Gewißheit bedeutete, daß es sich bei der Komplikation, wie er schon bei der ersten Untersuchung am Nachmittag angenommen hatte, um keine Infektion handelte. Die anderen Werte waren dagegen alarmierend.

Der Herzschlag der Patientin hatte sich ständig beschleunigt und hielt nun bei 120. Trotz der Transfusion, die er angeordnet hatte, war der Blutdruck auf 90 zu 60 gesunken, und das Blutbild ließ auf einen unmittelbar bevorstehenden Schock schließen, der in der weiteren Folge zu einem Kreislaufkollaps und schließlich zu Herzversagen führen mußte.

Auch die Harnausscheidung hatte fast völlig aufgehört, was zusammen mit dem Ansteigen des Harnstickstoffs im Blut erkennen ließ, daß der Körper durch seine eigenen Stoffwechselprodukte vergiftet wurde.

Als Mark seine Untersuchung beendet hatte, erschien Dr. Richard Barrett in dem kleinen, abgeteilten Raum der Intensivstation, in dem Mrs. Thomas lag. Er hielt die neuesten Laborbefunde in der Hand und machte ein ernstes Gesicht.

»Ich bin froh, daß Sie erreichbar waren, Sir«, begrüßte ihn Mark. »Ich glaube, wir müssen sie sofort aufmachen.«

»Was ist Ihre Diagnose?« Barrett fühlte den Puls der Patientin, während er die Krankentabelle kontrollierte.

»Vielleicht sollten wir das nicht hier besprechen.« Mark hatte das angsterfüllte Gesicht des Gatten der Patientin gesehen, der durch das Glasfenster der Tür in den Raum spähte.

Barrett nickte und ging zur Tür, wo er zu Mr. Thomas sagte: »Dr. Harrison und ich müssen die neuesten Befunde besprechen. Wir sind gleich wieder zurück.«

»Wird sie sterben?«

»Sie hat einen ernsten Rückschlag erlitten«, sagte Barrett. »Wir werden wahrscheinlich noch einmal operieren müssen.«

»Hat sich der Krebs weiter ausgebreitet? Dr. Thorpe hat gesagt, er konnte alles entfernen.«

»Die Komplikation scheint mit der rechten Niere zusammenzuhängen und hat sicher nichts mit Krebs zu tun«, versicherte Dr. Barrett. »Ich sage Ihnen endgültig Bescheid, sobald ich mit Dr. Harrison gesprochen habe.«

In dem kleinen Ärztezimmer der Intensivstation änderte sich Dr. Barretts Haltung abrupt. »Ich habe keinen Operationsbericht gefunden«, sagte er streng. »Wo ist er?«

»Dr. Thorpe«, erwiderte Alexa, »konnte ihn nicht diktieren, bevor er ging ...«

»Warum nicht? War er wieder betrunken?«

»Nein, Sir. Aber er hatte es eilig, weil er an diesem Wochenende bei einem Tennisturnier antritt.«

»Ein Glück, daß wenigstens Sie dabei waren«, sagte Barrett resigniert. »Sie können uns die Operation genauso gut beschreiben wie Jerry. Vielleicht sogar besser. Also, was ist schiefgegangen?«

»Es war ein routinemäßiger Wertheim, wenn man von der Schwierigkeit mit einer anomalen Arterie absieht.«

»Welche anomale Arterie?« fragte Barrett.

»Dr. Thorpe konnte nicht feststellen, von wo sie kam ...«

»Und auch nicht, wohin sie führte, was noch bedeutsamer ist«, warf Mark ein. »Wenn meine Vermutung stimmt, die ich natürlich nur aus dem Stegreif machen kann, dann hat Jerry die Blutzufuhr zum rechten unteren Nierenpol unterbunden.«

»Ein Chirurg kann nicht aus dem Stegreif urteilen«, hielt ihm Barrett vor. »Wo sind Ihre Beweise?«

»Sehen Sie sich den klinischen Befund an«, sagte Mark. »Schmerzen und eine weiche Stelle über jenem Teil der rechten Niere, deren Blutversorgung wahrscheinlich unterbrochen ist, weil Jerry eine Arterie abgebunden hat. Er hat ihre Funktion offensichtlich nicht erkannt. Zu diesem Schluß komme ich auf Grund der Schilderung, die mir Alexa, ich meine Miß McGillivray, von der Operation gegeben hat.«

»Wie groß war die Arterie, Alexa?« fragte Barrett.

»Sie war etwa so dick wie ein Strohhalm«, antwortete sie. »Jedenfalls war sie so groß, daß ich Dr. Thorpe fragte, ob er sie wirklich abbinden wolle, aber er hatte sie schon durchschnitten, und so hatte er keine andere Wahl.«

»Schade, daß Sie nicht dabei waren, Mark«, meinte Barrett. »Sie hätten sie unter dem Mikroskop wieder zusammennähen können.«

»Das kann ich ja noch immer«, erklärte Mark nachdrücklich.

Barrett zog zweifelnd die Augenbrauen hoch. »Obwohl die Niere schon geschädigt ist? Falls Ihre Diagnose stimmt, wäre es doch einfacher, die Niere zu entfernen.«

»Das wäre das Eingeständnis eines Kunstfehlers samt allen damit verbundenen Konsequenzen«, sagte Mark brüsk.

»Da haben Sie recht«, gab Barrett zu. »Aber wenn die Blutzufuhr zum unteren Teil der rechten Niere unterbunden ist, wie Sie vermuten, wieso haben dann die Schocksymptome nicht früher eingesetzt?«

»Die Patientin hat ja schon am Nachmittag über Schmerzen in der rechten Seite geklagt und die ersten Anzeichen eines Schocks gezeigt«, sagte Mark. »Aber in diesem frühen Stadium war ich völlig auf Vermutungen angewiesen, und Sie haben selbst gesagt, daß ein Chirurg nicht Urteile aus dem Stegreif fällen soll.«

»Und nun sind Sie Ihrer Diagnose gewiß?«

»Ich bürge für sie«, antwortete Mark ohne Zögern.

»Das genügt mir«, meinte Barrett. »Lassen Sie den OP-Raum fertig machen, Alexa, und rufen Sie Dr. Porter zur Narkose.«

»Ja, Sir«, sagte sie und verließ den Raum.

»Ich überprüfe noch das Mikroskop und mache mich dann zur Operation fertig«, erklärte Mark. »Würden Sie der Familie der Patientin sagen, was wir machen und warum? Es ist besser, wenn sie es vom Chef der Klinik erfährt.«

»Ich werde ihnen sagen, was wir machen, aber nicht, warum«, sagte Barrett. »Ein Stein im Nierenbecken könnte bei einer Patientin, die durch eine Wertheimoperation geschwächt ist, die gleichen Symptome hervorgerufen haben.«

»Aber ...«

»Mark, ein Chirurg muß rechtzeitig lernen, daß er die Familie eines Patienten nicht unnötig beunruhigen soll, vor allem, wenn er selbst nicht genau weiß, woran er ist.«

»Operieren Sie mit uns?« fragte Mark.

»Sie und Alexa sind bereits ein gut eingespieltes Team«, antwortete Barrett. »Ich würde nur im Weg sein, wenn Sie die abgebundene Arterie wieder zusammennähen. Sie ist jetzt in Ihren Händen.«

Glücklicherweise hatte Mark das Operationsmikroskop für den Fall, daß es am Wochenende gebraucht würde, aus dem improvisierten OP-Raum im Keller nach oben bringen lassen. Was er nicht vorhergesehen hatte, waren die stechenden Kopfschmerzen, die ihn nun beim Umkleiden in der Ärztegarderobe befielen, und das Zittern der Hände, das so arg war, daß er sich kaum die Maske vor das Gesicht binden konnte.

Er wußte aber, daß das Leben von Mrs. Thomas von der Verläßlichkeit dieser Hände abhängen konnte, und deshalb griff er zu der kleinen Bereitschaftstasche, die er ständig bei sich trug. Er entnahm ihr eine Hundert-Milligramm-Ampulle Demerol und eine sterile Injektionsspritze aus Plastik. Nachdem er den Gummibelag von der Nadel gezogen hatte, die sie vor Verschmutzung schützte, zog er den Inhalt der Ampulle in die Spritze.

Den Einstich verspürte er kaum, dafür aber das brennende Gefühl, als er die Droge tief in den Muskel des linken Oberarms knapp unter der Schulter jagte. Er mußte so hoch ansetzen, damit der Nadelstich vom kurzen Ärmel der Operationsjacke, die er trug, verdeckt wurde. Spritze und Ampulle warf er in den Papierkorb und wühlte sie in die Abfälle hinein, damit sie nicht gleich gesehen werden konnten.

Als er den Waschraum betrat, in dem Alexa, das Haar unter einer Haube verborgen, bereits an einem Becken stand, fühlte er, wie sich der Krampf in Kopf und Händen zu lösen begann.

»Alles ist vorbereitet«, sagte sie. »Ich bin froh, daß Sie das Mikroskop aus dem Keller kommen ließen.«

»Ich auch«, sagte er und begann mit dem Händewaschen. »Wir werden Jerrys Schnitt wieder öffnen, und ich hoffe, daß wir dann alles Nötige ohne einen zweiten Schnitt machen können.«

Als Mark nach zehn Minuten mit dem Waschen fertig war, zitterten seine Hände nicht mehr, und als ihm der sterile Operationsmantel und die Gummihandschuhe angelegt wurden, hatte ihm die Droge bereits so viel Selbstvertrauen verliehen, daß er sich ganz als Herr der Situation fühlte.

Alexa hatte sogleich die schwarzen Seidenfäden durchschnitten, mit denen Thorpe die Bauchdecke der Patientin geschlossen hatte. Kein Blut trat zutage, als Mark mit dem flachen Skalpell behutsam die Fettschicht unter der Haut beiseite schob, deren Ränder bereits im Begriff waren, wieder zusammenzuwachsen. Mark und Alexa, die präzise und reibungslos zusammenarbeiteten, benötigten nur einige Minuten, um den Operationseinschnitt bis zu den tiefergelegenen Schichten des Bauchfells zu öffnen. Während Alexa auf ihrer Seite den linken Wundrand mit der linken Hand anhob, hob er den rechten Rand und zwängte einen Wundsperrer dazwischen, so daß der Zugang zu Becken und Bauchhöhle offen stand.

»Ein bißchen mehr Neigung bitte«, befahl Mark. »In Ordnung.«

Der Anästhesist drückte auf einige Knöpfe, um den unteren Teil des Operationstisches anzuheben und gleichzeitig den oberen Teil zu senken. Der Körper der Patientin befand sich nun in einer Steillage, in der Dünndarm und Dickdarm aus dem Becken in die weitaus größere Bauchhöhle bis zum Zwerchfell glitten, wo sie Mark, sorgfältig mit Gaze umhüllt, aus dem unmittelbaren Operationsfeld entfernte. Während er damit beschäftigt war, saugte Alexa die blutdurchsetzte Flüssigkeit ab, die sich in der Tiefe des Beckens angesammelt hatte.

»Sehen Sie etwas?« Richard Barrett stand auf einem Schemel hinter Mark, so daß er über dessen rechte Schulter auf den Operationstisch blicken konnte.

»Bis jetzt nichts Besonderes.«

»Gibt es noch irgendeine Geschwulst?«

»Nein. Jerry hat eine ausgezeichnete Hysterektomie gemacht.«

»Gut. Es ist schon etwas wert, wenn wir der Familie versichern können, daß das Karzinom vollständig entfernt worden ist.«

»Bitte, zeigen Sie mir jetzt, wo Dr. Thorpe auf die Arterie gestoßen ist«, sagte Mark zu Alexa. »Vielleicht kann ich die Stelle freilegen, ohne die Bauchdecke allzusehr öffnen zu müssen.«

Alexa deutete auf eine leichte Ausbuchtung unter der Bauchwand nahe dem Beckenrand.

Mark öffnete vorsichtig die Bauchdecke an der Stelle, an der Thorpe das Ende der Arterie unter einem Stück Gewebe mit einer Naht abgebunden hatte.

»Jerry hat seine Spuren gut verwischt«, sagte Mark.

»Sein Fehler war, nicht erkannt zu haben, was er durchgeschnitten hat, und nicht Hilfe herbeizuholen«, sagte Barrett. »Ein guter Chirurg arbeitet nicht in Eile, weil er zum Wochenende die Stadt verlassen will. Was werden Sie jetzt machen, Mark?«

»Zuerst muß ich die Arterie, die Jerry durchgeschnitten und abgenäht hat, genau identifizieren. Ich muß sehen, wohin sie führt.«

»Und nicht, woher sie kommt?«

»Das auch. Aber augenblicklich ist es wichtig zu wissen, wohin sie führt, weil sie wahrscheinlich lebensnotwendig für die Blutversorgung der Niere ist. Sobald wir wissen, wo sie hinführt, können wir nachforschen, woher sie kommt, und dann versuchen, die beiden Enden zusammenzuführen, um die Niere wieder mit Blut zu versorgen.«

»Und wenn das nicht gelingt?« fragte Barrett.

»Dann müssen wir versuchen, sie mit einer anderen Arterie zu verbinden«, meinte Mark. »Jedenfalls ist es entscheidend, die Blutversorgung der Niere wieder sicherzustellen.«

»Wissen Sie schon, welche Arterie Sie nehmen werden?«

Mark zuckte mit den Achseln. »Das müssen wir erst sehen.«

In der nächsten halben Stunde war Mark mit der Untersuchung jener Gewebeteile beschäftigt, aus denen Gebärmutter, Eierstöcke und Eileiter, die alle entfernt waren, ihre Blutversorgung erhalten hatten. Als er damit fertig war, waren die Arterie, die zur rechten Niere führte, und die Naht, die der Gynäkologe gemacht hatte, um sie zu schließen, deutlich sichtbar.

»Ihre Diagnose hat also gestimmt, Mark«, sagte Barrett anerkennend. »Werden Sie jetzt eine Verbindung mit der Eierstockarterie herstellen?«

»Zuerst möchte ich prüfen, ob meine Annahme stimmt, daß eine kollaterale Zirkulation innerhalb der Niere den unteren Pol davor bewahrt hat, aus Sauerstoffmangel zu sterben«, sagte Mark.

»Wie wollen Sie das feststellen?« fragte Alexa.

»Indem wir die Ligatur öffnen, mit der Dr. Thorpe das Ende der Arterie abgebunden hat«, erklärte Mark. »Falls der untere Nierenpol genügend Blut durch den kollateralen Kreislauf innerhalb des Organes erhalten hat, um lebendig zu bleiben, muß etwas Blut in die Arterie strömen.«

Er nahm ein frisches Skalpell und durchschnitt die Arterie oberhalb der Abbindung. Einen Augenblick geschah gar nichts, dann kam plötzlich ein etwa dreißig Millimeter langer Klumpen, der sich hinter der Abbindung gebildet hatte, zum Vorschein und dann ein Spritzer hellroten Blutes.

»Das bedeutet, daß die Niere gerettet werden kann«, sagte Barrett. »Aber ich bin nicht sicher, ob ich das gleiche von Jerry Thorpe sagen kann.«

»Was hier geschehen ist, kann jedem Chirurgen passieren.«

»Nur einem Chirurgen, der alles vergessen hat, was in ›Grays Anatomie‹ steht, und nicht weiß, daß im Becken zusätzliche Nierenarterien häufig sind«, sagte Barrett.

Es dauerte etwa dreißig Minuten, bis Mark ein Blutgefäß gefunden hatte, das der von Thorpe durchschnittenen Nierenarterie Blut zuführen konnte. Es war die Eierstockarterie, die von der Patientin insoferne nicht mehr gebraucht wurde, als beide Eierstöcke entfernt worden waren. Mark stellte mit großer Befriedigung fest, daß es kein Problem sein würde, das abgeschnittene Ende der nunmehr frei beweglichen Eierstockarterie mit der Nierenarterie zu verbinden.

»Wird es beim Zusammennähen Schwierigkeiten geben?« fragte Barrett.

»Überhaupt nicht.« Mark wandte sich an die Operationsschwester und sagte zu ihr: »Bitte, bringen Sie das Mikroskop, und schalten Sie die Zusatzbeleuchtung ein.«

»Wie geht es ihr?« fragte Barrett den Anästhesisten.

»Gut, Dick. Ich habe ihr Mannitol gegeben, um die Blutviskosität herabzusetzen.«

»Für Montag nachmittag um fünf Uhr setze ich eine Besprechung der Ärzte der Klinik an. Alexa, Sie kommen auch dazu«, sagte Barrett. »Jerry kommt morgen abend oder Montag früh zurück, also kann er auch teilnehmen. So etwas darf einfach nicht passieren. Ich werde jetzt der Familie sagen, daß eine Arterie, die einen Teil der rechten Niere versorgt, durch einen Blutpfropfen verstopft war und daß wir die Blutversorgung wiederhergestellt haben. Das stimmt ja auch.«

»In gewissem Sinne ja«, gab Mark zu.

»Warum sollen wir ihnen mehr sagen? Die Frau ist ja jetzt in Ordnung oder nicht?«

»Ich glaube, es wird keine Probleme mehr geben.«

»Wie lange werden Sie brauchen?«

»Etwa dreißig bis vierzig Minuten«, sagte Mark. »Sobald ich Eierstockarterie und Nierenarterie verbunden habe, wird genügend Blut zum unteren rechten Nierenpol fließen.«

»Ich bin überzeugt, daß sie keine weiteren Fragen stellen werden«, meinte Barrett. »Ich werde ihnen sagen, daß sie vor der Intensivstation auf sie warten können, bis sie aus dem OP-Saal kommt. Übrigens, Mark«, fügte er hinzu, als er den Raum verließ. »Sie erfüllen alle Erwartungen, die ich in Sie gesetzt habe.«

Über das Mikroskop gebeugt, begann Mark nun mit der Herstellung der Verbindung zwischen der Eierstockarterie und der Arterie, deren Abbindung Mrs. Thomas fast das Leben gekostet hätte. Er machte die ersten drei Nähte, um zunächst einmal die offenen Enden der beiden Arterien aneinanderzufügen. Mit zusätzlichen Nähten, die er zwischen zwei der drei zunächst gemachten Nähte placierte, erzielte er eine feste Verbindung auf etwa zwei Drittel des Umfanges der beiden Blutgefäße. Schließlich benützte er die offenen Enden der dritten Naht, um die beiden Arterien zu drehen und sie, im schwierigsten Teil der Operation, auch auf der Rückseite miteinander zu verbinden.

Als Alexa die Klemmen entfernte, mit denen die Arterien bisher abgeklemmt gewesen waren, stellte Mark zu seiner großen Genugtuung fest, daß die Blutgefäße nun im Takt des Herzschlages der Patientin zu pulsieren begannen und an der Nahtstelle überhaupt kein Blut austrat.

»Sie können der Infusion Heparin beifügen«, sagte Mark zu der Operationsschwester. »Wir scheinen es zwar geschafft zu haben, aber wir müssen einer Thrombusbildung an der Nahtstelle vorbeugen.«

»Ich gratuliere«, sagte Alexa. »Das war eine großartige Leistung.«

»Es war auch nicht schwieriger als das, was wir mit den Ratten gemacht haben«, sagte er.

Mit der Wiederherstellung der Blutzufuhr war der Zweck der Operation erreicht, der Rest war Routine. Als Mark, nachdem er geduscht und seine Kleider gewechselt hatte, aus der Ärztegarderobe kam, sah er Mr. Thomas und seine Tochter vor dem Eingang zur Intensivstation stehen.

»Hat Dr. Barrett mit Ihnen über Mrs. Thomas gesprochen?« fragte er.

»Er hat uns so gut geschildert, was geschehen ist, daß wir alles verstanden haben«, sagte die Tochter. »Dr. Barrett ist wohl einer der besten Chirurgen, die es gibt.«

»Da haben Sie recht.« Mark hütete sich, eine eigene Meinung zu äußern.

»Es muß für Sie sehr viel bedeuten, mit einem so hervorragenden Arzt zusammenarbeiten zu dürfen«, fügte Mr. Thomas hinzu.

Nachdem sich Vater und Tochter entfernt hatten, vernahm Mark ein unterdrücktes Lachen, und als er sich umdrehte, sah er Alexa in der Tür der Intensivstation stehen. Sie hatte offenbar alles mitangehört, und während Mark sich eben noch über Barrett geärgert hatte, der sich offensichtlich gegenüber der Familie als der erfolgreiche Operateur ausgegeben hatte, ließ ihn Alexas Lächeln seinen Ärger vergessen.

»Sie scheinen das sehr amüsant zu finden«, sagte er.

»Wenn ich nicht gekommen wäre, hätten Sie dann Mr. Thomas die Wahrheit gesagt?«

»Vielleicht. Ich war nahe daran. Soll ich Sie heimbringen?«

»Nein, danke. Ich bleibe hier und kümmere mich um

Mrs. Thomas. Auf der Intensivstation fehlt eine Nachtschwester.«

Er war schon auf dem Weg zum Aufzug, als er sich umdrehte und sah, daß sie noch immer in der Tür stand. »Werden Sie am Montag morgen Jerry Thorpe sehen?« fragte er.

»Ja. Er hat um zehn Uhr eine Operation angesetzt. Warum?«

»Ich glaube, Sie sollten ihm berichten, was heute abend geschehen ist und was voraussichtlich am Montag nachmittag bei der Besprechung geschehen wird. Er sollte informiert sein, bevor Dr. Barrett auf ihn losgeht.«

»Warum sagen Sie es ihm nicht selbst?«

»Ich will es nicht tun, weil er sonst womöglich glaubt, ich will mich mit meinem Eingriff brüsten.«

»Ich werde ihn warnen«, versprach sie, »aber es wird nicht viel nützen.«

VI

Mark kam zu der Besprechung am Montag nachmittag um fünf Minuten zu spät. Alle Ärzte sowie Alexa waren versammelt, und Dr. Barrett blickte streng vor sich hin.

»Es tut mir leid, daß ich zu spät komme«, entschuldigte sich Mark. »Ich habe gerade Schluß gemacht, als ein Patient mit einem thrombosierten Hämorrhoidalknoten gekommen ist. Ich wollte den armen Teufel nicht über Nacht leiden lassen.«

»Ich hoffe, es war ein Privatpatient.«

»Ganz sicher«, beruhigte ihn Mark. »Er heißt Parks, ist Bankier und sagt, er sei mit Ihnen befreundet!«

»Sam Parks!« Barrett war mit einem Schlag viel freundlicher. »Wir spielen Golf zusammen.«

»Er war jedenfalls sehr dankbar.«

»Fangen wir endlich mit der Besprechung an«, sagte Jerry Thorpe. »Ich spiele um sieben Uhr dreißig mit Ted Moran Tennis.«

»Moran und Tennis können warten«, sagte Barrett eisig. »Deswegen sind wir nämlich hier zusammengekommen.«

»Was soll das heißen?« fragte Thorpe.

»Mach weiter, Dick«, sagte Elmer Peterson. »Ich möchte noch ein wenig segeln, bevor es dunkel wird.«

»Gut«, fuhr Barrett fort. »Gibt es Fragen zur Diensteinteilung in dieser Woche?«

»Ich habe am nächsten Wochenende wieder ein Turnier«, meldete Thorpe. »In Tallahassee.«

»Darauf komme ich noch zurück«, sagte Barrett. »Wie geht es in der Altstadtklinik, Mark?«

»Alles in Ordnung, Sir. Dr. Montez hat sich gut eingearbeitet, und seine spanischen Sprachkenntnisse sind ein großer Gewinn. Er bringt uns viele kubanische Patienten.«

»Das sind meist recht solide Leute mit guten Mittelstandseinkommen«, sagte Barrett. »Es ist jedenfalls gut, wenn Sie sich dort drüben einen großen spanisch sprechenden Patientenstock aufbauen.«

»Den Sie aber nicht mit sich nehmen dürfen, falls Sie uns verlassen«, sagte Jerry Thorpe. »Das ist verboten ...«

»Ich weiß«, erwiderte Mark.

»Beginnen wir mit dem eigentlichen Thema der heutigen Besprechung«, sagte Barrett. »Mark, zur Information der übrigen Teilnehmer sollten Sie einen Bericht über die Komplikation bei der Patientin geben, die Jerry am Freitag, bevor er weggefahren ist, operiert hat.«

Mark hatte diesen Auftrag befürchtet, aber nun zögerte er nicht, ihm nachzukommen. »Jerry hat an der Patientin eine Wertheimoperation wegen Gebärmutterkrebs gemacht ...«

»Und ich habe das Becken ausgeräumt, ohne daß die

Spur einer Wucherung zurückgeblieben wäre«, warf Thorpe ein.

»Das stimmt«, pflichtete ihm Mark bei.

»Unglücklicherweise«, sagte Barrett, »haben Sie auch eine große Arterie abgebunden, die den rechten unteren Nierenpol versorgt hat, Jerry. Als mich Mark am Samstag abend anrief, hatte die Harntätigkeit praktisch aufgehört, und die Patientin war am Rande eines Schocks.«

»Miß McGillivray hat rechtzeitig erkannt, daß sich die Patientin in einem sehr schlechten Zustand befand«, sagte Mark. »Sie hat mich angerufen, und ich habe Mrs. Thomas Samstag nachmittag zum erstenmal untersucht. Die Befunde waren nicht ganz klar, bis Miß McGillivray darauf hinwies, daß Dr. Thorpe gewisse Schwierigkeiten mit einer Arterie gehabt hat.«

»Es war ein Ast der Eierstock- oder der Gebärmutterarterie«, sagte Jerry.

»Sie haben recht, was den Ursprung der Arterie betrifft«, gab Mark zu. »Unangenehmerweise führte sie aber zum rechten unteren Nierenpol, den sie mit Blut versorgte.«

»Wie konnten Sie denn übersehen, Jerry, daß eine Arterie dieser Größe nicht nur ein Zweig sein kann?« fragte Elmer Peterson.

»Seit wann sind Sie auf das weibliche Becken spezialisiert?« wies ihn Jerry Thorpe zurecht.

»Keinen Streit, bitte!« ermahnte Richard Barrett, bevor Peterson antworten konnte. »Wesentlich ist, daß Mark und Alexa die Gefahr erkannt und mich verständigt haben.«

»Auf Grund der Befunde«, fuhr Mark fort, »gelangten wir zu dem Schluß, daß ein Teil der rechten Niere in akuter Gefahr war. Wenn nicht ein Kollateralkreislauf innerhalb der Niere eine teilweise Blutversorgung gewährleistet hätte, wäre die untere Hälfte des Organs wohl abgestorben.«

»Und das hätte, bevor noch Urämie eingetreten wäre, wahrscheinlich zum Tod der Patientin geführt«, fügte Barrett hinzu.

»Man hätte warten können, bis ich zurück bin«, sagte Thorpe. »Schließlich war sie meine Patientin.«

»Patienten der Klinik sind nicht der Privatbesitz der operierenden Ärzte«, sagte Barrett mit Schärfe. »Außerdem, was hätten Sie gemacht, wenn wir gewartet hätten.«

»Ich hätte heute morgen die rechte Niere herausgenommen«, sagte der Gynäkologe.

»Und hätten damit der Klinik einen Prozeß wegen eines Kunstfehlers angehängt«, meinte Andrew Harkness lakonisch. »Ich glaube, Sie sollten auf Mark und Alexa nicht böse sein, weil sie erkannt haben, was geschehen war, und dagegen etwas unternommen haben, sondern ihnen dafür danken, Jerry!«

»Und was haben Sie wirklich gemacht, Mark?« fragte Jerry Thorpe.

»Ich habe einen großen Zweig der Eierstockarterie genommen und mit der Arterie verbunden, die zur rechten Niere führt und die Sie abgeschnitten haben«, sagte Mark.

»Unter dem Mikroskop, nehme ich an.«

»Natürlich. Beide Arterien haben einen Durchmesser von etwa zwei Millimetern gehabt. Das ist eine Art von Operation, die nur unter dem Mikroskop möglich ist.«

»Ich habe aber heute früh auf der Krankentabelle keinen Operationsbericht gesehen.«

»Ich habe ihn gestern, bevor ich aus dem Spital gegangen bin, diktiert«, sagte Mark. »Wahrscheinlich ist er heute früh geschrieben worden, während Sie Visite gemacht haben.«

»Übrigens, Sie haben überhaupt keinen Operationsbericht hinterlassen, Jerry«, warf Richard Barrett ein. »Wenn sich Alexa nicht an Ihre Schwierigkeiten mit der

Arterie erinnert hätte, wäre Mark vollkommen im Dunkeln getappt.«

»Jeder Chirurg weiß, was bei einer Wertheimoperation geschieht«, protestierte Thorpe.

»Aber das war keine gewöhnliche Wertheimoperation. Jedenfalls können wir froh sein, daß sich Alexa so gründlich um die Patienten kümmert und daß Mark die Blutversorgung der Niere wiederherstellen konnte. Die Frage ist nur, was wir jetzt mit Ihnen machen sollen?«

»Was meinen Sie damit, Dick?«

»Wir alle wissen, daß Sie ein ausgezeichneter Gynäkologe sind, Jerry«, sagte Barrett. »In letzter Zeit haben Sie aber zu viel getrunken und zu viel Tennis gespielt, statt sich um Ihre Patienten zu kümmern. Samstag abend hat Mark die Klinik und Ihren Ruf gerettet, aber wir können uns nicht darauf verlassen, daß das immer gelingt. Wenn Sie am Samstag nicht betrunken gewesen wären und es nicht so eilig gehabt hätten, zu Ihrem Tennisturnier zu kommen, hätten Sie sich die Arterie genauer angesehen, und es wäre Ihnen nicht eingefallen, sie abzubinden. Oder wenn es Ihnen schon passiert wäre, daß Sie die Arterie durchschneiden, dann hätten Sie Mark gerufen, damit er sie wieder zusammennäht.«

Jerry Thorpe zuckte mit den Achseln, sagte aber nichts.

»Ich habe den Eindruck, Sie brauchen ein wenig Urlaub, Jerry«, ließ sich nun Elmer Peterson vernehmen. »Seit Ihrem letzten Kuraufenthalt sind zwei Jahre vergangen, und wir alle wissen, daß Sie in den letzten Monaten viel getrunken haben.«

»Na schön, und was soll mit mir geschehen?« Thorpes Stimme hatte ihren aggressiven Unterton verloren. »Wollt ihr mich hinauswerfen?«

»Natürlich nicht«, sagte Richard Barrett. »Solange Sie ordentlich arbeiten, sind Sie ein großer Gewinn für die Klinik. Aber wenn Sie trinken und sich nicht um Ihre Patientinnen kümmern, dann fallen Sie unter die Kategorie der Ärzte, die an der Ausübung ihres Berufes behindert sind, und können von Ed McIntosh vor sein Komitee zitiert werden. Und wenn er Ihnen dann Praxisverbot auferlegt, was einer ganzen Reihe von Ärzten im Vorjahr passiert ist, dann stehen Sie und die Klinik schön da.«

»Wobei allerdings zu sagen ist, daß das Komitee meiner Meinung nach nicht immer fair entscheidet«, fügte Andrew Harkness hinzu.

»Trotzdem wird es besser für Sie und die Klinik sein, wenn Sie freiwillig nach New Orleans gehen, wo Sie sich ja schon einmal einer Entwöhnung unterzogen haben«, sagte Barrett.

»Und wer übernimmt die gynäkologischen Fälle, wenn ich nicht da bin?« fragte Thorpe. »Sie machen die halben Einnahmen der Klinik aus.«

»Nicht die Hälfte, aber einen beträchtlichen Teil, den wir nicht verlieren wollen«, gab Richard Barrett zu.

»Ich kann keine Hysterektomie machen, selbst wenn ich wollte«, sagte Elmer Peterson. »Das wirst du machen müssen, Dick.«

»Ich habe zwar auch keine gemacht, seit Jerry an der Klinik ist«, meinte Barrett, »aber irgendwie werde ich es schaffen.«

»Ich habe als Assistenzart in Lakeview ein Jahr auf der gynäkologischen Abteilung gearbeitet«, sagte Mark.

»Wo die Assistenzärzte jeden Tag eine vaginale Hysterektomie gemacht haben«, sagte Jerry Thorpe ironisch.

»Nicht jeden Tag, aber da Dr. Spoffords Frau sehr krank war und er sich viel um sie kümmern mußte, habe ich etwa hundert Eingriffe gemacht.«

»Das genügt«, sagte Andrew Harkness. »Aber werden Sie überhaupt Zeit finden, sich neben Ihrer sonstigen Arbeit auch um die Frauenabteilung zu kümmern?«

»Es wird wohl gehen müssen. Glücklicherweise ist die Dependance in der Altstadt erst im Anlaufen, und hier im Spital wird nicht viel Mikrochirurgie betrieben.«

»Was sagen Sie, Jerry?« fragte Barrett.

»In Ordnung. Ich gehe nach New Orleans«, sagte Thorpe achselzuckend. »Dort stopfen sie mich mit Antabus so voll, daß ich Alkohol nicht einmal mehr riechen kann, worauf ihr alle, mit Harrison an der Spitze, sehr zufrieden sein werdet.«

»Wenn Sie mich fragen«, sagte Elmer Peterson, »sollten Sie nicht so über einen Menschen reden, der Ihnen sehr geholfen hat.«

Thorpe zuckte nur mit den Achseln. »Falls das Inquisitionsgericht zu Ende ist, verabschiede ich mich, damit ich zu meinem Tennis komme.«

»Und wann gehen Sie nach New Orleans?« fragte Barrett.

»An diesem Wochenende, falls mich die Klinik aufnehmen kann. Je früher ich es hinter mir habe, desto besser.« Thorpe wandte sich an Mark. »Ich lege meine Arbeit in Ihre Hände, Harrison, aber ich will sie wieder zurückhaben, sobald ich da bin.«

»Das können Sie gerne«, versicherte ihm Mark. »Alles Gute!«

»Dank Mark sind wir aus der Affäre halbwegs heil herausgekommen«, sagte Elmer Peterson, nachdem Jerry Thorpe den Raum verlassen hatte. »Ich glaube, wir sollten uns bei ihm ganz formell bedanken.«

»Das finde ich auch«, fügte Andrew Harkness hinzu. »Falls Mr. Thomas nicht einen sehr gefinkelten Anwalt hat, kann uns nichts mehr passieren. Wie geht es übrigens der Patientin, Mark?«

»Ich habe heute früh in der Altstadtklinik operiert und daher hier im Spital keine Visite gemacht«, sagte Mark. »Ich bin aber überzeugt, daß Miß McGillivray Bescheid weiß.«

»Mrs. Thomas geht es schon viel besser, und die Harntätigkeit ist wieder normal«, berichtete Alexa.

»Wir werden also voraussichtlich keine Schwierigkeiten mehr haben«, fügte Barrett hinzu. »Die Familie ist sehr dankbar, daß wir die Patientin trotz des unerwarteten Rückschlages durchgebracht haben.«

Die Abreise von Jerry Thorpe nach New Orleans am darauffolgenden Freitag erfolgte ohne Aufsehen. Am Schwarzen Brett des Gulfside Spitals hing eine Mitteilung, daß Dr. Jeremy Thorpe, der Chef der Gynäkologischen Abteilung, einen einmonatigen Fortbildungskurs in New Orleans absolvieren werde. Mark, der in der Altstadtklinik sehr viel zu tun hatte, sah Jerry Thorpe am Tag seiner Abreise nicht, aber als am späten Abend bei ihm das Telefon läutete, erkannte er sofort seine Stimme.

»Harrison?« fragte der offenkundig betrunkene Gynäkologe lallend.

»Ja. Wer spricht?«

»Uninteressant. Ich wollte nur sagen, daß ich abrechnen werde ...«

»Wofür?«

»Dafür, daß Sie mir meine Patientinnen stehlen. Ich werde Sie ruinieren, um jeden Preis.«

»Hören Sie, Jerry ...«, aber bevor Mark weitersprechen konnte, war die Verbindung unterbrochen. Als er den Hörer auflegte, lief Mark unwillkürlich ein kalter Schauer über den Rücken. Thorpe war betrunken gewesen, aber der Haß, der aus seiner Stimme gesprochen hatte, war offenbar tief verwurzelt.

Mark konnte nicht einschlafen, und der pulsende Schmerz in der Stirn quälte ihn so sehr, daß er eine Ampulle Demerol und eine Injektionsspritze aus seiner Bereitschaftstasche nahm. Wenige Minuten, nachdem er sich eine Injektion ins Gesäß gegeben hatte, waren die Kopfschmerzen verschwunden und er schlief.

VII

In den nächsten Wochen hatte Mark so viel zu tun, daß die Erinnerung an Jerry Thorpes Drohungen schnell verblaßte. Thorpes Patientinnen waren eine zusätzliche Belastung neben den immer größer werdenden Verpflichtungen in der Altstadtklinik. Er arbeitete am Vormittag konzentriert in der Barrett-Klinik und im Gulfside-Spital und widmete den ganzen Nachmittag der Altstadtklinik.

Die Arbeit beschäftigte ihn so sehr, daß er kaum merkte, wie müde er am Abend war. Dazu kamen die Kopfschmerzen, die ihn nun häufiger denn je heimsuchten. Zunächst versuchte er, sie zu ertragen, indem er täglich mehrere Aspirintabletten schluckte. Als das nicht mehr reichte, griff er zur Spritze und injizierte sich Demerol. Bald war er bei einer abendlichen Dosis von zweihundert, ja manchmal sogar dreihundert Milligramm angelangt, und wenn er in der Nacht ins Spital gerufen wurde und nachher nicht wieder einschlafen konnte, griff er notfalls noch einmal zur Spritze.

Am Morgen nach solchen Nächten erwachte er üblicherweise mit einem benommenen Kopf und benötigte eine starke Dosis von Benzedrin, um völlig wach zu werden, und als auch das nichts nützte, fand er, daß er auch in den Morgenstunden eine Demerolinjektion benötigte, um seine Nerven genügend für den bevorstehenden Arbeitstag zu beruhigen.

Anfänglich besänftigte er sein Gewissen mit der Behauptung, daß er den Drogengebrauch leicht einstellen könne, sobald ihn Jerry Thorpe nach seiner Rückkehr von der zusätzlichen Arbeitslast befreite. Als er aber so weit war, daß er ohne zwei bis drei Injektionen pro Tag nicht mehr arbeiten konnte, machte er sich gar keine Gewissensbisse mehr. Er konnte ohne Demerol nicht mehr sein. Bei Tag ermöglichte ihm die Droge seiner Arbeit nachzugehen und in der Nacht verhalf sie ihm zu tiefem Schlaf.

Mark glaubte, seine zunehmende Drogenabhängigkeit sei unbemerkt geblieben, bis er eines Abends das Spital verließ, nachdem er mit Alexa als Assistentin einen gerissenen Eileiterfollikel operiert hatte. Der plötzlich notwendig gewordene Eingriff war nicht schwierig gewesen, aber so spät am Abend hatte er doch eine beträchtliche Belastung für seinen ohnehin durch einen anstrengenden Tag erschöpften Körper dargestellt.

Als Mark zum Aufzug ging, traf er auf dem Korridor Alexa.

»Haben Sie etwas dagegen, wenn ich mit Ihnen zum Parkplatz gehe?« fragte sie. »So spät am Abend ist mir draußen nicht ganz geheuer.«

»Ich kann auch hinter Ihnen bis zu Ihrem Haus fahren und achtgeben, daß Ihnen beim Aussteigen nichts passiert.«

»Das wäre fein», sagte sie, »aber Sie müssen sehr müde sein.«

»Es war ja eine einfache Operation.«

»Sie sind aber jetzt schon immer um fünf Uhr sehr müde. Jeder, der Sie am späten Nachmittag sieht, wenn Sie im Spital noch Visite bei einem Patienten machen, merkt, wie erschöpft Sie sind ...«

»Ich habe versprochen, daß ich Jerry Thorpes Arbeit übernehmen werde«, wandte er ein. »Wenn ich mich nicht um seine Patientinnen kümmere, werden wir sie verlieren.«

»Sie sollten aber nicht zulassen, daß alle ihre Arbeitslast auf Sie abschieben.«

»Wer soll denn die Arbeit machen?«

»Dr. Barrett könnte viel mehr gynäkologische Fälle übernehmen. Ich habe mit ihm Krebsoperationen gemacht, bei denen die Geschwülste bis in das Becken reichten, und er beherrscht so etwas völlig. Aber wenn er diese Operationen machen würde, müßte er natürlich weniger Golf spielen.«

Mark mußte zugeben, daß sie mit ihren Äußerungen nicht ganz unrecht hatte, aber er war stolz, daß ihm so viel Verantwortung übertragen worden war, und wollte nicht zugeben, daß die damit verbundene Arbeit über seine Kräfte ging.

»Übrigens«, fügte Alexa hinzu. »Jerry ist nicht hier, weil er mit seinen Problemen nicht fertig geworden ist. Sie sollten sich hüten, ebenfalls zusammenzubrechen.«

»Ich breche nicht zusammen«, sagte er, als sie aus dem Spitalseingang traten und zum Parkplatz gingen. »Ich bin doch erst drei Monate hier.«

»Sie waren aber schon nahe am Zusammenbrechen, als Sie noch in der Mikrochirurgieabteilung in Lakeview waren.«

»Woher wissen Sie das?« fragte er.

»Wie ich im Auftrag von Dr. Barrett Meg Fuller angerufen habe, hat sie mir gesagt, daß sich Ihre Freunde Sorgen um Sie machen. Und seit Jerry Thorpe zu seiner Entwöhnungskur gefahren ist, arbeiten Sie mehr, als Ihnen guttut.«

»Sie scheinen aber die einzige zu sein, die das merkt.«

»Die Schwestern haben es alle gemerkt, aber die Ärzte sehen weg, weil sie fürchten, sie müssen Ihnen sonst etwas von Ihrem Arbeitspensum abnehmen. All das, was Sie jetzt machen, ist ganz einfach zu viel, wenn man bedenkt, daß Sie eben erst eine schwere Gehirnerschütterung erlitten haben.«

Er mußte zugeben, daß sie recht hatte, aber er schwieg, denn er hätte jede Zustimmung zu ihren Äußerungen als ein Eingeständnis der Schwäche betrachtet.

»Sie haben doch wieder Kopfschmerzen?« fragte sie.

»Ja, aber ich werde fertig mit ihnen.«

»Demerol ist auf die Dauer keine Lösung.«

»Wer sagt Ihnen denn, daß ich Demerol nehme?«

»Wie Sie vorhin zu der Operation ins Spital gekommen sind, waren Ihre Pupillen verengt, und Sie haben etwas undeutlich gesprochen.«

»Wollen Sie behaupten, daß ich nicht fähig war, zu operieren?« fragte er in plötzlichem Zorn.

»Die Operation hätten Sie auch im Schlaf machen können«, sagte sie achselzuckend. »Und Sie haben sie auch fast im Schlaf gemacht.«

»Das geht Sie nichts an.«

»Stimmt. Zumindest derzeit nicht.« Sein Ärger wurde zunehmend größer, als sie gelassen fortfuhr: »Ich habe Jerry Thorpe mehr als einmal ein Medikament geben müssen, um ihn aus einem Alkoholrausch zu holen, und ich möchte nicht Ihnen Medikamente geben müssen, um Sie aus einem Drogenrausch zu holen.«

»Was fällt Ihnen eigentlich ein?« sagte er wütend. »Sie kleiner Naseweis!«

»Ich bin bestimmt nicht klein.« Sie lachte und wurde dann ernst. »Ich bin keine Emanze und freue mich daher ganz und gar nicht, wenn ich von Zeit zu Zeit einen Herrn Doktor daran erinnern muß, daß er gemäß dem Hippokratischen Eid eine Verpflichtung gegenüber seinen Patienten hat ... Gute Nacht, Dr. Harrison!«

Sie setzte sich in ihren Wagen und schlug die Tür zu, kurbelte aber gleich darauf das Seitenfenster herunter und sagte: »Sie brauchen mich nicht nach Hause zu bringen. Ich finde mich schon zurecht und brauche keine Hilfe von einem Mann, der besser sehen sollte, wie er mit seinen Problemen fertig wird.«

VIII

Einige Tage später erlitt Mark einen anderen Schock, als er in die Spitalsapotheke ging, um sich wieder einmal fünfundzwanzig Ampullen Demerol mit dem Rezept zu holen, das ihm Dr. Charles Minot seinerzeit ausgestellt hatte. Es war das viertemal, daß er das Rezept vorlegte, aber diesmal bat ihn der diensthabende Angestellte zu warten. Bald darauf erschien der Leiter der Apotheke, der sich als Dr. Charles Pinkerton vorstellte.

»Würden Sie bitte einen Augenblick in mein Büro kommen, Dr. Harrison?« fragte er.

»Ich habe es eilig«, erwiderte Mark. »Was ist los?«

»Ich möchte nicht hier mit Ihnen sprechen«, insistierte Pinkerton.

Sobald sie in seinem kleinen Bürozimmer Platz genommen hatten, sagte er: »Dr. Minot hat uns bereits beim letztenmal gesagt, daß wir das Rezept nicht mehr entgegennehmen sollen.«

»Warum?« fragte Mark und in ihm stieg plötzlich Ärger über den Neurochirurgen hoch, der ihm früher so sympathisch gewesen war.

»Das hat er nicht gesagt.«

»Und warum haben Sie mir das nicht früher mitgeteilt?«

»Ich ...« Der junge Mann zögerte. »Ich habe gemeint, daß Sie kein Demerol mehr brauchen werden, und wollte Sie nicht behelligen. Vielleicht sollten Sie Dr. Minot anrufen ...«

»Das werde ich auch tun. Aber ich brauche jetzt Demerol, weil ich unter Kopfschmerzen nach einer Gehirnerschütterung leide. Also was soll ich tun?«

»Sie haben doch die Berechtigung Rezepte auszustellen, und zwar auch für Drogen.«

»Natürlich.«

»Die Rauschgiftbehörde hat zwar Bedenken dagegen, daß sich Ärzte selbst Drogenrezepte ausstellen, aber in einem Einzelfall wird sie bestimmt keinen Verdacht hegen.«

»Verdacht?« fragte Mark. »Was soll das heißen?«

Pinkerton machte einen verlegenen Eindruck. »Sie

wissen doch, daß Drogenabhängigkeit bei Ärzten dreimal häufiger ist als im Bevölkerungsdurchschnitt.«

»Wollen Sie behaupten, ich sei süchtig?« Wieder fühlte Mark, wie Zorn in ihm hochstieg.

»Gewiß nicht, Dr. Harrison. Aber wenn ein Inspektor der Rauschgiftbehörde in unserer Kartei viele Rezepte finden würde, die Sie sich selbst ausgestellt haben, würde er sicher einschreiten.«

»Geben Sir mir ein Rezeptformular, und ich fülle es aus. Wollen Sie meine Rezeptberechtigung sehen?«

»Gewiß nicht, Dr. Harrison. Ich wollte Sie auch nur vor Schwierigkeiten mit der Rauschgiftbehörde bewahren.« Er verließ kurz den Raum und kehrte mit einem Rezeptformular und 25 Hundert-Milligramm-Ampullen Demerol zurück.

Während Mark das Rezeptformular ausfüllte und die Übernahme der Ampullen bestätigte, sagte Pinkerton: »Wenn Sie bereit sind, Ampullen, die bereits mit einer Nadel versehen sind und nur in eine Injektionsspritze eingeschoben werden, zu verwenden, können Sie das Demerol, das Sie zur Bekämpfung Ihrer Kopfschmerzen brauchen, bekommen, ohne daß die Rauschgiftbehörde etwas davon erfährt.«

»Was reden Sie denn da, Dr. Pinkerton. Ich verstoße doch nicht gegen das Gesetz, wenn ich hin und wieder eine Injektion von Demerol brauche, um Kopfschmerzen im Gefolge einer Gehirnerschütterung zu bekämpfen.«

»Niemand spricht von Gesetzesbruch, aber wie ich Ihnen schon sagte, ist die Rauschgiftbehörde dagegen, daß sich Ärzte selbst Drogenrezepte ausstellen. Falls aber Ihre Kopfschmerzen länger anhalten sollten, so kann ich Ihnen eine andere Quelle angeben als Rezepte, die Sie sich selbst ausstellen.«

»Und zwar?«

»Wie ich die Spitalsapotheke übernommen habe, wurden für viele Medikamente noch die Ampullen verwendet, die ich vorhin erwähnt habe. Ich habe dann Mr. Pryor darauf hingewiesen, daß die Ampullen, an denen die Injektionsnadeln bereits befestigt sind, sehr teuer sind, und wir verwenden seit längerer Zeit Ampullen ohne fixe Nadeln mit Injektionsspritzen aus Plastik.«

»Und welche Art von Ampullen verrechnen Sie den Patienten?«

Pinkerton lachte. »Das weiß ich nicht. Wir beschränken uns darauf, die Rechnungen für die Medikamente, die geliefert werden, an die Direktion des Spitals zur Bezahlung weiterzuleiten. Nachdem Mr. Pryor entschieden hatte, daß wir die billigeren Ampullen verwenden, ist der Großhändler auf einem großen Posten der Ampullen des anderen Typs sitzengeblieben.«

»Und?«

»Dem Großhändler gehört auch die Apotheke gegenüber der Altstadtklinik.«

»Sie wissen, daß wir Patienten nicht sagen dürfen, sie sollen mit ihrem Rezept in eine bestimmte Apotheke gehen, Pinkerton. Es ist gegen das ärztliche Berufsethos und wahrscheinlich auch gegen das Gesetz.«

»Niemand verlangt von Ihnen einen Verstoß gegen Ethos und Gesetz. Aber falls Ihnen die Apotheke in der Altstadt Rezeptformulare mit ihrem Firmenaufdruck schickt, verstößt es gegen kein Gesetz, wenn Sie diese Formulare verwenden.«

»Und dafür bekomme ich die Medikamente, die ich zur Bekämpfung meiner Kopfschmerzen brauche, ohne daß davon jemand etwas weiß.«

»Ich kann Ihnen natürlich nichts versprechen.« Pinkerton antwortete ausweichend, aber es war klar, daß Mark mit einem Vorschlag konfrontiert worden war, das gewünschte Demerol problemlos zu erhalten.

»Sagen Sie Ihrem Freund, daß er uns seine Rezeptformulare in die Altstadtklinik schicken soll. Sie werden dann schon so dort liegen, daß Dr. Montez und ich zwangsläufig zu ihnen greifen.«

»Geht in Ordnung«, versicherte Pinkerton. »Es wird Sie übrigens interessieren, daß Dr. Montez und seine Familie bereits zehn Prozent Rabatt bei allen Einkäufen in der Altstadtapotheke bekommen.«

Mark war nicht überrascht, als bald darauf in der Dependance Rezeptformulare auflagen, die statt dem Aufdruck der Klinik bereits die Anschrift der Altstadtapotheke aufwiesen. Auch Dr. Montez und die Krankenschwestern, die mit Rezepten zu tun hatten, fanden offensichtlich ebenfalls nichts daran. Wenig erfreut war Mark aber über einen Telefonanruf, den er um diese Zeit erhielt.

»Hier spricht Charlie Minot«, sagte der Anrufer. »Dr. Pinkerton hat mir gesagt, daß Sie verärgert waren, weil ich gegen die Weiterverwendung des Demerolrezeptes war.«

»Ach, das macht nichts«, sagte Mark.

»Haben Sie eine andere Bezugsquelle gefunden?«

»Ich glaube, darüber brauche ich Ihnen keine Auskunft zu geben.«

»Da haben Sie recht«, sagte Minot begütigend. »Ich wollte nur, daß Sie meine Beweggründe verstehen.«

»Sie sind sicher von der besten Art.«

»So ist es«, sagte der Neurochirurg.

»Also gibt es eigentlich nichts mehr zu besprechen.«

Minot ging auf Marks Versuch, das Gespräch zu beenden, nicht ein und fuhr fort: »Als Freund und Kollege fühle ich mich verpflichtet, Sie auf einiges hinzuweisen. Zunächst: Kopfschmerzen im Gefolge einer Gehirnerschütterung fallen in die gleiche Kategorie wie etwa Peitschenschlagschäden im Genick. Man kann sie eigentlich sehr schwer nachweisen.«

»Wollen Sie damit sagen, daß ich ein Simulant bin?«

»Natürlich nicht. Aber jeder weiß, daß Dick Barrett Ihnen die doppelte Belastung von Jerrys Vertretung und die Führung der Altstadtklinik überantwortet hat. Dabei wäre jede dieser beiden Aufgaben für sich bereits eine große Last für einen Arzt.«

»Ich kann sie tragen, Dr. Minot.«

»Aber um welchen Preis, wenn Sie Demerol brauchen, um arbeiten zu können? Nach allem, was ich von Ihnen höre, sind Sie ein brillanter junger Arzt mit ausgezeichneten Aussichten in allen Bereichen der Chirurgie, insbesondere in der Mikrochirurgie.«

»Danke für Ihr Kompliment«, sagte Mark. »Ich hoffe, daß ich gute Arbeit leiste.«

»Das sagen alle, die Sie bei der Arbeit beobachten, und deshalb würde es mir leid tun, wenn Sie vor die Hunde gingen. Entschuldigen Sie meine harte Sprache. Sie wissen, daß jeder siebente Arzt in Schwierigkeiten ist, weil er alkoholsüchtig oder rauschgiftsüchtig oder beides zugleich ist. Ich sage nicht, daß Sie einer von diesen Ärzten sind, aber die Parallelen zwischen Ihnen und vielen ebenfalls vielversprechenden jungen Ärzten, deren Schicksal ich erlebt habe, sind offensichtlich. Und noch etwas: Ich nehme an Ihrem Schicksal besonderen Anteil, weil ich Sie ja behandelt habe und an Ihrer Gehirnerschütterung kein Zweifel bestehen konnte.«

»Wollen Sie damit wieder andeuten, daß ich jetzt nur simuliere?« fragte Mark.

»Ich wollte, ich wüßte, woran ich bin«, sagte der Neurochirurg. »Genauso, wie ich wissen möchte, was aus Ihnen wird. Sie haben eine wundervolle Karriere vor sich, in einem Spezialgebiet, das die allerbesten Aussichten eröffnet. Es würde mir wirklich leid tun, wenn Sie das Können, das Sie sich als Mikrochirurg in jahrelanger Arbeit erworben haben, durch Mißbrauch von Alkohol und Drogen zerstören würden. Alles Gute, Mark, und entschuldigen Sie, daß ich mich eingemischt habe.«

IX

Der Anruf, den Mark am Abend des gleichen Tages erhielt, trug auch nicht dazu bei, seine Probleme zu verringern. Das Telefon läutete, nachdem er gerade einen doppelten Bourbon getrunken und sich mit einem neuerlich gefüllten Glas vor dem Fernsehapparat niedergelassen hatte, um sich die Abendnachrichten anzusehen.

»Mark?« Er erkannte die weibliche Stimme am anderen Ende der Leitung sofort. Es war Helene McIntosh.

»Ja. Wie geht es Ihnen, Hel ...«

»Bitte, keinen Namen. Ich rufe Sie nur an, um Ihnen zu sagen, daß mein Mann über das Wochenende zu einer Tagung gefahren ist.«

»Sehr lobenswert«, unterbrach sie Mark. »Die Gesellschaft der Ärzte hält sehr viel von Medizinern, die sich um ihre Fortbildung bemühen ...«

»Seien Sie still. Für Scherze ist keine Zeit.« Die Stimme der Frau hatte plötzlich einen metallischen Klang angenommen. »Sind Sie an diesem Wochenende frei?«

»Ja.«

»Gut. Ich würde gerne in ein kleines Hotel in Daphne mit einem sehr schönen Blick auf die Bucht von Mobile fahren. Es ist nur einige Stunden mit dem Auto entfernt. Warum treffen wir uns nicht um acht Uhr dreißig zum Abendessen? Die Krabben dort sind ausgezeichnet.«

»Es tut mir leid, Hel ... Verzeihung, gnädige Frau, aber ich habe bereits zwei Bourbon getrunken und viel zu viel Alkohol im Blut. Wenn ich von der Polizei angehalten werde und in das Röhrchen blasen muß, bin ich meinen Führerschein los.«

»Ich bin stocknüchtern und kann in zehn Minuten bei Ihnen sein. Nehmen Sie nur eine Zahnbürste und einen Rasierapparat mit. Einen Schlafanzug werden Sie nicht brauchen.«

»Es tut mir leid, meine Liebe.« Mark hatte nicht die Absicht, sich mit der Frau eines Arztes einzulassen, selbst wenn es sich um eine alte Bekanntschaft handelte, deren erotische Qualitäten er noch in sehr guter Erinnerung hatte.

»Ich glaube nicht, daß das klug wäre.«

»Warum denn nicht? Damals in Berkeley Springs waren Sie nicht so zurückhaltend.«

»Das ist lange her, und Sie sind jetzt verheiratet ...«

»Das hätte Sie damals nicht gestört, also warum stört es Sie jetzt?«

Mark suchte verzweifelt nach einer Antwort und ihm fiel momentan nichts anderes als eine äußerst lahme Ausrede ein.

»Ich bin praktisch verlobt«, sagte er.

»Mit Claire Desmond? Da kann ich nur lachen. Sie hat in Gulf City mit jedem Mann, der noch eine Erektion zustande gebracht hat, geschlafen, und wenn Sie die Klatschspalten der Zeitungen lesen, dann wissen Sie, daß sie in Los Angeles mit jedem Mann schläft, der ihr bei ihrer Unterwäschewerbung helfen kann. Claire wird nie heiraten, solange sie Männer um den Finger wickeln kann wie jetzt.«

»Ich habe einen Virus«, sagte er plötzlich. »Ich glaube, ich habe Herpes erwischt.«

»Hier in Gulf City?«

»Ich möchte Sie nicht anstecken, Hel ...«

»Noch einmal: Wo haben Sie sich angesteckt?«

»Wer weiß das bei Herpes? Jedenfalls ist mein Liebesleben ruiniert.«

»Sie sind ein Schwein, Mark Harrison.«

Die Stimme am anderen Ende der Leitung war nun voll Haß.

»Gute Nacht!«

X

Jerry Thorpe kam am 1. Oktober offensichtlich in bester Laune von New Orleans zurück, um seinen Dienst in der Klinik anzutreten. »Danke dafür, daß Sie sich so vorbildlich um meine Patientinnen gekümmert haben, Mark.« Jerry hatte offensichtlich die Verwünschungen vergessen, die er in der Volltrunkenheit Mark am Telefon entgegengeschleudert hatte, bevor er nach New Orleans gefahren war.

»Nichts zu danken«, sagte Mark. »Der Anblick so vieler weiblicher Geschlechtsteile hat jeden allenfalls in mir vorhandenen Wunsch, Gynäkologe zu werden, getötet. Wie halten Sie das Tag für Tag aus, Jerry?«

»Jede Fourchette – das ist das französische Wort für Frenulum labiorum pudendi – hat für mich unsichtbar ein Dollarzeichen eingeprägt. Sie ahnen nicht, Mark, wie viele Damen sich, sobald sie genügend Kinder in die Welt gesetzt haben, im Interesse ihrer Männer und ihrer Liebhaber und nicht zuletzt im eigenen Interesse eine vaginale Hysterektomie machen lassen, und das ist meine Spezialität.«

»Die ich Ihnen nicht streitig mache«, versicherte Mark.

»Alexa sagt mir, daß Sie Gebärmutter, Eierstock und Eileiter in 45 Minuten entfernen«, fuhr Jerry fort. »Vergessen Sie aber bitte nicht, daß ich der Inhaber des Lokalrekords bin.«

»Auch den werde ich Ihnen nicht streitig machen.«

»Übrigens sehen Sie recht müde aus.« Aus Jerrys Stimme sprach geheucheltes Mitgefühl. »Alexa sagt mir, daß Sie sich halb zu Tode gearbeitet haben, aber jetzt, da ich wieder da bin, haben Sie es ja etwas leichter.«

»Ich soll morgen noch eine Eierstockzyste entfernen«, sagte Mark. »Es wird mein gynäkologischer Schwanengesang sein.«

»Das weiß ich nicht. Jetzt, da Barrett weiß, daß Sie auf

diesem Gebiet auch perfekt sind, wird er sicher Arbeit für Sie finden.«

»Ich arbeite gern.«

»Übernehmen Sie sich nur nicht und geben Sie acht, daß Sie nicht zusammenbrechen, so wie ich fast zusammengebrochen wäre. Ich habe in New Orleans in den letzten Wochen die Erfahrung gemacht, daß es wichtigeres im Leben gibt als Geld.«

Die Zystenoperation, die Mark für die Morgenstunden des ersten Montags nach der Rückkehr Jerry Thorpes angesetzt hatte, war ein verhältnismäßig einfacher Eingriff. Er rechnete damit, bis zehn Uhr fertig zu sein. Um diese Zeit sollte dann der Gynäkologe im benachbarten Operationsraum mit einer Wertheimoperation wegen Gebärmutterkrebs beginnen. Nachdem Mark aber den ersten Einschnitt vorgenommen und die Wundklammer in Spreizstellung gebracht hatte, sah er, daß das Becken fast völlig von einem dunklen Beutel ausgefüllt war, und stöhnte vor Entsetzen auf.

»So ein Pech! Ausgerechnet bei meinem letzten gynäkologischen Eingriff muß ich auf eine Schokoladezyste stoßen«, sagte er.

»Eine Endometreosis?« fragte Dr. Eric Porter, der Anästhesist.

»Ja.«

»Da werden Sie aber alle Hände voll zu tun haben«, meinte Porter. »Hat sie denn jeden Monat Schmerzen gehabt?«

»Ja.« Mark streckte die rechte Hand aus, und die Instrumentenschwester reichte ihm eine Schere. »Ich hätte die Diagnose vor dem Eingriff stellen können, wenn meine gynäkologischen Kenntnisse nicht so eingerostet wären. Eigentlich wäre das ein Fall für Jerry.«

»Werden Sie ihn rufen?« fragte Alexa, die assistierte.

»Nein. Das ist mein gynäkologischer Schwanengesang, und ich möchte ihn ruhmreich beenden.«

»Geben Sie nur acht, daß es kein Blutbad wird«, kommentierte Dr. Porter. »Ich wette zwei zu eins, daß Sie die Zyste beim Loslösen durchstechen werden.«

»Ich nehme die Wette aber nicht an.«

Eine Schokoladezyste, wie sie im Fachjargon genannt wird, verdankt ihren Namen der Ansammlung von Blut, das sich bei jeder Menstruation in ihr ansammelt, und im Laufe der Zeit eine dunkelbraune Färbung annimmt.

Ich hätte heute morgen zweihundert statt hundert Milligramm Demerol nehmen sollen, dachte Mark, als er vorsichtig mit der Loslösung der Zyste begann. Die Angst, die Wirkung der Droge könnte sich vor Beendigung des Eingriffes verflüchtigen, beflügelte ihn bei der Arbeit. Die Loslösung war eine mühselige Aufgabe, und so war es bereits fast zehn Uhr dreißig, als Jerry Thorpe, der im benachbarten OP-Raum seine Wertheimoperation vornehmen sollte, in der Tür erschien.

»Sie haben mir gestern gesagt, daß Sie um zehn Uhr fertig sein werden«, erklärte Thorpe. »Haben Sie Probleme?«

»Eigentlich nicht«, antwortete Mark. »Bloß eine Schokoladezyste.«

»Und noch dazu eine große.« Thorpe ging zu dem Tisch, auf den der Tumor abgelegt worden war, bevor er in das pathologische Labor gebracht wurde. »Sie haben Glück gehabt und sie nicht aufgeschnitten.«

»Manchmal muß man eben Glück haben.«

Marks Hände begannen bereits zu zittern, und das Pochen in der Schläfe kündigte ihm an, daß die kleine Dosis Demerol, die er sich am Morgen injiziert hatte, nicht ausreichte.

Wenn ich mir zweihundert Milligramm gegeben hätte, könnte ich den Eingriff ohne jede Schwierigkeit durchstehen.

»Sie sind doch fast schon fertig«, sagte Jerry Thorpe. »Könnte Alexa jetzt nicht herüberkommen und bei mir assistieren? Meine Patientin liegt nämlich schon in Narkose.«

Das unbändige Verlangen nach einer Dosis Demerol hatte Mark so okkupiert, daß er jetzt erst das Verschwinden des Anästhesisten bemerkte, an dessen Stelle eine von Dr. Porters Narkoseschwestern getreten war.

»Gut«, sagte Mark und hoffte, daß weder Alexa noch Thorpe das Zittern seiner Stimme bemerkten. »Danke für die Hilfe«, fügte er hinzu, als Alexa den Raum verließ.

Die Schwester, die nun an ihre Stelle trat, verfügte zwar über beträchtliche Erfahrung, war aber nicht so geschickt wie Alexa. Mark schloß die Operationswunde so schnell wie möglich, um in den Umkleideraum zu gelangen und sich dort eine Dosis Demerol zu injizieren.

Bevor er den Raum verließ, reichte ihm die Narkoseschwester die Krankentabelle und einen Kugelschreiber mit den Worten: »Dr. Porter hat mir gesagt, Sie werden die postoperativen Anordnungen eintragen. Er nimmt an, daß er noch eine Stunde im anderen OP-Raum beschäftigt sein wird, und die Patientin erwacht schon aus der Narkose.«

»Geben Sie her.« Mark griff nach der Tabelle, begann zu schreiben und hoffte, daß das Zittern seiner Finger seine schwer lesbare Arztschrift nicht völlig unleserlich machen werde.

»Fünf Prozent Glukose intravenös in Salzlösung«, kritzelte er auf das Formular und gab der Schwester die Tabelle zurück. Sie las, was er geschrieben hatte, und blickte ihn zögernd an.

»Habe ich etwas vergessen?« fragte Mark. »Ich überlasse die postoperativen Anordnungen sonst immer Dr. Porter.«

»Sie beginnt bereits zu erwachen und wird bald etwas gegen die Schmerzen brauchen«, sagte die Schwester.

Schmerzen! Das Wort traf Mark wie ein Schlag. Wie konnte eine Patientin, die noch in der Narkose lag, auch nur halb so viel Schmerz empfinden wie er, der nun endlich eine Dosis von zweihundert Milligramm Demerol brauchte.

»Das habe ich vergessen«, sagte er, griff neuerlich nach der Krankentabelle und kritzelte hastig auf das Formular: »200 mg Demerol.« Er gab die Tabelle der Schwester, die sich gerade um die aus der Narkose erwachende Patientin bemühte, und eilte in den Umkleideraum, wo er sich die 200-Milligramm-Ampulle injizierte und sodann die Spritze in einen Abfalleimer warf.

Als Mark unter der Dusche hervorkam und sich abtrocknete, bevor er sich anzog, um über die Brücke in die Altstadt zu den dort wartenden Patienten zu fahren, empfand er bereits das vertraute Gefühl der Entspannung und des Selbstvertrauens, das ihn befähigen würde, die Arbeit des Nachmittags zu bewältigen. Er wechselte nur wenige Worte mit den Angehörigen der Patientin, die er eben operiert hatte, diktierte den Operationsbericht und fuhr dann in die Altstadt. Als er sich der Brücke über den Fluß näherte, hatte er bereits das Gefühl, als habe der alte Skylark Flügel bekommen und schwebe mit ihm durch die Lüfte.

Eine Stunde später, als Mark gerade einen Patienten untersuchte, kam Mrs. Doggett, die Oberschwester der Altstadtklinik, in das Zimmer.

»Dr. Porter möchte Sie am Telefon sprechen, Dr. Harrison«, sagte sie.

»Was ist los, Eric?« fragte Mark, nachdem die Verbindung hergestellt war.

»Vor wenigen Minuten hat man mich von Jerry Thorpes Operation weg zu der Patientin geholt, die Sie operiert haben«, sagte der Anästhesist. »Ihre Atemtätigkeit hatte weitgehend ausgesetzt.«

»Was kann denn die Ursache sein?«

»Zweihundert Milligramm Demerol, die ihr diese unglückselige Schwester gleich nach der Operation intramuskulär injiziert hat.«

»Zweihundert!« rief Mark. »Wie konnte denn das passieren?«

»Ich fürchte, das ist die Dosis, die Sie auf der Krankentabelle vermerkt haben, aber die Schwester hätte natürlich fragen müssen, sobald sie gesehen hat, daß das eine Verdoppelung der üblichen postoperativen Menge ist. Glücklicherweise hat sie mich rechtzeitig gerufen, und ich habe der Patientin ein atembelebendes Gegenmittel injiziert.«

»Ist sie jetzt in Ordnung?«

»Ja, Atmung und Blutdruck sind normal. Ich verstehe nur nicht, wie Sie irrtümlich zweihundert Milligramm Demerol auf die Tabelle schreiben konnten.«

»Das habe ich nicht ...«

»Aber es steht auf der Tabelle. Von Ihnen unterzeichnet. Wie gesagt, ich verstehe nicht ...«

»Versuchen Sie es auch gar nicht, Eric«, sagte Mark resigniert. »Ich habe zweihundert Milligramm geschrieben, weil ich in diesem Augenblick an mich selbst ... gedacht habe.«

Am anderen Ende der Leitung herrschte langes Schweigen, bis Mark sagte: »Haben Sie gehört, was ich gesagt habe, Eric?«

»Ja«, sagte Dr. Porter. »Jeder bei uns weiß, daß Ihnen Dick Barrett zu viel Arbeit aufgelastet hat, während Jerry Thorpe weg war. Ich habe auch Gerüchte gehört, aber ...«

»Die Gerüchte stimmen, Eric. Als ich heute mit der Operation fertig war, habe ich so intensiv an die Dosis gedacht, die ich mir selbst injizieren werde, daß ich sie auf die Tabelle geschrieben habe. Wie viele Personen wissen davon?«

»Praktisch niemand außer mir und der Schwester, die der Patientin die Injektion gegeben hat. Sie ist aber zu

Tode erschrocken und fürchtet, daß man sie hinauswirft, weil sie nicht rechtzeitig rückgefragt hat, so daß sie sicher nichts sagen wird. Und ich schweige auch, das kann ich Ihnen versprechen. Ich habe bereits die Dosis auf der Tabelle von zweihundert auf hundert reduziert.«

»Danke, Eric. Das werde ich Ihnen nicht vergessen.«

»Mein Gott, wozu hat man denn Freunde. Die Verschreibung ist korrigiert und der Patientin geht es gut, also vergessen Sie das Ganze. Sie waren überarbeitet, und so ein Irrtum kann jedem passieren. Ich gehe jetzt zurück zu Jerry und seiner Operation, bevor er fragt, wo ich stekke.«

Nachdem Mark den Hörer aufgelegt hatte, saß er eine Weile regungslos da. Das Hochgefühl, das er vorhin beim Überqueren der Brücke verspürt hatte, war verflogen und hatte tiefer Niedergeschlagenheit Platz gemacht.

Nach der Rückkehr von Jerry Thorpe vermochte Mark einen Großteil seiner Arbeitskraft der Altstadtklinik zu widmen, in der vor allem eine steigende Zahl von ambulanten operativen Eingriffen zu verzeichnen war. Dabei blieb ihm immer weniger Zeit zu Gesprächen mit Alexa, sah man von den einsilbigen Wortwechseln, quer über den Operationstisch hinweg, ab. Als er sie aber eines Abends an einem Tisch in der Cafeteria des Spitals sitzen sah, ging er mit seinem Eßtablett zu ihr.

»Darf ich bei Ihnen Platz nehmen?« fragte er.

»Gerne«, antwortete sie. »Für einen schwer arbeitenden Arzt haben Sie aber nicht viel auf Ihrem Eßtablett. Soll ich Ihnen noch etwas bringen?«

»Nein, danke. Ich habe wenig Appetit und viel schlechte Laune.«

»Das wundert mich nicht. Solange Jerry Thorpe fort war, haben Sie für zwei gearbeitet und jetzt arbeiten Sie noch immer zu viel.«

»In den letzten beiden Wochen hat sich die Zahl der

ambulanten Eingriffe in der Altstadtklinik verdoppelt«, erzählte er. »Ich höre, daß Jack Pryor darüber in heller Freude ist.«

»Er denkt eben immer ans Geschäft.«

»Am späten Nachmittag bin ich dann allerdings immer so müde, daß ich kaum die Kraft finde, nach Hause zu fahren.«

»Ärzte arbeiten immer zu viel. Das ist ein Berufsrisiko, das manche zerstört, so wie es Sie zu zerstören droht.«

»Was soll ich machen? Wie könnte ich sonst 65.000 Dollar im Jahr verdienen? Darauf kommt es doch an.«

»Wirklich? Auch um den Preis des Zusammenbruchs und der dauernden Berufsunfähigkeit?«

»Fangen wir nicht darüber wieder einen Streit an. Sie sind nicht die erste, die mir das sagt. Und da Sie ja wohl alles wissen, werden Sie auch gehört haben, daß Charlie Minot mein Demerol-Rezept widerrufen hat.«

»Nicht nur das. Ich habe auch gehört und jeder weiß es, daß Sie offenbar eine andere Quelle gefunden haben und daß Dr. Porter Sie davor bewahrt hat, darüber Rechenschaft geben zu müssen, warum Sie einer Patientin eine Überdosis Demerol gegeben haben, die sie beinahe getötet hätte.«

»Wie ist denn das bekannt geworden?«

»Sie sind lange genug Arzt, um zu wissen, daß in einem Spital die Dinge meist bekannt werden, bevor sie noch geschehen.«

»Wenn es so viele Leute wissen, warum zeigt mich dann niemand bei der Rauschgiftbehörde an?«

»Fast jeder Arzt, der trinkt oder Drogen nimmt, kann mit einer Verschwörung des Schweigens rechnen. Das wissen Sie und ich«, sagte sie. »Das gilt für die Schwestern, seine Kollegen, seine Freunde und die Familie.«

»Und warum schützen sie ihn alle?«

Sie zuckte mit den Achseln. »Warum soll man jemanden noch denunzieren, der sich ohnehin selbst zerstört?«

»Was heißt hier Selbstzerstörung?« protestierte Mark. »Jerry hat es doch auch geschafft, dem Alkohol zu entkommen, und ist jetzt offensichtlich glücklicher denn je.«

»Das ist er aber nicht nur deswegen, weil er nicht mehr trinkt.«

»Was denn sonst? Übrigens, da fällt mir etwas ein, was ich Ihnen schon seit langem sagen wollte. Am Abend bevor Jerry nach New Orleans gefahren ist, hat er mich angerufen und mir gedroht, cr wird mit mir abrechnen, weil ich diese Notoperation an Mrs. Thomas vorgenommen habe.«

»Das überrascht mich nicht.«

»Glücklicherweise scheint er seinen Zorn begraben zu haben, seit er zurück ist.«

»Da würde ich eher vorsichtig sein«, riet sie. »Jerry kann sehr bösartig sein, wenn er will.«

Er blickte sie erstaunt an. »Wissen Sie, daß das zum erstenmal ist, daß Sie über einen Menschen etwas Schlechtes sagen. Warum gerade in diesem Fall?«

»Vielleicht, weil ich nicht möchte, daß Sie für etwas büßen müssen, was wirklich nichts Böses, sondern eine gute Tat war.«

»Ich werde auf der Hut sein«, versprach er. »Trotzdem: Wenn ich mir ansehe, wie es Jerry jetzt geht, möchte ich die gleiche Kur machen wie er.«

»Ich glaube nicht, daß sie Ihnen helfen würde.«

»Warum nicht?«

»Zunächst einmal, weil Sie dem Zusammenbrechen viel näher sind als er. Die Demerol-Dosis, die Sie offensichtlich nehmen, und der Zwischenfall mit der irrtümlichen Verschreibung beweisen das. Und außerdem ist der Konflikt, mit dem Sie zu kämpfen haben, wahrscheinlich viel schwieriger als Jerrys Probleme.«

»Jetzt betreiben Sie wieder Psychiatrie«, warnte er.

»Verzeihen Sie, bitte. Ich weiß, Sie mögen das nicht.«

»Diesmal interessiert mich aber, was Sie sagen. Bitte geben Sie mir eine umfassende Analyse.«

»Fangen wir mit Jerry Thorpe an. Haben Sie gewußt, daß sich Ted Moran, der Trainer des Yacht-Clubs, zwei Wochen Urlaub genommen hat, während Jerry in dem Sanatorium in New Orleans war?«

»Na und?«

»Jerry war dort als ambulanter Patient und hat in einem Motel gewohnt – mit Ted. Sie haben jeden Tag zusammen Tennis gespielt, und hier in Gulf City ist Ted jetzt in Jerrys Wohnung gezogen.«

»Aber Jerry ...« Die Bedeutung dessen, was sie erzählte, wurde ihm jetzt erst bewußt, und er sagte betreten: »Ich fürchte, Sie halten mich für sehr naiv oder etwas dumm.«

»Oder für so überarbeitet, daß Sie nicht merken, was um Sie herum geschieht.«

»Das auch«, stimmte er zu. »Jedenfalls paßt alles zusammen.«

»Ja. Man muß kein Psychiater sein, um das zu sehen.«

»Touché«, sagte er. »Aber Homosexualität wird doch heute von der Gesellschaft bereits so sehr akzeptiert, daß Jerry daraus keine Probleme erwachsen. Einige sehr angesehene Ärzte sind Homos, und man weiß, daß gerade gutaussehende Burschen wie Jerry bisexuell sind.«

»Vielleicht war es auch das beste für ihn, offen einzugestehen, daß er einen Freund hat. Ich glaube, daß er damit seine Probleme zum Großteil überwunden hat, und wahrscheinlich wird er in absehbarer Zeit nicht wieder trinken. Aber Sie sind ein viel ernsterer und viel intelligenterer Mensch als Jerry, und deshalb ist für Sie alles anders und schwerer.«

»Wenn Sie mich schon so genau kennen, können Sie mir dann auch sagen, welcher Art meine Probleme sind?«

»Ich glaube, daß Sie ganz einfach mit Ihrem jetzigen Leben nicht zufrieden sind.«

»Ich bin 28 Jahre alt, verdiene 65000 Dollar im Jahr und stehe am Beginn einer Karriere, von der Paul Martenson sagt, daß sie mich zum Millionär machen wird, bevor ich fünfzig Jahre alt bin. Warum sollte ich mit meinem Leben nicht zufrieden sein?«

»Das müssen Sie selbst herausbekommen, fürchte ich.« Sie griff nach ihrem Eßtablett und erhob sich. »Gute Nacht!«

»Gute Nacht«, erwiderte er. »Und danke dafür, daß Sie mich analysiert haben.«

XI

Claire kam Mitte Oktober zurück, sechs Wochen später, als sie ursprünglich gesagt hatte. Als er sie vom Flugplatz abholte, sah sie elegant und selbstbewußt wie immer aus.

Sie küßte ihn zur Begrüßung nur flüchtig und sagte: »Du siehst verheerend aus. Was hast du denn getrieben?«

»Ich habe gearbeitet und mich nach dir gesehnt.«

»Wer's glaubt«, sagte sie, während sie zur Gepäckausgabe gingen. »Ich möchte alle Damen von Gulf City kennen, hinter denen du hergejagt bist.«

»Gejagt habe ich sie vielleicht, aber nicht gefangen. Dafür haben schon meine Kopfschmerzen gesorgt.«

»Was sagt Charlie Minot darüber?«

»Daß sie schließlich vergehen werden, falls ich lange genug lebe. Ich war eben sehr mit Arbeit eingedeckt, vor allem, weil Jerry sechs Wochen weg war.«

»Gina hat mir geschrieben, daß alle ihre Freundinnen sagen, du seist fast ein so guter Gynäkologe wie er. Willst du bei diesem Fach bleiben?«

»Nein, das ist ein Gebiet, das ich Jerry überlasse.«

»Außerdem habe ich deinen Briefen entnommen, daß du sehr viel Erfolg mit der Altstadtklinik hast.« Sie rief einen Gepäckträger herbei und fragte: »Wo steht dein Wagen?«

»Drüben auf dem Parkplatz. Ich fahre vor den Eingang, warte mit dem Träger auf mich.«

Als er vorfuhr, stand sie mit einem Berg von Koffern am Rand des Gehsteigs.

»Dein Wagen sieht schrecklich aus«, sagte sie. »Wenn ich gewußt hätte, daß du dir kein neues Auto kaufst, hätte ich dir den Schlüssel von meinem Porsche gegeben.«

»Dieser alte Skylark bringt mich täglich von meiner Wohnung zum Spital, dann zur Altstadtklinik und zurück, und größere Fahrten mache ich nicht. Dafür legt Paul mein Gehalt in Papieren an, die erfreulicherweise ständig steigen.«

Mark gab dem Träger ein Trinkgeld und startete den Wagen. »Kalifornien hat dir gutgetan, du siehst schöner aus denn je.«

»Los Angeles ist eine herrliche Stadt. Dort kann man verdienen. Die Firma, die unter anderem die ›Nahezu Nichts‹-Wäsche herstellt, hat mir angeboten, als Leiterin der Werbeabteilung in die Direktion einzutreten. Nächste Woche übersiedle ich.«

»Du übersiedelst? Und was wird mit mir?«

»Du bist der einzige, wegen dem ich bedaure, Gulf City zu verlassen. Um so mehr als ich mich teilweise dafür verantwortlich fühle, daß du hierher gekommen bist.«

»Was heißt teilweise? Du warst ja der Köder!«

»Vielleicht, aber du hast ja auch sonst noch Annehmlichkeiten vorgefunden.«

»Ja, ständige Kopfschmerzen und einen Job, der mich vierundzwanzig Stunden im Tag okkupiert«, sagte er bitter.

»Aber auch ein Einkommen von 65000 Dollar im Jahr, die Chance ein Millionär zu werden und als zusätzliche Annehmlichkeit einige Liebesstunden mit mir. Für die allein würden manche Männer gerne an deiner Stelle sein.«

»Da hast du recht. Darum habe ich mich ja auch in dich verliebt.«

»Das hättest du nicht tun sollen, Mark. Ich habe dir nie gesagt, daß du mehr für mich bist als ein Mann, mit dem ich ins Bett gehe. Du mußt von Anbeginn an gewußt haben, daß ich keine Frau bin, die heiratet ...«

»Du hast es immerhin einmal versucht«, erinnerte er sie.

»Und bin damit so furchtbar gescheitert, daß ich beschlossen habe, es nie wieder zu versuchen. Ich habe zwar Spaß an Sex, aber damit ist es für mich auch genug. In Anbetracht des Rufes, den du in Lakeview gehabt hast, habe ich angenommen, daß du mich verstehen wirst.«

»Und was ist mit dem Wochenende in New Orleans, das du mir versprochen hast? Ist das auch gestrichen?« fragte er zornig.

»Aber nein. Es soll einer der Höhepunkte unserer Beziehung sein. Wie wäre es, wenn wir gleich am nächsten Freitag fahren würden?«

»Einverstanden. An diesem Wochenende bin ich dienstfrei.«

»Ich werde Freitag nachmittag damit zu tun haben, meine Sachen für die Übersiedlung nach Los Angeles zu packen. Außerdem muß ich einen Mieter für meine Wohnung suchen«, sagte sie. »Ich schlage vor, daß wir das Wochenende an einem sehr netten Platz an der Bucht von Mobile verbringen ...«

»Sage bloß nicht, in einem Hotel in der Nähe der Stadt Daphne.«

»Du kennst es also schon«, sagte Claire lachend. »Mit wem warst du denn dort?«

»Mit niemandem. Ich habe die Einladung ausgeschlagen.«

»Da bist du aber schön dumm, wenn es eine attraktive Frau war.«

»Sie war attraktiv, aber auch verheiratet.«

»Mark, wie kannst du denn nach vier Monaten Gulf City noch so naiv sein?«

»Ich habe mir eben einige Skrupel bewahrt«, sagte er. »Einer davon ist, daß ich Ehemännern nicht gerne Hörner aufsetze.«

»Da bist du aber eine rare Erscheinung in der Stadt. Wir fahren jedenfalls am Freitag abend in das Hotel Point Blue. Es ist ein herrliches Haus mit Swimming-pool, Golfplatz und Tennisplätzen, falls du dich sportlich betätigen willst.«

»Wirst du heute abend mit mir essen?«

»Es tut mir leid, aber ich verkaufe meine hiesige Werbefirma einem Mann aus Pensacola und treffe mich mit ihm zum Abendessen. Wir werden wahrscheinlich bis Mitternacht um den Preis streiten. Sei ein guter Junge und laß mir den Rest der Woche für meine Geschäfte. Sobald wir nach Point Blue fahren, gehöre ich dir dann ganz.«

XII

Point Blue war so schön, wie Claire es geschildert hatte: ein gepflegtes Hotel in einer ebenso gepflegten Umgebung. Sie kamen Freitag abend an und wurden zu zwei nebeneinanderliegenden Zimmern mit Verbindungstür geführt.

»Ich habe die Zimmer unter deinem Namen bestellt«, sagte Claire. »Das Hotel ist sehr bekannt, und wir werden möglicherweise auf Bekannte stoßen, so daß ich kein gemeinsames Zimmer verlangt habe.«

»Ich hoffe, daß wir niemanden treffen werden«, sagte

Mark. »Es war schon schlimm genug, daß ich dich in Gulf City nicht für mich haben konnte.«

Zugleich mit der Erregung der Erwartung des bevorstehenden Beisammenseins fühlte Mark, wie sein Kopf zu schmerzen begann. Sie gingen in sein Zimmer, und sobald sich die Tür hinter ihnen geschlossen hatte, schob er den Riegel vor, so daß an der Außentür das Zeichen »Nicht stören« erschien. Als er Claire in seine Arme schloß, war ihr Kuß so leidenschaftlich wie damals in der Nacht, die schon eine Ewigkeit zurückzuliegen schien, in der er sie, nach dem Abendessen, das ihr Vater für ihn gegeben hatte, in seine Arme geschlossen hatte. Als er aber den Reißverschluß am Rücken ihres Kleides öffnen wollte, schob sie ihn von sich.

»Nicht so schnell, mein Lieber«, sagte sie. »Wir haben die ganze Nacht vor uns und noch zwei Tage.«

»Wenn ich so lange durchhalte«, sagte er, während sie die Verbindungstür öffnete, die in ihr Zimmer führte. »Möchtest du einen Drink?«

»Noch nicht. Ich muß mich erst von deinem Kuß erholen. Ich bin in einigen Minuten wieder da.«

»Beeile dich. Ich habe lange genug auf dich gewartet.«

»Ich auch«, sagte sie. »Laß mir nur Zeit, etwas anderes anzuziehen.«

»Warum mußt du überhaupt etwas anziehen?«

»Da hast du recht. Warte ab«, sagte sie und schloß die Türe hinter sich.

Mark begann sich zu entkleiden, wobei die Kopfschmerzen immer stärker wurden und sein ganzer Körper nach der erlösenden und stimulierenden Dosis Demerol lechzte. Er öffnete die kleine Bereitschaftstasche, die er stets bei sich trug, und entnahm ihr eine Ampulle. Als er gerade seinen Oberarm mit einem in Alkohol getränkten Wattebausch reinigte, während er die Injektionsspritze bereits in der Hand hielt, hörte er Claires Stimme.

»Was machst du denn da?« Sie stand in der Zimmertür, völlig nackt, und band sich ein blaues Band in das lange blonde Haar.

»Ich habe Kopfschmerzen, aber sie werden gleich verschwunden sein.«

»Also hat Gina recht gehabt, die mir geschrieben hat, du nimmst Drogen. Seit wann geht denn das schon?«

»Seit dem Überfall damals, nachdem ich bei dir war.«

»Versuche nicht, womöglich mir die Schuld zuzuschieben«, sagte sie eisig.

»Was willst du«, erwiderte er erregt. »Du hast mir selbst einmal erzählt, daß du Kokain geschnupft hast. Was ist der Unt ...«

»Hin und wieder bei einer Party schnupfen, ist eine Sache, und eine ganz andere Sache ist es, sich täglich eine Spritze zu geben. Mit einem Süchtigen schlafe ich jedenfalls nicht.«

Bevor er noch ein Wort der Erwiderung sagen konnte, hatte sie sich umgedreht und die Tür hinter sich zugeschlagen.

Ihre Worte hatten so unwiderruflich geklungen, daß er gar nicht erst an die Möglichkeit dachte, sie zur Umkehr zu bewegen. Statt dessen griff er zur Injektionsspritze, drehte ein Handtuch zu einem Strang, um sich den Arm abzubinden und die Vene an seiner Hand hervortreten zu lassen und die Droge direkt in seinen Blutkreislauf zu jagen.

Wie bereits bei der früheren intravenösen Injektion stellte sich die Wirkung schnell ein, und er war gerade noch fähig, die Nadel aus der Vene zu ziehen. Er ließ die Injektionsspritze auf den Nachttisch fallen, brach quer über dem Bett zusammen und versank in tiefen Schlaf.

Als Mark erwachte, brannte das Licht im Zimmer und sein Körper zitterte in der Kühle des vollklimatisierten Raumes. Die Uhr am Nachttisch zeigte drei Uhr früh. Er erhob sich schwankend, öffnete den Koffer und entnahm ihm einen Schlafanzug, den er mit zitternden Händen anlegte. Dann kroch er wieder ins Bett und schlief bis neun Uhr früh.

Als er erwachte, schleppte er sich zur Tür, die in Claires Zimmer führte. Nach mehrmaligem Klopfen öffnete ein dickes, farbiges Dienstmädchen.

»Wo ist die Dame, die in diesem Zimmer wohnt?« fragte er mit schwerer Zunge.

»Was sagen Sie, Sir?« Das Mädchen blickte ihn verschüchtert an.

»Die Dame, die in diesem Zimmer geschlafen hat. Wo ist sie?«

»Sie meinen die schöne, blonde Dame?«

»Ja.«

»Sie ist weg. Ich soll das Zimmer aufräumen.«

»Haben Sie gesehen, wie sie gegangen ist?«

»Ja, Sir. Sie ist mit ihrem Gepäck weggegangen. Zu einem weißen Auto, draußen auf dem Parkplatz.«

»Was für ein Wagen war es?«

»Einer von diesen ausländischen. Klein, mit einem Dach, das man herunterlassen kann.«

Es war offensichtlich Claires Porsche gewesen, und das hieß, daß sie ihn hier zurückgelassen hatte, ohne sich darum zu kümmern, wie er nach Gulf City kommen werde.

»Ist Ihnen schlecht, Sir?« fragte das Mädchen, als er mühsam in sein Zimmer zurückging. »Der Direktor kann Ihnen einen Arzt holen.«

»Ich bin selbst Arzt und mir fehlt nichts. Ich brauche nur ein Frühstück.«

»Soll ich Ihr Zimmer aufräumen?«

»Nein. Nicht jetzt.«

»Die Dame war sehr schön, aber auch sehr wütend«, sagte das Mädchen. »Haben Sie Streit gehabt?«

»Bitte schließen Sie die Tür und sperren Sie das Schloß ab.« In sein Zimmer zurückgekehrt, bestellte Mark telefonisch ein Frühstück, aber als es kam, fühlte er sich nach wie vor so übel, daß er nur ein Glas Orangensaft trank. Den Rest ließ er unberührt und statt dessen entnahm er seiner Bereitschaftstasche zwei Ampullen Demerol, injizierte sie rasch hintereinander und kroch ins Bett zurück.

Sechsunddreißig Stunden später, an einem strahlenden Sonntagnachmittag, beglich Mark die Hotelrechnung – Claire hatte sich nicht die Mühe genommen, ihr Zimmer zu bezahlen – und mietete einen Leihwagen, mit dem er nach Gulf City zurückfuhr, wo er gegen acht Uhr ankam und, sobald er in seiner Wohnung war, neuerlich ins Bett ging.

XIII

Mark war auf Claire so wütend, daß er nicht daran dachte, sie anzurufen. Als er am Dienstagmorgen aus dem Haus trat, sah er, daß ihr weißer Porsche nicht auf dem gewohnten Parkplatz stand, und nahm an, daß sie bereits nach Los Angeles gefahren sei.

Am Donnerstag abend, gegen neun Uhr, rief ihn Gina Martenson an. »Ich habe gestern mit Claire in Dallas telefoniert. Sie ist unterwegs nach Los Angeles«, sagte sie. »Was ist denn los mit euch?«

»Wir sind über das Wochenende in Point Blue gewesen und haben Streit gehabt. Sie ist weggefahren und hat mich dort sitzen lassen.«

»Warum haben Sie mich nicht angerufen? Paul und ich hätten Sie geholt. Dazu hat man ja Freunde.«

»Mit Claire bin ich jedenfalls fertig«, sagte er.

»Geht in Ordnung«, meinte Gina. »Sie waren ohnehin viel zu gut für sie.«

Mark erwachte um fünf Uhr dreißig früh in Schweiß gebadet. Statt sich ruhelos im Bett umherzuwälzen, bis es

Zeit war aufzustehen, beschloß er, einen Morgenlauf zu machen. Es war zwar bereits Oktober, aber das Wetter war noch warm und freundlich, so daß er nur Shorts, eine leichte Windjacke, Socken und Schuhe anlegte und eine Geldbörse in die Hosentasche steckte, um am Ende des Laufes in einem Drugstore ein Frühstück bezahlen zu können.

Die Sonne ging gerade über der Bucht auf, als er das Haus verließ und zum Strand lief. Im Wasser war eine einsame Schwimmerin unterwegs, und auf einer Bank lagen ein Bademantel, ein großes Badetuch und ein Paar Damenpantoffel. Er blickte auf das Wasser hinaus und sah, daß die Schwimmerin mit kräftigen Armstößen dem offenen Meer entgegenstrebte. Sie kehrte aber zurück, bevor er seinen Lauf beendet hatte, und als er sich der Stelle näherte, an der er seine Windjacke zurückgelassen hatte, sah er, daß die einsame Schwimmerin Alexa McGillivray gewesen war. Sie trug einen hellblauen Badeanzug, der die goldene Bräune ihrer Haut herrlich hervortreten ließ.

»Ich habe Sie in letzter Zeit nicht oft am Morgen laufen sehen«, sagte sie.

»Ja, ich war ein bißchen faul, aber jetzt macht es mir wieder Spaß. Ist das Wasser um diese Jahreszeit nicht sehr kalt?«

»Kalt, aber erfrischend.« Sie schlüpfte in den kurzen Bademantel, nahm die Kappe ab und schüttelte die Haare. »Ich hoffe, Sie haben gesehen, wie schnell ich geschwommen bin.«

»Schneller, als ich schwimmen könnte«, sagte er und zog seine Windjacke an. »Haben Sie schon gefrühstückt?«

»Nein.«

»Das McDonald am Pier öffnet um fünf Uhr dreißig. Es gibt dort ein gutes Frühstück, und sie haben nichts gegen Leute in Shorts und Bademänteln.«

»Ich frühstücke manchmal dort auf dem Weg ins Spital zu einer früh angesetzten Operation«, sagte sie. »Aber mein Bademantel ist so kurz, daß alle Männer auf meine Beine starren werden.«

»Das kann ich ihnen nicht verübeln, aber ich weiß einen Ausweg für Sie. Ich hole das Frühstück und wir setzen uns damit in den kleinen Park am Fluß.«

»Ausgezeichnet«, sagte sie. »Ich liebe den Park.«

Mit den beiden Eßpaketen in der Hand liefen sie zum Park, der völlig verlassen dalag. Die Sonne fiel durch die Lücken zwischen den Stahlträgern der Brücke und wärmte sie.

»Ich bin sehr gerne hier«, sagte Mark, nachdem sie sich auf einer Bank niedergelassen hatten. »Am Abend, wenn ich mit der Arbeit in der Altstadtklinik fertig bin, kaufe ich mir oft einen Hamburger bei McDonald, esse ihn hier und sehe mir den Sonnenuntergang an.«

»Melga Doggett, Ihre Oberschwester in der Altstadtklinik ist eine alte Freundin von mir«, sagte Alexa. »Sie erzählt mir, daß Sie sehr viel arbeiten.«

»Nicht so viel wie zu der Zeit, als Jerry Thorpe noch fort war, aber Dr. Barrett schickt jetzt fast alle ambulanten Fälle, die früher in der Klinik behandelt wurden, in die Dependance zu mir.«

»Das macht er, weil er weiß, daß Sie mit allen Problemen fertig werden. Sie sind zum Beispiel bei gynäkologischen Operationen genauso tüchtig wie Jerry Thorpe.«

»Sagen Sie ihm das aber nicht!«

»Er weiß es aber – und das sollte Sie beunruhigen.«

»Beunruhigen? Warum?«

»Jerry ist ein schlechter Verlierer. Wenn er sich an Ihnen rächt – und ich bin sicher, daß er es versuchen wird –, werden seine Methoden nicht sehr fair sein.«

»Jerry ist aber sehr freundlich zu mir, seit er aus New Orleans zurück ist.«

»Timeop danaos et dona ferentes«, sagte sie lakonisch.

»Ich fürchte die Danaer, wenn sie Geschenke bringen«, wiederholte er. »Ich kann zwar noch genug Latein, um übersetzen zu können, was Sie sagen, aber ich hoffe, daß Sie Unrecht haben.«

»Ich auch, aber an Ihrer Stelle würde ich jedenfalls auf der Hut sein.«

»Danke, ich werde mich an Ihren Rat halten. Im übrigen werden Sie ja aus der Gerüchteküche des Spitals erfahren haben, daß mir Claire Desmond den Laufpaß gegeben hat.«

Alexa lächelte. »Das weiß ich nicht aus der Gerüchteküche, sondern von Claire persönlich. Sie hat mich angerufen und gebeten, ihr die Post nach Los Angeles nachzuschicken.«

»Ist es für Sie nicht lästig, ständig das Mädchen für alles der Familie Barrett und der Mitarbeiter der Klinik zu spielen?«

»Dafür werde ich bezahlt.«

»Bezahlt werden Sie als Assistenzschwester, aber nicht dafür, daß Sie sich um die Post von Claire kümmern oder mich aus einem Tiefschlaf holen.«

»Sie gehören zur Klinik, und deshalb kümmere ich mich um Sie. So mache ich mir jetzt Sorgen um Sie, weil Sie offenbar einem Zusammenbruch nahe sind.«

»Wenn das jemand anderer sagen würde, wäre ich über die Einmischung in meine Angelegenheiten empört«, sagte er. »Warum empöre ich mich nicht, wenn Sie es sagen?«

»Vielleicht weil Sie wissen, daß es stimmt und daß ich es gut mit Ihnen meine.«

»Manchmal bin ich sehr frustriert, wenn ich in der Altstadtdependance kleine ambulante Eingriffe vornehme, statt in der Klinik große Operationen zu machen«, gab er zu. »Dazu bin ich eigentlich nicht hierher gekommen.«

»Dr. Barrett hat nicht damit gerechnet, daß die Dependance in so kurzer Zeit so viele Patienten haben wird, und das ist Ihr Verdienst. Außerdem sind Ihnen die Leute, die Sie behandeln, sehr dankbar, und das ist in meinen Augen der schönste Lohn für jeden Arzt.«

»So war es einmal«, korrigierte er sie. »Mein Großvater war noch ein einfacher Landarzt, der seine Krankenbesuche mit dem Pferdewagen gemacht hat. Mein Vater hat ihn als Kind oft begleitet und mir später davon erzählt. Mit einem Stück Tuch, das er in ein Glas mit Chloroform steckte, hat mein Großvater eine junge Mutter nach einer Fehlgeburt narkotisiert, um sie medizinisch versorgen zu können. Damals hat es kein Penicillin und keine Sulfonamide gegeben, aber infiziert haben sich die Patienten nicht, während man heutzutage den Eindruck hat, daß es in einem Spital mehr Infektionen gibt als anderswo.«

»Im großen und ganzen ist mir aber die moderne Medizin schon lieber«, insistierte Alexa.

»Manchmal bezweifle ich das.«

»Aber doch wohl nur, wenn Sie müde und niedergeschlagen sind wie jetzt, wo Sie zu viel arbeiten.«

»Wer soll sich denn um die Klinik kümmern, wenn ich nicht so viel arbeite?«

»Man müßte zusätzlich einen jungen Arzt einstellen, der dabei auch gleich die Chance hätte, bei Ihnen eine ausgezeichnete Ausbildung zu erhalten.«

»Jetzt machen Sie Komplimente«, sagte er lächelnd.

»Nein.« Ihre Stimme war ernst. »Ich habe mit so vielen Ärzten zusammengearbeitet, daß ich Qualität zu erkennen und zu schätzen vermag.«

»Obwohl ich das Pech mit der Ratte hatte, die wir operiert haben.«

»Das war eine vorübergehende physische Störung«, sagte sie. »Das muß nicht wieder vorkommen, genauso wenig, wie Sie Alkohol und Demerol brauchen, um sich aufrecht zu halten.«

»Jetzt klingen Sie ausnahmsweise nicht wie ein Psychiater, sondern wie ein Anwalt«, sagte er ironisch.

»Ich bitte um Entschuldigung. Dazu habe ich kein Recht.«

»Sie haben einmal gesagt, wir seien Freunde und Freunde haben ein Recht sich einzumischen.«

Er erkannte, daß er das falsche Wort gewählt hatte, denn ihr Gesicht verfinsterte sich.

»Danke für das Frühstück, Dr. Harrison«, sagte sie brüsk und erhob sich. »Ich werde mich nicht wieder in Ihre Angelegenheiten mischen.«

»Moment«, rief er. »Ich wollte nicht ...«

Sie war aber bereits so weit weg, daß es keinen Sinn hatte, den Versuch zu unternehmen, sie einzuholen und umzustimmen.

XIV

Mark hatte jetzt in der Dependance so viel zu tun, daß er kaum mehr in das Spital kam und auch die Klinik nur am Montagnachmittag bei der wöchentlichen Besprechung des ärztlichen Personals sah. Am Vormittag nahm er in der Altstadtklinik viele ambulante Eingriffe vor, nach denen die Patienten einige Stunden verblieben und noch vor dem Abend nach Hause gehen konnten. Immer häufiger nagte in ihm der Zweifel, ob er selbst eine kleine Operation ohne die aufputschende Wirkung einer Demerolinjektion in den Morgenstunden durchstehen konnte.

Er hatte aufgehört zu trinken, aber dafür verschaffte ihm eine einzige Injektion der Droge in die Oberarm- oder Gesäßmuskeln mehr Entspannung und Erleichterung als zwei Gläser Bourbon. Der offensichtliche Erfolg der Altstadtklinik hätte Mark vielleicht aus seinen ständigen Depressionen gerissen, wenn die Eingriffe, die er dort vornahm, nicht so unbedeutend gewesen wären: Entfernung von Talggeschwülsten, Hämorrhoiden und Leistenbrüche.

Von Claire hörte er nichts, was ihn nicht wunderte. In der Nacht, in der sie entdeckt hatte, daß er sich eine Droge injizierte, war sie so wütend gewesen, daß wohl nicht die geringste Aussicht auf Versöhnung bestand. Sein gesellschaftliches Leben erschöpfte sich darin, daß er Einladungen, meist von Gina Martenson und ihren Freunden, erhielt. Er war am Abend aber so müde und niedergeschlagen, daß er in der Regel nur eine schnelle Mahlzeit in einem Drugstore oder in seiner Wohnung einnahm und dann nach kurzer Lektüre einer medizinischen Fachzeitschrift ins Bett sank.

Jerry Thorpe verhielt sich seit seiner Rückkehr von New Orleans bei den wöchentlichen Besprechungen des ärztlichen Personals in der Klinik sehr entgegenkommend. Nun, da Mark für ihn keine Konkurrenz bei den gynäkologischen Eingriffen mehr war, legte er ihm gegenüber betonte Freundlichkeit an den Tag. Er forderte ihn sogar auf, an seiner Stelle zur Jahrestagung der Medizinischen Vereinigung nach Birmingham zu fliegen.

Mark war froh, für einige Tage der Routine der Klinikarbeit in Gulf City zu entkommen. Der beste Bekannte aus Lakeview, den er in der überfüllten Halle des Tagungshotels traf, war Jim Hall. Jim, der ein halbes Jahr zuvor in die Klinik seines Vaters in Tampa eingetreten war, hatte ein von der Sonne gebräuntes Gesicht und sah so strahlend gut aus, daß Mark seine eigene zerrüttete Verfassung um so deutlicher bewußt wurde.

»Mark, alter Junge«, rief Jim, als sie sich die Hände schüttelten. »Was gibt es Neues in Gulf City?«

»Ein großer Mikrochirurg werde ich dort nicht. Die meiste Zeit verbringe ich damit, in einer Dependance der Klinik zu arbeiten.«

»Du siehst niedergeschlagen aus. Ich verstehe das nicht. Die Barrett-Klinik ist doch eine Goldmine.«

»Ich bin überfallen worden. Bald nach meiner Ankunft bei einem abendlichen Lauf am Strand«, erklärte er. »Ich habe eine Gehirnerschütterung erlitten, und seither habe ich Kopfschmerzen, die ich nicht los werde.«

»Ich erinnere mich, daß du schon ziemlich ausgebrannt warst, wie du im letzten halben Jahr in Lakeview die Mikrochirurgieabteilung von Dr. Peters geleitet hast«, sagte Jim. »Wolltest du nicht damals einen längeren Urlaub machen?«

Mark lächelte ein wenig spöttisch. »So lange als mein Geldbeutel gereicht hätte, und das wäre nicht sehr lange gewesen. Aber Dr. Barrett hat mir damals angeboten, in seine Klinik einzutreten.«

»Du hast also keinen Urlaub gehabt?«

»Nein. Barrett wollte, daß ich unverzüglich beginne.«

»Ich frage mich, ob das gut war.«

»Warum?«

»Wie ich schon gesagt habe: Du warst bereits ausgebrannt, wie du noch in Baltimore warst. Selbst ein Mann von deiner Konstitution kann das auf die Dauer nicht aushalten.«

»Ich bin in Ordnung«, sagte Mark kurz angebunden. »Ich habe nur noch Kopfschmerzen, aber Charlie Minot sagt, daß sie verschwinden werden.«

»Aber du hast sie schon seit fünf Monaten, und das ist eine lange Zeit.« Jim sah auf die Uhr. »Es beginnt jetzt ein Vortrag über Kinderheilkunde, den ich hören möchte.«

»Wir sehen uns noch«, sagte Mark, ohne recht daran zu glauben.

Es hatte Marks Laune nicht gebessert, daß Jim sich offensichtlich in bester Verfassung befand, und einmal mehr erfaßte ihn ein unbändiges Verlangen nach einer Dosis Demerol. Er scheute aber die Mühe, auf sein Zimmer zu gehen, und begab sich statt dessen zu einem der Buffettische, die in der Hotelhalle aufgestellt waren und an denen ausstellende Firmen Gratisgetränke offerierten. Nach dem Genuß eines doppelten Bourbons fühlte sich Mark etwas besser und er ging in die große Ausstellungshalle, in der die Kojen der Firmen standen, die Medikamente, medizinische Apparate und Spitalseinrichtungen anboten. Da Mark aber in der Klinik mit Einkauf nichts zu tun hatte, wandte er sich dem weitaus kleineren Teil der Schau zu, die ausschließlich wissenschaftlichen Objekten gewidmet war.

Eine Koje, vor der kein einziger Interessent stand, trug die Aufschrift »Hilfe für berufsbehinderte Ärzte«, und an ihren Wänden waren Schaubilder zur Problematik von Alkohol- und Drogenmißbrauch angebracht.

In der Koje stand ein großer dunkelhäutiger Mann mit scharfen, aber dennoch gewinnenden Gesichtszügen, blauen Augen und einer Mähne grauer Haare. Sein Gesicht kam Mark vertraut vor, ohne daß er sich erinnern konnte, wo er es zuvor gesehen hatte. Er betrat die Koje und vertiefte sich in die Lektüre der Informationen an den Wänden.

»Dr. Harrison«, sagte der Mann in der Koje. »Wir sind uns zwar nie begegnet, aber wir haben eine gemeinsame Bekannte.«

Auf dem Namensschild, das der Mann so wie Mark auf dem Rockaufschlag trug, stand: Dr. John Carr, Sanatorium Canyonhead.

»Ich bin Alexa McGillivrays Cousin«, sagte Carr, und nun wurde in Mark die Erinnerung wach.

»Sie müssen der Psychiater sein, von dem sie mir erzählt hat.«

»Alexa und ich sind zusammen etwa achtzig Meilen nördlich von Birmingham aufgewachsen. Wir waren unzertrennlich, wie älterer Bruder und jüngere Schwester.«

»Sie leben dort am Rande eines Canyons, nicht wahr?« sagte Mark. »Sie hat mir davon erzählt. Es muß ein herrlicher Platz sein.«

»Sie können sich ihn ansehen.« Carr gab Mark eine Broschüre, auf deren Umschlag ein langgestrecktes Gebäude am Ende eines Tales zu sehen war, durch das sich ein Fluß wand. Es war ein Farbfoto von atemberaubender Schönheit.

»So schön hat Alexa den Platz geschildert.«

»Behalten Sie die Broschüre«, sagte Carr. »Alexa hat sie noch nicht gesehen. Sie können sie ihr zeigen, wenn Sie zurückkommen.«

»Ich fürchte, ich stehe derzeit nicht sehr in ihrer Gunst«, gestand Mark.

»So?« Carr zog die buschigen Augenbrauen hoch. »Sie kommt eigentlich mit allen Leuten aus. Warum nicht mit Ihnen?«

»Es ist meine Schuld. Sie hat mir Ratschläge gegeben, als ich einmal sehr niedergeschlagen war. Und ich Tölpel habe gesagt, sie solle sich nicht in meine Angelegenheiten mischen.«

»Wenn sich der gute Samariter in der Bibel nicht in die Angelegenheiten des Mannes gemischt hätte, der unter die Diebe gefallen war, wäre der arme Kerl gestorben«, sagte Carr.

»Sie war aber zu Recht gekränkt.«

»Dann entschuldigen Sie sich bei ihr. Sie wird Sie verstehen.«

»Ich werde mich bei ihr entschuldigen, aber in letzter Zeit habe ich so sehr unter Depressionen gelitten, daß ich mich nicht dazu aufraffen konnte.«

»Depression ist eine Krankheit, die man heilen kann. Das wissen Sie doch, Dr. Harrison.«

Mark sah sich in der Koje um und sagte: »Sehr viel Betrieb ist hier nicht.«

»Kein sichtbarer zumindest«, sagte John Carr lächelnd. »Aber die Botschaft, die ich vermittle, kommt dennoch an, gleichsam im Unbewußten.«

»Ich habe eine Freundin in der Werbebranche«, sagte Mark. »Sie arbeitet auch mit solchen unbewußten Botschaften.«

»Die Psychologen kennen dieses Phänomen schon lange. Vielleicht lesen nur wenige Ärzte, die vorbeigehen, die Aufschrift auf der Koje und es betreten sie auch nur sehr wenige, wobei sie vor allem die Statistiken abschrekken, die besagen, daß jeder siebente Arzt bereits in hohem Maße durch Alkohol oder Drogen in seiner Berufsausübung behindert ist.«

»Wahrscheinlich denken sie bei sich: Hoffentlich bin ich nicht der nächste.«

»Wahrscheinlich«, fuhr Carr fort. »Aber auch ihnen wird durch das bloße Vorhandensein der Koje die Botschaft vermittelt, daß sie in der Stunde der Not auf die Hilfe von Kollegen rechnen können.«

»Arbeiten Sie direkt mit den Komitees für berufsbehinderte Ärzte in den einzelnen Bundesstaaten zusammen?«

»Mit den Komitees von einigen Staaten«, erklärte John Carr. »Das Sanatorium Canyonhead ist für Ärzte da, die von den Lokalkomitees an das jeweilige Staatskomitee überwiesen werden.«

»Und wie sind Sie dazu gekommen, sich mit dieser Problematik zu beschäftigen?«

»Ich arbeite mit Alkohol- und Drogensüchtigen, seit ich mein Fachstudium als Psychiater an der Harvard-Universität beendet habe«, erklärte Carr. »Die Erfolge, die wir in Canyonhead erzielt haben, waren dafür ausschlaggebend, daß uns einige Staatskomitees für berufsbehinderte Ärzte ihre Fälle zuweisen.«

Mark fragte sich, ob Alexa dem Psychiater von seinen eigenen Problemen erzählt habe, zog es aber vor, darauf nicht einzugehen.

»Als das Problem der berufsbehinderten Ärzte, wie sie von der Gesellschaft der Ärzte Amerikas offiziell genannt werden, vor etwa fünf Jahren erstmals virulent wurde, hat man gehofft, daß diese Mediziner von sich aus und zwar frühzeitig Hilfe in Anspruch nehmen werden«, fuhr

John Carr fort. »Leider ist das sehr selten der Fall, und die einzelnen Komitees erfahren von Berufsbeeinträchtigung meist erst dann, wenn die Alkohol- oder Drogenabhängigkeit bereits sehr ausgeprägt ist und die Gefahr des Berufsverbots besteht.«

»Und Ihre Aufgabe ist es, die Ärzte davor zu bewahren.«

»Grundsätzlich ja. Die Komitees auf der lokalen und der bundesstaatlichen Ebene müssen aber die jeweiligen Ärzte zunächst einmal dazu bringen, sich mit einer Behandlung einverstanden zu erklären. Wenn sie zustimmen, werden sie zu uns geschickt.«

»Und wenn sie nicht zustimmen?«

»Dann bleibt dem Komitee nichts übrig, als den jeweiligen Arzt bei der Gesundheitsbehörde anzuzeigen«, sagte Carr. »Auch die Behörde versucht zunächst einmal, den Süchtigen zu bewegen, sich einer Behandlung zu unterziehen. Weigert er sich abermals, dann bleibt ihr nichts anderes übrig als ein Berufsverbot auszusprechen. Zunächst nur vorübergehend, und wenn er dann noch immer nicht kooperationsbereit ist, für immer. Oft kommt es freilich auch vor, daß der Arzt Selbstmord begeht, statt den Realitäten ins Auge zu blicken.«

»Wie lange dauert die Behandlung bei Ihnen?« fragte Mark.

»Wir nehmen nur Patienten, die sich freiwillig bereit erklären, drei Monate zu bleiben. Nachdem uns der Patient verlassen hat, legt ihm das Komitee noch eine zweijährige Bewährungsfrist auf, während der er zu Nachuntersuchungen kommen muß.«

Marks Kopf begann zu schmerzen, und das Zittern seiner Hände war ein deutlicher Beweis dafür, daß er dringend eine Dosis Demerol brauchte. Er stand auf, schwankte plötzlich und mußte sich an der Ecke des Tisches, auf dem die Informationsbroschüren lagen, festhalten.

»Fehlt Ihnen etwas, Dr. Harrison?« Carr hatte sich erhoben und griff nach Marks Arm.

Mark entzog sich dem Zugriff und sagte: »Ich habe vor fünf Monaten bei einem Überfall eine schwere Gehirnerschütterung erlitten. Seither habe ich Kopfschmerzen und manchmal Schwindelanfälle, die aber vergehen, wenn ich mich niederlege. Ich werde gleich wieder in Ordnung sein.«

»Bitte grüßen Sie Alexa, wenn Sie sie sehen«, sagte John Carr zum Abschied. »Ich habe sie sehr gern.«

In seinem Hotelzimmer angelangt, gab sich Mark die Injektion, nach der sein Körper so sehr verlangt hatte, und sank bald darauf in tiefen Schlaf.

XV

Als Mark am Sonntag abend in Gulf City ankam, nahm er sich am Flugplatz ein Taxi und fuhr nach Hause. In seiner Wohnung angelangt, ließ er seinen Koffer am Fußende des Bettes im Schlafzimmer stehen und ging in die Küche, um sich einen doppelten Bourbon einzuschenken. Als er den Schrank sah, in dem er seine Demerolampullen und die Injektionsspritzen aufbewahrte, blieb er wie angewurzelt stehen. In seiner Abwesenheit war offensichtlich jemand in die Wohnung eingedrungen, und zwar kein Süchtiger auf der Suche nach Drogen, sondern jemand, der einen Beweis dafür suchte, daß Mark süchtig war, obwohl er sich nicht vorstellen konnte, was die Beweggründe eines solchen Vorgehens sein konnten.

Nachdem er sich in der Küche den Drink zubereitet hatte, ging Mark in das Wohnzimmer und ließ sich in einen Lehnsessel fallen. Der erste Schluck wärmte seinen Magen und verscheuchte ein wenig das unbestimmte Gefühl der Angst, das ihn befallen hatte, nachdem ihm bewußt geworden war, daß das Geheimnis seiner Süchtigkeit kein Geheimnis mehr war. Durch die Wirkung des Alkohols etwas beruhigt, griff er zum Telefon und rief Alexa McGillivray an. Sie meldete sich sofort.

»Haben Sie Zeit für mich?« fragte er. »Ich muß etwas mit Ihnen besprechen.«

»Natürlich. Ich wollte Sie ohnehin morgen anrufen und mich entschuldigen, daß ich nach dem Frühstück im Park davongelaufen bin.«

»Ist es zu spät, jetzt noch zu Ihnen zu kommen?«

»Natürlich nicht.«

Der kurze Spaziergang in der frischen Luft der Novembernacht half Mark seine Selbstbeherrschung wieder zu gewinnen. Als er an Alexas Tür läutete, öffnete sie mit besorgtem Gesicht.

»Ich habe in Birmingham John Carr getroffen«, sagte Mark. »Wir haben uns längere Zeit unterhalten.«

»John hat mich gestern abend angerufen. Er hat mir erzählt, daß Sie ihm gut gefallen haben. Er hat aber auch den Eindruck gehabt, daß Sie sehr niedergeschlagen sind und sich für die Tätigkeit des Komitees für berufsbehinderte Ärzte interessieren.«

»Er hat wahrscheinlich erkannt, daß ich bereits süchtig bin.«

Sie warf ihm einen raschen Blick zu. »Bisher haben Sie das nie zugegeben.«

»Weil ich geglaubt habe, ich kann jederzeit aufhören, wenn ich will«, gab er zu.

»Können Sie noch aufhören?«

»Ich bin nicht sicher, aber ich werde es versuchen. Morgen fange ich an.«

»Warum nicht heute?«

»Also heute. Aber vielleicht ist es ohnehin zu spät.«

»Wie kommen Sie darauf?«

»Jemand ist in meine Wohnung eingedrungen, während ich in Birmingham war, und hat sie durchsucht. Man hat die Tasche gefunden, in der ich meine Demerolampullen aufbewahrte, und hat sie fotografiert. Auf dem Boden in der Küche lag ein Elektronenblitz.«

»Es könnte ein Süchtiger gewesen sein.« Mark zuckte zusammen, als er den Ausdruck hörte, den ihm Claire in Point Blue entgegengeschleudert hatte. »Süchtige brechen sehr oft bei Ärzten ein.«

»Der Eindringling hat weder meine Demerolampullen noch das Geld in der Nachttischlade angerührt. Er hat offensichtlich nur nach einem Beweis dafür gesucht, daß ich Drogen nehme.«

»Und warum wohl?«

»Um den Beweis dann gegen mich zu verwenden. Was sonst?«

»Falls Sie an das Komitee für berufsbehinderte Ärzte denken, so muß ich Ihnen sagen, daß es nicht mit solchen Methoden arbeitet«, protestierte Alexa. »Es kann überhaupt nur einschreiten, nachdem ein Arzt oder ein Familienangehöriger einen Beweis für die Süchtigkeit vorgelegt hat.«

»Ich denke ja an einen Arzt. Jerry Thorpe – ich habe Ihnen das erzählt – hat mich angerufen, bevor er nach New Orleans gefahren ist und hat gedroht, er werde mit mir abrechnen, weil ich ihm seine Patientinnen stehle. Er war damals betrunken, und jetzt, seit seiner Rückkehr ist er so freundlich, daß man leicht vergessen könnte, was er damals gesagt hat.«

»Ihr Verdacht stimmt wahrscheinlich.« Alexas Stimme kündete von mühsam unterdrücktem Zorn. »Jerry ist eine sehr widerspruchsvolle Persönlichkeit, und es ist ihm zuzutrauen, daß er in Ihre Wohnung eingedrungen ist, um Ihnen Schwierigkeiten zu bereiten.«

»Aber die Wohnungstür war nicht beschädigt.«

»Sie wissen doch, daß diese modernen Türen mit einem Taschenmesser oder einer Nagelfeile geöffnet werden können, wenn sie nicht versperrt sind. Haben Sie abgesperrt, bevor Sie weggegangen sind?«

»Nein, das habe ich leider nicht getan.«

»Die meisten Leute sperren nicht ab, sondern lassen die Tür nur einschnappen. Darum gibt es so viele Einbrüche. Trotzdem verstehe ich nicht, was der Eindringling mit den Fotografien von den Demerolampullen anfangen will. Sie sind ja ein Arzt und können solche Ampullen jederzeit bei sich haben. Wie viele waren es denn?«

»Ich schätze etwa vierzig.«

»So viele hat kein Arzt bei sich, außer er braucht sie für sich selbst.«

»Das habe ich mir auch gesagt.«

»Und was werden Sie jetzt tun?«

»Zunächst einmal höre ich sofort mit den Injektionen auf. Selbst wenn ich vor das Komitee für berufsbehinderte Ärzte zitiert werde, kann ich dann sagen, daß ich keine Drogen mehr nehme. Dann müssen sie mir eine Bewährungsfrist geben und können nicht ein Berufsverbot verhängen.« Mark erhob sich. »Danke, daß Sie mir zugehört haben.«

»Diesmal habe ich mich nicht in Ihre Angelegenheiten eingemengt«, meinte sie lächelnd, als sie Mark zur Tür begleitete. »Den Entschluß aufzuhören, haben Sie aus eigenen freien Stücken gefaßt.«

»Ich brauche aber Ihre Hilfe«, sagte er. »Ich hoffe, Sie werden sie mir auch geben.«

»Jederzeit. Dazu sind wir ja Freunde.«

»Wir sehen uns morgen nachmittag bei der Ärztebesprechung«, sagte Mark zu Alexa. »Und nochmals vielen Dank dafür, daß ich Ihnen über meine Sorgen erzählen durfte.«

»Wenn Sie jetzt aufhören, Demerol zu nehmen, werden Sie weniger Sorgen haben.«

Das war eine Feststellung, die sich als Irrtum erweisen sollte.

XVI

Eine Woche lang litt Mark unter quälenden Entziehungserscheinungen, aber mit Hilfe von großen Dosen von Beruhigungsmitteln gelang es ihm, ohne Alkohol und Demerol auszukommen. Dann, als er bereits glaubte, er habe trotz der Kopfschmerzen, die ihn noch immer quälten, die Kontrolle über sich erlangt, traf ihn ein vernichtender Schlag.

Er saß am Montagmorgen der zweiten Woche nach Beginn der selbst auferlegten Entwöhnung, bevor er sich auf den Weg in die Altstadtklinik machte, in einem McDonald-Restaurant beim Frühstück und las die Morgenzeitung, als er auf einen Artikel stieß, in dem es unter dem Titel »Drogenhändler verhaftet« hieß:

»Gestern nachmittag haben Beamte der Rauschgiftbehörde Donald McCumber, den Angestellten einer hiesigen Medikamentengroßhandlung, wegen illegalen Verkaufs von Drogen an eine große Zahl von Kunden verhaftet. Details des Falles wurden bisher nicht bekanntgegeben, doch besagen Gerüchte, daß mehrere Ärzte aus Gulf City und andere prominente Persönlichkeiten auf der Liste der Abnehmer aufscheinen, die veröffentlicht werden soll, sobald McCumber heute nachmittag oder morgen dem Untersuchungsrichter vorgeführt wird.«

Marks Hände zitterten so stark, daß er die Kaffeetasse umstieß, als er die Zeitung niederlegte. Er hatte das Gefühl, daß die Augen aller Gäste auf ihn gerichtet waren, als er sich erhob und schnell das Restaurant verließ. Er eilte in seine Wohnung und öffnete den Schrank, in dem er die Demerolampullen verwahrte. Seine Hände zitterten nach wie vor so stark, daß er sich nur unter großen Schwierigkeiten eine Injektion zu geben vermochte, aber als er dann in einen Sessel sank und den Kopf in die Hände stützte, spürte er rasch die beruhigende Wirkung der Droge und vermochte klarer zu denken.

Für ihn gab es keinen Zweifel daran, daß zwischen der Durchsuchung seiner Wohnung vor einer Woche und der Verhaftung des Mannes, von dem er seit Monaten seinen Drogenvorrat bezog, ein Zusammenhang bestand. Er mußte damit rechnen, daß sein Name auf der Liste der Leute aufschien, denen Donald McCumber verbotenerweise Drogen verkauft hatte.

Er benötigte eine zweite Injektion, bevor er sich genügend unter Kontrolle hatte, um in die Altstadtklinik zu fahren. Als er dort eintraf, fanden seine ärgsten Befürchtungen eine Bestätigung.

»Ein Mr. Connors erwartet Sie«, teilte ihm die Oberschwester mit, nachdem er sein Zimmer betreten hatte.

»Ein Patient?«

»Er hat lediglich gesagt, daß er Sie sprechen möchte.«

»Danke, Mrs. Doggett.« Mark überwand das instinktive Verlangen zu fliehen. »Ich werde Ihnen sagen, wann wir mit dem ersten Eingriff beginnen.«

Der Mann, der nun Marks Zimmer betrat, war unauffällig gekleidet, trug eine Hornbrille und redete nicht lange herum.

»Mein Name ist Roger Connors, Dr. Harrison«, sagte er und zeigte Mark eine Plakette, die ihn als Beamten des Justizministeriums auswies. »Ich bin der Rauschgiftbehörde zugeteilt.«

»Ich habe meine Berechtigung, Drogen zu verschreiben, letzten Monat ordnungsgemäß verlängern lassen«, sagte Mark.

»Das geht mich nichts an«, erwiderte der Beamte. »Haben Sie in der Morgenzeitung den Artikel über die Verhaftung von Donald McCumber gelesen?«

»Ja, aber das geht wieder mich nichts an.«

»Wir glauben, daß Sie das sehr viel angeht.« Connors' Stimme klang eisig. »Die Rauschgiftbehörde hat Grund zu der Annahme, daß Sie ein Kunde von McCumber waren. Vielleicht sogar einer seiner besten.«

»Hat er Ihnen das gesagt?«

»McCumber zieht es derzeit vor zu schweigen, was sein gutes Recht ist. Aber als wir sein Büro durchsucht haben, fanden wir eine Empfangsbestätigung, die Ihren Namen trägt ...«

»Eine Bestätigung über den Empfang von Drogen?«

»Nein. Auf dem Formular stand nur: Medikamente«, gab der Beamte zu. »Darf ich fragen, welche Medikamente es waren?«

»Ich kann mich nicht erinnern, Mr. Connors. Ich leide seit etwa fünf Monaten im Gefolge einer Gehirnerschütterung an starken Kopfschmerzen und kaufe daher schmerzstillende Mittel.«

»Beim Großhändler? Hören Sie auf ...«

»Ich bekomme sie auf diese Weise billiger. Sie wissen doch, daß Ärzte zu Großhandelspreisen kaufen dürfen.«

»Ich bin überzeugt, daß Demerol im Dutzend billiger ist, aber ich muß zugeben, daß es in den Unterlagen McCumbers keinen Beweis dafür gibt, daß er Ihnen Drogen verkauft hat.«

»Und nun suchen Sie den Beweis bei mir.«

»Wir haben genug Material, um McCumber vor den Richter zu bringen, aber da Sie Arzt sind, werden Sie von sich aus alles tun, um mitzuhelfen, einem illegalen Rauschgifthändler das Handwerk zu legen.«

»Selbstverständlich.« Mark begann zu hoffen, daß er besser davon kommen würde, als er bei der Lektüre des Morgenblattes befürchtet hatte. Vor allem durfte er annehmen, daß sein Name nicht auf der Liste der Kunden McCumbers aufscheinen werde, sobald sie veröffentlicht wurde. »Was kann ich tun?« fragte er.

»Sagen Sie mir, ob Sie von Donald McCumber Drogen bezogen haben«, erklärte der Beamte.

»Wollen Sie damit behaupten, daß ich süchtig sei, Mr. Connors?«

»Natürlich nicht. Wir wissen aber, daß Sie seit einiger Zeit Demerol nehmen ...«

»Woher wissen Sie das?«

»Wir haben unsere Möglichkeiten, manches zu erfahren.«

»Ich würde gerne mehr über diese Möglichkeiten wissen.«

»Das glaube ich, aber hören wir auf, um den heißen Brei herumzureden, Dr. Harrison. Sind Sie bereit auszusagen, daß Ihnen Donald McCumber für Ihren eigenen Gebrauch Demerol verschafft hat?«

»Würde das nicht gleichbedeutend mit dem Geständnis sein, daß ich in illegale Drogengeschäfte verwickelt bin?«

»Nicht unbedingt. Wenn Sie mit uns zusammenarbeiten, wird die Rauschgiftbehörde dem Staatskomitee für berufsbehinderte Ärzte keine Beweismittel ausfolgen, aus denen hervorgeht, daß Sie süchtig sind.«

Mark hatte erkannt, daß Connors nun seine Trumpfkarte ausgespielt hatte, war aber nur einen Augenblick lang versucht, dem Angebot zur Zusammenarbeit Folge zu leisten. Er hatte eine Woche lang ohne Drogen gelebt, und sah man von dem Panikanfall ab, war er überzeugt, daß er weiterhin ohne Demerol auskommen konnte. Und da die Rauschgiftbehörde offensichtlich keinen Beweis dafür hatte, daß er von McCumber Demerol erworben hatte, konnte er auch damit rechnen, daß sein Name in der Öffentlichkeit nicht genannt werden würde. Außerdem würde jede Zusammenarbeit mit der Rauschgiftbehörde Verrat an dem Manne bedeuten, der ihn in Zeiten unerträglicher Schmerzen mit der erlösenden Droge versorgt hatte.

»Ich glaube, wir verschwenden unsere Zeit, Mr. Connors«, sagte Mark nachdrücklich. »Ich muß mich um meine Patienten kümmern.«

»Gut, Dr. Harrison.« Connors erhob sich. »Nachdem

Sie nicht mit uns zusammenarbeiten wollen, haben wir keine andere Wahl, als das Beweismaterial, das wir über Ihre Süchtigkeit haben, dem Staatskomitee für berufsbehinderte Ärzte und der Gesundheitsbehörde zu übergeben.«

»Guten Tag, Mr. Connors«, sagte Mark und griff zum Telefonhörer. »Bitte machen Sie den ersten Patienten für den Eingriff fertig, Mrs. Doggett«, wies er die Oberschwester an, als sie sich meldete. »Ich beginne gleich mit dem Waschen.«

XVII

Marks Hoffnung, daß er einer weiteren Beschäftigung mit seiner Drogenabhängigkeit entgehen werde, stellte sich als trügerisch heraus. Er erhielt vielmehr einen Brief des Staatskomitees für berufsbehinderte Ärzte, der lautete:

»Eine Kommission des Komitees für berufsbehinderte Ärzte wird Sie am 30. November einvernehmen. Bitte finden Sie sich an diesem Tag um drei Uhr nachmittag im Gebäude der medizinischen Gesellschaft von Gulf County ein. Sie können einen Rechtsbeistand mitbringen.« Das Schreiben war vom Vorsitzenden des Komitees, Dr. Edward C. McIntosh, unterzeichnet.

Mark überlegte, ob er Paul Martenson bitten sollte, ihn zu der Einvernahme zu begleiten, entschied sich aber dagegen, weil er überzeugt war, die Kommission davon überzeugen zu können, daß er den Kampf gegen die Droge gewonnen hatte. Im Innersten wußte er freilich, und es war ein Wissen, das ihn niederdrückte, daß er in einer Krisensituation wie beim Lesen der Nachricht von der Verhaftung Donald McCumbers in Panik geraten konnte und dann vielleicht wieder eine Droge brauchen würde.

Am 30. November, kurz vor drei Uhr nachmittag, betrat Mark das Gebäude der Medizinischen Gesellschaft von Gulf County und wurde in ein Besprechungszimmer geführt. Am Kopfende eines langen Tisches saß Edward McIntosh, flankiert von zwei Ärzten, die Mark nicht kannte.

»Ich danke Ihnen für Ihr Erscheinen, Dr. Harrison.« McIntosh gab ihm nicht die Hand, und als sich einer der beiden Ärzte erheben wollte, ließ ihn ein eisiger Blick des Vorsitzenden in den Stuhl zurücksinken. »Kennen Sie Dr. Ponder und Dr. Hayes?«

»Leider nein«, erwiderte Mark. »Guten Tag, meine Herren.«

»Dr. Ponder ist aus Choctaw und Dr. Hayes aus Surfside.« McIntoshs Stimme war so kühl wie sein Verhalten. »Beide sind Mitglieder des Staatskomitees für berufsbehinderte Ärzte. Ich nehme an, Sie wissen, warum Sie vor dieser Kommission des Gesamtkomitees erscheinen, Dr. Harrison.«

»Man hat mir die Gründe nicht mitgeteilt.«

»Reden Sie nicht herum!« fuhr ihn McIntosh an. »Das macht die Dinge ...«

»Einen Augenblick Ed«, unterbrach ihn Dr. Ponder, ein rundlicher, freundlich dreinblickender Mann von etwa fünfzig Jahren. »Die Statuten des Komitees sehen ausdrücklich vor, daß die Einvernahmen in einer freundschaftlichen Atmosphäre zu verlaufen haben. Wir versuchen hier, einem Kollegen zu helfen, und sind kein Gericht, das einen bereits vorgefaßten Urteilsspruch vollstreckt.«

»An dem, was Jack sagt, ist etwas dran, Ed«, fügte Dr. Hayes hinzu, wenngleich es nicht sehr freundlich klang. »Dr. Harrison hat ein Recht zu erfahren, warum er hier ist.«

»Also gut, wenn Zeit mit Herumreden verloren werden soll«, erklärte McIntosh irritiert, »hier sind die Fakten:

Dr. Harrison ist seit etwa fünf Monaten drogensüchtig und ist außerdem Alkoholiker.«

»Haben Sie Beweise dafür?«

»Ja.«

»Ich möchte sie sehen.«

McIntosh zuckte mit den Achseln, legte einige Fotos auf den Tisch und begann von einem Papier abzulesen:

»Am 3. November wurde bei einer Durchsuchung der Wohnung von Dr. Harrison eine größere Anzahl von Demerolampullen, Spritzen, Wattebäuschen und anderen Gegenständen gefunden, die für Injektionen benötigt werden …«

»Wer hat diese Durchsuchung vorgenommen, Dr. McIntosh?« fragte Mark.

»Ich bin nicht berechtigt, mitzuteilen …«

Mark wünschte plötzlich, er hätte Paul Martenson mitgenommen, aber er war auf keinen Fall gewillt, das Verhalten von McIntosh, dem offensichtlich persönliche Motive zugrunde lagen, hinzunehmen.

»Wurde die Durchsuchung von einem Vertreter des Komitees vorgenommen, Dr. McIntosh?« fragte er.

»Nein, also …« McIntosh begann zu stottern und war offensichtlich durch die Tatsache aus der Fassung gebracht, daß Mark den Versuch unternahm, sich zu verteidigen.

»Oder von einem Polizisten?« insistierte Mark.

»Wer hat die Durchsuchung wirklich veranlaßt, Ed?« fragte Dr. Ponder.

»Ich bin nicht befugt, das mitzuteilen«, sagte McIntosh steif.

»Dann können Sie das, was gefunden wurde, nicht als Beweismittel vorlegen«, erklärte Mark. »Und da es sich hier um ein Komitee für berufsbehinderte Ärzte handelt, kann doch überhaupt nur zur Debatte stehen, ob ich in der Ausübung meines Berufes beeinträchtigt bin. In den fünf Monaten, in denen ich an der Barrett-Klinik arbeite ...«

»Ich kann Ihnen versichern, daß Sie dort nicht mehr lange arbeiten werden«, erklärte McIntosh wütend. »Richard Barrett weiß bereits ...«

»Wollen Sie damit sagen, daß Sie als Vorsitzender des Komitees über Dr. Harrisons Fall mit jemandem gesprochen haben, der gar nicht Mitglied des Komitees ist?« fragte Dr. Ponder mit Schärfe.

»Nun, ich ...«

»Ja oder nein, Ed?« insistierte Ponder.

»Ich habe mich natürlich erkundigt, ob Dr. Barrett mit der ärztlichen Tätigkeit von Dr. Harrison zufrieden ist«, erwiderte McIntosh ärgerlich.

»Haben Sie ihm gesagt, warum Sie sich erkundigen?«

»Natürlich nicht. Es war eine unverbindliche Frage.«

»Dr. Barrett weiß, daß Sie der Vorsitzende des Komitees sind, Dr. McIntosh«, warf Mark ein. »Ich bezweifle, daß er Ihre Nachforschungen als unverbindliche Frage angesehen hat.«

»Sie können bezweifeln, was Sie wollen«, sagte McIntosh wütend. »Wir sind nicht hier, um uns von Ihnen verhören zu lassen.«

Bevor Mark erwidern konnte, ergriff Dr. Ponder das Wort.

»Ich mache nicht länger mit, wenn Sie die Untersuchung so führen, Ed«, erklärte er mit großer Festigkeit. »Sie sind offensichtlich aus irgendeinem Grund voreingenommen gegenüber Dr. Harrison, und wenn diese Einvernahme weitergehen soll, so bestehe ich darauf, daß Sie den Vorsitz abgeben und einer von uns die Befragung leitet.«

»Ich lasse mir nicht mangelnde Objektivität vorwerfen, weil ...«, sagte McIntosh erregt, aber Ponder unterbrach ihn.

»Sie müssen sich entscheiden, Ed. Entweder Sie treten vom Vorsitz zurück, oder ich verlasse den Raum.«

McIntosh wollte sich erheben, sank aber dann in den Sessel zurück. »Gut, wenn Sie es unbedingt wollen.«

Ponder wandte sich an Hayes. »Was ist Ihre Meinung, Jack?«

»Ich habe den Eindruck, daß die ganze Angelegenheit anders gehandhabt werden könnte.« Hayes zögerte offensichtlich, sich allzu deutlich gegen McIntosh zu stellen.

»Gut, ich übernehme jedenfalls den Vorsitz.« Ponder wandte sich an Mark. »Ich werde Ihnen einige Fragen stellen, Dr. Harrison. Sie müssen nicht antworten, aber Sie würden die Einvernahme sehr erleichtern, wenn Sie sich freimütig äußern würden.«

»Ich habe nichts gegen Fragen, Dr. Ponder. Ich habe nur den Eindruck, daß das Komitee bereits Material über mich besitzt, das ihm nicht auf legale Weise zugekommen ist ...«

McIntosh wollte ihn unterbrechen, aber Ponder warf ihm einen warnenden Blick zu, und bevor noch die erste Frage gestellt wurde, begann Mark zu sprechen:

»Ich bitte zu Protokoll zu nehmen, daß ich im Juli, kurz nach meiner Ankunft in Gulf City, um meine Tätigkeit an der Barrett-Klinik aufzunehmen, bei einem Überfall eine schwere Kopfverletzung erlitten habe und Dr. Charles Minot einen extraduralen Bluterguß entfernen mußte. Seitdem leide ich an heftigen Kopfschmerzen, was als Folgeerscheinung einer Gehirnerschütterung nicht unüblich ist. Um die Schmerzen zu lindern, habe ich mir wiederholt Injektionen von Demerol gegeben, und ich habe auch am Abend nach einem Tag harter Arbeit in der Altstadtklinik, die ich leite, ein oder zwei Drinks genommen. Ich verneine aber nachdrücklich, daß Alkohol oder Demerol in irgendeiner Weise meine beruflichen Fähigkeiten beeinträchtigt haben. Außerdem glaube ich, daß das

Komitee nicht für die Erörterung der Frage zuständig ist, wie ich mir das Demerol beschafft habe, das ich zur Bekämpfung der Kopfschmerzen brauchte.«

»Ist das alles, was Sie uns sagen wollten, Dr. Harrison?« fragte Ponder.

»Ja, Sir.«

»Haben Sie Fragen, Jack?« wandte sich Ponder an Dr. Hayes.

»Nein.«

»Und Sie, Ed?«

»Was soll ich fragen? Er lügt ja offensichtlich.«

»Ich bitte, daß Sie draußen warten, Dr. Harrison«, sagte Ponder. »Wir werden jetzt beraten und Ihnen dann mitteilen, was wir beschlossen haben.«

Mark mußte fast eine Stunde lang auf dem Gang warten. Gelegentlich hörte er erregte Stimmen. Vor allem war Dr. McIntosh vernehmbar, und die Sitzung verlief offensichtlich stürmisch.

Schließlich öffnete Ponder die Tür und rief Mark in das Beratungszimmer zurück.

»Wir haben uns mit Ihrem Fall beschäftigt, Dr. Harrison«, sagte er. »Ich muß Ihnen sagen, daß ich gegen die Entscheidung der Kommission gestimmt habe, aber das Protokoll der Einvernahme wird jetzt mit der Mehrheitsempfehlung an das Staatskomitee weitergeleitet.«

»Und wie lautet die Empfehlung?« fragte Mark.

»Es wurde mehrheitlich beschlossen, daß Sie sich einer viermonatigen Kur zur Entwöhnung von Alkohol und Drogen unterziehen sollen«, sagte Ponder. »Es wird ferner vorgeschlagen, daß die Behandlung wie üblich im Sanatorium Canyonhead erfolgen soll. Ich nehme an, daß Sie Dr. John Carr, den Leiter des Sanatoriums, kennen.«

»Ich habe ihn bei einer Tagung in Birmingham getroffen«, sagte Mark.

»Dann wissen Sie wohl auch, daß Dr. Carr ein hervorragender Fachmann ist.«

»Darf ich eine Frage stellen, Dr. Ponder?«

»Natürlich.«

»Falls das Urteil ...«

»Sie sind hier nicht vor einem Gericht, Harrison«, unterbrach ihn Ponder. »Unsere Beschlüsse sind kein Urteil, sondern nur eine Empfehlung an das Komitee.«

»Und wenn ich mich der Empfehlung des Komitees nicht beuge, was geschieht dann?«

»Dann wird Ihr Fall an die Gesundheitsbehörde weitergeleitet, die Ihnen vorübergehendes oder dauerndes Berufsverbot auferlegt. Haben Sie noch andere Fragen?«

»Nein, das ist alles sehr klar«, sagte Mark. »Ich nehme an, daß der Bericht an das Komitee auch alles enthält, was sich abgespielt hat, bevor Sie den Vorsitz übernommen haben.«

»Die Kommission hat mit zwei gegen eine Stimme beschlossen, daß über den ersten Teil der Einvernahme nicht im Detail berichtet wird.«

»Aber ...« Mark wollte protestieren, aber Ponder, der offensichtlich jede weitere Auseinandersetzung vermeiden wollte, schloß die Kommissionssitzung.

Als Mark zu seinem Wagen ging, den er vor dem Gebäude geparkt hatte, packte ihn plötzlich Dr. McIntosh am Arm.

»Helene hat mir alles über die Affäre erzählt, die Sie mit ihr in West Virginia gehabt haben, Harrison«, sagte er mit einer von Wut erstickten Stimme. »Und auch, daß Sie versucht haben, sie wieder zu verführen, während ich bei der Psychiatrischen Tagung war.«

Mark wollte protestierten, zog es aber vor zu schweigen.

»Glauben Sie ja nicht, daß Sie mir entwischen können«, fuhr McIntosh fort. »Ich habe genug Einfluß im Komitee, um sicherzustellen, daß das Urteil – wie Sie es genannt haben – gegen Sie ausgeht.«

Nachdem ihm McIntosh gedroht hatte, er werde ihn

vernichten, erwartete Mark keine Schonung und erhielt auch keine. Zutiefst niedergeschlagen ging er seiner gewohnten Arbeit in der Altstadtklinik nach, und am 5. Dezember erhielt er sodann einen Brief des Staatskomitees für berufsbehinderte Ärzte, gezeichnet von Dr. McIntosh.

Der Brief bestätigte, daß McIntosh, wie er sich Mark gegenüber gebrüstet hatte, tatsächlich viel Einfluß im Komitee hatte, denn Mark wurde in dem Schreiben aufgefordert, sich sofort einer viermonatigen Entwöhnungskur zu unterziehen, widrigenfalls er bei der Gesundheitsbehörde angezeigt werden würde.

Am nächsten Tag kam der nächste und endgültige Vernichtungsschlag in Gestalt eines Briefes der Barrett-Klinik, dessen dürrer Wortlaut jede auch noch so geringe Hoffnung, die Mark gehabt haben mochte, zerstörte:

»Die Mitglieder der Klinik haben beschlossen, Ihre Tätigkeit mit Wirkung vom 20. Dezember zu beenden. Bitte stellen Sie alles, was sich allenfalls aus dem Besitz der Klinik bei Ihnen befindet, zurück und erscheinen Sie nach Erhalt dieses Briefes nicht mehr bei uns. Dr. Richard Barrett.«

Deprimiert angesichts dieser vollkommenen und endgültigen Niederlage stieg Mark in seinen Wagen und fuhr zu dem kleinen Park am Fluß, den er von seinen Morgenläufen her so liebte und wo er vor etwa einem Monat mit Alexa das Frühstück eingenommen hatte. Dort angekommen, führte er eine Nadel in seine Handvene ein und begann methodisch Ampulle auf Ampulle von Demerol in seinen Kreislauf zu pumpen.

Als er die vierte Ampulle der starken, in dieser Dosis geradezu tödlichen Droge geleert hatte, brach er ohnmächtig auf dem Sitz seines Wagens zusammen. Dabei löste sich die Nadel aus der Vene, aus der nun Blut auf den Boden des Wagens zu tropfen begann.

XVIII

Mark erwachte mit Schmerzen im Hals, in dem ein Schlauch steckte, und hörte das rhythmische Klicken eines Beatmungsgerätes. Das Spitalsbett, in dem er lag, war von Ständern mit Infusionsflaschen umgeben, von denen Schläuche zu Venen in Beinen und Armen führten. Im Spiegel eines Schrankes, der gegenüber dem Fußende des Bettes stand, konnte er das Flackern einer Meßkurve auf dem Bildschirm eines elektronischen Monitors erkennen.

»Sind Sie in die Reihen der Lebenden zurückgekehrt?« Die Stimme klang vertraut, aber als er den Kopf wandte, vermochte er nur mit Mühe das Gesicht von Alexa McGillivray zu erkennen.

»Was ...?« Wegen des Schlauches, der in seinem Hals steckte, brachte er nur einen krächzenden Laut hervor.

»Versuchen Sie nicht zu sprechen«, sagte Alexa. »Sie sind fast völlig ausgeblutet und kaum atmend von der Rettung hierher gebracht worden. Dr. Hirschberg hat Sie gleich an ein Beatmungsgerät angeschlossen.«

Mark hob die rechte Hand hoch genug, um auf seinen Hals zu deuten, und sie verstand seine Geste.

»Ich werde Dr. Hirschberg rufen«, sagte sie. »Sie werden einen rauhen Hals haben, nachdem er den Schlauch entfernt hat, aber Sie brauchen das Beatmungsgerät nicht mehr und werden sich viel besser fühlen.«

Dr. Hirschberg war ein großer, bärtiger Mann und sehr tüchtig. Er entfernte den Schlauch aus Marks Luftröhre schnell und geschickt. Nachdem er damit fertig war, konnte Mark sprechen, obwohl seine Stimme an einen Frosch erinnerte, den er gehört hatte, als er mit Alexa in dem Park frühstückte, in dem er sich ein paar Wochen später das Leben nehmen wollte.

»Sie haben großes Glück gehabt«, sagte Dr. Hirschberg. »Wenn die Oberschwester der Altstadtklinik auf dem Heimweg von der Arbeit nicht Ihren Wagen erkannt hätte, würden Sie jetzt in einer Leichenhalle und nicht im Gulfside-Spital liegen.«

»Wie lange bin ich schon hier?« fragte Mark mit einiger Mühe.

»Seit ungefähr vier Stunden«, antwortete Dr. Hirschberg, »Herz- und Atemtätigkeit hatten eigentlich schon ausgesetzt, als die Rettung, die Mrs. Doggett verständigt hatte, bei Ihnen eintraf. Man hat erkannt, daß Sie versucht haben, sich mit Demerol umzubringen, und hat Sie sofort an ein Beatmungsgerät angeschlossen und die Herztätigkeit mit zwei Stromstößen wieder in Gang gesetzt. Würden Sie mir sagen, warum ein Mann mit Ihrem Können und Ihren Chancen so große Anstrengungen unternimmt, um sich selbst zu zerstören?«

»Das ist eine lange Geschichte«, sagte Mark müde. »Ich glaube, ich stehe tief in Ihrer Schuld, Dr. Hirschberg, und bin Ihnen sehr dankbar.«

»Gerettete nach einem Selbstmordversuch sind in der Regel zunächst nicht dankbar«, sagte Hirschberg fröhlich. »Aber sobald sie ihre Sinne wieder beisammen haben, kommen sie zu uns und bedanken sich.«

»Meinen Dank haben sie schon jetzt. Aber vor allem möchte ich nun schlafen.«

»Das kann ich verstehen.« Hirschberg gab Mark eine Spritze, und bald danach fand er den erlösenden Schlaf.

XIX

Mark erwachte am späten Nachmittag und fühlte sich wesentlich besser. Er hing nur mehr an einer intravenösen Sonde, und sein trockener Hals schmerzte bereits weniger. Nur die Depressionen, unter denen er seit langem litt, lasteten nach wie vor auf ihm. Das Erscheinen von Alexa McGillivray ermunterte ihn ein wenig.

»Geht es Ihnen besser?« fragte sie.

»Körperlich, ja. Seelisch, nein. Ich wollte, Mrs. Doggett hätte mich nicht gefunden. Wie ist sie auf mich gestoßen?«

»Sie hatte gerade ihre Arbeit in der Altstadtklinik beendet und ist auf dem Heimweg an dem Park vorbeigefahren. Sie waren den ganzen Nachmittag nicht in der Klinik, und wie sie Ihren Wagen geparkt sah, blieb sie stehen, um Sie nach dem Arbeitsprogramm für den nächsten Tag zu fragen. Glücklicherweise hat sie ein Autotelefon im Wagen, weil ihr Mann Handlungsreisender ist, und sie hat sofort die Rettung angerufen.«

»Und wie haben Sie erfahren, was mit mir geschehen ist?«

»Mrs. Doggett hat mich angerufen, sobald sie nach Hause gekommen ist. Ich war bei der Ärztebesprechung in der Klinik, aber sie hat mich herausrufen lassen.«

»Und sind Sie nachher in die Besprechung zurückgekehrt?«

»Nur lange genug, um Dr. Barrett zu sagen, daß ich kündige, und allen die heftigsten Vorwürfe wegen allem zu machen, was man Ihnen angetan hat.«

»Das hätten Sie nicht tun sollen. Ich bin nicht wert, daß Sie wegen mir Ihren Posten aufgeben.«

»Darüber können wir später reden«, sagte sie. »Jetzt möchte ich, daß Sie mir etwas versprechen.«

»Ohne zu wissen, was ich verspreche?«

»Im Augenblick, ja. Sie sollten wissen, daß Sie mir vertrauen können und daß ich von Ihnen nichts verlange, was nicht in Ihrem Interesse ist.«

»Ich verspreche es«, sagte er. »Sie wissen ja, daß mich Dr. Barrett hinausgeworfen hat.«

»Ich habe es nicht gewußt, bis sich Jerry Thorpe in der Ärztebesprechung damit gebrüstet hat, daß er in Ihrer Wohnung das Material gefunden hat, das er Dr. McIntosh übergab, damit er Sie vor das Komitee für berufsbehinderte Ärzte zitiert. Da habe ich rotgesehen und ich habe noch mehr rotgesehen, als Dr. Barrett erklärte, er habe Sie hinausgeworfen, ohne Ihnen die Möglichkeit zu geben, sich zu rechtfertigen.«

»Ich nehme an, daß ihm keiner widersprochen hat.«

»Dr. Harkness hat protestiert, aber alle anderen haben offensichtlich befürchtet, daß jedes weitere Aufsehen der Klinik schaden und Patienten verjagen würde.«

»Haben Sie gewußt, daß Dr. McIntosh das Staatskomitee dazu gebracht hat, mir eine viermonatige Entwöhnungskur zu empfehlen, ohne daß ich die Möglichkeit hatte, vor dem Plenum des Komitees zu erscheinen?«

»Ja, aber Barret kam es vor allem darauf an, Sie aus der Klinik zu bringen, bevor es publizistisches Aufsehen gab. Er hatte bereits Paul Martenson wegen der Klausel in Ihrem Vertrag angerufen, der Ihnen eine Praxisausübung in Gulf City nach Verlassen der Klinik verbietet. Er wollte sichergehen, daß diese Klausel auch dann gilt, wenn Sie hinausgeworfen werden.«

»Auch wenn die Klausel nicht gelten sollte, könnte ich nach all dem, was geschehen ist, hier ja doch nichts anfangen.«

»Es gibt viele ehemals berufsbehinderte Ärzte, die ihren Beruf wieder ausüben«, sagte sie. »Außerdem haben Sie trotz Ihrer offensichtlichen Behinderung in der Altstadtklinik ausgezeichnete Arbeit geleistet.«

»Sie müssen mir nicht Freundlichkeiten sagen. Claire hat den richtigen Ausdruck gewählt, als sie mich vor der Abreise nach Kalifornien einen Süchtigen genannt hat.«

»Nach einer Phase der Erholung und Rehabilitation können Sie jederzeit nach Lakeview zurückkehren, wenn Sie wollen. Ich erinnere mich, daß Sie mir einmal erzählt haben, Dr. Ramirez habe Ihnen angeboten, bei ihm zu arbeiten.«

»Das war vor einem halben Jahr. In Lakeview könnte ich kaum mehr arbeiten, nachdem ich von Kollegen zum

Drogenabhängigen gestempelt worden bin. Übrigens, was ist mit McCumber geschehen?«

»Er ist laut Zeitungsberichten gegen Kaution auf freiem Fuß. Offensichtlich war keiner seiner Kunden bereit, gegen ihn auszusagen, so daß er kaum vor Gericht gebracht werden kann. Wahrscheinlich wird der Fall niedergeschlagen werden, wenn nicht neues Beweismaterial oder doch noch ein Zeuge auftaucht.«

»Es hat den Anschein, als ob ich der einzige bin, der in dieser Angelegenheit büßt, weil ich mich geweigert habe zu sagen, was man hören wollte«, meinte er bitter.

»Ich versuche Ihnen doch klar zu machen, daß Sie nicht auf Dauer ein Opfer Ihrer Sucht sein müssen«, insistierte sie.

»Sie können mich aber nicht überzeugen«, sagte er. »Aber vielleicht kann ich Sie dazu bringen, daß Sie Ihre Kündigung rückgängig machen.«

»Ich verspreche es Ihnen, wenn Sie mir auch etwas versprechen.«

»Also gut. Was immer es ist, noch niedergeschlagener als ich jetzt schon bin, kann ich nicht mehr werden.«

»Ich möchte, daß Sie sich von John Carr von Ihren Depressionen und Ihrer Drogenabhängigkeit heilen lassen.«

Mark begann zu lachen, aber die Anstrengung war zu viel für seinen ausgetrockneten Hals und er erlitt einen Hustenanfall.

»Was ist so lustig?« fragte Alexa.

»Das ist mir schon einmal verordnet worden. Von Dr. McIntosh und dem Komitee.«

»Trotzdem sollten Sie meinem Rat folgen.«

»Ich wollte mich aber nicht heilen lassen, und darum habe ich den Selbstmordversuch im Park begangen«, gab er zu. »Aber eigentlich habe ich mich ja bereits das ganze letzte Jahr systematisch zu zerstören versucht. Zuerst habe ich in Lakeview zu viel gearbeitet, und dann habe ich trotz des Überfalls mehr auf mich genommen, als ich tragen konnte.«

»Vergessen Sie nicht, daß Sie mir versprochen haben, nach Canyonhead zu gehen«, erinnerte sie ihn.

»Ich werde gehen«, sagte er. »Ich habe zwar viele Fehler, aber ich pflege meine Versprechen zu halten.«

XX

Am Abend erhielt Mark neuerlich Besuch. Es war Andy Harkness, der Internist der Barrett-Klinik.

»Sie hätten um ein Haar einen der besten jungen Chirurgen umgebracht, den ich je kennengelernt habe«, schalt ihn Harkness.

»Ich bitte um Entschuldigung«, sagte Mark, »aber für mich sah alles sehr düster aus.«

»Es ist nie gänzlich düster, so lange man Freunde hat, mein Junge. Als ich mit Aldo Ramirez sprach, bevor Ihnen Dick Barrett den Eintritt in die Klinik anbot, hat er mir gesagt, daß Sie zu viel arbeiten und Erholung brauchen. Aber da er wußte, daß das Angebot von Dick für Sie finanziell sehr günstig war, hat Aldo nicht das Herz gehabt, Ihnen davon abzuraten.«

»Es hätte wahrscheinlich ohnehin nichts genützt. Selbst weiß man ja nie, wenn man ausgebrannt ist.«

»Ich habe gewußt, daß Sie in der Altstadtklinik sehr viel zu tun hatten und daß es eine zusätzliche Belastung für Sie war, Jerry zu vertreten. Ich habe aber geglaubt, daß Sie es schaffen werden.«

»Ich auch«, gab Mark zu. »Aber dann wurden die Kopfschmerzen immer ärger, und ich brauchte ständig mehr Demerol.«

»Sie können aber einen neuen Anfang machen.« Der Internist zündete sich eine kleine Zigarre an und stieß dichte Rauchwolken von sich. »Besonders, da Sie mit der

Hilfe einer Persönlichkeit wie Alexa McGillivray rechnen können.«

Mark hatte eine plötzliche Erleuchtung. »Sie hat Ihnen gesagt, daß Sie mich besuchen sollen, nicht wahr?«

»Ich wäre auf jeden Fall gekommen, nachdem ich gehört habe, daß dieser Schweinehund Jerry Thorpe in Ihre Wohnung eingedrungen ist. Sie sollten ihn anzeigen.«

»Das würde alles nur noch schlimmer machen«, sagte Mark. »Übrigens kann ich an allem, was geschehen ist, nur mir die Schuld geben. Ich konnte vom Demerol nicht mehr loskommen. Wenn ich so weitergemacht hätte, wäre auf jeden Fall einmal alles ans Licht gekommen.«

»Trotzdem sage ich Ihnen, daß McIntosh als Vorsitzender des Staatskomitees groben Mißbrauch treibt. Er benützt diesen Posten ja nur als Sprungbrett, um Präsident der Gesellschaft der Ärzte zu werden. Haben Sie das nicht gewußt?«

»Nein«, sagte Mark. »Aber bei dem Rummel, den man heutzutage rund um die Suchtgefahr bei Ärzten macht, hat er wahrscheinlich den besten Weg zu einer brillanten Karriere im öffentlichen Leben gewählt.«

»Früher war das alles ganz anders«, sagte der Internist. »Da ging ein süchtiger Arzt in ein staatliches Sanatorium. In Lexington in Kentucky gab es zum Beispiel eines. Dort wurde er behandelt, als habe er eine Krankheit, was Alkoholismus und Drogensucht ja auch sind. Und wenn er geheilt war, hat er wieder seine Praxis übernommen und niemand hat ihn ständig kontrolliert, wie das jetzt der Fall ist. Und wenn er rückfällig wurde, gab man ihm noch eine zweite Chance, bevor ihm nahegelegt wurde, sich eine Tätigkeit zu suchen, bei der er nicht dauernd mit Drogen zu tun hatte.«

»Aber wenn sich Ärzte nicht kontrollieren ...«

»Das ist eben das falsche Wort, das Sie da verwenden, Mark. Ärzte sollen einander nicht kontrollieren, sondern helfen. Manche Ärzte trachten aber danach, Kollegen, die sie nicht mögen, weil sie ihnen zum Beispiel die Patienten wegschnappen, beim Staatskomitee anzuzeigen. Und wenn der Vorsitzende, so wie dies bei Ihnen der Fall war, mitspielt, welche Chance haben Sie dann, sich mit Erfolg zur Wehr zu setzen?«

»Ohne entsprechende Machtvollkommenheit kann das Komitee seine Aufgaben nicht erfüllen. Auch wenn dies, so wie in meinem Falle, bedeutet, daß die Karriere eines Arztes vernichtet wird«, sagte Mark.

»Ja, aber wer hat sie vernichtet? Das Komitee in Erfüllung seiner Aufgaben oder McIntosh persönlich?«

»In meinem Falle sind die beiden identisch, aber das ist sicher nicht immer so.«

Harkness warf ihm einen schnellen, prüfenden Blick zu. »Eines verstehe ich nicht. Warum hat Ed McIntosh seinen Ruf als Vorsitzender des Komitees aufs Spiel gesetzt, um Sie zu vernichten? Warum haßt er Sie so? Ponder hat mir erzählt, daß er den Vorsitz übernehmen hat müssen, um zu verhindern, daß aus der Einvernahme ein Inquisitionsgericht wurde.«

»Es war inquisitorisch genug«, sagte Mark. »Immerhin hat mir Dr. Ponder viel geholfen.«

»Jedenfalls verstehe ich nicht, warum sich McIntosh so verhalten hat, es sei denn, Sie haben es mit der schönen Helene getrieben.«

»Umgekehrt: Ich habe es nicht mit ihr getrieben.«

»Aber sie wollte, daß Sie es mit ihr treiben, und weil sie abgeblitzt ist, war sie wütend auf Sie.«

»Ich fürchte, ja«, antwortete Mark. »Aber ich hätte nie gedacht, daß sie soweit gehen würde.«

»Sie brauchte ja Ed nur zu sagen, daß Sie mit ihr schlafen wollten«, sagte Harkness. »Bei seiner Eifersucht genügte das vollkommen.«

»So scheint es gewesen zu sein«, pflichtete ihm Mark bei. »Nach der Einvernahme ist Dr. McIntosh zu mir gekommen und hat behauptet, ich hätte Helene verführen wollen. Er hat auch gesagt, er werde deshalb mit mir abrechnen, und das hat er jetzt getan.«

»So einfach ist das wieder auch nicht«, sagte Harkness grimmig. »Ich gehöre dem lokalen Komitee für berufsbehinderte Ärzte an, und ich werde einigen Kollegen, die McIntosh genauso wenig mögen wie ich, erzählen, was er getan hat. Sie werden sehen, dann wird Ihr Fall neuerlich aufgerollt werden.«

»Bitte, tun Sie das nicht«, sagte Mark. »Für mich ist es am besten, wenn ich von hier verschwinde und irgendeinen Platz finde, wo ein ehemaliger Alkoholiker und Drogensüchtiger in Ruhe eine nützliche Arbeit verrichten kann.«

»Sie können immer eine Empfehlung von mir haben, mein Junge.« Harkness erhob sich. »Und ob Sie es wollen oder nicht, ich werde Ed McIntosh ein wenig den Wind aus den Segeln nehmen, indem ich da und dort erzähle, wie er Ihren Fall behandelt hat. Sie können sich darauf verlassen, daß er auf diese Weise nicht Präsident der Gesellschaft der Ärzte wird. Wann gehen Sie nach Canyonhead?«

»Sobald mich Dr. Hirschberg entläßt. Ich werde morgen bei der Visite mit ihm darüber reden.«

Dr. Hirschberg war über Marks Entschluß, psychiatrische Hilfe in Anspruch zu nehmen, sehr erfreut und entließ ihn am Ende der Woche. In der Zwischenzeit hatte Alexa seine Sachen gepackt und dem Besitzer seiner Wohnung telegrafiert, daß er Gulf City verlassen müsse. Am Freitag nachmittag fuhr sie sodann in Marks Wagen mit ihm nach Canyonhead.

»Ich fahre weiter nach Peace River und bleibe bei Onkel Homer McGillivray«, sagte sie zu Mark. »Er hat Zirkulationsbeschwerden im Bein, und ich möchte sehen, wie er beisammen ist. Die Oberschwester hat mir gesagt, daß John Carr heute abend zurückkommt. Sie werden ihn also voraussichtlich morgen sehen.«

»Und wie kommen Sie nach Gulf City zurück?«

»John wird irgend jemanden haben, der mich am Sonntag nachmittag nach Gadsden bringt. Von dort nehme ich ein Flugzeug.«

»Werde ich Sie noch einmal sehen, bevor Sie abreisen?«

»Ja. Ich habe John und Elsa versprochen, daß ich mit ihnen esse, bevor ich nach Gadsden fahre.«

XXI

Mit Hilfe von starken Schlafmitteln verbrachte Mark eine ruhige Nacht und wurde am nächsten Morgen um sieben Uhr fünfzehn durch ein Klopfen an seiner Tür geweckt.

»Ich bin Henry, der Wärter, der Ihnen zugeteilt ist«, sagte eine Stimme mit unverkennbarem Südstaatenakzent. »Dr. Carr möchte gerne mit Ihnen um acht Uhr im Speisezimmer der Ärzte am Ende des Ganges frühstükken. Ich habe Ihnen Kaffee vor die Türe gestellt, damit Ihnen das Aufstehen leichter fällt.«

»Danke«, sagte Mark.

Als er die Türe öffnete, stand draußen auf einem Tablett eine kleine Thermosflasche und dabei eine Tasse, ein Pappkarton mit Haltbarmilch, zwei Säckchen Zucker und ein Plastiklöffel. Mark trank eine Tasse Kaffee, während er sich rasierte und ankleidete. Danach zog er den Vorhang beiseite und trat auf den Balkon.

Canyonhead war sehr schön gelegen. Zu Füßen des Sanatoriums erstreckte sich der Canyon nach Süden, so weit Marks Blick reichte. In einer Entfernung von wenigen hundert Metern stürzte ein Wasserfall über Granitfelsen in die Tiefe der Schlucht.

Der Canyon war fast zwei Kilometer breit und etwa

dreihundert Meter tief. Der Anblick der unberührten Natur des Hügellandes im Norden von Alabama und die Stille des Raumes, in dem er untergebracht war, trugen ein wenig dazu bei, die Depressionen, die noch immer auf Mark lasteten, zu mildern.

Er blickte auf die Uhr, sah, daß es fast acht war, trat auf den Gang und begab sich in den Speiseraum.

»Nehmen Sie sich vom Buffet, was Sie wollen«, sagte John Carr, der an einem der Tische saß, »und dann setzen Sie sich zu mir, wenn Sie Lust haben.«

Mark verspürte Appetit wie schon lange nicht und bediente sich kräftig. Als er sich mit einem vollbeladenen Tablett dem Tisch näherte, erhob sich John Carr und streckte ihm die Hand entgegen. »Willkommen in Canyonhead«, sagte er fröhlich. »Es freut mich, daß Sie zu uns gekommen sind.«

»Das Staatskomitee hat mich sehr nachdrücklich darauf hingewiesen, daß ich hierherkommen muß, falls ich Arzt bleiben will«, sagte Mark lakonisch und nahm Platz. »Und Alexa hat es mir auch geraten. Und mir versprochen, daß sie ihre Kündigung in der Barrett-Klinik zurückzieht, wenn ich ihrem Rat folge.«

»Sie setzt üblicherweise durch, was sie sich in den Kopf setzt. Wir sind sehr stolz darauf, daß uns einige Staatskomitees als das beste Institut unserer Art betrachten und uns ihre Fälle schicken«, fuhr der Psychiater fort.

»Wenn ich auf den Balkon meines Zimmers gehe und mir die Gegend ansehe, kann ich verstehen, daß die Menschen hier gesund werden.«

»Die Creeks und die Choctaws haben dieses Land geliebt«, sagte Carr. »Nachdem sie Andrew Jackson nach Oklahoma deportiert hat, waren sie sehr niedergeschlagen. Einige wenige kehrten zurück, um hier zu sterben, aber sie waren stark genug, um das Land, das ihnen die Besitzgier des weißen Mannes entrissen hatte, von neuem für sich zu gewinnen, indem sie viele Gebräuche ihrer Unterdrücker annahmen. Das Ergebnis war seit dem Ende des Bürgerkrieges ein gesundes Gemeinwesen rund um die Stadt Peace River weiter unten im Canyon.«

»Dort ist Alexa aufgewachsen, nicht wahr?«

»Ja. Sie war die beste Sportlerin ihrer Schule und hätte leicht Berufsathletin werden können.«

»Sie ist aber auch die beste Operationsassistentin, die mir je begegnet ist«, meinte Mark. »Aber um zu mir zu kommen: Wann beginnt meine Behandlung?«

»Sie hat bereits begonnen. Das Mädchen, das Ihr Zimmer aufräumt, hat den Auftrag, alle alkoholischen Getränke und Drogen, die es findet, in Verwahrung zu nehmen.«

»Ist das nicht ein sehr drastischer Beginn? Ich habe geglaubt, die Entwöhnung wird schrittweise erfolgen.«

»Nicht bei uns, und ich warne Sie schon jetzt, daß die ersten sieben bis zehn Tage für Sie sehr hart sein werden«, sagte John streng. »Weil Sie in dieser Zeit ständige ärztliche Betreuung brauchen, werden Sie zunächst im Haupthaus untergebracht. Später ziehen Sie dann in eine der kleinen Hütten. Zu unserer Behandlungsmethode gehört Gruppentherapie der Patienten in den einzelnen Gebäuden. Ich hoffe, daß Sie bald entdecken werden, wie wichtig diese Behandlungsphase ist.«

»Und wenn ich die Behandlung unterbreche?«

»Dann liegt die Entscheidung bei Ihrem Staatskomitee. Wahrscheinlich legt man Ihnen Berufsverbot auf, bis Sie sich bereit erklären, sich doch behandeln zu lassen. Wir haben nur sehr wenige Patienten, die uns vorzeitig verlassen, und die meisten von ihnen kehren eines Tages zurück.«

»Nach Gulf City könnte ich auf keinen Fall zurück. Aber wie immer dem auch sei, ich werde hierbleiben, bis ich geheilt bin.«

»Ich glaube, daß die Barrett-Klinik Sie liebend gerne zurücknehmen wird«, meinte Carr. »Nachdem, was mir

Alexa am Telefon erzählt hat, haben Sie glänzende Arbeit bei der Errichtung der Altstadtklinik geleistet.«

»Sie hat bereits im zweiten Monat Gewinn abgeworfen, aber trotzdem wird mich die Barrett-Klinik nicht aufnehmen. Dick Barrett hat mich sofort nach Erhalt des Berichtes des Staatskomitees hinausgeworfen.«

»Das ist ein Verhalten, das unsere Arbeit mit berufsbehinderten Ärzten sehr erschwert«, sagte Carr. »Von dreißig Ärzten, die man uns aus einem Bundesstaat geschickt hat, konnten sich fünf wegen der Vorurteile, denen sie begegneten, nicht wieder in ihrer Heimatstadt niederlassen. Einer ist sogar nach Kanada ausgewandert, weil kein Arzt mit ihm zusammenarbeiten wollte.«

»Warum wohl?«

»Wahrscheinlich fürchten sie, die Patienten nehmen an, daß sie ebenfalls süchtig sind, wenn sie einen ehemals süchtigen Arzt beschäftigen. Wir haben einen vollkommen geheilten Arzt gehabt, der in einem Spital gearbeitet hat und entlassen wurde, nachdem man erfahren hat, daß er bei uns war. In einem anderen Fall hat sich ein Arzt, der mit einem unserer Patienten eine Gemeinschaftspraxis führte, geweigert, mit seinem geheilten Kollegen weiter zusammenzuarbeiten.«

»Es gibt aber auch Sünder, die auf Vergebung rechnen können«, sagte Mark bitter. »Dr. Barrett hat nichts dabei gefunden, Jerry Thorpe, der ihm viele Patientinnen aus der guten Gesellschaft bringt, für einen Monat in ein Sanatorium nach New Orleans zu schicken, damit er sich entwöhnen läßt. Aber mich hat man wie eine heiße Kartoffel fallen lassen, sobald man gehört hatte, daß ich mit der Rauschgiftbehörde zu tun gehabt habe.«

»Wenn Sie lange genug an der Klinik gewesen wären, um viele lukrative Patienten zu haben, wäre die Sache wohl anders gelaufen«, meinte Carr.

»Ich nehme an, Sie haben einen Bericht über meinen Fall vom Staatskomitee erhalten.«

»Ja. Hat man Ihnen keine Kopie geschickt?«

»Nein. McIntosh hat es offensichtlich so eilig gehabt, mich aus Gulf City zu verjagen, daß er sich nicht die Mühe genommen hat, mir eine Abschrift zu schicken. Und ich war viel zu niedergeschlagen, um eine zu verlangen.«

»Sie können aber Einblick in den Bericht nehmen.« John Carr öffnete eine Mappe, in der er gelesen hatte, als Mark den Speiseraum betrat, und reichte ihm ein Blatt. »Er ist allerdings ziemlich kurz.«

Der Bericht, der die Unterschrift von Dr. Edward McIntosh in seiner Eigenschaft als Vorsitzender des Staatskomitees für berufsbehinderte Ärzte trug, war tatsächlich fast so kurz wie die Vorladung zur Einvernahme, die Mark erhalten hatte. Er lautete:

»Demerolabhängigkeit seit fünf Monaten. Der Patient ist zur Ausübung seines Berufes nicht befähigt, solange er sich nicht einer viermonatigen Entwöhnungskur unterzieht. Nach der Kur wird sich das Komitee neuerlich mit dem Fall befassen und die Aufmerksamkeit der Gesundheitsbehörde auf ihn lenken.«

»Ich werde also auf jeden Fall der Verlierer sein«, sagte Mark. »Ed McIntosh will offensichtlich sein Opfer haben.«

»Warum eigentlich?« fragte John Carr.

»Lassen wir das. Wenn er mich vernichten will, dann vernichtet er mich eben.«

»Vielleicht auch nicht«, sagte John Carr grimmig. »Wenn man Sie grundlos um Ihre Existenz bringen will, wird es genügend anständige Ärzte geben, die dabei nicht mitmachen.«

»Bitte, engagieren Sie sich nicht allzu sehr für mich«, sagte Mark. »Am Ende kündigen Ihnen die Staatskomitees die Zusammenarbeit auf, wenn sie zu der Ansicht gelangen, daß Sie mit Ihren Patienten zu nachsichtig sind.«

»Das lassen Sie nur meine Sache sein«, sagte Carr. »Ich habe einen jungen Assistenten, Dr. Hal Morton, mit einer gründlichen Untersuchung Ihres Falles beauftragt. Sobald er mir berichtet hat und ich mich mit seinem Bericht befaßt habe, werde ich entscheiden, ob Sie meiner Meinung nach vom Staatskomitee fair behandelt wurden. Wenn nicht, werde ich mich an das Komitee wenden und eine weniger drastische Behandlung als die übliche viermonatige Kur verlangen.«

»McIntosh hat eine Mehrheit des Komitees hinter sich, so daß Sie wahrscheinlich nur Ihre Zeit verschwenden«, warnte Mark. »Ich bin nun einmal abhängig von Demerol, und je schneller Sie mich entwöhnen, desto früher kann ich mich nach einem anderen Job umsehen. Ich kann noch immer für die Gesundheitsbehörde arbeiten. Sie ist immer auf der Suche nach Ärzten.«

»Sie bekommt nur selten Ärzte von Ihrem Kaliber, und mit einer Empfehlung von mir werden Sie jederzeit angestellt. Ich möchte Sie aber nicht für den Rest Ihres Lebens in irgendeinem öffentlichen Spital begraben sehen.« Carr blickte auf die Uhr. »Es ist fast zehn. Ich bringe Sie in Dr. Mortons Zimmer. Er hat auch an der Duke-Universität studiert. Er wird Ihnen gefallen.«

Morton war ein sehr gründlicher Mann. Erst nach zwölf Uhr mittag war er mit der Aufnahme von Marks Krankengeschichte und der Untersuchung fertig.

»Ich mache am Nachmittag noch eine Rückenmarkspunktur und ein Schädelröntgenbild brauchen wir auch«, sagte Morton, als sie zum Essen gingen. »Aus dem Stegreif würde ich sagen, daß Ihre Kopfschmerzen nicht unbedingt eine Folge der Gehirnerschütterung sind.«

»Wovon sollen sie denn kommen?«

»Nach all dem, was Sie mir erzählt haben und was uns Dr. Harkness über sein Telefongespräch mit Dr. Ramirez in Lakeview geschrieben hat, muß ich schließen, daß Sie schon fast ausgebrannt waren, als Sie an die Barrett-Klinik kamen. Und sobald Sie an der Klinik zu arbeiten begannen, wurde der Streß für Sie noch ärger.«

»Das ist wohl immer so, wenn man einen neuen Job antritt.«

»Stimmt«, gab Morton zu. »Und sobald Sie die erlösende Wirkung von Demerol entdeckt hatten, haben Sie wahrscheinlich in sich einen Mechanismus entwickelt, der den Gebrauch der Droge rechtfertigen sollte, damit Sie trotz völliger Erschöpfung weiterarbeiten konnten. Das ist ein Verhalten, das typisch für die meisten Patienten ist, die zu uns kommen. Sie sind alle Opfer des hektischen Lebens, das wir führen.«

»Und was werden Sie jetzt dagegen tun?«

Morton lächelte. »Die Patienten sollen bei uns Ruhe und zu sich selbst finden. Und sie sollen lernen, sich selbst und ihre Mitmenschen wieder gern zu haben.«

XXII

Die nächste Woche war für Mark, soweit er sich überhaupt erinnern konnte, die reine Hölle. Wenn er nicht unter dem Einfluß von starken Schlafmitteln dahindämmerte, wälzte er sich mit quälenden Schmerzen im Kopf und allen Gliedern auf dem Bett. Er erinnerte sich vage daran, daß er sich am Sonntag nachmittag von Alexa verabschiedet hatte, aber alles andere versank in Schleiern des Vergessens. Am Morgen des siebenten Tages erwachte er aber und hörte den Gesang der Vögel und das Rauschen des Windes in den Zweigen der Bäume. Als er die Tür zum Balkon öffnete, füllte die frische Dezemberluft seine Lungen.

»Hier ist Kaffee und Toast«, sagte die Stimme mit dem vertrauten Südstaatenakzent, und als er sich umdrehte, sah er einen Farbigen in weißer Jacke im Zimmer stehen.

Er erinnerte sich, daß der Mann, der ihn bereits am ersten Tag bedient hatte, Henry hieß.

»Wieso haben Sie gewußt, daß ich heute frühstücken werde?« fragte er.

»Die meisten Patienten fühlen sich am Ende der ersten Woche wieder lebendig.« Der Wärter lachte. »Vorher geht es ihnen wie den Seekranken. Teils fürchten sie, daß sie sterben werden, und teils fürchten sie, daß sie es gar nicht können. Dr. Carr und Dr. Morton werden bald kommen. Frühstücken Sie doch, während ich Ihr Bett mache.«

»Wo waren die beiden denn in der ganzen letzten Woche?« fragte Mark.

»Sie haben Sie regelmäßig besucht, aber Sie haben die meiste Zeit nicht gemerkt, was um Sie vorgeht.«

»Und habe ich meine Sünden gebeichtet?«

Der Wärter lachte herzlich. »Nur Sünden, die ein Arzt wie Sie beichten darf.«

Dr. John Carr und Dr. Hal Morton erschienen, als Mark seine zweite Tasse Kaffee trank.

»Hal und ich haben gewettet, wie lange Sie brauchen werden, um die Anfangsphase zu überstehen«, sagte Carr. »Er hat gewonnen.«

»Und wann werde ich so weit sein, daß ich keine Drogen mehr brauche?«

»Solange Sie das köstliche Gefühl, das die Droge jeder einzelnen Zelle Ihres Körpers vermitteln kann, noch in Erinnerung haben, sind Sie nicht geheilt«, sagte Carr. »Aber Sie werden bald geheilt sein, wenn Sie nicht wieder unter starken Streß kommen, was ich nicht hoffe.«

»Ich bin jetzt unter dem Streß, nicht zu wissen, wie ich die Kosten meines Aufenthaltes hier bezahlen werde«, sagte Mark. »Und wie ich einen anderen Job bekommen werde, sobald ich entlassen bin.«

»Das sollte Ihnen keine Sorge bereiten«, sagte Carr. »Sie brauchen nicht gleich zu bezahlen.«

»Ich weiß aber nicht einmal, was der Aufenthalt hier kostet.«

»Ungefähr tausend Dollar die Woche, aber Sie werden ja eine Versicherung haben, die zumindest einen Teil der Kosten übernimmt. Und sobald Sie von uns als geheilt entlassen werden, wird es für Sie nicht schwer sein, eine Beschäftigung zu finden.«

»Habe ich nicht unlängst gelesen, daß einige Staatskomitees die Gewährung von Krediten für Ärzte, die sich einer Kur unterziehen, befürwortet?« fragte Mark.

»Das ist gelegentlich der Fall, aber was Sie betrifft ...« Carr beendete den Satz nicht, aber Mark wußte ohnehin, daß er von einem Komitee, dessen Vorsitzender Dr. Edward McIntosh war, keine Hilfe erwarten konnte.

»Gibt es nicht ein Sprichwort: Einmal süchtig, immer süchtig?«

»Das trifft manchmal zu«, meinte Carr, »aber weder Hall noch ich glauben, daß es für Sie gilt. Sie sind vom Staatskomitee schlecht behandelt worden, weil Dr. McIntosh Sie aus Gulf City vertreiben wollte. Auf der anderen Seite muß man zugeben, daß Sie angesichts der Streßsituation, in der Sie sich befanden, auf jeden Fall süchtig geworden wären. Und je später Sie zu uns gekommen wären, desto schwerer wäre unsere Aufgabe gewesen.«

»So müßte ich Dr. McIntosh also eigentlich noch dankbar sein«, meinte Mark ironisch.

»Das wäre etwas zu viel gesagt«, erwiderte Hal Morton.

»Und was geschieht jetzt mit mir?«

»Wir müssen ein langes Gespräch führen und könnten das eigentlich gleich jetzt hinter uns bringen.«

Carr wandte sich an den anderen Arzt. »Vielleicht setzen Sie die Visite fort, und ich bleibe hier und unterhalte mich mit Mark.«

Nachdem Dr. Morton gegangen war, fuhr Carr fort:

»Warum setzen wir uns nicht draußen auf den Balkon. Der Blick von dort ist so beruhigend, daß er geradezu zur Behandlung gehört.«

»Werde ich in diesem Zimmer bleiben?«

»Nein. In diesem Gebäude halten sich die Patienten nur in der ersten Behandlungsphase auf. Heute nachmittag übersiedeln Sie in einen der acht Bungalows, in dem Sie mit einer Gruppe von etwa zehn Patienten leben werden.«

»Alles Ärzte?«

»Nein. Alkohol- und Drogensucht sind keine spezifischen Probleme des ärztlichen Berufes«, versicherte Carr. »Zu unseren Patienten gehören Ärzte, Dentisten, Anwälte, Geschäftsleute und Angehörige verschiedener anderer Berufe.«

»Und haben sie außer der Süchtigkeit etwas gemeinsam?«

»In einem gewissen Maße ja«, sagte Carr. »Alle sind intelligent, strebsam, ehrgeizig ...«

»Ehrgeiziger als ihnen guttut?«

»Wahrscheinlich, ja. Nehmen Sie Ihren eigenen Fall. Nachdem Dr. Peters nicht mehr in der Lage war, die Mikrochirurgieabteilung von Lakeview zu leiten, sind Sie in die Bresche gesprungen und haben die ganze Last auf Ihre Schultern genommen. Und es war nicht das erstemal, daß Sie so etwas getan haben. Hal ist der Ansicht, daß Sie es zeit Ihres Lebens immer so gehalten haben.«

»Ich habe mir jedenfalls immer alles hart erarbeiten müssen«, gab Mark zu.

»Sie waren aber auch immer sehr erfolgreich. Ein hervorragender Medizinstudent an der Duke-Universität, obwohl Sie gleichzeitig in der Football- und in der Basketballmannschaft spielten. In Lakeview waren Sie so gut, daß man Ihnen gleich eine Stelle als Assistenzarzt angeboten und eine Spezialausbildung als Mikrochirurg ermöglicht hat. Solche Erfolge sind nicht charakteristisch für einen Durchschnittsmenschen.«

»Mein größter Erfolg war wohl, daß ich süchtig wurde.«

»Da haben Sie sich eben einmal mehr vorgenommen, als Sie bewältigen konnten.«

»Ich habe zeit meines Lebens große Probleme bewältigen müssen, aber zusammengebrochen bin ich erst, nachdem ich nach Gulf City gekommen und überfallen worden bin«, sagte Mark.

»Apropos, Gulf City und die Barrett-Klinik. Waren Sie glücklich mit dem, was Sie dort gemacht haben?«

»Warum nicht? Ich habe 65000 Dollar im Jahr verdient und hatte sogar die Chance, die Tochter des Chefs zu heiraten, was aber dann nicht klappte.«

»Hatte das einen Einfluß auf Ihren Zusammenbruch?«

Mark schüttelte den Kopf. »Zwischen Claire und mir hätte es auf keinen Fall geklappt. Ich glaube, wir waren uns zu ähnlich.«

»Das bezweifle ich«, meinte Carr.

Mark sah ihn erstaunt an. »Kennen Sie Claire?«

»Sie war vor einigen Jahren einmal kurz meine Patientin«, sagte der Psychiater. »Nachdem Abner Desmond seinen Selbstmordversuch unternommen hatte, fürchtete Dr. Barrett, seine Tochter leide unter schweren Schuldgefühlen und schickte sie zu mir.«

»Ich wette zehn zu eins, daß sie gar keine Schuldgefühle hatte und keinen Psychiater brauchte.«

»Sie gewinnen die Wette. Sie blieb eine Woche und ist dann im Einvernehmen mit mir abgereist. Ich habe Dr. Barrett gesagt, daß seine Tochter eines der schönsten Exemplare einer vollkommen egozentrischen und amoralischen Persönlichkeit ist, das mir je untergekommen ist, und daß sie völlig von sich und ihrer Fähigkeit, mit allen Problemen des Lebens fertig zu werden, überzeugt ist.«

»Das ist eine treffende Beschreibung«, sagte Mark.

»Dr. Barrett wird es nur nie zugeben, weil er dann eingestehen müßte, daß er aus dem gleichen Holz geschnitzt ist.«

»Und von Ihnen hat man in Gulf City erwartet, daß Sie dazupassen.«

»Und das ging eben nicht«, sagte Mark heftig. »Ich werde nie ein Arzt wie Dick Barrett sein.«

»Das stimmt«, meinte Carr lakonisch. »Nach dem, was mir Hal berichtet hat, sind Sie eher ein Arzt wie Ihr Großvater.«

»Aber ich kann mich ja kaum an ihn erinnern und kenne ihn eigentlich nur aus den Erzählungen meines Vaters.«

»Aber hat das nicht genügt, daß er ein Vorbild für Sie wurde?«

»Ich glaube, da haben Sie recht.«

»Hatte Ihr Großvater jemals die Möglichkeit, etwas anderes zu sein als ein Landarzt mit Pferdegespann?«

Mark dachte ein wenig nach, und dann erhellte sich sein Gesicht. »Ich glaube, ja. Er hätte sich in Richmond niederlassen können.«

»Und warum tat er es nicht?«

»Mein Vater hat mir erzählt, daß Großvater keine Praxis in der Stadt haben wollte. Er wollte ein Landarzt sein und auf der Farm leben, die unserer Familie gehört, seit sie das Land vom Earl von Granville lange vor dem Unabhängigkeitskrieg bekommen hat. Seither gehört die Farm uns.«

»Und Sie sind nach Ihrem Großvater der erste Arzt in der Familie?«

»Ja.«

»Und war er nicht vielleicht unbewußt oder auch bewußt Ihr Vorbild?«

»Was ist schlecht daran?« fragte Mark.

»Nichts natürlich.«

»Wollen Sie darauf hinaus, daß ich in Gulf City zusammengebrochen bin, weil ich nicht gemacht habe, was ich eigentlich machen wollte?«

»War es nicht so?«

»Was ich an euch Psychiatern so hasse«, sagte Mark, »ist eure Angewohnheit, Fragen stets mit einer Frage zu beantworten. Aber wenn es Ihnen Freude macht, gebe ich zu, daß ich lieber etwas anderes gemacht hätte, als nach Gulf City zu gehen. Vor ungefähr einem Jahr wollte ich mit einer Gruppe von jungen Assistenzärzten der Universität von North Carolina, der Duke-Universität und der Universität von Lakeview in ein öffentliches Krankenhaus in North Carolina eintreten.«

»Und was ist geschehen?«

»Es hat mit den Steuermitteln, die für das Projekt erforderlich gewesen wären, nicht geklappt. Aber selbst wenn alles geklappt hätte, wäre etwa ein halbes Jahr vergangen, bis ich anfangen hätte können.«

»Und was hätten Sie in diesem halben Jahr gemacht?«

»Ich wäre nach Myrtle Beach gefahren und hätte mich in die Sonne gelegt, um mich zu erholen.«

»Und um über die Enttäuschung hinwegzukommen, daß man Ihnen nicht die Leitung der Mikrochirurgie in Lakeview übertragen hat, sondern Ihnen einen anderen Arzt vor die Nase gesetzt hat.«

»Warum müssen Sie einem immer die Seele aus dem Leibe reißen?« begehrte Mark auf.

»Weil das der beste Weg ist, die Seele nachher wieder so auf ihren Platz zu geben, daß Sie keine Beschwerden mehr haben.«

»Also gut«, sagte Mark. »Natürlich war ich wütend, weil ich nicht der Nachfolger von Dr. Peters wurde und weil es mit dem Projekt in North Carolina nicht geklappt hat. Also habe ich zugegriffen, als Dr. Barrett nach Baltimore kam und mir 65000 Dollar im Jahr offeriert hat.«

»Und war das nicht ein Verrat an Ihren Idealen?« fragte Carr.

»Vielleicht. Aber deswegen allein bin ich doch wohl nicht zusammengebrochen.«

»Das behauptet auch niemand«, sagte John Carr. »Ich möchte Ihnen ein Szenario dessen, was sich abgespielt hat, geben, auch wenn es vielleicht nicht in allen Einzelheiten stimmt. Zuerst haben Sie sich geärgert, weil Sie nicht Chef der Mikrochirurgie wurden, obwohl Sie Dr. Peters ein halbes Jahr lang erfolgreich vertreten haben, dann aber mitansehen mußten, daß ein anderer Arzt vorgezogen wurde. Dann kamen Sie nach Gulf City, erwarteten dort eine Art chirurgischer Jungstar zu werden und mußten statt dessen eine recht schwierige und profane Aufgabe, nämlich den Aufbau der Klinikdependance, übernehmen. Drittens brachten Sie eine recht unbefriedigende Liebesaffäre hinter sich, und viertens erlitten Sie eine Kopfverletzung, die nicht nur recht schmerzhaft war, sondern Ihnen auch unter peinlichen Umständen zugefügt worden war.«

»Ich glaube nach wie vor, daß mir der Überfall am meisten geschadet hat.«

»Darüber wollen wir nicht debattieren. Faktum ist, daß Sie schon fast völlig ausgebrannt waren, bevor Sie nach Gulf City kamen. Und als dann noch der letzte, ausschlaggebende Faktor dazukam, brachen Sie eben zusammen.«

»Und was war der ausschlaggebende Faktor?« fragte Mark. »Ich verstehe nicht recht, was Sie meinen.«

»Vielleicht verstehen Sie nicht, weil Sie nicht verstehen wollen. Sobald Sie in die Barrett-Klinik eingetreten sind, konnte Ihnen nicht entgehen, daß Ihre Kollegen zwar alle ausgezeichnete Ärzte waren, aber mehr an üppigen Einkommen als an medizinischen Fachfragen interessiert waren.«

»Ich glaube nicht, daß das für Dr. Harkness zutrifft.«

»Ich auch nicht. Harkness ist ein ausgezeichneter Arzt, aber Jerry Thorpe ist ein medizinischer Scharlatan.«

»Und ein ausgezeichneter Operateur.«

»In seinem engeren Fachgebiet. Aber in dem Fall, in dem Sie ihm durch eine Notoperation aus der Patsche helfen mußten, hat er gezeigt, daß er selbst in diesem Bereich Schwächen hat. Ganz zu schweigen davon, daß er Sie, statt Ihnen zu danken, bei Dr. McIntosh denunziert hat.«

»Vergessen Sie nicht, daß mir Ed McIntosh auch ohne Jerry auf den Leib gerückt wäre.«

»Das bezweifle ich nicht. Die Art und Weise, in der McIntosh sein Amt ausübt, ist in mehr als einer Hinsicht fragwürdig.«

»Ach, lassen wir das«, wehrte Mark ab.

»Gut. Hal Morton hat in seinem Bericht erwähnt, daß Sie gerne laufen. Es gibt einen Rundweg, der vom Sanatorium den Rand des Canyons entlang und wieder zurück führt. Er ist etwa sechs Meilen lang. Warum laufen Sie nicht hin und wieder im Rahmen Ihrer Therapie?«

»Einverstanden.«

»Und heute nachmittag übersiedeln Sie in einen der Bungalows. Dort sind zwei Drittel der Patienten Ärzte, und sie werden sich sicher gerne mit Ihnen unterhalten.«

XXIII

Der Rockspring-Bungalow lag einige hundert Meter vom Hauptgebäude entfernt auf einem Felsen, aus dem eine Quelle sprang, die das Sanatorium mit Wasser versorgte. Wie alle Gebäude von Canyonhead gewährte auch dieser Bungalow einen herrlichen Blick auf das tief eingeschnittene Tal.

Mark wurde am Eingang von einem grauhaarigen Mann in Sporthose, Polohemd, Pullover und Ledersandalen empfangen.

»Mein Name ist Sven«, sagte er.

»Ich bin Mark Har ...«

»Keine Familiennamen!« unterbrach ihn Sven. »Das ist hier die Regel. Heute abend haben wir Gruppentherapie, bei der Sie sich aussprechen können, wenn Sie wollen.«

»Ist das so üblich am ersten Abend?«

»Nur wenn Sie wollen«, versicherte Sven. »Ich zeige Ihnen Ihr Zimmer, das Sie für tausend Dollar die Woche ein wenig spartanisch finden werden. Diese Gebäude waren im zweiten Weltkrieg die Offiziersbaracken irgendeiner Spezialeinheit, die hier ausgebildet wurde.«

»Gefällt Ihnen diese spartanische Umgebung, in der man praktisch kein Privatleben hat?«

»Anfänglich hat es mir nicht gefallen, aber Sie dürfen nicht vergessen, daß wir alle aus dem gleichen Grund hier sind und uns gegenseitig helfen sollen.«

»Glauben Sie, daß wir das wirklich können? Wir kennen uns ja kaum. Wie sollen wir uns da helfen?«

»Vor drei Monaten hätte ich noch das gleiche gesagt«, gab Sven zu. »Aber Sie sollen sehen, wie sehr das Bewußtsein, im gleichen Boot zu sitzen, das Zusammengehörigkeitsgefühl stärkt. Warten Sie die Aussprache heute abend ab.«

»Ist die Teilnahme Pflicht?«

»Nein, aber es wäre schade, wenn Sie nicht kommen würden. Wenn Sie Ihre Probleme bei sich behalten, wird Ihr emotioneller Druck noch größer.«

»Sie sprechen wie ein Psychiater.«

»Ich bin ja auch einer. Unter Psychiatern ist die Zahl der Süchtigen leider besonders groß!«

»Das habe ich auch gehört. Wissen Sie eigentlich, warum?«

»Ich habe es auch nicht gewußt, aber John Carr hat es mir nahegebracht. Ich brauche Ihnen nicht zu sagen, daß seelische Beschwerden oft viel schlimmer sein können als physische Schmerzen. Wir Psychiater glauben, die Menschen davon befreien zu können und müssen oft feststellen, daß sich unsere Patienten von ihren Neurosen gar nicht trennen wollen. Sie flüchten sich geradezu in ihre seelischen Beschwerden, weil sie ihnen einen Vorwand bieten, sich mit sich selbst zu beschäftigen und sich nicht um ihre Mitmenschen kümmern zu müssen. Und wenn ein Psychiater erst einmal erkannt hat, daß er eigentlich nur helfen kann, wenn der Patient bereit ist, sich selbst aus dem Morast seiner Depressionen zu befreien, dann erfaßt ihn Frustration. Und der nächste Schritt ist dann, daß er sich zu betäuben versucht.«

»Womit?«

»Es gibt drei Möglichkeiten: Frauen, Alkohol und Drogen. Flüchtige Affären vermögen allerdings seelische Beschwerden kaum zu heilen. Und deshalb greift man meist zu einer der beiden anderen Betäubungsmöglichkeiten ...«

Sie waren den langen Gang des Bungalows entlanggegangen, und nun blieb Sven vor einer der Türen stehen und öffnete sie. Der Raum, in den Mark nun trat, glich einer mittelalterlichen Mönchszelle, wenn man davon absah, daß die Wände nicht aus Stein, sondern aus Kiefernholz waren.

»Das ist Ihr Zimmer«, sagte Sven. »Die Toilette ist am anderen Ende des Ganges.«

»Und wie ist der Tagesablauf hier?«

»Mehr oder minder wie Sie wollen. Am Morgen wird nicht zum Wecken geblasen, aber Sie werden bald feststellen, daß es am gemütlichsten ist, wenn Sie um sieben Uhr dreißig mit den anderen Patienten frühstücken. Die Speisebaracke ist auf dem Platz in der Mitte der Bungalows. Erfreulicherweise schneit es hier selten, aber manchmal werden Sie einen Regenmantel und Gummistiefel brauchen.«

»Ich würde gerne vor dem Frühstück laufen ...«

»Für die Leute, die am Morgen laufen, gibt es einen eigenen Frühstückstisch.«

»Sind Sie auch ein Jogger?«

»Ich bin es erst hier geworden. Der Blick von dem Laufpfad den Canyon entlang ist so atemberaubend, daß ich ihn nicht missen will. Ich werde sehr lange suchen, bis ich in Birmingham einen nur halbwegs so schönen Pfad finden werde.«

»Heißt das, daß Sie Ihre alte Praxis übernehmen werden?«

»Wahrscheinlich ja. Meine Patienten haben seelische Probleme genug gehabt, um Verständnis, vielleicht sogar Sympathie für meine eigenen Schwierigkeiten aufzubringen. Und was werden Sie machen?«

»Der Vertrag mit der Klinik, an der ich gearbeitet habe, enthält eine Klausel, daß ich fünf Jahre lang in der Gegend nicht als Arzt arbeiten darf, falls ich ausscheide.«

»Ausscheide oder ausgeschieden werde?«

»Das letztere.«

»Habe ich mir gedacht«, sagte Sven. »Ärzte sind hartherzige Heuchler. Und jetzt noch einmal zu Ihrer Frage wegen des Tagesablaufs: Hier in den Bungalows machen wir unsere eigene Hausordnung, abgesehen davon, daß Alkohol und Drogen natürlich streng verboten sind.«

»Das kann ich verstehen«, sagte Mark.

»So weit sind Sie also schon. Übrigens, sind Sie verheiratet?«

»Nein.«

»Da sind Sie gut dran. Diejenigen von uns, die Frau und Familie haben, tun sich viel schwerer. Nehmen Sie mich zum Beispiel. Haben Sie den Eindruck, daß ich mit meinem Problem fertig geworden bin?« Sven sah Mark forschend an.

»Ich würde sagen, ja.«

»Da täuschen Sie sich. In Birmingham war ich ein Modepsychiater. Meine Patienten waren vor allem Damen der Gesellschaft, darunter viele Frauen von Ärzten. Sie erzählten mir ihre Probleme, ich habe teilnehmend zugehört, Beruhigungstabletten verschrieben und viel zu spät gemerkt, was das alles für meinen eigenen Gesundheitszustand bedeutet hat. Nun, da ich es weiß, bin ich nicht sicher, ob ich das alles noch einmal machen will.«

»Hat Ihnen John Carr zu dieser Erkenntnis verholfen?«

»Nicht er allein. Sehr wesentlich war auch die Gruppentherapie, das freimütige Bekennen vor den anderen Patienten.«

»Das werde ich wohl auch tun müssen.«

»Sie müssen nicht, aber wenn Sie es nicht tun, haben Sie kaum eine Chance, sich selbst zu heilen.«

»Für tausend Dollar in der Woche darf ich mich also selbst heilen?«

»Sie werden noch daraufkommen, daß das eigentlich billig ist«, versicherte ihm Sven. »Aber jetzt habe ich Ihnen genug die Ohren vollgeredet. Soll ich um sechs Uhr vorbeikommen und Sie zum Abendessen abholen?«

»Gerne«, sagte Mark und fügte leise lächelnd hinzu: »Im Augenblick komme ich mir noch ein bißchen vor wie ein Gladiator, bevor er den Löwen entgegentritt.«

»Freunden, nicht Löwen«, korrigierte ihn Sven. »Ich komme kurz vor sechs!«

Mark legte sich nieder, konnte aber nicht schlafen, und so zog er gegen vier Uhr eine kurze Hose, Laufschuhe und einen leichten Pullover an, der ihn gegen die Winterkälte schützen sollte. Er fand unschwer den Laufpfad, den Sven und John Carr erwähnt hatten, stellte aber bald fest, daß er anstrengender war als die Route, die er üblicherweise in Gulf City gelaufen war. Dafür eröffnete er einen herrlichen Blick auf den Canyon und auf die Stadt Peace River, deren Häuser klein wie Spielzeug tief unten am Fluß lagen. Das letztemal war Mark vor fast zwei Monaten gelaufen, als er Alexa am Strand von Gulf City getroffen und nachher mit ihr im Park am Fluß gefrühstückt hatte. Er hatte sie nicht mehr gesehen, seit sie sich eine Woche zuvor, am Sonntag, von ihm verabschiedet hatte, aber er sah sie nun vor sich, wie sie schlank und gelenkig wie ein Reh den Pfad entlanglief.

Der Gedanke an sie und die Schönheit der Natur schlugen ihn so sehr in den Bann, daß die Furcht vor der ersten Begegnung mit den übrigen Patienten von ihm schwand. Als Sven kurz vor sechs Uhr an seine Tür klopfte, hatte er bereits geduscht und sich für das Abendessen umgezogen.

XXIV

Das Essen war köstlich und bei weitem nicht so spartanisch wie die Quartiere. Die Patienten, die an den Holztischen der Speisebaracke saßen, gehörten offensichtlich den verschiedensten Altersgruppen, Berufen und sozialen Schichten an. Es war sieben Uhr vorbei, als die Teller weggeräumt wurden und Sven sich erhob und an sein Glas klopfte.

»Ich muß alle, die schon längere Zeit hier sind, nicht daran erinnern, daß wir, abgesehen von unseren Vornamen, anonym bleiben. Außerdem ist keiner von uns verpflichtet, seine Sünden einzugestehen, soferne man sie überhaupt als Sünden bezeichnen kann. Wir sind hier wie die Quäker, die auch nur das Wort ergreifen, wenn ihnen der Sinn danach ist, und wir reden hier nicht nur, um uns selbst, sondern auch um unseren Mitmenschen zu helfen.«

Ein hochgewachsener Mann, etwa fünfundvierzig Jahre alt, erhob sich und sagte: »Ich nehme an, daß alle, die schon länger hier sind, mein Geständnis wahrscheinlich schon nicht mehr hören können. Aber da wir auch Neuankömmlinge haben, die vielleicht aus den Fehlern anderer lernen können, möchte ich es wiederholen. Nicht zuletzt deshalb, weil auch ich mich nach einem solchen Bekenntnis besser fühle.«

»Wie so viele von Ihnen bin ich hierhergekommen, weil mich das Staatskomitee für berufsbehinderte Ärzte vor die Alternative gestellt hat, mich entweder einer Kur zu unterziehen oder meinen Beruf aufzugeben. Und wie ebenfalls viele von Ihnen war ich zunächst der Ansicht, daß das Komitee aus heuchlerischen, selbstgefälligen Gaunern besteht. Nun aber, da ich schon so lange hier bin, daß ich als einer der alten Patienten gelten kann, bin ich in der Lage zu verstehen, daß mir das Komitee einen großen Dienst erwiesen hat.«

»Drei Jahre lang, bevor ich hierhergeschickt wurde, war ich dem Alkohol verfallen. Mehr als einmal hat mich meine Frau aus meinem Club stockbetrunken nach Hause gebracht. Oder der Mann an der Bar hat die Polizei angerufen, damit sie mich nach Hause bringt, was sie auch immer getan hat, weil ich dem Fürsorgefonds der Polizei immer großzügige Spenden gegeben habe. Mit einem Wort, ich war ein hoffnungsloser Alkoholiker.«

»Nicht hoffnungslos, Dan«, unterbrach ihn Sven. »Als Sie vom Staatskomitee hierhergeschickt wurden, haben Sie sich nicht dagegen gewehrt, was man nicht von allen Patienten sagen kann.«

»Ich glaube, es war mein ärztliches Gewissen, das den Ausschlag gegeben hat«, fuhr Dan fort. »Ich war nämlich bereits so weit, daß ich meinen Beruf kaum mehr ausüben konnte. Ohne die Hilfe von Assistenten und befreundeten Chirurgen konnte ich nicht mehr arbeiten.«

»Jeden Morgen habe ich mich mit Aufputschmitteln vollgestopft, um mich ins Spital schleppen zu können. Trotzdem mußte ich mir manchmal während einer Operation von der Schwester eine Tablette geben lassen, oder ich habe kurz den Raum verlassen, um mir draußen eine Demerolinjektion zu geben.«

»Und wie sind Sie hierhergekommen?« fragte einer der Zuhörer.

»Wie die meisten von Ihnen. Jemand hat das Staatskomitee auf meinen Fall hingewiesen.«

»Und wer war das?«

»Meine Frau, an dem Tag, an dem sie die Scheidung eingereicht hat. Als ich das erfuhr, habe ich mich so betrunken, daß ich sie umbringen wollte. Wie ich mich auf sie gestürzt habe, bin ich gestolpert und wurde ohnmächtig. Daraufhin hat sie die Rettung angerufen, und ich wurde ins Spital gebracht.«

»Werden Sie zu ihr zurückkehren, wenn Sie Ihre Praxis wieder aufnehmen?« fragte Sven.

»Wenn sie mich nimmt, ja«, erwiderte Dan. »Eine Zeitlang haßte ich sie, weil sie mich angezeigt hat, aber John hat mir vor Augen geführt, daß sie mein Leben und wahrscheinlich auch das Leben einiger Patienten gerettet hat.«

Dan setzte sich und Sven erhob sich abermals, um an sein Glas zu klopfen.

»Wir haben ein neues Mitglied in unserer Gruppe«, sagte er. »Sein Name ist Mark. Wollen Sie zu uns sprechen?«

»Ich möchte heute lieber nichts sagen«, erklärte Mark. »Was ich erlebt habe, schmerzt mich noch zu sehr, als daß ich darüber sprechen könnte.«

»Diese Aussprachen finden wöchentlich statt, und Sie können das Wort ergreifen, wann immer Sie wollen«, meinte Sven. »Wenn sonst niemand sprechen will, ist die heutige Zusammenkunft beendet.«

»Ich fürchte, John Carr und Hal Morton werden von mir sehr enttäuscht sein«, sagte Mark zu Sven, als sie zu ihrem Bungalow zurückgingen.

»Überhaupt nicht«, sagte der Psychiater. »Ich habe etwa einen Monat gebraucht, ehe ich den Mut hatte, vor anderen Leuten über meine Probleme zu sprechen. Aber nachdem ich es getan hatte, fühlte ich mich sehr erleichtert, und erst dann begann meine eigentliche Genesung.«

»Ich werde es das nächstemal versuchen«, versprach Mark. »Gute Nacht, Sven. Danke, daß Sie sich um mich gekümmert haben.«

»Nichts zu danken. Wenn Sie erst einmal lange genug hier sind, werden Sie merken, daß ein wesentlicher Bestandteil der Therapie die Hilfe ist, die wir den anderen zuteil werden lassen!«

XXV

Einige Tage später kehrte Mark in den Morgenstunden im Vorgarten des Bungalows Laub zusammen, denn jeder Patient hatte gewisse Arbeiten zu verrichten, als John Carr auf dem Weg von seinem Haus zum Zentralgebäude bei ihm stehenblieb.

»Guten Morgen«, sagte er. »Wie geht es Ihnen?«

»Danke gut. Sven ist sehr nett zu mir.«

»Er ist eine außergewöhnliche Persönlichkeit«, sagte Carr. »Ich habe ihm angeboten, als Psychiater bei uns zu bleiben.«

»Er wäre eine wertvolle Bereicherung.«

»Das finde ich auch, aber er hatte eine große Praxis in Birmingham, bevor er sich zu viel auflud und daran scheiterte.«

»Könnte er wieder von vorne anfangen?«

»Wenn er wollte, ja. Seine Patienten hatten so viel Vertrauen zu ihm, daß er nur wenige verlieren würde. Aber seine Frau ist vor einem halben Jahr an Brustkrebs gestorben. Er hat sie sehr gern gehabt und kann ihren Tod kaum verwinden.«

»Ich habe den Eindruck, daß viele Patienten unter der Last eines persönlichen Schocks zusammengebrochen sind.«

»Das stimmt nur zum Teil«, meinte Carr. »Meist ist es

nicht ein isolierter Anlaß, der zum Zusammenbruch führt, sondern eine Kombination von Faktoren.«

»Etwas bedrückt mich«, gestand Mark. »Die Medizin war ja immer ein Metier, das sehr hohe Anforderungen stellte, aber warum gibt es gerade in letzter Zeit so viele Ärzte, die unter ihrer Last zusammenbrechen?«

»Das ist keine plötzliche Entwicklung. Neu ist nur, daß jetzt die Fälle viel mehr Beachtung finden. Es gibt heutzutage, bezogen auf die Kopfzahl der Patienten, so viele Ärzte, daß wir den Sättigungsgrad erreicht und in manchen Sparten sogar schon überschritten haben. Das gilt vor allem für die lukrativen Fachgebiete.«

»Die Staatskomitees für berufsbehinderte Ärzte haben also mehr zu tun.«

»Ja, aber sie beschränken sich ja im wesentlich darauf, die steigende Zahl von Berufsbehinderten zu registrieren.«

»Alexa hat mir erzählt, daß Sie hier in Canyonhead gute Heilerfolge erzielen.«

»Ja, nach Georgia sind wir wahrscheinlich die besten«, gab er zu. »Dort ist allerdings Pionierarbeit geleistet worden.«

»Warum vergrößern Sie das Sanatorium nicht?«

»Bis jetzt habe ich dieser Versuchung widerstanden. Ein nicht unbedeutender Faktor bei unseren Heilerfolgen ist die Tatsache, daß wir so einsam gelegen sind und daß nichts die Ruhe und die Schönheit der Natur stört.«

»Da haben Sie recht. Ich muß aber gestehen, daß ich mich bisher noch nicht bei den abendlichen Aussprachen zu Wort gemeldet habe.«

»Zwingen Sie sich nicht zu vorzeitigen Geständnissen«, sagte Carr. »Sprechen Sie erst, wenn es Ihnen wirklich Erleichterung bringt.«

»Hat Ihnen Alexa erzählt, was es Neues in Gulf City und der Klinik gibt?«

»Falls es Sie freut, kann ich Ihnen mitteilen, daß Dick

Barrett bis jetzt niemanden gefunden hat, der die Leitung der Altstadtklinik übernehmen kann. Im Staatskomitee für berufsbehinderte Ärzte tut sich auch einiges. Ich glaube, Dr. Ponder wird der neue Vorsitzende werden, weil viele Leute mit Ed McIntosh unzufrieden sind.«

»Vielleicht bin ich schon geheilt«, sagte Mark lächelnd. »Ich kann Ed McIntosh nichts mehr Böses wünschen.«

»Stimmt«, versicherte ihm Carr. »Es ist ein Beweis, daß Sie sich viel besser fühlen, wenn Sie keine Bitterkeit mehr empfinden.«

»Der tägliche Morgenlauf tut mir sehr gut«, sagte Mark. »Diese herrliche Gegend ist die beste Therapie.«

»Da haben Sie recht, aber nicht alle Leute erkennen das so schnell wie Sie.« Der Psychiater wandte sich zum Gehen. »Ich muß an meine Arbeit, obwohl ich mich noch gerne länger mit Ihnen unterhalten hätte. Alexa hat mir geschrieben, daß sie in ungefähr einer Woche kommen wird, um Onkel Homer zu besuchen. Wir machen uns beide Sorgen um die Gefäßstörungen in seinem rechten Bein.«

XXVI

Drei Wochen nach seiner Ankunft in Canyonhead fühlte sich Mark selbstsicher und gelöst genug, um sich bei der abendlichen Aussprache zu Wort zu melden. Er war zu Einsichten gelangt, die ihm halfen, die gelegentlichen Anfälle von Depression zu überwinden, die ihn immer dann befielen, wenn er an die Zukunft und seine ruinierte Karriere dachte. Der tief eingeschnittene Canyon, an dem er täglich entlanglief, war für ihn zu einem Symbol all dessen geworden, was die Natur zu bewirken vermochte.

Wie immer gab Sven das Zeichen zum Beginn der Aussprache, indem er nach dem Abendessen an sein Glas klopfte, und Mark war diesmal der erste Sprecher, der sich erhob.

»Die meisten von Ihnen kennen mich bereits«, begann er. »Ich heiße Mark und bin in der Gegend von Piedmont in North Carolina aufgewachsen. Ich habe im Sommer auf den Getreide- und Tabakfeldern gearbeitet und im Herbst und im Winter Football und Basketball gespielt, so daß ich in der Schule viele Sportpreise gewann. Auf der Universität habe ich die Phi-Beta-Kappa-Auszeichnung bekommen und war sehr stolz darauf, bis ich feststellen mußte, daß sie fast jeder hatte.«

Die Zuhörer nickten zustimmend und warfen einander lächelnd Blicke zu.

»Nach der Universität wurde ich Assistenzarzt. Darüber brauche ich Ihnen nicht viel zu erzählen, denn das ist eine Phase in der medizinischen Laufbahn, die Sie alle kennen. Nach sechsunddreißig Stunden Dienst fällt man ins Bett, und kaum hat man ein wenig geschlafen, läutet schon wieder der Wecker. Das führt dazu, daß sich viele junge Assistenzärzte nur mit Hilfe von Alkohol, Aufputschmitteln und manchmal auch Drogen aufrechterhalten.

Das Nirwana, das hundert oder zweihundert Milligramm Demerol zu verschaffen vermögen, ist so verlokkend, daß ihm viele verfallen. Auch die hohe Selbstmordrate bei Assistenzärzten zeugt von den großen Belastungen, denen man in dieser Phase des Berufes ausgesetzt ist.

Ich weiß nicht einmal mehr, wann ich begonnen habe, Aufputschmittel zu nehmen, aber zur eigentlichen Droge habe ich erst vor einem halben Jahr gegriffen. An der Universität, an der ich gearbeitet habe, erkrankte der Leiter der Mikrochirurgieabteilung, der mein Lehrer war, an Prostatakrebs. Damit fiel der Großteil der Arbeit auf meine Schultern, und ich war gerne bereit, sie zu übernehmen, um mich vor meinen Kollegen und Vorgesetzten, nicht zuletzt aber vor mir selbst, zu bestätigen.

Das bedeutete, daß ich innerhalb weniger Monate etwa zweihundert schwierige Eingriffe unter dem Mikroskop vorgenommen habe, und das Ergebnis war, daß ich praktisch von Alkohol, Schlaftabletten und Aufputschmitteln gelebt habe.

Das führte dazu, daß ich mich im Juli des heurigen Jahres am Rande des Zusammenbruchs befand. Ich muß aber gestehen, daß ich, so wie es wohl auch vielen von Ihnen gegangen ist, meinen eigenen Zustand nicht erkannt und ohne Bedenken eine wichtige und lukrative Tätigkeit an einer Privatklinik übernahm, die manche von Ihnen wahrscheinlich kennen, die ich aber nicht mit Namen nennen will.

Den Rest der Geschichte können Sie sich vorstellen. Sie alle haben Ähnliches erlebt, wenn man davon absieht, daß ich überfallen wurde und ein extradurales Hämatom mit anschließenden Kopfschmerzen im Gefolge der Gehirnerschütterung hatte. Ich bekämpfte sie mit Demerolinjektionen von immer stärkerer Dosierung, bis ich pro Tag vierhundert Milligramm und mehr nahm.

Es geschah schließlich alles so schnell, daß es mir kaum zu Bewußtsein kam«, fuhr Mark fort. »Zuerst versiegte meine Bezugsquelle, nachdem das Rauschgiftbüro den Mann verhaftete, der mich beliefert hatte. Dann hat jemand, von dem ich glaubte, er werde mir dankbar sein, weil ich ihm geholfen hatte, aus Zorn über sein Versagen einen Racheakt an mir verübt. Das führte in weiterer Folge dazu, daß ich vor das Staatskomitee zitiert wurde, das beschloß, mich nach Canyonhead zu schicken.«

»Und wie geht es Ihnen hier?« fragte Sven.

»Alles was hier mit mir geschah, ist so logisch und simpel und Ihnen allen so vertraut, daß ich nicht viele Worte machen muß. Hier fand ich Befreiung von den Spannungen, unter denen ich litt, und von dem selbstzerstörerischen Verlangen, Psyche und Körper jenseits der Tragfähigkeit zu belasten. Ich fand die nötige Ruhe, mich selbst und meine Probleme aus der Distanz zu betrachten, und dabei hat mir viel das Bewußtsein geholfen, daß wir alle im gleichen Boot sitzen und alle das gleiche Schicksal erlitten haben, weil wir nicht rechtzeitig genug erkannten, was in unserem Inneren vorging. Überflüssig zu sagen, daß der Aufenthalt in Canyonhead für mich wichtiger ist als irgendein anderes Ereignis in meinem Leben.«

Nachdem er zusammen mit Sven in seinen Bungalow zurückgekehrt war, schlief Mark wie ein Kind und erwachte am nächsten Morgen zum Gesang der Vögel in den Bäumen. Als er das Fenster öffnete und den Canyon entlangblickte, hatte sich der Nebel, der so oft das Tal verhüllte, gelichtet. Das silberne Band des Flusses war zu erkennen, und an seinem Ende lagen friedlich die Häuser der Stadt Peace River.

VIERTES BUCH

Peace River

I

Am Donnerstag abend erhielt Mark zu seiner Überraschung einen Anruf von Alexa McGillivray. »Ich fliege morgen nachmittag nach Gadsden und nehme mir dort einen Leihwagen«, sagte sie. »Von Gadsden sind es etwa fünfunddreißig Meilen bis Canyonhead. Könnten Sie am Abend mit mir nach Peace River fahren?«

»Gerne. Warum denn?«

»Onkel Homer macht mir Sorgen. Ich fürchte, er wird ein Bein verlieren.«

»Das ist aber eine ernste Sache. Ich werde tun, was ich kann, um Ihnen zu helfen.«

»Meine Maschine kommt um vier Uhr dreißig in Gadsden an, und ich kann um sechs Uhr in Canyonhead sein. Von dort ist es nur eine halbe Stunde bis Peace River, wo wir mit Onkel Homer und Tante Sehoy abendessen können. Ich möchte, daß Sie sich ein Urteil über die Gefäßstörungen in seinem Bein bilden.«

»Gut. Ich erwarte Sie.«

Nachdem Alexa aufgelegt hatte, rief Mark John Carr an und sagte ihm: »Alexa fliegt morgen nachmittag nach Gadsden und kommt mit einem Leihwagen hierher. Sie möchte, daß ich mir Dr. Homer McGillivray ansehe.«

»Ich bin froh, daß sie kommt und daß Onkel Homer von einem Fachmann untersucht wird«, sagte Carr. »Einer der besten Gefäßchirurgen in Birmingham hat ihm vor einiger Zeit gesagt, daß sich seine rechte Kniekehlenarterie langsam schließt, aber Onkel Homer ist ja störrisch wie ein Maulesel. Er wehrt sich gegen jede Operation, solange sie nicht an Ort und Stelle in Peace River vorgenommen wird. Die einzige in der Familie, auf die er hört, ist Alexa. Vielleicht kann sie ihn mit Ihrer Hilfe davon überzeugen, daß er nicht länger warten darf.«

»Sie möchte, daß ich mit ihrem Onkel und seiner Frau abendesse«, sagte Mark. »Brauche ich eine Erlaubnis, um das Sanatorium verlassen zu können?«

»Ich werde beim Eingangstor Bescheid geben, daß Sie gehen und kommen können, wann Sie wollen.«

Alexa kam um fünf Uhr dreißig an. Sie machte einen abgespannten und niedergeschlagenen Eindruck, und es war das erstemal, daß Mark sie anders als ruhig und beherrscht sah. Die Freude sie wiederzusehen, war weit größer, als er erwartet hatte.

»Sie sehen müde aus«, sagte er. »War die Fahrt anstrengend?«

»Nicht sehr, aber in Gulf City geht es recht hektisch zu. Dr. Barrett hat große Probleme.«

»Der Arme. Was fehlt ihm?«

»Sie. Mit der Altstadtklinik geht es bergab, seit Sie weg sind, und Dr. Barrett hat einen wohlhabenden Patienten wegen einer Pulsadergeschwulst, die Sie jederzeit unter dem Mikroskop operiert hätten, nach Birmingham schikken müssen.«

»Was einen Verlust von fünftausend Dollar bedeutet«, meinte Mark.

»Außerdem hat Dr. Harkness bei der Ärztebesprechung heftige Vorwürfe gegen Jerry Thorpe erhoben, weil er Ihr Türschloß aufgemacht und das Material aus Ihrer Wohnung an Dr. McIntosh weitergeleitet hat.«

»Ich bin Jerry nicht mehr böse«, sagte Mark, während sie den Wagen geschickt über die steilen Kurven der Straße steuerte, die vom Rand des Canyons bis hinunter zur Stadt Peace River führte. »Wenn ich mir weiter Demerol gegeben hätte, wäre ich noch süchtiger geworden, und die Entwöhnung wäre mir noch schwerer gefallen.«

»Und jetzt sind Sie geheilt?«

»Vollkommen.«

»Das freut mich sehr.«

»Das Verdienst dafür gebührt John Carr und dem Sanatorium Canyonhead.«

»Wenn Sie Dr. Barrett jetzt sehen könnte, würde er Sie sofort zurücknehmen.«

»Dazu ist es zu spät. Wenn mich die Klinik bloß beurlaubt hätte, so wie dies nach den Satzungen des Komitees eigentlich geschehen hätte müssen, wäre eine Rückkehr möglich gewesen. Jetzt nicht mehr.«

»Darf ich fragen, warum?«

»Ich weiß es selbst nicht genau«, meinte Mark. »John glaubt, daß mein Zusammenbruch – um einen milden Ausdruck zu gebrauchen – auf zwei Fakten zurückzuführen ist: Überarbeitung, bevor ich nach Gulf City gekommen bin, und eine Rebellion meines beruflichen Gewissens gegen die krasse Gewinnsucht in Dick Barretts Klinik.«

»Wissen Sie schon, was Sie machen werden, wenn Sie aus dem Sanatorium entlassen werden?«

»Noch nicht.«

»Was ist mit diesem öffentlichen Krankenhaus in North Carolina?«

»Falls es zustande kommt, geht ein Chirurg von der dortigen Universität hin.«

»Sie werden sicher etwas anderes finden«, sagte sie zuversichtlich.

»Wie geht es übrigens Mrs. Thomas?«

»Gut. Ich habe sie in der vergangenen Woche in der Klinik gesehen.«

»Sie glaubt wohl noch immer, daß ihr Dr. Barrett das Leben gerettet hat.«

»Ich fürchte, ja.« Sie warf ihm einen prüfenden Blick zu. »Ärgern Sie sich noch immer darüber?«

»Nicht mehr. Der Aufenthalt hier hat mich geheilt. Vor allem der Morgenlauf am Rande des Canyons hat einen anderen Menschen aus mir gemacht.«

»Nachdem das Wetter jetzt für das Schwimmen zu

kühl ist, habe ich auch mit dem Laufen begonnen«, sagte sie. »Es gefällt mir so gut, daß ich wahrscheinlich dabei bleiben werde.«

Der Wagen näherte sich der Stadt, in der bereits die ersten Lichter brannten. Mit ihren baumbestandenen Straßen, den großen Hausgärten und den weißgestrichenen Fachwerksbauten sah sie aus wie eine Siedlung an der Ostküste von New England und bot ein Bild des tiefsten Friedens.

»Ich hätte nie gedacht, daß Peace River aussieht wie eine Kolonistensiedlung aus New England«, meinte Mark.

»Peace River war im vorigen Jahrhundert auch eine Kolonistensiedlung aus New England.«

»Wieso?«

»Nach dem Bürgerkrieg sind einige smarte Yankees aus dem Norden gekommen und haben Tausende Morgen Wald aufgekauft. Sie errichteten etwa zehn Meilen südlich bei Fort Jackson einen Damm und betrieben dort ein Sägewerk. Man würde heute gar nicht glauben, daß in diesem Tal etwa zwanzig Jahre lang Hochkonjunktur herrschte. Aber dann waren die Wälder abgeholzt, und ein verheerender Orkan brachte Hochwasser, beschädigte viele Häuser und zerstörte das Sägewerk. Daraufhin verkauften die Yankees ihre Anwesen an die Creek- und Choctawindianer, die aus Oklahoma zurückgekehrt waren. Sie haben die Häuser wiederhergestellt und leben seitdem hier.«

»Die Stadt hat viel Charme, aber wovon leben ihre Einwohner?«

»Weiter unten in Fort Jackson, wo der Damm war, gibt es Fabriken. Einer der Gründe, warum sich die Leute in Peace River so wohl fühlen, liegt darin, daß es keine Industrie mit allen ihren negativen Begleiterscheinungen gibt. Die Leute fahren zur Arbeit nach Fort Jackson und bestellen hier in Ruhe ihre Hausgärten.«

»Ohne Streß, Lärm und Luftverschmutzung.«

»Mit viel Bewegungsfreiheit, was die Indianer lieben.«

»Werden Sie sich hier eines Tages zur Ruhe setzen?«

»Vielleicht komme ich schon früher hierher«, sagte sie. »Die Gemeindeväter von Peace River und Fort Jackson bemühen sich um eine staatliche Subvention, damit sie auf halbem Wege zwischen den beiden Städten ein neues Spital bauen können. Es gibt in Fort Jackson ein kleines Krankenhaus, das so ähnlich ist wie das Spital, das Onkel Homer leitet. Wenn man das Potential der beiden Häuser und ihr Einzugsgebiet zusammenlegt, würde ein ganz beachtliches Spitalszentrum entstehen.« Sie warf ihm einen schnellen prüfenden Blick zu. »Übrigens ähnelt das Projekt ein wenig dem Vorhaben in North Carolina, von dem Sie mir erzählt haben.«

»Aber würde die Verwirklichung des Projekts Ihren Onkel nicht arbeitslos machen?«

»Nichts wäre Onkel Homer lieber als das. Er ist einer der eifrigsten Befürworter des neuen Spitals. Wenn es in ungefähr einem Jahr fertiggestellt ist, vorausgesetzt, daß die Gelder rechtzeitig kommen, zieht er sich zurück und geht fischen. Der Fluß hier ist voll Forellen.«

»Klingt geradezu paradiesisch.«

»Vorausgesetzt, daß Onkel Homer bis dahin noch auf zwei Beinen stehen kann«, sagte sie ernst, als der Wagen vor einem der weißgestrichenen Fachwerkhäuser stehenblieb.

»Hier wohnen Onkel Homer und Tante Sehoy«, sagte sie und deutete dann auf ein größeres Gebäude in etwa hundert Meter Entfernung. »Und das da druben ist das Spital.«

Dr. Homer McGillivray war ein etwa sechzig Jahre alter stämmiger Mann mit zerfurchtem Gesicht und einem freundlichen Lächeln.

»Es freut mich, Sie kennenzulernen, Dr. Harrison«, sagte er. »Alexa hat mir viel von Ihnen erzählt.«

»Hoffentlich nur die guten Dinge«, sagte Mark. »Alles andere wollen wir lieber vergessen.«

»Das werden wir auch«, sagte Alexa. »Und das ist Tante Sehoy.«

Sehoy McGillivray war eine kleine Frau mit faltigem, aber noch immer schönem Gesicht. Das Abendessen wartete bereits auf die Gäste: Brathuhn, grüne Bohnen aus dem Garten der Gillivrays, Kartoffelbrei mit Sauce und nachher Kuchen.

»Alexa hat mir erzählt, daß Sie Mikrochirurg sind, Dr. Harrison«, sagte McGillivray, als er mit Mark nach dem Essen im Wohnzimmer saß, während Alexa ihrer Tante beim Geschirrspülen half. »Es muß doch eine wunderbare Aufgabe sein, feinste Arterien und Venen zusammenzufügen und damit die Blutversorgung lebenswichtiger Organe zu sichern.«

»Es war einmal für mich eine schöne Aufgabe«, sagte Mark, »aber ich bin John Carrs Patient geworden, weil ich vom Alkohol und den Drogen nicht loskam.«

»Zu meiner Zeit hat es mehr betrunkene Ärzte gegeben, als man eingestehen wollte, und mancher von ihnen hat das Leben von Patienten auf dem Gewissen gehabt«, sagte der alte Arzt. »Das heutige System der frühzeitigen Erkennung und Behandlung von Berufsbehinderung ist viel besser.«

»John Carr leistet ausgezeichnete Arbeit, und ich verdanke ihm sehr viel.«

»Wir sind auch sehr stolz auf John. Er hätte ein angesehener Professor in Harvard werden können, aber er hat es vorgezogen, hier in seiner Heimat zu leben.«

»Die Creeks sind ein stolzes Volk«, sagte Mark. »Alexa hat mir viel von ihnen erzählt.«

»Was habe ich Ihnen erzählt?« fragte Alexa, die im Speisezimmer das Geschirr verstaute.

»Wir haben über die Creeks gesprochen«, sagte Mark.

»Wie ich ihn zum erstenmal gesehen habe, Onkel

Homer, habe ich ihm alles über unsere Vorfahren erzählt.«

»Mein Vater hat eine Schule besucht, die von den Behörden in Washington ausschließlich für Indianer gebaut wurde«, sagte Homer McGillivray.

»Das war eine sehr bescheidene Wiedergutmachung dafür, daß uns Andrew Jackson um 1839 herum nach Oklahoma verjagt hat«, unterbrach ihn Alexa erregt.

»Nicht so stürmisch, Alexa«, wies sie ihr Onkel zurecht. »Der gute alte Andy hat uns vielleicht sogar eine Wohltat erwiesen. Hätte er die Indianer nicht deportiert, wären sie wahrscheinlich an Ort und Stelle von den Weißen massakriert worden. Also sei nachsichtig mit ihm.«

»Genug Indianergeschichten für heute abend«, sagte Alexa bestimmt. »Ich habe Dr. Harrison mitgebracht, damit er sich dein Bein ansieht. Behaupte nur ja nicht, daß es ohnehin in Ordnung ist. Die Schwestern im Spital sagen mir, daß du bei den Visiten oft wegen einem Krampf stehenbleiben mußt.«

»Das kommt nur davon, weil ich zu viel herumlungere und nicht genügend Bewegung mache«, protestierte McGillivray.

»Keine Ausreden«, insistierte sie. »Dr. Harrison ist ein Fachmann, und ich möchte sein Urteil hören.«

»Also gut«, meinte McGillivray. »Bevor ihr mir die Würmer aus der Nase zieht, sage ich selbst, wie es um mich steht. Ich weiß, daß die Zirkulation in meinem rechten Bein in den letzten Jahren schlechter geworden ist, aber ich glaube, daß das ganz einfach eine Alterserscheinung ist und daß ich zu viel Cholesterol in den Gefäßen habe.«

»So alt bist du nicht«, sagte Alexa. »Und Tante Sehoy hat nie fett gekocht. Wir Indianer haben eine sehr vernünftige Diät.«

»Ich war im November in Birmingham bei einer Ärztetagung«, sagte der alte Arzt zu Mark, »und habe die Gelegenheit wahrgenommen, um die Gefäßklinik des dortigen Universitätsspitals aufzusuchen.«

»Sie ist eine der besten im ganzen Land«, warf Mark ein.

»Ich schicke seit Jahren Patienten dorthin«, fuhr McGillivray fort, »aber ich bin nur ungern hingegangen, denn ich wollte mir keinen Katheter in die Oberschenkelarterie stecken lassen. Sie haben aber dann ohnehin ein Ultraschallgerät benützt. Ich nehme an, Sie kennen diese Geräte.«

»Ja«, sagte Mark. »Ich habe viel mit ihnen gearbeitet. Und nach all dem, was Sie mir gesagt haben, nehme ich an, daß Sie an einer Verengung der Kniekehlenarterie leiden.«

»Sie bekommen die Note Eins«, sagte McGillivray. »Genau das hat man festgestellt.«

»Diesen Teil der Arterie zu entfernen und durch eine Kunststoffprothese zu ersetzen, ist weder schwierig noch schmerzhaft«, fuhr Mark fort. »Es wundert mich, daß man das nicht gleich gemacht hat, während Sie in Birmingham waren.«

»Sie wollten ja«, sagte McGillivray. »Das Problem ist nur, daß ich dann einen Monat außer Gefecht gesetzt wäre und ich kann nicht ...«

»Du meinst, du willst nicht«, unterbrach ihn Alexa.

»So oder so. Ich lasse jedenfalls nicht mitten im Winter meine Patienten allein. Bis ich jemanden finde, der mich vertritt, humple ich lieber herum.«

»Und haben Sie Aussicht jemanden zu finden?« fragte Mark. McGillivray schüttelte en Kopf.

»Bis jetzt nicht, aber ich suche eifrig. Am besten wird es sein, ich lasse mich im Frühjahr operieren, wenn es weniger Patienten gibt ...«

»Auf die Gefahr hin, daß du auf Krücken oder im Rollstuhl ohne rechtes Bein endest, wenn sich die Arterie eines Tages völlig schließt«, sagte Alexa.

»Aber ich habe dir ja gesagt, daß ich mich im Frühjahr operieren lasse«, erklärte McGillivray ein wenig irritiert. »Und in der Zwischenzeit sehe ich mich um eine Vertretung um.«

»Ich nehme dich beim Wort«, beharrte sie. »Sobald ich wieder in Gulf City bin, halte ich Umschau nach einem jungen Arzt, der eine Stellung sucht. Falls die Altstadtklinik wirklich schließen muß, wie es jetzt den Anschein hat, wird Dr. Montez eine neue Beschäftigung brauchen.«

»Montez ist recht tüchtig«, sagte Mark. »Wenn er nach Peace River kommt, sind Dr. McGillivrays Probleme gelöst.«

Alexa blickte auf die Uhr. »Es ist schon zehn. Wir müssen ins Sanatorium zurück. John und Elsa haben mich eingeladen, bei ihnen zu übernachten. Aber morgen auf dem Weg zum Flugplatz in Gadsden komme ich noch einmal bei dir vorbei und sehe nach, wie es dir geht«, sagte sie zu ihrem Onkel.

»Kehren Sie so bald nach Gulf City zurück?« fragte Mark. »Ich hatte gehofft, daß wir morgen nachmittag beim Wasserfall picknicken könnten.«

»Das wäre fein und geht in Ordnung«, sagte sie. »Meine Maschine geht erst am späten Nachmittag.«

Auf der Heimfahrt im Auto fragte Alexa: »Wie groß ist die Gefahr, daß sich die Arterie in Onkel Homers Bein plötzlich schließt?«

»Das kann jederzeit passieren, es kann aber auch Monate oder ein Jahr dauern«, antwortete Mark. »Ohne gründliche Untersuchung ist das schwer zu sagen, und für eine solche Untersuchung fehlen mir hier alle Mittel.«

»Wann laufen Sie morgen früh?« fragte sie.

»Ungefähr um sieben Uhr. Kommen Sie mit?«

»Gerne. Ich freue mich auf den Canyon und den Wasserfall.«

»Ja, der Anblick ist herrlich. Ich laufe in Shorts und einer Windjacke. Kann ich Ihnen etwas borgen?«

»Nein, danke. Ich habe alles mit«, versicherte sie. »Gute Nacht.«

II

Alexa stand um punkt sieben Uhr vor Marks Hütte. In weißen Shorts und einem weißen Pullover sah sie so atemberaubend schön aus wie damals, als er sie in ihrem weißen Abendkleid im Yacht-Club zum erstenmal gesehen hatte. Ihr langes schwarzes Haar hatte sie aufgesteckt, ihre Augen glänzten, ihre Wangen waren von der frischen Morgenluft gerötet, und der Ausdruck der Niedergeschlagenheit vom Tag zuvor war aus ihren Zügen gewichen.

John Carr, der gerade vorüberging, sagte: »Ihr zwei könntet Modell für ein Denkmal der Creeks stehen. Sind Sie sicher, Mark, daß Sie kein Indianerblut in den Adern haben?«

»Leider ja. Haben Sie nach dem Frühstück Zeit für mich, John?«

»Gewiß. Warum frühstücken wir nicht im Ärztezimmer, nachdem ihr vom Laufen zurückkommt? Da erspart sich Elsa die Arbeit.«

Mark blickte Alexa an, die zustimmend nickte und sagte: »Ausgezeichnet. Wir sind in etwa einer Stunde zurück.«

»Geben Sie das Tempo an«, sagte sie, als sie auf dem Pfad zu laufen begannen. »Aber wie ich Sie kenne, wird es nicht leicht sein, Ihnen zu folgen.«

Als der Pfad nach einiger Zeit steiler wurde, verlangsamte Alexa das Tempo.

»Steigungen bin ich nicht gewöhnt«, gestand sie ein wenig atemlos. »Am Strand in Gulf City ist alles flach.«

»Der Blick von der höchsten Stelle des Pfades ist einzigartig. Ich lege dort meist eine Rast von einigen Minuten ein.«

Als sie den Wasserfall erreichten, dessen Kaskaden rauschend zu Tal stürzten, stieß Alexa einen Schrei des Entzückens aus.

»Kein Wunder, daß John dieses Gelände mit den alten Armeebaracken kaufte, um sein Sanatorium zu errichten. Es ist die schönste Gegend, die ich kenne, und hier ist der herrlichste Blick.«

»Da widerspreche ich Ihnen nicht.« Mark breitete seine Windjacke auf einem flachen Felsen unmittelbar neben dem Wasserfall aus. Aus der Tiefe der Schlucht stiegen von dort, wo das fallende Wasser auf Fels und Geröll stieß, weiße Fahnen von Gischt empor. »Manchmal, wenn die Luftfeuchtigkeit besonders groß ist, glaubt man, daß Wolken aus dem Grunde des Canyons emporsteigen«, meinte Mark.

»Die Creeks haben diese Stelle den Hexenkessel genannt«, sagte Alexa. »Sie glaubten, daß Dampf von unterirdischen Feuern aus den Felsklüften dringt.«

»Das ist ein erklärliches Mißverständnis. Ich habe diesen Platz vom ersten Tag an geliebt. John und ich sind übereinstimmend der Meinung, daß mir die Natur bei der Heilung ebenso geholfen hat wie die Gespräche bei der abendlichen Gruppentherapie.«

»Haben Sie sich schon zu Wort gemeldet?«

»Ja, vor einigen Tagen. Sven hat mir gesagt, ich würde mich nachher erleichtert fühlen, aber ich habe ihm nicht geglaubt, bevor ich es am eigenen Leib erlebt habe.«

»Und jetzt sind Sie geheilt.«

»Noch nicht ganz. Ich muß erst beweisen, daß ich ohne die Hilfsmittel von Alkohol und Drogen operieren kann.«

»Und wann glaubt John, daß Sie so weit sein werden?« Sie erschauerte leicht, als sie ein Windstoß in eine Woge von Wassergischt hüllte.

»Sie sind vom Laufen erhitzt, und dieses Wasser ist sehr kalt«, sagte Mark. »Wir sollten zurück.«

»Nein, bitte, bleiben wir noch. Es ist so schön hier. Legen Sie nur den Arm um meine Schulter, und dann wird mir gleich warm sein.« Er gehorchte gerne, sie lehnte sich an ihn, und er fühlte die Wärme ihres Körpers.

»Ist es so besser?« fragte er.

»Viel besser. Aber sagen Sie mir, wann und wo wollen Sie das erstemal wieder operieren?«

»Ich habe gestern abend darüber nachgedacht«, sagte er. »Nachdem wir aus Peace River zurückgekehrt sind, bin ich noch mehr als eine Stunde wachgelegen. Wenn es John erlaubt und Ihr Onkel einverstanden ist, fahre ich jeden Tag hinunter ins Spital und helfe Dr. McGillivray bei der Arbeit.«

»Natürlich wird mein Onkel einverstanden sein«, rief sie mit leuchtenden Augen. »Das gibt ihm die Möglichkeit, das Spital weiterzuführen, bis das geplante öffentliche Krankenhaus in Betrieb geht. Oh, Mark!« Sie wandte sich ihm zu, und ihre Gesichter waren nur wenige Zentimeter voneinander entfernt. »Nun könnte ich Sie küssen!«

»So tun Sie es ...« sagte er, aber ihre Lippen berührten bereits die seinen, und ihr Körper schmiegte sich unter dem Druck seines Armes eng an ihn.

Was als sanfter Kuß begonnen hatte, wandelte sich unversehens in eine leidenschaftliche Umarmung. Seine Hände glitten ihren Körper entlang, und instinktiv schob er ihren Pullover empor, um ihre Brüste zu entblößen, doch sie stieß ihn von sich.

»Nicht das«, sagte sie atemlos, ohne Zorn, gleichsam erstaunt. »Was ist mit uns geschehen?«

»Wir haben uns eben gehenlassen«, sagte er ein wenig betreten und war zutiefst über die Heftigkeit seiner Gefühle erstaunt. »Verzeihst du mir?«

»Da ist nichts zu verzeihen. Die Frauen der Creeks sollen immer sehr leidenschaftlich gewesen sein, aber ich habe nicht gewußt, daß dies auch für mich gilt.« Sie stand auf und streifte einige Blätter von ihren Shorts und dem Pullover. »Und was denkst du jetzt von mir?«

»Ich denke, daß du sehr schön und sehr begehrenswert bist und frage mich, warum ich so lange gebraucht habe, um das herauszufinden.«

»Ich vermute, weil du mich immer in Schwesterntracht gesehen hast, außer an dem einen Abend im Yacht-Club und in den Morgenstunden bei McDonald, nachdem wir gelaufen sind«, sagte sie, als sie den Rückweg antraten. »Und am ersten Abend warst du so in Claire verliebt, daß du niemanden anderen gesehen hast.« Dann wechselte sie das Thema. »Wann kannst du beginnen, bei Onkel Homer zu arbeiten?«

»Wenn John Carr einverstanden ist, am Montag. Ich muß aber von ihm weiterhin als Patient geführt werden, um die Auflage des Staatskomitees zu erfüllen. Für alle Fälle sollte dein Onkel auch bei der Gesundheitsbehörde melden, daß ich bei ihm arbeite.«

»Das wird er tun. Es ist für mich und Tante Sehoy sehr beruhigend zu wissen, daß du ihm zur Seite stehen wirst, vor allem, falls sich sein Zustand verschlechtert.«

»Das kann unter Umständen bald sein«, meinte er. »Du solltest mir jedenfalls eine Operationslupe, Dacronschläuche und Nähfäden schicken.«

»Sofort am Montag«, versprach sie. »Aber genügt eine Lupe statt einem Operationsmikroskop?«

»Die Kniekehlenarterie hat annähernd den Durchmesser eines Bleistiftes«, sagte er. »Eine Operationslupe gibt etwa eine zweieinhalbfache Vergrößerung und genügt vollkommen.«

Nachdem sie im Sanatorium angelangt waren, duschten sie, zogen sich um und gingen zu John Carr, der bereits im Speiseraum auf sie wartete.

»Es tut uns leid, daß wir uns verspätet haben, John«, sagte Alexa, als sie ihr Eßtablett auf den Tisch stellte. »Der Anblick des Wasserfalls war so herrlich, daß wir länger geblieben sind, als wir uns vorgenommen haben.«

»Jemand, der so strahlend aussieht wie du, kann jederzeit mit Vergebung rechnen«, sagte Carr, und als sich Mark ebenfalls mit einem reich beladenen Tablett dem Tisch näherte, fügte er hinzu: »Wie könnt ihr zwei ein so riesiges Frühstück verzehren?«

»Laufen macht hungrig«, sagte Mark. »Sie sollten auch damit beginnen, John. Sven schlägt mich fast bei unseren Morgenläufen, und er ist älter als wir beide!«

»Sven ist ein Supermann«, meinte der Psychiater. »Übrigens bereite ich gerade den Bericht an das Staatskomitee über den ersten Monat Ihres Aufenthaltes vor. Wenn es meine Empfehlungen annimmt, können Sie sofort wieder operieren.«

»Unter der Kontrolle eines Arztes?«

»Ja, das ist Vorschrift, aber es ist nicht immer leicht, einen Arzt dafür zu gewinnen.«

»Dazu habe ich einen Vorschlag«, sagte Mark. »Dr. McGillivray braucht wegen der Durchblutungsstörungen in seiner verengten Arterie Hilfe. Ich könnte täglich zu ihm hinunter in sein Spital fahren und am Abend ins Sanatorium zurückkommen.«

»Geht in Ordnung«, meinte Carr. »Wann können Sie beginnen?«

»Wenn Sie einverstanden sind, am Montag.«

»Fein. Ich werde in den Bericht an das Staatskomitee den Hinweis aufnehmen, daß Sie unter der Kontrolle von Dr. McGillivray arbeiten.«

»Das wird hoffentlich zunächst genügen«, meinte Mark. »Was ich allerdings später einmal machen werde, weiß ich noch immer nicht. Wenn Sie im Sanatorium eine chirurgische Abteilung hätten, würde ich sofort bei Ihnen arbeiten wollen.«

Carr lachte. »Ich habe genug mit seelischen Problemen zu tun. Auf die Problematik körperlicher Eingriffe kann ich verzichten. Aber wenn Sie mit Onkel Homer arbeiten, werden Sie genug zu operieren haben.«

»Vorausgesetzt, daß ich noch ein Skalpell handhaben kann. Mir bangt vorläufig vor dem Gedanken, daß ich mitten in einer Operation versage.«

»Sie werden nicht versagen, sondern sich glänzend bewähren«, versicherte ihm John Carr.

»Fast glaube ich Ihnen«, sagte Mark. »Vor einem Monat noch ist kein einziger Lichtstrahl durch die Mauer der Verzweiflung gedrungen, die mich umgeben hat, aber nun bin ich überzeugt, daß am Montag ein neuer Abschnitt in meinem Leben beginnt. Und das verdanke ich allein euch beiden.«

»Sie haben lediglich dafür zu danken, daß Sie hier in Canyonhead die Ruhe fanden, Ihr Leben einer eingehenden Prüfung zu unterziehen; wie es war und wie es sein könnte«, sagte John Carr.

»Miß McGillivray«, rief der Mann am Buffet. »Sie werden im Büro am Telefon verlangt.«

»Ich bin gleich wieder da«, sagte Alexa.

Als sie nach einer Viertelstunde zurückkam, machte sie ein strahlendes Gesicht.

»Es war Onkel Homers Oberschwester, Mrs. Allen«, sagte sie. »Sie hat auf ein freies Bett im Spital in Birmingham gewartet, weil sie sich operieren lassen muß. Jetzt hat man sie verständigt, daß sie aufgenommen werden kann. Sie hat mich gefragt, ob ich sie für einige Wochen in Onkel Homers Spital vertreten kann.«

»Und kannst du das?« fragte Mark.

»Ich habe Dr. Barrett angerufen und ihm gesagt, daß ich hier arbeiten muß. Ich fliege am Nachmittag nach Gulf City und komme mit dem Wagen zurück, nachdem ich das Nötigste gepackt habe. In ein bis zwei Tagen bin ich wieder hier.«

»Vergiß die Dacronschläuche und die Lupe nicht«, sagte Mark. »Dr. McGillivray kann zwar nach Birmingham gehen, sobald ich mich im Spital eingearbeitet habe, aber für einen Notfall möchte ich gerüstet sein.«

III

In den nächsten zwei Wochen war Mark glücklicher als er sich jemals seit dem Abschied von Lakeview gefühlt hatte. Am Morgen frühstückte er um sieben Uhr und fuhr dann auf der kurvenreichen Straße hinunter nach Peace River. Dort war Alexa, die am Mittwoch aus Gulf City gekommen war, mit ihrer Arbeit in dem kleinen Krankenhaus offensichtlich sehr zufrieden. Dr. McGillivray hatte gesagt, daß er wegen der Beschwerden im Bein fast keine chirurgischen Eingriffe mehr vorgenommen habe, und Mark hatte nicht die Absicht, seinerseits große Operationen vorzunehmen. Es gab aber häufig akute Fälle, bei denen er eingreifen mußte. Ein Junge hatte sich beim Ballspiel den Arm gebrochen, und eine junge Mutter brachte ihr Baby gerade an dem Tag zur Welt, an dem Dr. McGillivray nach Fort Jackson gefahren war.

Nachdem die Entbindung klaglos vorübergegangen war und er mit Alexa im Speisezimmer des Spitals saß, sagte sie: »Onkel Homer hätte die Geburtszange auch nicht besser handhaben können als du.«

»Meine erste Entbindung habe ich als Assistenzarzt in Baltimore gemacht«, sagte Mark. »Ein Erlebnis, das man in Erinnerung behält.«

»Und ich werde nie vergessen, wie ich das erstemal bei einer Operation assistieren durfte«, sagte sie. »Es hat mich so beeindruckt, daß ich, statt an der Duke-Universität zu bleiben und Schwestern auszubilden, an die Barrett-Klinik gegangen bin.«

»Du bist die beste Assistentin, die ich je kennengelernt

habe«, meinte er. »Was würde ich ohne dich machen?«

»Ach, laß nur«, erwiderte sie, aber sie war sichtlich bewegt. »Wann immer ich mich damit brüste, daß ich von Alexander McGillivray abstamme, erinnert mich John Carr daran, daß ich nur eine arme Indianerin bin, die ihre Ausbildung den Schuldgefühlen der Regierung verdankt.«

»Den berechtigten Schuldgefühlen, wenn man bedenkt, was man euch alles angetan hat.«

»Aber eine sehr starke Motivation ist das nicht für mich.«

»Was heißt Motivation? Du bist die ebenso legitime wie liebliche Nachfahrin eines großen Mannes deines Stammes. Und außerdem werde ich dich einmal fragen, ob du mich nicht heiraten willst.«

»Und wann wird das sein?« fragte Alexa sanft.

»Sobald ich ein Skalpell in die Hand nehmen und operieren kann, ohne vorher nach der Injektionsspritze greifen zu müssen.«

IV

Eine der schönsten Begleiterscheinungen der Tätigkeit in Dr. Homer McGillivrays kleinem Spital war der tägliche Kontakt mit der Bevölkerung. Indem er sich mit den kleinen Leiden der Leute beschäftigte, lernte er sie näher kennen und die Gelassenheit ihres Lebens bewundern.

Da sehr viele Männer in Fort Jackson tätig waren, hielt Homer McGillivray seine Ordination am Dienstag und Donnerstag abend offen, damit sie nach der Arbeit zu ihm kommen konnten. Alexa war bei diesen abendlichen Ordinationen anwesend, und nachher saß Mark mit ihr und dem Ehepaar McGillivray im Gespräch beisammen. Er genoß diese späten Stunden, in denen er sich so entspannte, daß ihn nicht einmal die Sorge beschäftigte, was er nach Beendigung der Entwöhnungskur machen werde. Die Wochen gingen vorüber, und er hätte für immer bei Dr. McGillivray bleiben können, hätte dies nicht bedeutet, weitgehend das Spezialgebiet aufzugeben, für das er sich in gründlicher Ausbildung die nötigen Kenntnisse erworben hatte.

Wie in so vielen Kleinstädten des Südens waren auch in Peace River am Mittwoch nachmittag alle Geschäfte geschlossen, und selbst das Krankenhaus stand lediglich für Notfälle zur Verfügung.

»Was willst du heute nachmittag machen?« fragte Alexa, als sie am zweiten Mittwoch, nachdem Mark im Spital zu arbeiten begonnen hatte, in den Morgenstunden eine Tasse Kaffee tranken.

»Ich habe gehofft, du fährst mit mir hinunter nach Fort Jackson, damit ich die Gegend kennenlerne.«

»Das mache ich gerne.«

»Wir könnten dann irgendwo abendessen ...«

»Magst du gegrillte Würstchen?«

»Natürlich. Wer nicht?«

»Dann nehme ich Würstchen mit. Weiter unten am Fluß gibt es einen sehr schönen Platz, dort wo Onkel Homer und Dr. Feldon das neue Krankenhaus bauen wollen. Wir könnten ein Feuer machen und die Würstchen rösten. Ich nehme auch Kartoffelsalat mit. Es wird dir gefallen.«

Als sie nach dem Mittagessen das Krankenhaus verließen, trug Alexa einen Picknickkorb. Sie hatte eine Wollhose und einen Pullover angezogen, und zum erstenmal seit sie im Spital arbeitete, hatte sie ihr Haar nicht aufgesteckt. Es fiel in einer langen schwarzen Mähne fast bis auf ihre Hüften herab, und über der Stirn trug sie den silbernen Reif, der ihn am Abend ihrer ersten Begegnung im Yacht-Club so beeindruckt hatte.

»Ich möchte dir eine Quelle zeigen«, sagte sie auf dem Weg zum Wagen. »Oder genauer gesagt, die Stelle, an der sie entsprungen ist, bevor sie von einem Felssturz verlegt wurde.«

»Du bist die Führerin. Alles in dieser Gegend interessiert mich.«

Die Quelle entsprang allem Anschein nach einem Felsen nahe der Straße, aber nun war die Stelle durch eine Geröllhalde, die mit Büschen bewachsen war, bedeckt. Als sie diese Halde erklommen, sah Mark, daß zwischen den Felsen ein wenig Wasser hervorsickerte, und als er einen Finger damit benetzte und an die Lippen führte, verspürte er einen starken mineralischen Geschmack.

»Hat sich schon jemand für dieses Wasser interessiert?« fragte er.

»Ja. Onkel Homer vor Jahren. Ihm gehört dieses Gelände hier.«

»Der mineralische Geschmack könnte von Lithium kommen.«

»Er kommt auch von Lithium. Onkel Homer hat eine Probe analysieren lassen.«

»Man könnte die Felsen wegsprengen und die Quelle freilegen.« Plötzlich fühlte Mark, wie ihn die Erregung packte. »Hat dein Onkel schon daran gedacht?«

»Ja. Er hat darüber sehr lange mit John Carr diskutiert.«

»Ist genug Lithium im Wasser vorhanden, um es zu einer Heilquelle zu machen?«

»John sagt ja. Und außerdem auch noch die gleichen Mineralien, die man in den berühmten Quellen von West Virginia und in manchen europäischen Badeorten antrifft.«

»Wenn man die große Bedeutung bedenkt, die dem Lithium bei der Therapie von Geisteskrankheiten zukommt, könnte eine solche Quelle sehr wertvoll sein. Dein Onkel und viele andere Leute könnten reich werden.«

»Kannst du dir Peace River mit großen Hotels, Golf,

Tennisplätzen und allem Beiwerk eines bekannten Kurortes vorstellen?« fragte sie.

»Warum nicht? Das gehört eben zum Fortschritt.«

»Fort Jackson hat den Fortschritt, Peace River hat den Frieden. Allen Leuten geht es gut, und jeder, der arbeiten will, findet Arbeit. Auch du hast trotz deiner Probleme hier Ruhe und Frieden gefunden. Was brauchen wir sonst hier?«

»Geld! Jedermann will Geld!«

»Du konntest in der Barrett-Klinik 65000 Dollar im Jahr verdienen. Und hat es dir gutgetan?«

»Aber ...«

»Natürlich wird Lithium, sorgfältig dosiert, zur Bekämpfung von geistigen Störungen angewendet. Trotzdem waren John und Onkel Homer der Ansicht, daß diese Quelle nicht genützt werden soll, um Peace River zu einem Kurort und einige Leute reich zu machen. Diese Gegend ist bereits jetzt ein Kurort bester Art. Sieh doch, wie sehr die Natur dir geholfen hat.«

»Warum mußt du immer in allem so recht haben?« fragte er mit gespielter Verzweiflung.

»Ich habe gar nicht immer recht. Wie ich dich zum Beispiel das erstemal gesehen habe, habe ich geglaubt: Das wird ein berühmter Chirurg – und diesen Mann heirate ich.«

Er blickte sie erstaunt an. »Und warum hast du deine Meinung geändert? Wegen Claire?«

»Nein. Ich habe von Anfang an gewußt, daß ihr kein Paar werdet. Aber du mußtest sie haben und hinter dich bringen, so wie man Masern haben und hinter sich bringen muß.«

»Was also sonst? Ich bin ja noch immer ein Chirurg.«

»Ein Chirurg, der sich davor fürchtet, ein Skalpell in die Hand zu nehmen und wirklich schwierige Operationen durchzuführen.«

»Und wenn ich wieder operieren würde, würdest du mich dann heiraten?«

Sie lächelte. »Ist das ein Antrag?«

»Ich glaube, ja. Seit dem Tag, an dem wir zusammen den Canyon entlanggelaufen sind und du mich geküßt hast, möchte ich mit dir beisammen sein. Bleibe mit mir in Peace River, und ich werde alles tun, um wieder ein guter Chirurg zu sein, damit du mich heiratest.«

»Ich habe mich in den Mann verliebt, den ich damals im Yacht-Club auf mich zukommen sah. An dem Tag, an dem du deine erste große Operation vornimmst, ohne vorher zur Demerolspritze zu greifen, gehöre ich dir, wann immer du willst und wo immer du willst. Vorher nicht.«

»Du bist sehr streng.«

»So streng wie mein Urahne McGillivray, solange er über die Creeks herrschte«, sagte sie lächelnd.

»So und jetzt sage mir, wo wir die Würstchen grillen.«

»Wir picknicken dort, wo das neue Krankenhaus gebaut wird«, sagte sie. »Das ist ungefähr fünf Meilen von hier an einem wunderschönen Platz.«

Als sie dort ankamen, sah Mark, daß sie nicht zu viel versprochen hatte. Der Platz lag in einer Biegung des Flusses, von der man im Norden fast bis Peace River und im Süden annähernd bis Fort Jackson blicken konnte.

»Onkel Homer und Dr. Feldon in Fort Jackson haben vor einigen Jahren eine gemeinnützige Gesellschaft gegründet, die dieses Grundstück gekauft hat. Anfänglich waren sie fast die alleinigen Geldgeber der Vereinigung, aber seither haben sie viele finanzielle Zuwendungen erhalten.«

»Haben sie bereits einen Namen für das Spital?«

»Peace-River-Klinik. Die Ärzte werden Angestellte der Vereinigung sein.«

»Das entspricht dem Modell des öffentlichen Krankenhauses in North Carolina, in dem ich arbeiten wollte.«

»Ich habe gewußt, daß dir das Projekt gefallen wird«, sagte sie. »Die nötigen Steuergelder für den Bau des Krankenhauses sind ihnen zugesagt, da im Hinblick auf die Beschäftigten in den Fabriken von Fort Jackson ein Bedarf vorhanden ist. Es wird ein kleines, aber in jeder Hinsicht modernes Spital sein.«

Mark warf ihr einen prüfenden Blick zu. »Du sprichst, als seist du an dem Projekt beteiligt.«

»Ich habe bereits zugesagt, daß ich hier als Oberschwester arbeiten werde.«

»Daher also deine Begeisterung.«

»Und du, könntest du dich nicht auch begeistern?« fragte sie und reichte ihm das erste gegrillte Würstchen.

»Alles, was du erzählst, klingt so wie das, was ich mir immer erträumt habe, aber um mitmachen zu können, muß ich erst das Versprechen erfüllen, das ich dir gegeben habe.«

»Da hast du einen Vorschuß auf den Lohn, der dich erwartet.« Sie beugte sich vor und küßte ihn lange und innig. Als sie sich schließlich aus der Umarmung lösten, atmeten beide heftig, und Alexas Wangen waren gerötet.

»Wenn der Vorschuß so herrlich ist, freue ich mich noch mehr auf den Lohn«, sagte Mark.

»Auf den du aber noch warten mußt«, sagte sie mit Nachdruck und hielt das nächste Würstchen über das Feuer. »Onkel Homer und ich haben gestern lange über dich gesprochen. Du hast dich hier schon so gut eingearbeitet, daß er einverstanden ist, mit mir nach Birmingham zu fahren, wenn ich in etwa einer Woche nach Gulf City zurückkehre. Er läßt sich dann dort operieren.«

»Und wenn er dann zurückkommt, braucht er mich nicht mehr, und ich werde mich nach einer neuen Beschäftigung umsehen müssen.«

»Wir werden uns zusammen umsehen«, sagte sie. »Unsere gemeinsame Zukunft hängt ja davon ab.«

V

Mark hatte sich bereits damit abgefunden, das Spital von Peace River und das Sanatorium von Canyonhead zu verlassen, sobald Homer McGillivray von seiner Operation zurückkam und er selbst seine Entwöhnungskur beendet hatte. Dann aber trat eine überraschende Wendung ein, nachdem Homer McGillivray am Donnerstag zu ihm sagte: »Morgen abend spricht Dr. Feldon aus Fort Jackson beim Meeting des Lions-Clubs über das Spital, das wir bauen wollen. Es würde mich freuen, wenn Sie als mein Gast mitkommen würden, soferne Sie etwas später ins Sanatorium zurückkehren können.«

»John Carr hat sicher nichts dagegen.«

»Gut. Übrigens: Ich habe Sie bei der Arbeit beobachtet, Mark. Sie sind wirklich der geborene Chirurg.«

»Der bloß die Fähigkeit zu operieren verloren hat.«

»Jeder Operateur gerät gelegentlich in eine Krise. Aber das ist so wie mit einem Sturz vom Pferd. Wenn man nicht rasch genug wieder in den Sattel steigt, reitet man nie wieder. Aber Sie werden es schaffen, denn Sie machen ja hier bereits wieder alles, mit Ausnahme von großen Eingriffen.«

Beim Meeting der Lions am Freitag abend traf Mark viele Leute, die er bei der Arbeit im Spital kennengelernt hatte. Es war die übliche Clubatmosphäre, wobei es vielleicht etwas lauter zuging als bei den Rotariern. Es wurde gesungen, Präsident und Sekretär machten ihre Mitteilungen, und zum Essen gab es Roastbeef, Kartoffelbrei mit Sauce und nachher den unvermeidlichen Apfelkuchen.

Dr. Harry Feldon war ein großgewachsener Mann, etwa sechzig Jahre alt und sehr energisch. Wie Homer McGillivray angekündigt hatte, sprach er über das geplante Krankenhaus und die Vereinigung, die es erhalten sollte.

Alles was er sagte, kannte Mark bereits aus den Erzählungen Alexas und ihres Onkels, wenn man davon absah, daß Dr. Feldon von der inzwischen erfolgten Bewilligung der Steuergelder Mitteilung machen konnte. Dementsprechend war der Baubeginn für die allernächste Zeit in Aussicht genommen.

Als das Meeting vorüber war, sagte Homer McGillivray: »Mark, ich habe Dr. Feldon gebeten, noch ein wenig zu uns zu kommen. Er hat so wie Sie in Lakeview studiert, auch wenn das schon lange her ist.«

Im Gespräch zu Hause erwies sich Dr. Feldon als intelligenter, warmherziger Mensch; er war in dieser Hinsicht Homer McGillivray ähnlich. Sie unterhielten sich einige Zeit unverbindlich, bis Feldon schließlich sagte: »Ich habe gestern abend mit Dr. Harkness in Gulf City telefoniert und über Sie gesprochen. Wir waren Jahrgangskollegen in Lakeview.«

»Ich habe Dr. Harkness in meiner Zeit an der Klinik sehr schätzen gelernt«, sagte Mark.

»Ich weiß«, meinte Feldon, »deswegen habe ich ihn auch angerufen, um mit ihm über Sie zu sprechen.«

»Hat er Ihnen von meinen Schwierigkeiten erzählt?«

»Ja und auch von der Behandlung, die Ihnen McIntosh zuteil werden ließ.«

»Ich mache Dr. McIntosh und dem Komitee keine Vorwürfe mehr«, sagte Mark schnell. »John Carr hat mir geholfen einzusehen, daß ich bereits in Schwierigkeiten war, bevor ich Lakeview verlassen habe, also kann ich ihnen keine Schuld geben.«

»Ich habe auch mit Dr. Aldo Ramirez in Baltimore gesprochen, und er hat mir bestätigt, daß Sie bereits bei ihm am Zusammenbrechen waren«, sagte Feldon.

»Warum nehmen Sie solchen Anteil an meinem Schicksal?« fragte Mark erstaunt.

»Da wir jetzt die nötigen Steuergelder bekommen haben und mit dem Bau des Spitals beginnen können«, erklärte Feldon, »suchen wir einen tüchtigen jungen Arzt, der es leiten kann. Homer und ich wollen viel fischen, sobald seine Arterie wieder so gut funktioniert, daß er in einem Forellenbach herumstapfen kann.«

»Ich kenne einige sehr gute Leute in Lakeview, die eine Aufgabe, wie sie heute von Ihnen bei den Lions beschrieben wurde, liebend gerne übernehmen würden«, sagte Mark.

»Ohne Zweifel«, pflichtete Feldon bei. »Wir haben aber bereits einen Chefchirurgen in Aussicht.«

»Ausgezeichnet. Dem Mann kann man gratulieren.«

»Dann gratulieren Sie sich selbst.«

»Ich mir? Das muß ein Irrtum sein.«

»Keineswegs, Dr. Harrison. John, Homer und ich sind uns einig. Wir wollen Sie haben.«

»Einen Chirurgen, der nicht operieren kann, weil er behindert ist?» fragte Mark bitter. »Das ist ein Scherz ...«

»Niemand von uns ist der Ansicht, daß Sie auf Dauer behindert sein werden«, sagte Homer McGillivray.

»Mit Ihrer Ausbildung und Ihrem Können, Dr. Harrison«, fügte Feldon hinzu, »könnten Sie eine Position anstreben, die viel lukrativer wäre als das, was wir Ihnen, zumindest für den Anfang, bieten können.«

»Danke. Eine lukrative Position habe ich bereits gehabt, und sehen Sie sich an, was daraus geworden ist.«

»Sind Sie aber nicht jetzt klüger als zuvor?« fragte Homer McGillivray.

»Das schon, dank Ihnen, Alexa und John Carr«, erwiderte Mark. »Aber ich bin noch immer behindert.«

»John Carr sagt mir, daß Sie Ihre Heilung Ihrer Willensstärke und Ihrer Selbsterkenntnis verdanken«, sagte Feldon. »Aber überlegen Sie unser Angebot in Ruhe. Sie müssen vieles bedenken, nicht zuletzt das Faktum, daß man in Peace River nicht so aufregend lebt wie in Baltimore oder Gulf City.«

»Aber auch weniger gefährlich«, sagte Mark. »Ich

würde gerne in Peace River leben, Dr. Feldon. Das ist nicht das Problem. Das Problem ist vielmehr, daß ich Ihnen und den Patienten nicht einen behinderten Chirurgen zumuten kann.«

»Sie könnten sich aber zumindest darauf vorbereiten, Chirurg des Spitals zu werden, sobald Sie wieder operieren können.«

»Aber wann wird das der Fall sein?«

»Wir glauben bald«, meinte Feldon.

»Überlegen Sie es sich doch, Mark«, fügte Homer McGillivray hinzu. »Ich habe Sie in den letzten Wochen als Arzt und als mitfühlenden Menschen kennen und schätzen gelernt. Wir brauchen eine Persönlichkeit wie Sie.«

»Also gut, ich komme«, willigte Mark schließlich ein.

»Fein«, sagte Feldon. »Unser Anwalt wird einen Vertragsentwurf machen.«

»Ich unterschreibe gerne«, sagte Mark, »und ich werde beim Aufbau des Spitals dabei sein.«

»Nachdem ich diese Sorge losgeworden bin, gehe ich nach Birmingham, sobald in der Gefäßklinik ein Bett für mich frei ist, und lasse mir mein Bein herrichten«, sagte McGillivray. »Ich hoffe, es wird nicht zu viel für Sie sein, Mark, sich des Spitals und zugleich des Projektes des neuen Krankenhauses anzunehmen.«

»Ich kann mich um beides kümmern, wenn Sie fort sind«, sagte Mark zuversichtlicher denn je. »Sobald mich John Carr aus dem Sanatorium entläßt und Sie wieder da sind, sehe ich mich nach jungen Ärzten um, die an das neue Spital kommen könnten. Vielleicht finde ich auch einen Chefchirurgen ...«

»Für den Fall, daß Sie der Administrator werden«, meinte Feldon. »Aber ich glaube, Sie werden schließlich beides sein.«

»Danke für das Vertrauen«, sagte Mark. »Ich hoffe, ich kann es einigermaßen rechtfertigen.«

VI

»Die Gefäßklinik des Universitätsspitals von Birmingham hat heute früh angerufen«, sagte Alexa, als er am nächsten Morgen ins Spital kam und wie immer, bevor er mit der Arbeit begann, eine Tasse Kaffee trank. »Sie wollen, daß Onkel Homer am Sonntag nachmittag kommt, damit sie ihn am Dienstag operieren können.«

»Das ist ungefähr zehn Tage früher als vorgesehen.«

»Ja, sie haben unvorhergesehen ein Bett für ihn frei.«

»Und was sagt er dazu?«

»Er möchte es hinter sich bringen, insbesondere jetzt, wo du dich bereit erklärt hast, an dem Spitalsprojekt mitzuarbeiten.«

»Und was ist mit dir?« fragte er und versuchte seine Enttäuschung zu verbergen, daß sie Peace River bald verlassen werde.

»Ich kann es kaum erwarten, bis das neue Krankenhaus eröffnet wird und ich dort als Oberschwester arbeiten kann. Es wird alles perfekt sein.«

»Bis auf eines: Der Chefchirurg ist nur dem Namen nach ein Chirurg.«

»Das ist vorübergehend.«

»Ich wollte, ich wäre davon so überzeugt wie du«, sagte er. »Glücklicherweise nehmen mich Dr. Feldon und dein Onkel auch als Administrator, falls ich nicht Chirurg sein kann.«

»Glaubst du, daß du als Chef des neuen Krankenhauses hier glücklich sein wirst?«

Er zuckte die Achseln. »So glücklich wie ich unter den gegebenen Umständen eben sein kann. Außerdem werde ich bei dir sein.«

»Aber das kann uns in eine schwierige Situation bringen. Was geschieht, wenn ich einen anderen Mann heirate?«

Er lächelte gequält. »Dann werde ich dir alles Gute

wünschen und meine Zelte abbrechen. Aber jetzt müssen wir an die Arbeit gehen.«

Kurz vor fünf Uhr nachmittag mußten sie sich mit einem unerwarteten Patienten beschäftigen. Seit er wegen der Schmerzen in seinem Bein keine Spaziergänge mehr unternehmen konnte, hatte es sich Homer McGillivray zur Gewohnheit gemacht, für den Kamin in seinem Haus Holz zu spalten. Nun, kurz bevor Mark in das Sanatorium zurückfahren wollte, kam Homer in den kleinen Ambulanzraum des Spitals gehumpelt und preßte ein Handtuch gegen sein rechtes Bein.

»Ich bin froh, daß Sie noch hier sind, Mark«, sagte er. »Ich bin beim Holzhacken mit der Axt auf einen Nagel gestoßen, den jemand einmal in den Baum getrieben hat. Sie ist abgerutscht und hat mich am Bein getroffen. Es tut sehr weh, aber die Haut ist nur ein wenig abgeschürft, und die Wunde blutet kaum. Sehoy ist nicht zu Hause, aber ich habe mir ein Handtuch auf die Wunde gepreßt und bin hierhergekommen.«

»Die Axt hat nicht nur die Haut aufgeschürft«, sagte Mark, nachdem er das Handtuch entfernt hatte. »Sie haben eine flache Schnittwunde. Ich werde sie reinigen und nähen. Haben Sie in letzter Zeit eine Tetanusinjektion bekommen?«

»Vor ungefähr einem Jahr, als ich mich beim Fischen verletzt habe.«

»Gut, dann brauchen Sie keine mehr, und ich kann gleich mit dem Reinigen beginnen.«

Die Versorgung der Wunde dauerte weniger als eine halbe Stunde. Als Mark damit zu Ende war, bedeckte Alexa die Nähte mit einem Pflaster.

»Bis Sie nach Birmingham gehen, sollten Sie das Holzhacken lieber bleiben lassen«, meinte Mark. »Sonst findet der Gefäßchirurg am Ende keine heile Stelle, an der er den Einschnitt machen kann.«

»Mir wäre es nach wie vor lieber, wenn Sie den Eingriff

vornehmen würden, mein Junge«, sagte McGillivray. »Alexa hat mir erzählt, wie Sie die Arterien zusammengenäht haben, um die Niere dieser Frau in Gulf City zu retten.«

»Das ist lange her. Alexa, sorge bitte dafür, daß dein Onkel jetzt Ruhe hält. Er muß in guter Verfassung sein, wenn er in die Gefäßklinik nach Birmingham kommt.«

Sven kam gerade von einem Nachmittagslauf, als Mark seinen alten Buick vor dem Bungalow parkte. »Ich habe mir gedacht, daß Sie in Peace River aufgehalten worden sind und bin allein gelaufen«, sagte er.

»Es war ein Notfall. Dr. McGillivray hat sich mit der Axt am Fuß verletzt.«

»Ist das angesichts seiner Gefäßbeschwerden nicht etwas Ernstes?«

»Die Wunde ist nicht sehr tief, und nächste Woche kommt er ohnehin in die Gefäßklinik nach Birmingham. Bis dahin sorgt Alexa dafür, daß er sich ruhig verhält.«

»Die Klinik in Birmingham ist ausgezeichnet, eine der besten im ganzen Land«, meinte Sven. »Übrigens hat mir John gesagt, daß Sie Chefchirurg in dem neuen Spital werden, das gebaut wird.«

»Chefchirurg oder Chefadministrator. Wie immer es auch sei, Hauptsache, ich finde einen Job, nachdem ich meine Entwöhnung beendet habe.«

»Sie werden wieder Chirurg sein«, versicherte Sven. »Seelische Störungen wie Sie eine hatten, werden fast immer völlig ausgeheilt.«

»Fast immer?«

»Es gibt, was Heilungen betrifft, keine hundertprozentige Gewißheit, Mark. Das wissen Sie so gut wie ich. In Ihrem Fall haben Überarbeitung und Rückschläge zu einer seelischen Störung geführt. Sie kann und wird bald behoben sein. Kommen Sie heute abend zur Aussprache?«

»Ich glaube, ja. Augenblicklich fühle ich mich recht niedergeschlagen.«

»Das sind die Augenblicke, in denen man seine Mitmenschen am meisten braucht«, sagte der Psychiater. »Wir sehen uns beim Abendessen!«

Mark war aber nicht in der Lage, an der abendlichen Aussprache teilzunehmen, denn als er beim Essen saß, kam John Carr in den Speisesaal und sagte: »Alexa hat gerade angerufen, Mark. Onkel Homer geht es nicht gut.«

»Wahrscheinlich blutet die Wunde.«

»Ich weiß nicht. Sie war sehr aufgeregt, was ich bei ihr gar nicht gewöhnt bin. Deshalb habe ich auch keine Fragen gestellt. Sie möchte mit Ihnen sprechen.«

Als Mark im Spital anrief, war sie nicht mehr so aufgeregt, aber niedergeschlagen.

»Komm so schnell wie möglich, Mark«, sagte sie. »Ich glaube, daß Onkel Homer ein Blutgerinnsel hat.«

»Wo?«

»Im rechten Bein, an dem du heute die Wunde genäht hast. Ich fühle in den Arterien unterhalb des Knies auch keinen Puls. Er hat starke Schmerzen, und das Bein ist weiß wie Marmor.«

»Er muß sofort in die Gefäßklinik nach Birmingham gebracht werden«, sagte Mark. »Ich komme gleich hinunter, aber rufe inzwischen die Rettung in Fort Jackson an.«

»Das Bein sieht aus, als könnte jeden Augenblick Gangräne einsetzen. Ich glaube nicht, daß wir noch Zeit haben, ihn nach Birmingham zu bringen.«

»Packe das Bein in Eis, um den Bedarf an Sauerstoff herabzusetzen«, befahl ihr Mark. »Ich bin in zwanzig Minuten unten.«

Er brauchte sogar nur fünfzehn Minuten, und ein Blick auf das Bein des alten Arztes bestätigte ihm, daß Alexa mit ihren Befürchtungen recht gehabt hatte. Vom Knie an wurde das Bein offensichtlich nicht mehr mit Blut versorgt, und der daraus resultierende Sauerstoffentzug konnte zur Gangräne führen, die eine Amputation unvermeidlich machen würde. McGillivray war bei Bewußtsein, hatte aber starke Schmerzen.

»Ich habe ihm zweihundert Milligramm Demerol gegeben«, sagte Alexa, »aber es hat nicht viel genützt.«

»Was ist geschehen?« fragte Mark den alten Arzt.

»Ich habe mich gerade ins Bett gelegt, als die Schmerzen im Bein begannen«, sagte er. »Was kann es sein?«

»Der Schlag mit der Axt dürfte die Oberschenkelarterie getroffen haben und zwar dort, wo sie in die Kniekehlenarterie übergeht«, sagte Mark. »Die Arterien liegen dort so dicht unter der Haut, daß sie leicht verletzt werden können. Wahrscheinlich hat sich ein Blutpfropfen gebildet, der dann nach unten gewandert ist, die verengte Kniekehlenarterie verlegt und die Blutversorgung des Beines unterbrochen hat.«

»Heißt das, daß eine Amputation unvermeidlich ist?«

»Amputation ist eine Möglichkeit, eine andere Möglichkeit ist die Öffnung der Arterie und die Entfernung des Pfropfens.«

»Aber danach wäre die Kniekehlenarterie ja nach wie vor verengt.«

Mark holte tief Atem, bevor er antwortete: »Sie könnte sich sogar nach dem Eingriff in einem schlechteren Zustand befinden als zuvor. Bei der Entfernung des Blutpfropfens würden mit größter Wahrscheinlichkeit die Wände der Kniekehlenarterie beschädigt werden, und dann könnte sich neuerlich ein Pfropfen bilden, der sie blockiert.«

»Daher wäre die logische Vorgangsweise, die Kniekehlenarterie samt dem Pfropfen zu entfernen und durch eine Dacronprothese zu ersetzen.«

»Ja, aber wir haben nicht die Ge ...«

Alexa unterbrach ihn, bevor er den Satz beenden konnte. »Du hast mir gesagt, ich soll aus Gulf City eine Operationslupe und Dacronschläuche mitbringen. Ich habe alles mitgenommen, was ein Gefäßchirurg brauchen würde, um Onkel Homers Bein zu operieren. Es ist da, was du brauchst. Wirst du also den Eingriff vornehmen?«

Mark zögerte nicht mehr und sagte: »Ich werde es versuchen, wenn Sie Vertrauen in mich haben, Dr. McGillivray.«

Trotz seiner Schmerzen lächelte der alte Arzt, als er sagte: »Natürlich vertraue ich Ihnen, Mark. Es ist meine einzige Chance, das Bein zu behalten, und ich baue auf Sie, daß Sie es retten werden.«

»Ich habe eine Narkoseschwester aus Fort Jackson kommen lassen«, sagte Alexa. »Sie wird hier sein, wenn wir mit den Vorbereitungen fertig sind.«

Mark hatte den Operationsmantel angelegt und band sich gerade die Maske vor das Gesicht, als ihn die Zweifel, ob er überhaupt operieren könne, die nie ganz von ihm gewichen waren, seit er Gulf City verlassen hatte, erneut mit aller Macht befielen. Kalter Schweiß stand ihm auf der Stirne, und seine Finger zitterten so sehr, daß er das Band der Gesichtsmaske nicht zu knüpfen vermochte.

Er wußte, daß er in diesem Zustand Homer McGillivrays Arterie nicht operativ entfernen konnte, aber zugleich wußte er auch, was er zu tun hatte. Auf einem Instrumentenwagen in dem kleinen Zimmer vor dem Waschraum hatte er eine Schachtel mit Demerolampullen und daneben eine Packung steriler Injektionsspritzen gesehen.

Innerhalb von Sekunden hatte er den Waschraum verlassen und blickte sich sorgfältig um, ob ihn niemand beobachte. Alexa befand sich im OP-Raum, wo sie die letzten Vorbereitungen traf, bevor sie mit dem Waschen begann, so daß ihm einige Minuten blieben. Seine Finger zitterten noch immer, als er der Schachtel eine Ampulle entnahm und damit in den Waschraum zurückging, wo er begann, die Injektionsspritze mit der Droge zu füllen.

Das Zittern seiner Hände, verstärkt durch die Angst, Alexa könnte in den Waschraum kommen und ihn bei seinem Vorhaben ertappen, war so stark, daß er die mit zweihundert Milligram Demerol gefüllte Spritze zu Boden fallen ließ. Während er sich bückte, um sie aufzuheben, fühlte er sich auf einmal an eine ähnliche Situation erinnert, die er mit Claire in dem Hotel an der Bucht von Mobile erlebt hatte. Wieder hörte er hinter sich die Stimme einer Frau, aber als er sich diesmal umdrehte, stand hinter ihm Alexa in der Tür, die in den OP-Raum führte.

»Ich, ich konnte nicht ...« Seine Zunge gehorchte ihm nicht, er war nicht fähig einzugestehen, was er getan hatte.

Alexa sagte nichts, drehte sich um und kam einige Augenblicke später mit einer Injektionsspritze in der Hand zurück.

»Was hast du genommen?« fragte sie.

»Demerol«, antwortete er.

»Zweihundert Milligramm?«

»Ja.«

»Ich habe zweihundert Milligramm in der Spritze. Ziehe den Ärmel hoch.« Er gehorchte, sie reinigte seinen Arm flüchtig mit einem in Alkohol getränkten Wattebausch und stieß die Nadel tief in den Muskel seines linken Oberarms.

»So«, sagte sie, »das sollte genügen.«

Fast noch bevor sie die Nadel zurückzog, verspürte er, wie das vertraute Gefühl von Entspannung und Selbstsicherheit seinen Körper durchflutete und seine Hände zitterten nicht mehr.

»Danke«, sagte er und begann seine Hände zu waschen. Sie antwortete nicht, sondern ging zum benachbarten Becken und begann ebenfalls mit dem Händewaschen.

VII

Etwa eine halbe Stunde später tupfte Mark die kleine Menge von Blut weg, die aus einem etwa acht Zentimeter langen Einschnitt trat, den er oberhalb der rechten Kniekehle von Homer McGillivray gemacht hatte. Seit er die Injektion erhalten hatte, waren seine Bewegungen schnell und sicher. Das untere Ende der Oberschenkelarterie und die Kniekehlenarterie waren bereits deutlich sichtbar.

Oberhalb der Stelle, an der sie ineinander übergingen, pulsierte das dickwandige Blutgefäß gleichmäßig im Takt des Herzschlages des alten Arztes. Unterhalb der Stelle, an der die Axt getroffen hatte, war aber kein Pulsschlag zu sehen. Die weißliche Färbung der Arterie war ein zusätzliches Indiz dafür, daß sie nicht mit Blut versorgt wurde.

»Der Embolus steckt genau an der Übergangsstelle zwischen den beiden Arterien«, sagte Mark und beantwortete damit eine unausgesprochene Frage Alexas, die ihn mit großen Augen anblickte. »Er blockiert die Kniekehlenarterie an ihrer engsten Stelle.«

»Und wirst du den Embolus jetzt entfernen?«

»Das wäre verlorene Zeit, denn dazu ist die Arterie an dieser Stelle viel zu eng«, sagte er. »Am besten wäre es, die Arterie samt dem Pfropfen zu entfernen und durch eine Dacronprothese zu ersetzen, um die Durchblutung sicherzustellen. Hast du einen Schlauch von der ungefähren Größe der Arterie mitgebracht?«

»Ich habe mehrere mitgebracht. Sie sind alle steril und du kannst dir einen aussuchen.«

»Gut«, sagte er. »Eine Klemme, bitte.«

Sie reichte ihm das gewünschte Instrument, und er klemmte damit die Oberschenkelarterie oberhalb der Einschnittstelle ab.

»Das untere Ende der Kniekehlenarterie klemmen wir oberhalb der Schienbeinarterie ab.«

»Und was machen wir, wenn sich unterhalb der Stelle noch ein Pfropfen befindet?« fragte sie und reichte ihm die zweite Klammer.

»Dann saugen wir ihn mit einem Katheter ab, bevor wir die Anastomose vornehmen.«

Nachdem Mark die zweite Klemme angebracht hatte, löste er die Kniekehlenarterie mit einigen raschen Schnitten des Skalpells von ihren Ästen, die ebenfalls abgeklemmt wurden. Als er schließlich den von dem Axthieb beschädigten Teil der Arterie freilegte, wurden dahinter die weißlich schimmernden Bänder in der Kniekehle sichtbar.

»Gib mir einen Schlauch in der ungefähren Stärke der Oberschenkelarterie«, sagte er zu Alexa.

Sie reichte ihm ein Schlauchstück aus Dacron, er legte es an die Stelle der entfernten Arterie und schickte sich an, die Verbindungsnähte anzubringen.

»Lupe!« sagte er zur Instrumentenschwester, die sich beeilte, ihm das Kopfband, an dem das Vergrößerungsglas angebracht war, überzustreifen.

»Es ist schade, daß du keine Lupe für dich mitgebracht hast«, sagte er zu Alexa, »aber als Indianerin hast du ja gute Augen oder nicht?«

Sie lächelte zum erstenmal, seit sie in den Waschraum gekommen war und gesehen hatte, wie er nach der Injektionsspritze mit Demerol griff. »Ich sehe jedenfalls gut genug, um dir beim Nähen zu helfen.«

»Gut. Ich hoffe, ich werde dabei nichts falsch machen.«

»Es wird alles gutgehen«, sagte sie vertrauensvoll. »Ich habe wirklich noch nie einen so perfekten Eingriff gesehen.«

Schnell und ohne das geringste Zögern fügte Mark die Oberschenkelarterie und den Dacronschlauch mit Hilfe feiner Nylonfäden zusammen und war damit in etwa fünfzehn Minuten fertig.

»Wir machen jetzt auch die unteren Nähte und entfernen dann erst die Klemmen von der Oberschenkelarterie«, sagte er.

Nachdem er mit den Nähten an der unteren Verbindungsstelle fertig war, holte er tief Atem und löste die obere Klemme, worauf der Dacronschlauch im Takt des Herzschlages zu pulsieren begann. »Du hast es geschafft!« sagte Alexa, und ihre Augen strahlten.

»Nicht so schnell«, sagte Mark. »Wir wissen noch nicht Bescheid über die Arterie unterhalb des Einschnittes.«

»Die Nähte halten«, sagte sie. »Nirgends tritt Blut aus.«

»Wir werden das gleich genau wissen.« Mark entfernte die zweite Klemme, und nun strömte Blut auch in jenen Teil der Arterie, der fast drei Stunden lang von der Zirkulation abgeschnitten gewesen war. Als das gleichmäßige Pulsieren der Arterie zeigte, daß weiter unten kein Blutpfropfen die Zirkulation behinderte, fühlte sich Mark zutiefst erleichtert.

»Wir können jetzt die Wunde schließen«, sagte er.

Als er aber begann, die letzten Nähte anzulegen, fühlte er sich plötzlich niedergeschlagen. Die Freude darüber, daß es ihm aller Voraussicht nach gelungen war, das Bein von Homer McGillivray zu retten, machte der Gedanke an den Preis zunichte, den er dafür bezahlt hatte. Alles, was er in den letzten Wochen dank der Hilfe von John Carr, Sven und der übrigen Freunde und Patienten in Canyonhead erreicht hatte, war nun zunichte geworden. Er hatte eine Injektion gebraucht, um operieren zu können; er war rückfällig geworden.

Alexa, die offensichtlich erriet, was er fühlte, sagte zu ihm: »Du mußt erschöpft sein. Wenn es dir recht ist, mache ich die letzten Nähte allein.«

»Bitte, ja.« Mark trat vom Operationstisch zurück und streifte die Gummihandschuhe ab. »Er muß jetzt Heparin intravenös bekommen, falls in einigen Adern noch kleine Gerinnsel sind.«

»In Ordnung«, sagte sie. »Ich mache das.«

VIII

Mark saß im Waschraum und hatte den Kopf in beide Hände gestützt, als Alexa aus dem OP-Raum kam. Er war zwar der Ansicht, daß die Rettung von Onkel Homers Bein den Rückfall in die Drogensüchtigkeit wert war, aber er fragte sich, ob er jemals mit einer dauerhaften Heilung rechnen könne.

»Ich habe den Puls an den Arterien des rechten Beines gefühlt«, sagte Alexa. »Es ist alles in Ordnung.«

»Das war zu erwarten, nachdem die Durchblutung der Ersatzarterie in Ordnung war.«

»Bereust du den Preis, den du für die Operation gezahlt hast?« fragte sie.

»Ein wenig, ja«, gab er zu. »Aber für Onkel Homer würde ich es noch einmal machen. Ich frage mich nur, ob ich jemals völlig entwöhnt sein werde.«

»Du bist es ja.«

»Aber du hast mir doch ...«

»Kein Demerol injiziert.« Sie holte aus dem Abfalleimer die Ampulle, die sie zuvor hineingeworfen hatte. »Sieh dir das an«, sagte sie.

Er traute seinen Augen nicht, als er auf der Ampulle die Worte las: »Steriles, pyrogenfreies destilliertes Wasser.«

»Aber ...« Er zögerte und fuhr dann fort: »Wie konntest du dieses Risiko eingehen?«

»Ich mußte es, wenn du je wieder der Mann sein solltest, den ich liebe.«

Er erhob sich von dem Hocker, auf dem er gesessen war und schloß sie in seine Arme. »Ich verstehe noch immer nicht, wo du den Mut hergenommen hast.«

»Indianer, vor allem Indianerprinzessinnen sind ganz besondere Leute, hast du einmal gesagt.« Ihre Augen leuchteten. »Aber wenn du mich einmal deine Squaw nennst, werde ich dich skalpieren!«

HEYNE BÜCHER

HEYNE
ALLGEMEINE REIHE

Große Autoren
Unterhaltung
Spannung
Zeitgeschichte
Heitere Romane
Tatsachenberichte

01/6619 - DM 9,80

01/6612 - DM 6,80

01/6580 - DM 7,80

01/6592 - DM 5,80

01/6615 - DM 7,80

01/6578 - DM 7,80

01/6409 - DM 7,80

01/6603 - DM 6,80